SUSAN FOX

De repente, o desejo

SUSAN FOX

De repente, o desejo

Tradução:

Júlio de Andrade Filho

ÚNICA editora

Gerente Editorial
Mariana Rolier

Editora
Marília Chaves

Editora de Produção Editorial
Rosângela de Araujo Pinheiro Barbosa

Controle de Produção
Fábio Esteves

Tradução
Júlio de Andrade Filho

Preparação
Gabriela Ghetti

Projeto gráfico e diagramação
Idée Arte e Comunicação

Capa
Osmane Garcia Filho

Revisão
Geisa Mathias de Oliveira

Imagem da capa
Latinstock/Edvard March/Corbis (DC)

Impressão
Assahi

Única é um selo da Editora Gente.

Título original: *Yours, Unexpectedly*

Rua Pedro Soares de Almeida, 114,
São Paulo, SP – CEP 05029-030
Telefone: (11) 3670-2500
Site: http://www.editoragente.com.br
E-mail: gente@editoragente.com.br

Dados Internacionais de Catalogação na Publicação (CIP)
(Câmara Brasileira do Livro, SP, Brasil)

Fox, Susan

De repente, o desejo / Susan Fox ; tradução Júlio de Andrade Filho. -- São Paulo : Única Editora, 2013. 6ª tiragem.

Título original: Yours, Unexpectedly.
ISBN: 978-85-67028-04-0

1. Ficção erótica 2. Romance canadense. I. Título

13-09832 CDD-813

Índices para catálogo sistemático:
1. Romances : Literatura canadense em inglês 813

Capítulo 1

Absorvida pela apresentação de slides em que eu aparecia com meu noivo Matt e que corria na moldura digital em minha mesa, demorei um instante para perceber o ronco de um motor de carro do lado de fora da janela do meu quarto. Uma espiada e, "Ai, meu Deus!", fiquei de pé imediatamente. O MGB conversível amarelo que se aproximava para estacionar em frente de casa era o carro da minha irmã Jenna. O que significava que aquele gostosão de cabelo castanho desarrumado pelo vento no banco do motorista devia ser o namorado da vez, e que tinha feito as pazes com ela.

Voei para fora do quarto e quase trombei com Jenna no corredor. Minha irmã, agora com vinte e nove anos, sempre foi a mais linda da família, e de uma maneira totalmente natural, ela se achava no direito de ser assim. Nada, nem mesmo aquela angústia que ela havia passado nos últimos dias, poderia mudar isso. Seu vestido azul ficava perfeito com sua pele bronzeada, seu cabelo caía em cachos dourados sobre os ombros e até mesmo as sombras rodeando os olhos destacavam de forma dramática os olhos azuis esverdeados.

— Jenna! Esse é o seu carro!

E, nisso, com os dedos cruzados, estava a cura para aquelas sombras escuras. Eu sempre amei essa minha irmã, apesar de seu deslumbramento, de suas esquisitices e de meus problemas com minhas irmãs em geral, mas nos últimos tempos nós duas tínhamos nos tornado mais próximas e eu queria de verdade que as coisas dessem certo para ela.

— O quê? — ela balançou a cabeça, confusa. — Não, meu carro está na Califórnia. Do que você está falando, Merilee?

Quando seu velho MGB quebrou na semana passada, bem na hora em que ela havia começado sua viagem de Santa Cruz para Vancouver, ela o deixou em uma oficina e pegou carona com o homem que viraria sua vida de cabeça para baixo. E sim, o carro lá fora definitivamente era o dela, o que significava que aquele sujeito tinha que ser *o cara*, o homem por quem ela havia se apaixonado, com o qual ela tinha terminado e de quem havia ficado com raiva nesse meio-tempo.

— Olha! — agarrei a mão dela e a arrastei até a janela.

Seus olhos da cor do oceano ficaram maiores, mais abertos e mais arregalados quando olhou para fora.

— O quê? — ela parecia completamente atordoada.

— É o Mark, é o Mark! É ele, não é?

Ele não tinha ido para a Indonésia iniciar o projeto de Biologia marinha, ele voltou até a Califórnia para pegar o carro dela. Veio trazê-lo para ela, um cavaleiro com os cabelos ao vento pilotando um MGB amarelo-manteiga, do jeito mais que certo. Era como aquele final feliz, que nos faz debulhar em lágrimas, de todos os filmes românticos.

Por fim, a emoção inundou o rosto de Jenna: a esperança, e uma alegria tão poderosa que... Eu senti o gosto amargo do ciúme em minha boca. Era eu quem se casaria dali a dois dias. Eu era a pessoa que deveria estar se sentindo no topo do mundo!

Credo! O que havia de errado comigo?

Jenna saiu correndo pela porta do meu quarto e eu corri atrás dela, me livrando das minhas estúpidas, mesquinhas e irracionais dúvidas e retomando a emoção de estar com ela. No corredor, eu gritei:

— Theresa, Kat!

Theresa abriu a porta do quarto. Minha irmã mais velha estava muito linda usando shorts e uma blusa cor de abacate que refletia brilhos verdes em seus olhos castanhos. Franzindo a testa, ela levantou a cabeça do celular.

— O que é isso? Eu estou falando com Damien.

Pelo menos ela só estava *falando* com seu namorado, que viajava em uma turnê de divulgação de seu livro pelos Estados Unidos, em vez de *fazendo sexo* pelo telefone com ele, o que, a julgar pelo que havia contado, passou a ocupar uma enorme parte de seu tempo. Eu ainda não tinha conseguido superar toda a surpresa pela mudança da minha irmã professora, sempre séria, desde que ela iniciara seu relacionamento com Damien. Theresa sempre me intimidara, mas agora, como estava mais tranquila, era mais fácil se relacionar com ela. O amor tinha operado milagres. O amor e o sexo por telefone.

— O Mark da Jenna está aqui — respondi, falando em voz alta o suficiente para que Kat também pudesse ouvir do quarto onde estava escondida com seu bonitão de Montreal.

A Miss Social, a garota que tinha um milhão de amigos, mas o maior azar no amor, havia finalmente encontrado *o cara*.

O rosto de Theresa se iluminou.

— Sério? — No telefone, ela disse: — Agora tenho que ir, falo com você mais tarde, te amo — jogou o celular na cama e me encarou novamente, a testa enrugada. — É melhor esse cara não machucar a Jenna outra vez.

Ela abriu uma fresta da porta do quarto e enfiou a cabeça para fora, os cachos marrom-avermelhados em desordem.

— Mark está aqui? Sério?

— Lá fora, no carro da Jenna — virei-me para Theresa. — Ele não vai machucá-la — cruzei os dedos, esperando que fosse verdade. Sim, talvez eu estivesse com um pouquinho de inveja, mas minha irmã, e na verdade todas elas, mereciam toda a felicidade do mundo. — Ele veio para se desculpar. Tenho certeza.

A carranca de Theresa deslizou em um sorriso.

— É o nosso verão ideal para finais felizes, não é? Para todas nós, as garotas Fallon.

Verdade. Ela com seu novo amor, Damien, o escritor de suspense que tinha conhecido no voo de Sydney. Kat, com o fotógrafo sexy que tinha ganhado o seu coração durante a viagem de trem de Montreal. E eu, claro, prestes a me casar com o garoto que amava desde sempre. O que era excitante. Claro que era. Mas também um pouco assustador. E confuso. O que não deveria ser...

Este não era o momento de se preocupar com isso. Mark tinha vindo com Jenna, e eu não queria perder o instante.

Kat disse:

— Tenho que me vestir.

Então foi por isso que ela abriu só uma fresta da porta.

— Ahh, não preciso saber disso!

Já era o suficiente ter que ouvir suas histórias sobre o sexo Kama Sutra com o fabuloso Naveen, e muito menos saber quando e onde, como agora, do outro lado do corredor, a coisa estava rolando.

— Não deixe acontecer nada sem minha presença! — gritou ela, depois de bater a porta.

Theresa e eu descemos o corredor voando, pulamos os degraus da escada e atravessamos correndo a porta da frente que estava aberta. No meio do caminho entre o MGB e as escadas, Jenna estava de pé abraçada com o cara. Os braços dele estavam por cima dos ombros dela e os de Jenna estavam ao redor da cintura dele.

Enquanto Theresa e eu corríamos, Kat e Nav seguiam bem atrás de nós. A Mercedes de mamãe parou e ela saiu do carro, caminhando a passos largos em nossa direção em seu terninho social. Pela primeira vez, minha mãe advogada que queria controlar o mundo não pulou sobre o casal disparando perguntas. Ela era tão inteligente que avaliou a situação em um nanossegundo.

Quando todos nós nos aproximamos de Jenna, Mark entendeu o recado de que se ele mexesse com ela, teria que se ver conosco. Em família, podíamos nos comportar como umas idiotas, reclamando e fazendo besteira, mas quando se tratava de pessoas de fora, nós nos protegíamos.

Avaliei o cara: um corpo esguio e musculoso exibido em bermudas e camiseta preta, traços angulares, um bronzeado que destacava ainda mais seus olhos azuis-celestes. Mesmo amarrotado pelo vento, ele continuava bem gostoso. Será que eu estava sendo infiel com Matt ao pensar assim? Claro, meu noivo era bonito, mas ele não tinha essa energia tão masculina quanto a de Mark.

Os penetrantes olhos azuis de Mark notaram a nossa presença, então ele olhou para Jenna e, ah, sim, eu estava assistindo a um filme romântico. Ele meio que nos trancou para fora de seu mundo, como se não existíssemos, e se concentrou inteiramente nela com uma intensidade apaixonada que me deu arrepios.

Qual seria a sensação de ter um homem olhando para mim daquele jeito? Meu noivo era um cara amoroso e atencioso, mas...

Afastei o pensamento e ouvi.

Mark contou a Jenna que havia adiado a viagem para a Indonésia, onde coordenaria o projeto de restauração de um recife de coral, porque decidira ir até a Califórnia buscar o carro dela, que Jenna tanto amava, porque – para ela – aquele carro simbolizava a liberdade.

Concordei com a cabeça. Sim, Jenna sempre dera grande importância à liberdade.

Então, ele disse:

— Eu estava errado. Eu nunca deveria ter pedido para você mudar. Eu me apaixonei por você exatamente por causa do jeito que você é. Uma pessoa maravilhosa.

Um "oh!" silencioso subiu pela minha garganta. Ele estava conquistando a minha irmã de uma maneira absolutamente perfeita. Mais uma vez, eu me perguntava como devia ser essa sensação. Matt e eu estávamos juntos desde os sete anos, ainda que não fôssemos namorados desde então. Por um lado, Matt nunca precisou me paquerar desse jeito, nunca teve que fazer algo grandioso e dramático para me conquistar, porque nosso amor sempre esteve lá.

Eu, por outro lado, sempre achei que palavras como "radiante" e "brilhante" só existiam em comerciais e anúncios, não na vida real. Mas o rosto de minha irmã me provou o contrário.

Depois de um tempo, notei que papai tinha chegado também e estava se aproximando de nós, mas eu estava completamente fisgada por aquilo que Jenna estava dizendo a seu amor. Quando ela contou que pedira a seu agente de viagens que lhe reservasse uma passagem no voo para Bali logo após meu casamento, mal contive um suspiro. Ela disse que sempre teve medo de assumir um compromisso, mas que agora estava pronta para construir um futuro com Mark.

Esse era seu grande gesto romântico. Será que ele tinha ideia de quanto isso significava para ela?

Talvez sim. A maneira como ele tocou seu rosto foi tão suave que trouxe lágrimas aos meus olhos.

— Quer dizer que você abriria mão de toda a variedade por um homem, por uma causa? — perguntou Mark, com a voz rouca.

— Nós vamos criar a nossa própria variedade. Lado a lado, como parceiros. Essa vai ser a emoção que me fará feliz.

— E vai ser a maior emoção e alegria que jamais esperei.

— Você e eu.

Excitação. Alegria. Sim, eu vi tudo isso no rosto deles, além de ternura e paixão. Eu já tinha visto os mesmos sentimentos sendo compartilhados por Theresa e Damien, e Kat e Nav. Tudo intenso, sexy e romântico.

Quando foi a última vez que Matt e eu olhamos um para o outro dessa maneira? Ou será que houve alguma vez? Ternura, sim, mas paixão? Excitação? Êxtase? Durante toda a semana, vendo minhas irmãs voltar para casa, uma de cada vez e de todas as partes do mundo, transbordando a emoção de novos e apaixonados casos amorosos, eu me senti... O quê?

Meio vazia, plana. Talvez até mesmo infeliz e um pouco deprimida. Desconectada. Na semana antes do *meu* casamento, o casamento com que eu tinha sonhado desde que era uma garotinha, quando deveria estar repleta de emoção, eu me sentia vazia. Deixada de lado. Como se todo mundo, menos eu, estivesse se divertindo.

Isso era muito infantil... Nesta família, eu deveria saber que nunca seria o centro das atenções, e simplesmente parar de querer isso.

No entanto... era realmente esse o problema? Ou eu deveria ir mais fundo? Isso não tinha a ver com Matt e comigo? Embora eu fosse onze anos mais nova do que Theresa, oito anos mais nova do que Jenna, eu me sentia... Tudo bem, eu me sentia resolvida. Resolvida em um tipo de relacionamento confortável que nunca acendera esse tipo de faíscas que vi agora voando entre Jenna e Mark, enquanto se beijavam como se estivessem fundindo suas almas.

Bem, que merda... Confortável, em vez de excitante. Resolvido, naquela idade supermadura de vinte e um anos... Isso era uma merda. Definitivamente, uma merda. Durante catorze anos, eu disse a mim mesma que era a irmã Fallon que tinha encontrado sua alma gêmea, o amor perfeito, e agora...

Tensão pré-casamento. Todo mundo tem.

Então, por que meu coração estava acelerado e por que, mesmo tendo me reunido à família para aplaudir e torcer por Jenna e Mark, eu me sentia deixada de lado e com inveja? Era eu a única que iria se casar e, em vez de ficar admirando meu lindo vestido branco de noiva, estava desejando aquilo que minhas irmãs tinham.

Meu coração veio parar na garganta, batendo tão intensamente que ameaçava me sufocar. Tentei respirar quando Jenna e Mark se afastaram um do outro:

— Nós nos completamos — disse ele com absoluta convicção.

— Isso mesmo. Eu me apaixonei por você desde... Ah, provavelmente desde o momento em que você pediu a torta de morango.

— Eu me apaixonei por você desde que olhei pela primeira vez em seus olhos.

Esse era um daqueles momentos tipo "Ah, não é lindo?", mas em vez de curti-lo, minha cabeça girava. Foi assim também comigo e com Matt, nós sabíamos desde o início que éramos almas gêmeas: M&M. Apesar de termos sete anos. Crianças, e não adultos. Nós crescemos juntos. Ele esteve em nossa casa tantas vezes que mamãe e papai diziam que era quase como ter um filho homem. Eu nunca tinha namorado ninguém além dele. Nós dois nos atrapalhamos juntos na descoberta do sexo. E o sexo foi ótimo. Terno e carinhoso e muito... Confortável.

Coloquei a mão no peito, por cima do coração acelerado, e a pressionei para baixo, tentando acalmá-lo. Que canalha eu era, sendo infiel com Matt, meu melhor amigo, a única pessoa do mundo que sempre esteve ao meu lado. Sempre me colocou em primeiro lugar.

Mas... Por que ele nunca me olhou com essa paixão? Por que eu nunca senti faíscas dele, como aquele cara que não consegue esperar a hora de estar sozinho comigo e arrancar minhas roupas? Será que ele realmente me amava ou estava apenas se sentindo... *confortável* ao meu lado?

Que merda, comecei a achar que não tinha ar em meus pulmões. Será que iria desmaiar?

Como sempre, ninguém parecia estar prestando a mínima atenção em mim. As coisas em casa tinham melhorado um pouco desde a última semana, mas eu nunca seria o centro das atenções em uma família na qual todo mundo era, à sua própria maneira, o máximo do máximo.

Eu poderia ter caído morta que ninguém teria percebido. Eles estavam todos envolvidos em "Ah, você vai ficar para o jantar!"; "Estive na estrada nos últimos dias sem tomar banho nem trocar de roupa"; "Não se preocupe, Jenna sabe onde ficam os chuveiros e...". Blá-blá-blá... E eles estariam transando debaixo do chuveiro, também, e todos sabiam disso.

Eles iam fazer um sexo quente. Apimentado. Nada daquele *sexo confortável*. Matt e eu já éramos amantes havia cinco anos e nunca, nem uma vez, fizemos sexo debaixo do chuveiro. O que isso queria dizer?

Ontem, fui visitar a vovó. Eu sempre a amei demais, e fiquei de coração partido em saber que ela estava sofrendo de Alzheimer e que, na maior parte do tempo, estava fora do ar. Ainda assim, de alguma maneira aquilo havia me aliviado de tudo de ruim que eu vinha sentindo desde que minhas irmãs chegaram em casa: aquele ciúme louco, a incerteza, o medo de que meu futuro não fosse tão feliz quanto o que tinha sonhado desde pequena.

Vovó permaneceu sem dizer uma palavra olhando para fora, pela janela, durante todo o tempo que fiquei falando. Quando eu a beijei e disse que tinha que ir embora, ela pegou minha mão e disse:

—Toda mulher merece uma paixão. Você já encontrou a sua?

Será que ela sabia que era eu? Será que aquele era um de seus poucos momentos de lucidez, ou vovó estava apenas divagando?

Eu disse a mim mesma que Matt, o casamento com Matt, era a minha paixão.

Mas agora... Por que eu estava ofegante? O que tudo isso significava? Argh! Eu vou *me casar!*

Consegui respirar fundo e disse, com segurança na minha voz:

— Eu tenho que ir ver o Matt.

Claro, não tinha a menor ideia do que eu diria a ele, mas eu podia contar qualquer coisa para ele, não podia? Nós resolveríamos isso juntos, do mesmo modo que todos os outros problemas em nossas vidas. Certamente, Matt saberia o motivo de eu estar sentindo essa estranha dor no peito.

Jenna, que levava Mark para dentro de casa, não mostrou nenhum sinal de que tivesse ouvido alguma coisa. Mamãe e papai estavam perto um do outro, falando sobre Mark, assim como Kat e Nav. Theresa olhou para o relógio, devia estar se perguntando se conseguiria telefonar para Damien antes de sua próxima viagem. Não, eu poderia muito bem não ter estado lá.

Fui para dentro pegar as chaves do carro, sem me preocupar em trocar de roupa e tirar aqueles velhos shorts e camiseta.

Não havia uma alma à vista quando liguei o Toyota velho que papai me deu quando tirei a habilitação. O carro quase foi sozinho para a casa de Matt, um caminho que eu costumava fazer de bicicleta quando era mais nova. "O caminho desgastado", a mãe dele costumava dizer. E isso me lembrou que Adele deveria estar lá. Como era enfermeira, Adele costumava fazer alguns horários estranhos, mas ela e Matt tinham concordado em passar uma noite juntos em casa naquela semana agitada do casamento. Ela era ótima, uma mãe solteira amorosa e batalhadora, mas neste exato momento eu não me sentia capaz de encará-la.

Tirei meu celular para ligar para Matt. Ele tocou uma vez, e de novo.

— Que droga, Matt, onde você está? Preciso falar com você!

O telefone tocou, mais uma vez, e finalmente ele atendeu.

— Ah, você está aí! — exalei aliviada. — Sua mãe está aí?

— Oi, M. Não, ela acabou de chegar em casa do trabalho. Foi tomar um banho e depois a gente vai preparar o jantar.

— Estou indo para sua casa, preciso conversar. Você me encontra no seu apartamento?

Quando Matt e eu estávamos com dezoito anos, ajudamos a mãe dele a transformar a garagem para dois carros em um pequeno apartamento para ele.

— Lógico. O que foi?

— Eu... O namorado da Jenna, aquele que ela conheceu quando estava viajando de carona pela Califórnia, ele apareceu.

— Ei, que legal. E daí...?

— Preciso conversar com você.

— Você está bem? Está meio estranha nos últimos dias.

Ele tinha notado. Eu não deveria estar surpresa, pois isso tinha a ver com aquela coisa de alma gêmea:

— Só me encontre lá, tudo bem?

Dez minutos depois, quando estava chegando pela rua de trás, vi um carro na calçada da casa dos Townsend, um conversível preto esportivo que definitivamente não pertencia a Matt ou Adele. A capota estava levantada, gotas de água brilhavam sobre a pintura preta e um cara vestindo apenas um calção e chinelos estava inclinado sobre ele, esfregando o capô com um pano.

Um cara delicioso. Momentaneamente distraída de minhas preocupações, apreciei a vista: uma bunda linda, os músculos flexionados sob a pele levemente bronzeada das costas lisas, gotas de água brilhando nos braços e nas pernas fortes. Se aquilo fosse um comercial de TV de uma marca de carro, a mulherada certamente iria comprar.

Curiosa para saber quem era ele, estacionei atrás do Miata.

O cara se virou, sorriu, pegou uma camiseta cinza e puxou sobre sua cabeça, eu percebi que era Matt.

Meu Matt. O centro da minha vida nos últimos catorze anos.

Eu pisquei. Essa imagem do cara do comercial de carro tinha sido estranha, quase como uma alucinação. Esse era o Matt de sempre caminhando em minha direção enquanto eu saía do carro – vestido de forma bem casual com uma bermuda larga e uma camiseta frouxa e desbotada da Universidade da Colúmbia Britânica, o cabelo loiro-sujo mostrando algumas faixas com o dourado do sol. Minhas amigas diziam que ele era muito gostoso, que parecia uma versão mais nova e de cabelos mais claros do Bradley Cooper. Claro, ele era bonito, mas para mim não era um astro de cinema bonitão, mas apenas o Matt, o garoto com quem eu tinha crescido.

— Merilee? — ele inclinou a cabeça intrigado. Seus olhos azuis, da cor de um jeans bem lavado – pois é, ele tinha olhos iguais aos de Bradley Cooper – mostravam preocupação quando ele me puxou para um abraço. — Você está bem?

Seus braços sempre me deram abrigo. Quando minha família me ignorava, ou estava chateada com as minhas irmãs, ou quando sofria com as dores daquilo que finalmente foi diagnosticado como endometriose, Matt era o único a me confortar e apoiar.

No entanto, agora, e talvez pela primeira vez, eu não me sentia segura em seus braços. Ou, talvez, não sei... Estivesse cansada de me sentir assim e quisesse algo mais. Eu me afastei dele, não sabendo como dizer o que precisava. Percebi que, quando começasse a falar, as coisas entre nós mudariam para sempre.

Para ganhar tempo, perguntei:

— O que você está fazendo com o carro?

— Era para ser uma surpresa. O carro é do irmão do Leo e ele me emprestou. Estou lavando e polindo, e uns caras vão fazer aquele lance de "Recém-casados", para a gente sair com ele do casamento.

Recém-casados. Não fazia muito tempo, isso soava como a melhor coisa do mundo, mas agora...

— M, o que estamos fazendo? — as palavras explodiram de minha boca. — Isso é a coisa certa?

— Como assim, fazendo? — ele franziu a testa, processando a minha pergunta, e disse: — Você não quer dizer com... se casar, não é?

Eu fiz que sim com a cabeça.

Seus olhos se arregalaram.

— Você está brincando, né? Quer dizer, eu sei que você tem tido alguns, hã... Ataques de nervos pré-casamento, mas isso é normal, certo?

— Acho que sim... — todo mundo dizia que sim, mas o que eu sentia parecia mais forte. Talvez eu estivesse errada, porém. Por isso que nós precisávamos conversar. — Eu não sei. Você está sentindo, sabe, esse nervoso todo? Dúvidas?

Ele deu de ombros.

— Não muito, quer dizer, sei lá, nós somos jovens como todo mundo continua dizendo, mas eu quero me casar com você. Sempre quisemos isso, não é? Antecipar a data do ano que vem...

— Mas devíamos ter feito isso? — interrompi. Talvez fosse o momento errado. — Sempre dissemos que iríamos nos casar depois que nos formássemos.

E exatamente antes de começar nosso mestrado. Então eu iria dar aula para o ensino fundamental e ele para o ensino médio.

Nós vínhamos planejando isso havia anos. Essa era outra coisa que tínhamos *estabelecido*.

— Mas então você foi diagnosticada com... — disse ele.

Matt me falou durante muito tempo para consultar um médico e examinar aquilo que minhas irmãs e minha mãe diziam não passar de cólicas menstruais. E passei por uma cirurgia para endometriose alguns meses atrás. O diagnóstico fez com que Matt e eu repensássemos uma série de coisas. Nós sempre quisemos ter filhos e nunca imaginei que poderia enfrentar a infertilidade aos vinte e um anos.

— Verdade — concordei, refazendo mentalmente os passos que tinham nos levado a decidir pelo casamento agora. — E aí você viu aquela oferta de última hora do cruzeiro...

Um cruzeiro pela Riviera mexicana, uma lua de mel mais que perfeita, com muito descanso e relaxamento. Após a cirurgia, o período de recuperação e o trabalho para correr atrás do atraso nas provas e nas aulas da faculdade, eu me sentia desesperada para descansar e não fazer nada.

— Tudo veio junto — disse ele —, como se estivesse destinado a ser assim.

Foi isso mesmo que pareceu. Sim, eu me lembrava. Mas agora... Eu apertei meus lábios, em seguida, eles se separaram e eu me ouvi dizer:

— Mas talvez não fosse para ser...

Ele franziu a testa.

— O que você está dizendo?

As palavras começaram a derramar, dando voz a todas as dúvidas e medos que eu vinha tentando ignorar durante aquela semana.

— Talvez a gente não deva fazer isso. Se casar. Não agora.

Ai, meu Deus. O que estava acontecendo, eu estava louca? Eu amava o Matt desde a segunda série!

— Caramba, Merilee, você está falando besteira. Nós nos amamos desde os sete anos...

Era assustador como ele tantas vezes conseguia ler minha mente, ou como nossas mentes andavam em sincronia.. Eu nem sequer tinha privacidade para ter meus próprios pensamentos.

— Eu sei disso! — rebati. — Você acha que não sei disso? Eu ainda te amo, M, mas...

Suas mãos agarraram meus ombros, com força.

— Fique calma, você está dizendo coisas que não fazem nenhum sentido.

— Eu não posso me acalmar. Eu não quero me acalmar. Isto é importante.

Ele tinha que enxergar isso. Talvez quando explicasse, ele fosse capaz de entender e fazer as coisas direito. Ele iria me dizer uma coisa, algo que me fizesse ir às alturas, me mostrar que ele realmente, realmente, totalmente e completamente me amava, e que as coisas entre nós poderiam ser tão emocionantes e apaixonantes como eram entre as minhas irmãs e seus namorados... Ele iria fazer *aquela* coisa, aquela grande coisa romântica que o namorado de Jenna tinha acabado de fazer, que iria me mostrar que eu estava louca em repensar as coisas.

Com os dedos me furando, me prendendo no chão, ele olhou dentro dos meus olhos.

— Como é que você pode estar com medo de se casar no sábado se é só disso que falamos toda a vida?

— Não sei! — sacudi meus ombros até que ele me soltou de seu aperto, então dei um passo para trás, me afastando dele. — Talvez seja exatamente por isso, por termos falado só sobre isso toda a vida — ele ainda estava *falando*, Matt não estava *fazendo* nada. — Talvez porque eu o conheça a vida toda.

E era por essa razão que eu deveria saber muito bem que não poderia esperar por um gesto dramático, romântico.

Ele balançou a cabeça, parecendo frustrado e chateado.

— Eu não entendo. Você sempre disse que somos almas gêmeas. Nós somos M&M. Um casal.

— Não tenho muita certeza de que este é o momento certo.

Quanto mais ele tentava me persuadir, mais *sentido* ele fazia, e as coisas pareciam menos corretas. Os instintos contavam tanto quanto a lógica, e o que os meus instintos ansiavam não era uma enorme discussão racional.

— Tudo está programado — retrucou Matt. — Theresa fez aquele projeto e você e suas irmãs resolveram tudo em menos de duas semanas. Local, o padre, a recepção, a comida, a música. Já tivemos até aquela maldita despedida de solteiro...

Ele tinha razão e no começo eu estava excitada com o casamento, mas agora eu me sentia presa.

— Pare de ser tão racional.

Mesmo aquela minha despedida de solteira boba me encheu de dúvidas, do jeito que tinha recebido tantos presentes excêntricos e sensuais, coisas que eu nunca poderia me imaginar usando com Matt.

Ele deu alguns passos para longe de mim. Ouvi quando suspirou profundamente, e então Matt se virou e me encarou, sua expressão mostrando uma paciência tensa.

— O que você quer, Merilee?

Pisquei. O que eu queria? O que eu estava com esperanças de conseguir quando vim para cá? Queria que ele lutasse por mim? Que me pegasse em seus braços e... Fizesse o quê? Esperava encontrar aquela coisa romântica perfeita, como Damien tinha feito quando pediu que Theresa ficasse uma noite com ele em Honolulu. Do jeito que Nav tinha feito, bancando o estranho no trem com Kat. Ou do jeito de Mark, voando até a Califórnia para buscar o carro de Jenna para ela.

Eu não queria ter tudo *resolvido*. Eu não queria que as coisas fossem *confortáveis*. Eu queria aquilo que minhas irmãs tinham: um amor enorme, romântico, maior do que a vida. Havia alguma esperança de que Matt pudesse me dar isso?

Atordoado, Matt Townsend olhou para a garota que ele conhecia melhor do que qualquer pessoa no mundo, e era como se ele de fato não a conhecesse. Será que ela havia perdido a cabeça?

Ele lutou para reunir toda a sua paciência. Depois de todo o entusiasmo inicial em anunciar o casamento, ela de fato havia ficado cada vez mais mal-humorada. Ele pensou que fosse efeito das irmãs – o pacote de três, como a família chamava – que tinham retornado para Vancouver, uma de cada vez. As garotas Fallon costumavam irritar umas às outras, e isso era particularmente complicado com Merilee, o bebê não planejado que viria oito anos depois de Jenna. Rebecca e James Fallon e o pacote de três não haviam reorganizado suas vidas para dar espaço à recém-chegada.

Isso sempre aborreceu Matt. Merilee era um doce de pessoa, mas sua família era tão egoísta que mal a notava. Mas ele, sim. Ele a notava, ele a valorizava, ele a amava. Ele cuidava dela.

E agora, estava louco da vida com a garota. Ela estava dizendo um monte de coisas doidas, e nem sabia dizer o que queria de fato.

— Merilee? — disse ele, lutando para manter a voz calma. — Você não quer cancelar o casamento, certo?

Quando Matt disse isso sem rodeios, ela recuperou os sentidos. E não ia dar um pé na bunda assim, dois dias antes de seu casamento.

— Eu acho — fungou ela, e passou as mãos pelos olhos da cor azul de uma manhã de primavera — que talvez faça isso...

E as lágrimas começaram a rolar por seu rosto.

As lágrimas de Merilee geralmente o faziam querer embalá-la em seus braços até que tudo ficasse melhor. Desta vez, ele apenas olhou boquiaberto. Ela realmente não tinha dito isso, tinha?

— Você ficou maluca?

— Ah, Matt — lamentou ela —, tente entender.

— Entender? — a raiva e a mágoa subiram por ele, e com elas a voz de Matt. — Merda, Merilee, que merda está acontecendo?

Tentando recuperar o controle — ele não era, e nunca seria, um cara como seu pai, que perdeu a paciência —, ele andava pelo beco atrás da casa, em seguida virou-se a fim de olhar para ela. Ele tinha feito tudo por essa garota, concentrou toda sua vida nela durante catorze anos. Pois ela não iria traí-lo e abandoná-lo.

— Duas semanas atrás, você disse que casar era a realização de um sonho.

— E era.

Merilee olhou para ele, os olhos enormes e encharcados de lágrimas. Seus ombros estavam encolhidos dentro de uma das velhas camisetas de Matt e ela parecia pequena e desamparada. Os cabelos cor de mel escuro desciam em reluzentes cachos sobre seus ombros, cheios de vida e balanço, como se ainda não tivessem recebido a mensagem de que a garota estava se sentindo arrasada.

Matt havia recebido, e estava se sentindo péssimo. O único detalhe é que ainda não conseguia acreditar em tudo aquilo.

— Era — retrucou ele asperamente — e agora não é mais. O que foi que mudou?

— Minhas irmãs voltaram para casa — disse ela, em voz tão baixa que Matt mal conseguia ouvir.

— Sua família está tentando convencer você a não se casar?

Merda. Ele sempre pensou que os Fallon gostavam dele. Ele tinha participado dos jantares da família na semana anterior, e todos foram amistosos com ele. E achou até que estavam se entendendo melhor entre si. E agora o apunhalavam pelas costas.

—Não — ela balançou a cabeça, negando. — Não, não é isso. Ah, M, não sei como dizer isso.

Insultado, ele disse:

— Você pode me dizer qualquer coisa. Você sabe disso.

Ela respirou fundo, e soltou todas as palavras de uma só vez.

— Eu me sinto como se tivesse quarenta anos!

O alívio chegou pelos braços de Matt, que correu para confortar seus ombros.

Agora tudo fazia sentido.

— Querida, você está desgastada demais.

Quando a cirurgia de Merilee foi marcada, eles discutiram a possibilidade de ela pular um semestre, mas a garota não aceitou, porque preferiu tentar recuperar as aulas e as provas de maneira que os dois pudessem se formar juntos no ano seguinte. Além disso, quando estivessem em sua lua de mel, ela teria uma semana de completo descanso.

Ela fechou os olhos por um longo momento, depois os abriu e olhou para ele.

— Estou cansada, mas não era isso que eu queria dizer. Nós estamos assim, meio, acomodados como um casal, entende?

— Acomodados? — aquilo não pareceria algo ruim se não fosse o tom de sua voz.

— É, quero dizer, é tudo tão estável e ch... chato — ela baixou a cabeça, mais uma vez sem encarar seus olhos — e não há nenhuma faísca ou excitação ou p-paixão.

As mãos dele pularam dos ombros de Merilee como se ela tivesse jogado água fervente em cima delas. Quer dizer que ela o achava chato? Que sua vida amorosa era um lixo? Bem, que *merda*! As mãos de Matt se apertaram, cada vez mais, os punhos fechados. Tudo bem, ele não era o cara mais interessante do mundo. Mas como ele poderia ser, depois de escutar de sua mãe, aos seis anos, que tinha de ser o homem da casa e de, aos sete, começar a proteger Merilee também?

Com um esforço angustiante, Matt afrouxou os dedos cerrados. Um homem bom não cedia à raiva. Ele não batia em mulheres, ele as protegia. Matt não era temperamental, irresponsável, não era um homem violento como seu pai, o homem que finalmente tinha - graças a Deus - abandonado sua mãe e ele quando tinha seis anos.

Matt pensava que Merilee apreciava sua maturidade e consideração. Caramba, ela tinha dito que sim! Ele nunca teve uma pista de que ela estava infeliz. Ele queria gritar com ela, sacudir aquela mulher, mas lutou para manter seu temperamento sob controle.

Ela olhou para cima, as bochechas corando.

— Eu não contei para você tudo que ganhei na despedida de solteira.

— O quê?

Assustado e deixando a raiva de lado, ele olhou para ela. Depois de lançar aquela bomba, Merilee começava a falar da despedida de solteira? Quem era essa garota?

— Eu fiquei totalmente envergonhada. Tipo, tinha aquelas bolas Ben Wa...

Bolas? Para jogar algum jogo? Ele esfregou as mãos com força sobre o rosto, esperando que tudo isso fosse apenas um pesadelo horrível e...

— Do que você está falando?

— São bolas v-vaginais.

Bolas vaginais? Ele ficou boquiaberto com ela, esquecendo momentaneamente sua raiva e frustração.

— Sério?

— Então, você pode imaginar? Isso não, quero dizer, a gente não iria...

Ela escondeu o rosto contra o peito dele e automaticamente ele colocou os braços em volta dela.

Ah, sim, ele poderia imaginar. Às vezes, ele queria tentar algo um pouco diferente na cama, mas nunca dizia nada, com medo de que ela pensasse que ele fosse um pervertido Medo, também, de onde aquilo pudesse levá-lo. De se transformar em um homem como seu pai.

Como naquela vez, depois de uma noite no *pub* com uns amigos, em que ela ria e se insinuava por ter bebido tanto. Matt estava com tesão e tinha bebido bastante também e, de brincadeira, disse que meninas assim deviam ser punidas. Ela desafiou: "Quero só ver". Então ele puxou o lenço de seu pescoço, amarrou as mãos dela por cima da cabeça, bateu em seu estômago e a espancou. Ele bateu em Merilee. Sim, só estava brincando, mas ele realmente bateu nela.

Só quando ela gritou de dor, ele recuperou seus sentidos e parou. Horrorizado, ele se acalmou imediatamente e a desamarrou. Ele não conseguia suportar o choque nos olhos dela. Matt se desculpou profundamente e ela o perdoou, até prometeu esquecer o que havia acontecido, depois disso ele passou a tomar o cuidado de sempre ser gentil com ela.

Merilee era doce e divertida, não era assanhada ou vadia. Alguns amigos se gabavam de suas namoradas, e às vezes – sim, ele era um homem com sangue nas veias — ficava com inveja. Porém, em muitas ocasiões, pensava que aquele tipo de comportamento era pura sacanagem. Assim como bater uma punheta para o cara ou fazer boquete em um monte de caras em uma festa? Não, obrigado. Merilee tinha moral e ele respeitava isso.

Ele não se surpreendeu por ela ter ficado tão envergonhada com as tais bolas vaginais. Contudo, ainda assim, ela disse que queria mais faíscas, mais emoção, paixão. Coisas que não encontrava com ele. Sim, isso doeu profundamente. Havia diferentes tipos de paixão. Seu amor era como uma vela dourada constante, sem faíscas e fogos de artifício.

Eles cresceram juntos. Não tinham namorado mais ninguém. Eram melhores amigos que, sim, se sentiam confortáveis juntos. Que merda havia de errado nisso?

Quanto a esse negócio de faíscas, como ele e M poderiam ter acendido essas chamas? Pelos pedaços de conversas de meninas que tinha ouvido com os amigos, parecia que as tais faíscas aconteciam quando se encontrava alguém e se apaixonava por esse alguém.

E qual era a ideia de Merilee quanto à emoção, afinal? Sair para dançar? Um piquenique na praia? Eles faziam essas coisas, de vez em quando, e ele gostava também, mas o dinheiro e o tempo eram escassos.

Eles sempre foram tão práticos. M também, não era só ele. E se queria alguma coisa de diferente, por que não havia dito antes? Ela não tinha problemas em dizer qual filme eles iam ver, nem em saber qual pizza pedir, qual a carreira que ambos deviam seguir. Aliás, ele aceitava porque tudo parecia muito bom para ele.

Mas isso, esse negócio de adiar o casamento, não, essa porra não era nem um pouco legal.

— Matt, você está bravo? Magoado? — a respiração quente roçou o pescoço dele. — Diga alguma coisa. Diga como você se sente.

— Eu me sinto... — Traído. Puto. Frustrado. Chocado. — Uma merda.

Ela passou os braços ao redor de sua cintura e segurou-o firmemente.

— Eu sinto muito, sinto muito mesmo. Eu te amo, mas nos últimos dias, isso tudo me pareceu errado.

Parecia errado se casar com o cara que ela amava?

Os braços dela estavam apertando, então ele empurrou e se afastou. Aqueles olhos azuis cheios de lágrimas não combinavam com o que ela estava dizendo.

— Então, se isso parece errado... — começou ele, amargamente —... Vamos cancelar. Vamos cancelar a porra toda — as palavras explodiram de sua boca, surpreendendo-o.

Surpreendendo-a, também, a notar pela sua expressão.

— Cancelar tudo?

— Sim, nós — ele cuspiu as palavras. E agora, com todos aqueles sentimentos ruins vindo à tona, ele estava pilhado. — Estamos acomodados, não temos paixão, está tudo errado. Vamos desistir de tudo.

— Eu não quis... Você está dizendo que quer terminar?

Terminar. Romper com Merilee? Essas palavras o trouxeram de volta à realidade. A ideia era impensável. Assim como a sugestão dela de adiar o casamento. Ele balançou a cabeça, sem saber mais nada.

— Eu... Eu não sei. — Ele nunca havia se sentido tão merda em toda a sua vida. — Não é o que você está dizendo?

— Só que não deveríamos nos casar no sábado.

— Mas... — e ele tentou pensar sobre isso — Então o quê? Nós somos as mesmas duas pessoas. Resolvidos, acomodados, todas aquelas coisas que você não gosta. Nós não iremos de repente ficar *emocionantes*, seja lá o que você queira dizer com essa palavra.

Com expressão atordoada, ela respondeu:

— Eu não pensei nas coisas assim tão adiante.

Quando Matt tentou, sentiu apenas um calafrio em seu coração. Por mais chateado e magoado que pudesse estar, ele ainda disse a verdade:

— Eu não consigo imaginar minha vida sem você.

— Eu também não.

Eles olharam um para o outro por um longo momento. Matt tinha vontade de gritar, de chorar, de dar murros na parede. A mesma merda que seu pai tinha feito, com a diferença de que os punhos não tinham socado a parede, mas sua mãe. Quando ainda era pequeno, todas as vezes em que ele gritava e esperneava, sua mãe lhe dizia que estava se comportando como seu pai, que ele a estava magoando.

Sim, ele era capaz de se controlar.

— Não estamos em condições de decidir essas coisas agora. Nós dois estamos em choque. Vamos dar um passo de cada vez. O primeiro é adiar o casamento.

Merilee piscou para conter as lágrimas e assentiu.

— Sim, eu posso fazer isso. Apesar de saber que minha família vai ficar furiosa. O dinheiro que eles gastaram, todo o planejamento. Ah, Matt, fiz Theresa e Kat e Jenna virem de tão longe até aqui para nada.

Nada. Seu belo casamento, o dia mais feliz de suas vidas, tinha se transformado em nada. Na verdade, talvez toda a sua relação de catorze anos tivesse se transformado em nada. As lágrimas ardiam no fundo de seus olhos e ele cerrou os punhos; a tensão vibrava em seus braços e repuxava seus ombros.

— Vou contar à minha mãe — disse ele, a voz áspera. Durante anos, sua mãe considerou Merilee sua filha. — E vou ligar para a empresa do cruzeiro.

— Theresa vai elaborar um de seus planos — disse ela friamente. — Para cancelar todo o resto — ela se afastou de Matt. — Eu preciso ir para contar a todos e organizar as coisas.

— Você não deve dirigir. — Nem ele, e a última coisa que desejava agora era ficar confinado dentro de um carro com ela, mas Matt sempre cuidara de Merilee. — Eu vou levá-la pra casa.

Ela levantou as mãos.

— Não, por favor. Vou devagar, mas preciso de alguns minutos sozinha.

Arrasado, ele disse:

— Então, prometa que vai tomar cuidado.

— Prometo.

Seus olhos azuis estavam enormes, molhados e inchados. Eles se olharam por longos segundos, então ela disse com uma voz melancólica:

— Eu te amo, M.

Isso era o que eles sempre diziam ao se despedir. A única vez que ele a ouviu dizer isso de maneira tão triste foi quando o médico havia diagnosticado a endometriose e eles souberam que nunca conseguiriam ter os filhos que tanto desejavam. Sim, claro, eles poderiam adotar uma criança, mas aquele sentimento de alma gêmea os fazia querer criar os próprios bebês. Talvez tivesse sido um sinal. Um sinal de que eles não eram almas gêmeas afinal de contas.

Mas naquele instante, como sempre fez, deu a ela o que esperava.

— Amo você, M.

E era verdade. Ela o havia traído, magoado, arrasado, mas o amor não podia morrer em alguns minutos. Ou poderia? Durante catorze anos, seu futuro tinha sido determinado. Agora... Ele não podia pensar nisso.

Até então, eles sempre se beijavam nas despedidas. Hoje, Matt cruzou os braços sobre o peito.

Merilee virou-se e caminhou em direção a seu carro.

Depois que ela foi embora, Matt levou as mãos ao rosto. E então, muito porque não conseguia deixar de se preocupar, não conseguia deixar de cuidar, puxou o celular do bolso e ligou para a casa dela. Ele tinha sentimentos ambíguos sobre sua família. Eles eram pessoas boas, interessantes, mas raramente davam a Merilee o que ela precisava.

Quando a mãe dela atendeu, ele disse:

— Rebecca, Merilee está indo para casa. Se ela demorar, me ligue. E quando ela chegar, fique com ela. Todos vocês. Ela precisa de vocês.

— Mas o que...

Ele raramente tinha visto a poderosa advogada ficar sem palavras.

— Essa é uma história que ela deve contar. Então, pelo menos desta vez, poderia colocá-la em primeiro lugar?

— Como assim? Mas nós...

Ele desligou, cortando a ligação. Não, eles nunca colocavam Merilee em primeiro lugar. Era ele quem sempre fazia isso.

Toda a sua vida se baseou em ser metade do M&M, e agora isso tinha acabado. Matt deu um soluço abafado, incapaz de conter as lágrimas por mais tempo.

***

Capítulo 2

Os tremores me sacudiam enquanto dirigia de volta para casa, arrastando-me bem abaixo do limite de velocidade. Era um fim de tarde ensolarado em junho, mas eu estava congelando. Nunca me sentira tão sozinha... Seria possível que Matt e eu estivéssemos rompendo nosso relacionamento? Não, não podia ser. Um passo de cada vez: a primeira coisa a fazer era contar à minha família que o casamento estava adiado.

Quando eu era criança, aprendi uma triste verdade. Embora meus pais e minhas irmãs de vez em quando dedicassem alguma atenção "ao bebê", que era como eles me chamavam, geralmente eles estavam ocupados demais para sequer me notar. Eu tentei ser uma boa menina, na esperança de chamar a atenção e ganhar o amor deles, mas eu era muito medíocre em comparação com a superinteligente e bem-sucedida Theresa; ou com a ativa e superpopular Kat ou com a linda e superexcêntrica Jenna.

Mas desde quando nos conhecemos, Matt tinha me visto. Ele sempre me viu, ele achava que eu era especial, ele me fez sentir amada... Ele tinha sido minha outra metade.

Agora eu estava sozinha. Solteira. Sozinha. Matt poderia dizer que ele me amava, claro, mas aquele não era um amor de verdade, forte. Ele disse que se sentia uma merda, mas não protestou apaixonadamente nem lutou para me manter ao seu lado. Não sei, ele parecia pronto a abrir mão de todo o nosso relacionamento assim, de repente. Isso partiu meu coração, entretanto me dizia que eu havia tomado a decisão correta sobre o casamento.

E agora, tinha a minha família. Eu odiava pensar em como eles poderiam reagir à notícia.

Talvez eu devesse fazer como Jenna. Virar meu carro para outra direção e ver para onde o vento me empurraria. A diferença é que eu não era tão inconformista quanto ela, e mesmo Jenna estava começando a aprender o que era ter responsabilidade. E a atitude responsável a tomar era contar à minha família que eu tinha cometido um erro gigantesco. E havia planos, muitos planos, que deveriam ser suspensos antes de sábado.

Meu Deus, como eu estava cansada... E gelada. E sozinha... E triste, estava muito triste. Minha cabeça doía de tanto chorar e de todas as lágrimas que ainda esperavam para ser derramadas. Eu queria me trancar no meu quarto e me esconder do mundo. Quem sabe até o fim da minha vida.

Estacionei em frente de casa e saí do carro lentamente. Esfregando as mãos sobre meus braços gelados, coloquei um pé em frente ao outro e caminhei para a escada.

A porta se abriu quando eu estava no meio dos degraus, e mamãe deu um passo para fora, a testa franzida:

— Merilee? Matt ligou.

— Ele contou?

Ele não tinha o direito de fazer isso. Mas pelo menos retirou algum peso de cima de mim.

— Ele disse que você teria algo a nos contar. E estava preocupado com você — ela ficou me olhando atentamente. — Ah, Merilee, o que há de errado? Você estava chorando...

Ela desceu os degraus rapidamente e passou os braços em volta de mim.

Os abraços de mamãe eram raros, o que os tornava algo especial. Deixei-me afundar no conforto do seu abraço, compassivo e amoroso, e sem críticas. Mas *ainda* sem críticas, porque ela ainda não sabia quanto eu tinha errado. E esse pensamento me impediu de me dissolver em lágrimas.

Se Matt tivesse me largado, eu poderia fazer uma cena e me acabar de chorar e todo mundo teria se sensibilizado com minha situação. Mas eu é que tinha tomado a iniciativa, então devia me recompor e explicar tudo.

Mamãe acariciava minhas costas suavemente, para cima e para baixo.

— Venha para dentro, querida. Conte-nos sobre isso. Então, vamos descobrir o que fazer.

Essa era a minha mãe advogada falando. Assim como Theresa, a análise racional e os planos de ação eram o que fazia melhor. Se bem que, eu tinha que admitir, na última semana as duas tinham se soltado um pouco, especialmente por causa do coração partido de Jenna. Elas de fato perceberam que nem sempre podiam consertar as coisas, que às vezes o melhor que uma pessoa poderia dar era a compreensão e o amor. Eu bem que podia usar um pouco disso agora.

Com seu braço em volta da minha cintura, mamãe me guiou pelos degraus de casa como se eu fosse uma menininha.

— Seu pai e suas irmãs estão esperando por você na sala. Naveen se ofereceu para fazer o jantar e Mark está cochilando.

Embora aquilo provavelmente fosse mais um tribunal de família do que um acolhimento, seria bom contar a história a todos de uma vez só. Talvez eles até compreendessem e lamentassem. Ah, sim, claro... Quais eram as chances de que isso acontecesse? Especialmente para mim, que sempre me gabei com as minhas irmãs da minha sorte no amor.

Essa sempre foi a minha posição na família. Theresa era a gênia, Kat era a Miss Simpatia e Jenna era a meio hippie. Quando eu ainda era pequena, as três já estavam conquistando coisas, eram as top dez, mas como encontrei Matt, não dei muita bola para isso.

Agora, eu tinha detonado a única coisa em que me destacava. Não era mais eu aquela que tinha sorte no amor. Eram elas.

Meus passos ficavam mais lentos à medida que me aproximava da sala, mas o braço firme de mamãe nas minhas costas não me deixou parar. Na porta, eu me afastei dela e entrei na frente, olhando para o grupo espalhado em sofás e cadeiras confortáveis. Olhares de perplexidade, preocupação e um pouco de aborrecimento me cumprimentaram.

Jenna virou a cabeça para mim com seus longos cachos ainda úmidos do chuveiro.

— Ei, M, o que está acontecendo?

— Estamos adiando o c-casamento...

Um soluço quebrou a última palavra.

O grupo reagiu com um coro de suspiros e exclamações.

Mamãe disse rispidamente:

— O que deu em Matt?

— Não foi ele. Foi ideia minha.

Essa declaração foi recebida com um silêncio de morte. Choque. Todos sabiam o quanto eu sempre quis casar com Matt.

Em seguida, Kat falou, em um tom que misturava simpatia e impaciência de uma maneira que apenas uma irmã Fallon poderia conseguir:

— Merilee, toda noiva fica nervosa assim...

— Isso — agora era Theresa, na sua voz de palestras —, e você anda cansada e estressada. Depois de uma boa noite de sono as coisas estarão diferentes amanhã de manhã.

— Não que eu acredite em casamento — observou Jenna —, mas, vem cá, isso combina com você e Matt.

O pobre papai, um pesquisador do câncer que se sentia mais confortável lidando com o DNA no microscópio do que com as filhas, parecia perplexo.

— Merilee, sempre pensei que era isso que você queria.

Bem, pai, dããã... Eu também pensei.

Mamãe ficou de pé na minha frente, pegou minha mão e a apertou e me olhou diretamente nos olhos.

— Filha, são os nervos ou tem algo mais? Você tem que pensar muito sério. Suas irmãs tiveram um baita trabalho para organizar esse casamento em um prazo tão curto. Se nós desfizermos as coisas, não vai ser num passe de mágica que conseguiremos arranjar tudo de novo.

Como Humpty Dumpty. E a minha vida inteira. Sufoquei um soluço. Nada iria se arranjar magicamente como era antes. Será que Matt e eu íamos romper de uma vez?

Novamente, afastei aquele pensamento. Tentando manter minha voz firme, respondi:

— Sim, eu pensei nisso tudo seriamente — e depois, virei os olhos para Theresa. — Estou pensando nisso há várias noites. — Mordendo os lábios, olhei para meu pai ainda perplexo. — Papai, também pensei que fosse isso que eu queria. Mas agora já não parece o certo. E Matt concorda comigo — ele tinha falado sobre o rompimento.

Mamãe balançou a cabeça, os olhos apertados e a testa franzida.

— Como isso pode não parecer o certo? Tudo que você sempre

nos disse é que Matt era perfeito, que ele era sua alma gêmea, como os dois eram as metades da laranja.

— Uma mulher não deveria ser assim — disse Jenna, levantando-se para ficar ao lado de mamãe.

As duas faziam um enorme contraste, minha mãe ainda no seu terninho de advogada de cor de carvão e Jenna em um top turquesa e uma de suas esvoaçantes saias hippies, com o cabelo dourado e úmido ondulando ombro abaixo.

— Você tem que ser independente — continuou ela — e ele também. E então seu amor é dado livremente, mais por desejar e menos por necessidade.

Eu não tinha entendido direito o que ela estava dizendo, afinal, tudo o que sempre quis em minha vida foi ser a metade de M&M, e aquele papo vago e delirante de Jenna era demais para minha cabeça dolorida.

— Eu... Não consigo explicar — disse eu, voltando a olhar para minha mãe. — Só que não parece direito. Tem alguma coisa errada, alguma coisa faltando, ou...

Como eu poderia dizer a todas essas pessoas que Matt e eu éramos chatos, sem paixão? Isso era muito particular, muito humilhante.

Normalmente, eu recuo em face da lógica da minha família, da pressão, da força da sua personalidade. Desta vez, eu não podia fazer isso. Então, ergui meu queixo.

— Sinto muito, mas o casamento não vai acontecer.

A mensagem finalmente parecia estar sendo absorvida, porque Jenna tocou no meu braço.

— Eu sinto muito, mana.

— Estamos todos muito tristes, querida — disse mamãe, parecendo um pouco perdida. Dê-lhe um criminoso ou um médico negligente para processar e ela estaria no seu domínio, mas emoções confusas não eram seu forte. Timidamente, ela disse: — Vocês dois estão ainda namorando, noivos, ou... ?

— Eu... n-não sei...

Estávamos terminando ou apenas dando um tempo para repensar as coisas? Não havia nenhum anel no meu dedo para tirar ou para devolver. Embora meu coração romântico ansiasse por ele, disse a Matt que devíamos ser práticos; precisávamos do dinheiro para a promoção da lua de mel, para alugar o apartamento, para as compras de supermercado e para pagar a matrícula na faculdade. Ele ouviu, como sempre fazia, e concordou. Essa era uma de suas grandes qualidades, exceto naqueles momentos em que eu queria ser surpreendida, ansiava por uma atitude dele, desejava emoção e paixão. Claramente, ele nunca se importara o suficiente comigo para se mostrar apaixonado. Deixei escapar um pequeno soluço.

— Nós ainda não pensamos assim tão adiante... — continuei a minha resposta.

— Ah, Merilee, não sei o que dizer... — e minha mãe me abraçou de novo.

Kat e Theresa vieram, também, murmurando palavras de simpatia, e de alguma forma todas nós nos enroscamos em um estranho abraço em grupo. Podemos não ser muito experientes em dar apoio incondicional ao outro, mas eu podia sentir o amor deles em mim.

Lágrimas transbordaram.

— Desculpem, eu estraguei tudo.

Eu podia sentir as palavras nos lábios trêmulos, palavras de queixa, de censura, de repreensão, mas ninguém falou e eu fiquei grata por isso.

— Merilee? — era a voz do meu pai.

O círculo feminino se separou e eu o vi de pé lá, parecendo tão pouco à vontade como eu nunca o tinha visto. Ele não era do tipo de pessoa que abraça todo mundo, ainda menos do que mamãe, mas deu um passo adiante e me pegou em seus braços.

— Nenê, como eu queria consertar isso para você.

Nenê. Era assim que todos eles me chamavam quando eu era menor, antes de conhecer Matt, antes de me transformar em M&M e me tornar M.

Descansei meu rosto molhado contra o ombro da camisa de algodão.

— Ah, papai, eu também queria... — depois de dizer isso, percebi que fazia muito tempo que não o chamava de papai.

Ele deu tapinhas nas minhas costas, como se quisesse fazer o bebê arrotar, mas era o pensamento que contava agora:

— Do que você precisa, filha? — perguntou ele.

— Eu queria dormir. Eu queria tomar uma dessas pílulas que o médico me deu depois da cirurgia e dormir por horas. Por dias... Eu queria dormir até depois de sábado... — Mas isso não seria responsável. Eu tinha criado a bagunça e teria que ajudar a limpá-la. Então, relutantemente, dei um passo para fora do abrigo de seus braços. — Mas não farei isso. Theresa, você pode elaborar uma lista das coisas que precisam ser feitas e eu começo a dar os telefonemas?

— Não, a gente cuida disso. O pacote de três. Certo, Kat? Jenna?

Enquanto elas murmuravam em concordância, Mamãe disse:

— Eu vou ajudar, também. E você vai se deitar, querida. Eu sei que está exausta e sofrendo.

— Isso seria tão bom. — Tudo doía. Minha cabeça, meu coração. — Eu não posso acreditar no que fiz para vocês. Arrastei o pacote de três até aqui de todos os cantos do mundo e...

— Não se desculpe por isso — Theresa interrompeu. — Se você não tivesse feito isso, eu não teria conhecido o Damien.

— E Nav e eu de repente nunca teríamos ficado juntos — disse Kat.

— E eu não teria pegado uma carona com o Mark — completou Jenna.

Que ótimo. Como Matt e eu tínhamos marcado o casamento, minhas três irmãs haviam encontrado o verdadeiro amor, e talvez M e eu tivéssemos perdido o nosso. Não consegui me recompor a ponto de dizer o quanto eu estava feliz por elas, até porque eu estava me sentindo uma porcaria tão grande que não poderia ficar feliz por coisa nenhuma.

— Eu vou para a cama — retruquei, soando tão patética quanto eu me sentia.

— Posso levar algo para você? — perguntou mamãe. — Quer que a gente faça alguma coisa, talvez algo para você comer? Ou que chamemos alguém para lhe fazer companhia?

Neguei com a cabeça.

— Estou sem fome. E agora quero ficar um pouco sozinha.

Era assim que a minha vida seria de agora em diante, então eu poderia muito bem ir me acostumando com isso.

Enquanto eu me arrastava para fora da sala, quase sem força para levantar meus pés, ouvi Theresa dizer baixinho:

— Ela vai dormir e refletir. E, de qualquer forma, não há muito que a gente possa resolver hoje à noite. Eu vou fazer uma lista para que estejamos preparados, se ela não mudar de ideia.

Por que ninguém me escuta? Eu não ia mudar de ideia.

Graças a Deus existem os remédios. Eu dormi de fato por dez horas seguidas. Quando acordei, meio tonta e com dor de cabeça, minha vontade foi de tomar outro comprimido e voltar a dormir, mas forcei-me a sair da cama. Chequei meu celular. Não, não tinha nenhuma chamada perdida de Matt. Como será que ele estava? Estaria pensando em tudo? Eu poderia telefonar para ele para saber, mas, se ele quisesse mesmo romper, ainda não me sentia preparada para ouvir isso.

Em vez disso, fui para o chuveiro. Como esse ditado estúpido dizia, este era o primeiro dia do resto da minha vida. Era bastante tentador fugir dele com os remédios, mas eu não seria covarde a esse ponto.

Deixei a água escorrer em mim por muito tempo, sentindo como se ela estivesse lavando a antiga Merilee. O único problema é que não tinha a menor ideia de como seria a nova... Mas, surpreendentemente, quando voltei para o quarto usando o roupão de verão, abri a janela e ouvi o canto de um passarinho, senti uma onda de esperança.

Minha decisão sobre o casamento, por mais dura que fosse, me parecia a mais correta. Durante a semana anterior, eu tinha me sentido como o Chiqueirinho, da turma do Charlie Brown — com a diferença de que, em vez de estar envolvida por uma nuvem de sujeira, a minha era de dúvidas. Agora, essas dúvidas tinham desaparecido. Eu estava limpa, brilhando, nova em folha. Vulnerável e com medo, sim — e não me sentia pronta para pensar se Matt e eu de fato rompêssemos... —, mas viva também.

Uma batida suave soou em minha porta.

E aí, essa brilhante e vulnerável *Eu* estava pronta para enfrentar a família? Respirei fundo o ar fresco do verão. Minha mãe sempre disse que adiar o inevitável nunca ajudou, então respondi:

— Já levantei, pode entrar.

Mas era Kat. Normalmente, ela era a mais composta de todas nós, mais até do que mamãe. Mas nessa manhã, vestindo um roupão e de pés descalços, cabelo despenteado, sem maquiagem, ela parecia... Estranho, ela parecia um pouco brilhante e vulnerável, como eu... Seu rosto brilhava, mas parecia hesitante ao atravessar o quarto em minha direção:

— E aí, Merilee, como está indo?

Será que ela estava com medo de que eu desabasse e chorasse em cima dela:

— Não tão mal...

— Você... Hã... Repensou as coisas?

Então era isso. Elas estavam todas esperando que não tivessem que passar o dia todo telefonando para cancelar.

— Desculpe, mas não mudei de ideia. Eu sei que isso ia deixar as coisas mais fáceis para todo mundo, mas, honestamente, sei que é o melhor a fazer. E Matt concorda — acrescentei amargamente.

Não deveria ter sido uma surpresa ele me achar uma chata, pela qual não valia a pena lutar ou namorar, porque – *alô-ôô* – eu não era a garota mais inteligente, mais bonita, mais gostosa do mundo. Mas ele sempre disse que eu era especial e eu sempre achei que ele de fato acreditava nisso.

Kat estava empoleirada no parapeito da janela.

— Bem, se você tem certeza. Quero dizer, vocês é que sabem, né? — ela se afastou do parapeito, virou-se e, inesperadamente, me abraçou. — Eu nem consigo imaginar como deve ter sido difícil para você.

Matt, aquele que me fez sentir especial, estava falando em romper comigo. Sim, isso era difícil. As lágrimas entupiram minha garganta. Se eu dissesse qualquer coisa, eu choraria, e não era assim que eu queria começar este dia.

Ela deu um passo para trás, sacudindo a cabeça e fazendo seus cachos castanho-avermelhados voar em todas as direções.

— Sim, é claro. O que eu estava pensando? Bem, a Theresa fez uma lista, então acho que é melhor a gente começar.

— Vou me vestir e descer para ajudar.

Ela estava quase na porta quando entendi o que ela disse.

— Kat, o que você quis dizer quando falou: "O que eu estava pensando?". Você não estava tentando consertar as coisas, estava?

Ela era uma romântica, também, por natureza, embora sua vida amorosa tenha sido péssima antes de Nav.

— Não, nada disso — ela mordeu o lábio, como se houvesse algo que quisesse dizer, mas estava segurando.

Quer dizer que todos eles iriam me tratar agora como um bebê, que precisava ser manuseado com luvas de pelica?

— Desembucha, mana — falei.

Ela balançou a cabeça e afastou uma mecha de cabelo dos olhos com impaciência. Na mão esquerda, alguma coisa brilhou.

Meus olhos se arregalaram e corri em direção a ela.

— Kat?

Rapidamente sua mão desapareceu no bolso de seu robe.

Eu a agarrei e puxei para fora, e vi um anel de noivado com um grande, brilhante diamante.

— Você está noiva? — uma felicidade imensa correu através de meu corpo, momentaneamente deixando de lado as minhas preocupações. — Ah, Kat, você e Nav ficaram noivos! — joguei meus braços em torno dela.

Ela me abraçou de volta.

— Sinto muito. Eu queria esconder o anel.

— Não, puxa, não tem que fazer isso.

Eu a empurrei um pouco e peguei a mão dela novamente, para

que pudesse olhar com mais cuidado aquele fabuloso anel. Que sortuda, essa Kat! Não que eu me importasse com o tamanho da pedra, não. Se Matt tivesse feito uma surpresa para mim e me dado uma aliança com uma lasca de diamante, eu já teria ficado emocionada.

Droga. Eu não era assim.

— Puxa, estou tão feliz por você. Ele é um cara ótimo. Foi ontem que ele fez isso?

Ela ficou me estudando com cautela, como se não tivesse certeza de que eu levaria isso na boa.

— Foi no trem, na noite antes de chegarmos a Vancouver.

— Mas... você não contou nada.

— Era o seu momento especial — respondeu ela em voz baixa. — Você merecia ser o centro das atenções.

Ela realmente fez isso por mim? Triste, repliquei:

— Pois é, e veja no que deu... Bem, uau, isso é incrível!

Não, eu não estava com ciúme, não estava com ciúme, não estava com ciúme... Só porque Kat estava apaixonada por um cara ativo e excitante e que achava que ela era a mulher mais sexy e mais bela que já existiu, um fotógrafo brilhante e com um sotaque de babar, que a havia paquerado e conquistado e pedido em casamento num trem, que tinha dado a ela um diamante gigante...

Imagina que não estava com ciúme! Pelo menos eu podia tentar ser madura e esconder esse sentimento:

— É um anel incrível. E você foi mesmo muito legal em esconder esse noivado. Mas não precisa mais manter isso em segredo.

— Na verdade, ele não estava planejando isso — os olhos dela brilhavam e ela falou rápida e ansiosamente. — Mas ele tinha este anel, um anel dele mesmo. Ele me deu quando propôs me casar com ele, e eu nunca ia deixar que ele substituísse por outro, então a gente o transformou numa aliança.

— Isso é tão romântico — ele tinha tirado o próprio anel do dedo e dado a ela. — Vocês já definiram a data?

Ela desviou o olhar para seus pés descalços.

— Não.

— Já sim, não é? Tudo bem, pode me contar, eu prometo que não vou desabar.

Sua cabeça se levantou novamente e ela a balançou com firmeza, os cachos se desmanchando.

— Não, não definimos.

Embora nós, as garotas Fallon, fôssemos muito diferentes umas das outras, eu conhecia Kat há vinte e um anos. Alguma coisa estava acontecendo e ela não queria me contar. Mas de repente, isso me veio:

— Não no sábado... Sábado? Você não estava pensando...

— Não, claro que não! — A negação foi muito rápida, muito veemente.

— Ah, meu Deus!

— Mas nós não... Nem sei por que a gente...

Eu fiquei boquiaberta olhando para ela, atordoada.

— Você veio aqui para me perguntar se estava bem...

— Não. — Outro sacudir de cabeça muito vigoroso. Então: — Bem, eu vim ver com você estava. Mas é uma loucura. Nav e eu estávamos no meu quarto ontem à noite, bebendo Grand Marnier e conversando. Você sabe, sobre o casamento ter sido cancelado, todas as coisas que precisavam ser canceladas... E ele disse: "Como está tudo preparado para ter um casamento, então alguém deveria se casar". Como a gente tinha bebido no jantar, sei lá, na hora aquilo parecia uma boa ideia. Mas não é. Foi estúpido e repentino e eu sinto muito por ter pensado isso.

Eles queriam assumir o meu casamento, era isso? Fala sério... Eu não conseguia nem refletir sobre essa ideia, quanto mais meu maltratado coração invejoso.

Kat me amava. Para que ela pensasse nisso, significava... O quê? Que ela queria agarrar o Nav antes que ele sumisse? Inclinei a cabeça e a estudei.

— Você ficou noiva há duas semanas e já quer se casar com ele amanhã? Tem certeza disso ou é só, sei lá, já namorou tantos caras e teve tão pouca sorte que desistiu de procurar?

Um lado de sua boca se levantou.

— Não, Merilee, não estou assim tão desesperada.

— Desculpe, eu não quis dizer isso.

— Tudo bem, e eu entendo o motivo de ter perguntado. Mas você notou alguma coisa? Mesmo tendo tido tantos namorados, nunca fiquei noiva, entende?

Isso era verdade. Ela viveu romances deslumbrantes que ou deram errado de cara ou fracassaram pateticamente, mas nunca um noivado.

— Nem mesmo quando saí com um cara por meses direto — sua boca se contorceu com tristeza. — Não, e não foi sempre porque eles me largaram. Às vezes eu simplesmente sabia que não daria certo. Mas com Nav, é totalmente diferente. Eu o conheço tão bem, e ele é maravilhoso. Desta vez, vai dar certo. Não há nenhuma razão para esperar. — A certeza brilhava em seus olhos.

Provavelmente meus olhos costumavam brilhar daquele jeito. Mas talvez Kat tivesse um motivo melhor. Ela tinha saído com uma tonelada de caras diferentes, de modo que sabia o que estava procurando. Além disso, ela e Nav realmente pareciam perfeitos juntos. Eles se conheciam havia uns dois anos, eram melhores amigos, e ainda rolava todo aquele clima de romance e paixão entre os dois. Todas as minhas irmãs estavam radiantes com seus novos namorados. Foi isso que me fez perceber que Matt e eu éramos... Equivocados.

Às vezes, a vida era mesmo uma merda. Eu tinha feito tudo direitinho durante catorze anos. Por que eu não poderia ter aquele gostinho do romance perfeito?

Respirei fundo e lembrei a mim mesma que eu não era uma criança mimada. Eu era aquela nova e resplandecente Merilee. Kat, que queria se casar tanto quanto eu, tinha mantido seu noivado em segredo para que eu pudesse ser o centro das atenções. Agora eu poderia dar esse presente à minha irmã.

— Olha — disse eu lentamente. — Se vocês dois de fato têm certeza, sem álcool no sangue, então tudo bem, vão em frente. Alguém pode muito bem se casar no sábado. Se você não se importar em ficar com material de segunda mão — meu espaço, meu bolo de casamento, minha música... — Mas ainda vai ter que conseguir um vestido — ninguém iria usar meu vestido de renda branco que tinha escolhido com estrelas nos olhos ao imaginar Matt me assistindo caminhar pelo corredor gramado. Ironicamente, acrescentei: — E um fotógrafo. — Seu noivo iria fazer as fotos do casamento e da recepção como seu presente para mim e M.

Ela pegou minha mão e a apertou.

— Isso é pedir demais, mana.

Era mesmo. Mas vendo a esperança em seus olhos, eu respondi:

— Você não está pedindo, eu é que estou oferecendo.

Foi um grande gesto romântico, e eu amava minha irmã, por isso estava fazendo aquilo.

— Será que Matt vai concordar com isso? Quer dizer, o sábado era... Você sabe...

— O casamento dele também — sim, eu sabia. — Telefone e pergunte.

Não. Isso seria covarde, rude, simplesmente errado. Eu ainda o amava e precisava ser capaz de falar com ele. Para descobrir o que nós faríamos... Se nós íamos de fato... Terminar. Engoli outro bolo asfixiante de lágrimas.

— Não, eu é que deveria conversar com ele — e seria por telefone, não pessoalmente. Por que, se ele dissesse na minha cara que tínhamos terminado, eu iria desabar.

A testa dela franziu.

— Isso é muito bizarro.

— Nem me fale — fazer a coisa certa nem sempre era fácil. — Vá dizer para a Theresa não cancelar nada ainda, apenas avisar aos amigos que confirmaram presença. Eu vou telefonar para Matt.

Ela apertou minha mão com mais força.

— Eu te amo, Merilee.

Na minha família, quando usávamos essas palavras, elas geralmente vinham seguidas por "mas você deve fazer isso ou aquilo", ou "mas eu sei das coisas melhor que você". No entanto, as palavras ditas por ela, simples e sem nenhum porém, tinham um significado maior.

— Eu te amo também — e eu só faria isso por uma irmã.

Mas um pensamento me atingiu na hora.

— Ai, meu Deus, Kat. E a Theresa e a Jenna? Será que vão ficar chateadas? Quero dizer, e se Theresa e Damien quiserem se casar no sábado? Ou Jenna e Mark? — Jenna, aquela minha irmã meio hippie que achava que o casamento era uma instituição ultrapassada? — Tudo bem, Jenna não, mas quem sabe a Theresa?

Kat soltou minhas mãos, o humor brilhando em seus olhos.

— Nunca pensei nisso. Eu poderia dizer que cheguei primeiro.

Ou talvez pudéssemos tirar na sorte. Ou ter um casamento duplo. — Então ela ficou séria de novo. — Ou esquecer tudo isso. Essa é a melhor coisa a fazer.

Melhor? Seria mais fácil para mim e para Matt. Para mais ninguém. A criança invejosa e cheia de mágoa dentro de mim queria gritar *É isso mesmo, esqueça! Basta se esquecer de tudo!* Lentamente, eu disse:

— Você quer isso. Eu posso ver o quanto significa para você. Vamos fazer uma coisa de cada vez. Vou ligar para o Matt, e depois nós conversamos todos juntos.

Talvez ele dissesse não. E se fizesse isso, do lado de quem eu ficaria? Dele ou da minha irmã? Essa possibilidade não existiria, porque Matt e eu éramos duas metades de um todo. Nós nunca discordamos. Ele era um cara muito fácil de levar, sempre fazia aquilo que eu queria.

O que, na verdade, poderia ser um pouco irritante. Ficou cansativa essa coisa de ter que tomar todas as decisões.

— Você é a melhor — disse Kat fervorosamente.

Eu? Enquanto ela saía do quarto, essas palavras permaneceram. Alguém na minha família já tinha dito palavras parecidas com essas para mim? Matt sim, mas não as pessoas da minha família. E será que ele me diria isso de novo?

Antes que me acovardasse, endireitei os ombros e peguei o telefone.

***

Capítulo 3

Tomar café era melhor do que ficar jogado na cama, então Matt levantou-se cedo. Na noite passada, ele contara à mãe sobre o casamento e teve que lidar com os ataques de choque, raiva e compaixão. Ela queria fazer o jantar para ele, cuidar dele, mas esse era o tipo de coisa que não suportaria, então agradeceu e disse que precisava ficar sozinho.

Ele pensou em chamar seus amigos, mas de jeito nenhum eles iriam se solidarizar. Afinal, já não compreendiam por que ele queria ficar com uma menina só, muito menos se casar tão jovem.

A única pessoa com quem poderia conversar numa hora como essa tinha perdido a cabeça. Então, sentindo-se muito, muito sozinho, ele saiu e caminhou por horas, vagando pelas ruas enquanto a tarde se transformava em noite. Ele ainda estava andando quando as crianças entraram para jantar, enquanto as pessoas assistiam à TV ou jogavam do lado de fora das casas, e quando as luzes dos quartos eram apagadas.

Quando, finalmente, sentiu seu corpo exausto, ele foi para casa e caiu na cama, mas não conseguiu desligar a mente. O que ele pensava sobre tudo isso? Como ele se sentia? O que ele e Merilee fariam?

Durante catorze anos, tudo o que acontecia em seu relacionamento parecia inevitável, como um navio de cruzeiro navegando feliz e seguro em sua rota preestabelecida. Mas de repente ele tinha sido lançado ao mar em um barco a remo, sem nenhuma ideia de qual direção deveria tomar, ou para onde Merilee estava indo.

Ele tinha acabado de servir uma segunda xícara de café forte quando seu telefone tocou. A tela mostrou o número dela. Seu coração deu um salto. E se ela tivesse mudado de ideia? E se ela tivesse percebido que aquela loucura era apenas a tensão do casamento que se aproximava e... Mas...

Enquanto olhava para o telefone tocando, um pensamento chocante veio à tona em sua mente cansada. Talvez ele não quisesse que Merilee mudasse de ideia. Talvez ele não quisesse que aquele navio jogasse uma escada de corda pela qual ele pudesse subir.

Que merda ela queria agora?

Matt atendeu:

— Merilee?

— E aí, como vai?

Como se ela ligasse para isso...

— Como você acha que estou? Droga, Merilee, por que você não me disse essas coisas há mais tempo? Por que você deixou para contar dois dias antes do casamento?

Eles costumavam dizer que podiam contar tudo um para o outro, mas isso não era verdade.

Provavelmente, ele deveria perguntar como ela estava, mas se ela dissesse que estava feliz... Bem, isso Matt não estava a fim de ouvir. Talvez, apesar de suas lágrimas de ontem, ela estivesse animada com a ideia de não ser mais a metade de um casal. Animada com a ideia de poder namorar outros caras. Será que era isso que ela queria? Aquele mala do Matt, o chato do Matt, já não era mais o suficiente para ela?

— Eu não sabia como me sentia até minhas irmãs voltarem para casa — respondeu ela suavemente. — E não, não que elas tivessem dito que eu era louca ou tentado me convencer a pular fora disso. Mas só o fato de ficar perto delas foi como uma luz que brilhou sobre mim e iluminou o nosso relacionamento. Elas passaram por tudo isso ultimamente, e agora têm seus namorados. Estão descobrindo quem eles são e o que querem. Eu nunca fiz isso. Eu meio que levei tudo como pressuposto e...

— Como, tudo pressuposto? — retrucou ele incrédulo. — Era você que andava por aí com aquelas revistas de casamento, você que dizia que devíamos ser professores. No último verão, foi você que disse que não podíamos acampar em Okanagan porque precisávamos economizar o dinheiro para o futuro...

— Quer dizer, está dizendo que eu não planejava as coisas, que eu mandava em você? — Merilee parecia ofendida.

Mas não era verdade? Apesar de, na época, não parecer assim.

— Estou dizendo que você sabia o que queria e me contava, e daí nós fazíamos os planos juntos. No meu dicionário, isso não é planejar as coisas.

— N-não, mas eu acho que... Eu nem sei o que quero dizer. Estou tão confusa.

Ele bufou.

— Nem me fale. De repente, não sei mais nada — de má vontade, ele acrescentou: — Acho que é melhor descobrir essas coisas agora do que depois de alguns anos de casado. — Era uma possibilidade que nunca tinha imaginado antes, que o casamento não seria feliz. Ele, o filho de pais divorciados, cujo casamento tinha sido um inferno. Ele queria fazer tudo de novo, uma segunda chance de ter uma família amorosa, e por alguma razão nunca duvidou de que ele e Merilee fariam isso acontecer. Matt deu uma risada áspera que não tinha nenhum humor. — Finalmente consegui entender quando as pessoas diziam que éramos muito novos.

— É, a gente achava que sabia de tudo, mas na verdade, não. Matt, obrigada por não estar tão furioso comigo.

Furioso. Estava furioso? Desde que seu pai tinha ido embora, ele tinha dado o melhor de si para nunca sentir raiva e muito menos expressá-la, por medo de deixá-la extravasar da mesma forma que seu pai: pela violência. Não, não estava furioso, e não queria bater em Merilee. Sacudi-la, quem sabe... E esse pensamento o assustou.

— Você não está furioso, está? — perguntou ela ansiosamente. — Diga que não está furioso.

Matt lembrou-se de que essa era a garota que ele sempre amou.

— Estou nervoso, tudo bem? Não sei o que pode acontecer.

Deviam terminar? De repente, era isso que ela queria. E ele, o que queria? De onde tinha vindo aquele estranho pensamento de não saber se queria embarcar de novo no relacionamento e seguir de onde tinham parado?

Sem ter ideia do que queria, ele ficou quieto.

Graças a Deus ele tinha tirado essa folga um dia antes do casamento. Esse pensamento o fez lembrar que seu chefe naquele emprego temporário era seu tio, e que alguns colegas de trabalho também foram convidados para o casamento que não ia mais acontecer.

— Eu acho que Theresa tem uma lista. Dos convidados que precisam ser avisados, das coisas que precisam ser canceladas...

— Na verdade... Matt, esta pode ser uma péssima ideia, mas... Bem...

— O que foi agora? — sua paciência para surpresas estava muito, muito no fim.

— Kat e Nav estão noivos.

Isso o pegou desprevenido e o fez pensar em algo que não em si mesmo.

— Sério? Bem, acho que era previsível — eles formavam um casal legal. Aquele rolo compressor da Kat tinha sido suavizado pelo Nav.

— Na verdade, eles ficaram noivos no trem de Montreal e mantiveram isso em segredo. O que foi muito atencioso. Ela deve ter quase morrido, mas... De qualquer forma, eles querem se casar e, hã...

O cérebro de Matt estava trabalhando lentamente, apesar da cafeína, assim ele levou um momento para concluir. Então, a adrenalina o sacudiu por dentro.

— Eles querem o nosso casamento? Você só pode estar brincando — agarrando seu celular com força, ele começou a andar em sua garagem convertida em apartamento.

— Eles não pediram isso, mas falaram sobre a possibilidade, e eu disse talvez, se estivesse tudo bem por você. O que acha?

Que estava todo mundo louco e que ele estava muito puto da vida.

— Ela não pediu e você disse talvez? Do que você está falando?

— Ela e Nav tinham falado sobre isso, mas ela decidiu não perguntar para mim, mas eu de alguma forma descobri. E pensei que devia ser madura o suficiente para oferecer.

Sua mão livre apertou-se em um punho. Madura? Foi madura essa atitude de simplesmente entregar seu casamento para outra pessoa? Como se fosse uma blusa que não queria mais e então deu para sua irmã?

— O que você acha? — perguntou ela de novo, nervosamente.

Matt obrigou-se a abrir os dedos, mas seu corpo ainda estava tenso, com raiva e amargura. O que ele poderia dizer? Ele era o cara legal, o responsável, que nunca perdia a compostura, o que gostava de fazer as outras pessoas felizes.

— Ah, claro, por que não? — retrucou ríspido. — Por que deixar um casamento perfeitamente planejado ir para o lixo?

Do outro lado da linha, ele ouviu Merilee engolir em seco, ou talvez fosse um soluço.

Ele passou a mão no queixo com a barba por fazer e automaticamente se desculpou.

— Sinto muito, estou meio descontrolado.

Ela respondeu devagar.

— Eu também. Isso é difícil.

— É... — disse ele.

Como assim, *ela* estava achando isso difícil, depois de ter começado tudo? Seu coração sangrava. Não acredito...

— Sim — disse ele. — Se eles querem o casamento, que fiquem com ele. — Isso o lembrou de outra coisa. — Eles poderiam aproveitar a porra daquele cruzeiro também.

— Nav tem aquela exposição de fotografia em Montreal, lembra? A menos que ele adie. Mas eu duvido que ele possa fazer isso. Bem, eu vou perguntar. Imediatamente, porque senão teremos que cancelar o cruzeiro.

— Eu telefonei ontem à noite. Se cancelar, não há nenhum reembolso. Nem mesmo os voos de volta para Los Angeles, porque reservei todo o pacote numa oferta de última hora.

— Ah, não.

— Sim, é uma merda — e era tudo culpa dela. — Se encontrarmos alguém que queira ir, podemos trocar as reservas e as pessoas nos pagam, mas não temos direito a reembolso.

— Nós poderíamos usar esse dinheiro.

Eles podiam, sim. Apesar de não ser para o seu primeiro apartamento, não agora. Isso era outra coisa que precisariam que cancelar.

— Eu perguntei a minha mãe se ela conhecia alguém que pudesse estar interessado no cruzeiro, mas é meio de última hora, parte domingo. Ninguém que esteja trabalhando vai poder sair assim sem ter programado.

— Vou perguntar também — ela suspirou. — Eu estava querendo muito descansar e ser mimada, e conhecer aquelas cidades mexicanas.

Ele sabia disso. Quando ele mencionou o cruzeiro, ela ficara tão animada.

Isso o fez lembrar que, apesar de ela ter adiado o casamento, essa ainda era a garota que ele amava. Ela havia passado por um monte de estresse este ano, talvez por isso de repente tenha ficado maluca.

— Olha — disse ele lentamente, sentindo-se muito mais nobre do que ela merecia —, por que você não vai? As chances de a gente achar alguém são pequenas, e, em vez de desperdiçar esse dinheiro, você pode ter umas férias.

— Eu não poderia fazer isso.

Beleza. Despreze aquele gesto nobre.

— Que seja, então — replicou ele. — Pergunte a Kat, pergunte por aí. Farei o mesmo.

— Tudo bem — ela ficou quieta tempo suficiente para que ele soubesse que havia ainda outra coisa.

— O que há?

— Se eles se casarem, você quer ir?

Ele abafou um suspiro, sentindo-se como se tivesse levado um golpe de surpresa no estômago.

— Você sabe que Kat iria convidá-lo para o seu casamento, mas...

— Não. De jeito nenhum. — Ele não queria ver outra mulher caminhar até o altar no sábado. Ele fez uma careta. — Você vai?

— Eu não quero. Mas não sou eu que importa agora, entende? Se a minha irmã se casar, é nisso que devo me concentrar. Na felicidade dela.

Ela seria capaz de fazer isso? Estava na cara que Merilee não estava tão chateada quanto ele.

— Então, espero que se divirta muito.

E desligou o celular.

***

Meia hora depois, Matt recebeu um e-mail de Merilee dizendo que Kat e Nav iriam em frente com o casamento. Ele não respondeu. Sentindo a necessidade de fazer alguma coisa, qualquer coisa, ele saiu de seu apartamento-garagem sem a mínima ideia de onde poderia ir.

Sua mãe devia estar de plantão na janela da cozinha, porque, no momento em que ele pisou no quintal, ela saiu correndo pela porta dos fundos da casa em seu velho roupão de veludo amarelo e chinelos. Ela tinha reservado sua folga para passar o dia num spa de luxo em preparação para o ensaio do casamento e o jantar.

Não tinha havido muitos luxos em suas vidas desde que o pai violento fora embora, quando Matt tinha seis anos. Sua mãe tinha se mudado para Vancouver em parte para fugir das más lembranças e em parte para ficar perto de seus pais, que poderiam ajudar com a criança. Mas a vida não lhes deu uma folga. Apenas alguns meses depois da mudança, seus avós morreram dormindo por envenenamento de monóxido de carbono quando a caldeira de aquecimento da casa apresentou defeito. Desde então, ele e sua mãe estavam sozinhos. Ela trabalhou o máximo que pôde para sustentar os dois, e ele assumiu parte do encargo, também, arrumando empregos de meio período e ajudando na casa.

A mãe lhe deu um grande abraço.

— Oh, querido, como está? Eu não queria incomodar você, não sabia se estava dormindo, mas...

Ele retribuiu o abraço.

— Eu vou sobreviver.

Ela estendeu a mão para tocar levemente seu cabelo, apenas um rápido movimento.

— Eu odeio ver você sofrendo. Você ainda é o meu menino.

Matt deu de ombros. Quando tinha seis anos, ela disse que ele era o homem da casa. Ele sempre tentou ser adulto e responsável, para poder cuidar dela. E ainda assim ela insista em chamá-lo de "meu menino". Tinha que ser uma coisa de mãe.

— Nenhuma mudança nos planos? — perguntou ela. — Você já falou com Merilee hoje de manhã?

— Nós conversamos. Não há nenhuma mudança em *nossos* planos — ele engoliu em seco, um gosto amargo em sua garganta. — Kat e o novo namorado dela, descobri que na verdade é seu noivo, vão se casar em vez de nós.

— O quê? Kat e... Como assim? — Ela arremessou as mãos em seus quadris e olhou para ele, a expressão indignada. — Eles estão roubando o seu casamento? Isso é terrível.

— Merilee me ligou para perguntar se tudo bem.

— Humpf... O que essa menina anda pensando?

Matt suspirou. O auge de sua raiva já tinha passado, provavelmente porque ele estava tão cansado e deprimido.

— O que importa? As irmãs dela tiveram um monte de trabalho para organizar tudo. Alguém pode muito bem tirar proveito disso...

— Mas isso é bizarro demais.

Ele deu de ombros.

— Os Fallon são assim. Eles fazem as coisas do jeito deles.

— Isso é verdade.

Embora a família Fallon tivesse feito parte de suas vidas desde que ele conhecera Merilee, oferecendo-lhe um lugar para ir depois da escola e uma refeição quente enquanto sua mãe trabalhava em seus turnos, ela nunca se sentira muito confortável com os pais de Merilee. O doutor James Fallon, um cientista que pesquisava as ligações genéticas do câncer, era um homem fácil de respeitar, mas não uma pessoa fácil de se aproximar. E a ideia de diversão de Rebecca era ler revistas jurídicas, enquanto ela preferia vegetar em frente da TV.

E não ajudava muito o fato de que sua mãe acreditasse que devia muito a Rebecca, que tinha insistido para Adele processar a empresa de manutenção da caldeira, a havia representado sem cobrar e conseguido um acordo generoso. E cada centavo dele a mãe tinha investido na educação do filho.

Ela disse severamente:

— Eles armaram para você de uma forma que não poderia dizer não.

Isso era verdade.

— É que *não* não é minha palavra favorita.

Ela esfregou seu ombro.

— Você é uma joia. Mas é bom aprender a dizer *não* de vez em quando.

Quando ele deu de ombros, ela disse:

— Eu aposto que você não tomou o café da manhã. Vou fazer alguma coisa.

— Não, obrigado, não estou com fome.

— Você precisa comer.

Ele revirou os olhos, nem um pouco surpreso. Talvez fosse a hora de insistir em dizer não...

— E eu preciso cozinhar para você — ela continuou —, isso me deixa mais animada. Venha, eu vou fazer qualquer coisa. Omelete mexicana. Torradas, panquecas de chocolate.

Quando ele ainda era menino, as panquecas com gotas de chocolate formando um rosto sorridente eram a cura para todos os males.

— Panquecas.

— Ótimo! — Ela tomou-o pelo braço, talvez com medo de que ele pudesse escapar ou apenas pela necessidade de tocá-lo, e conduziu-o até a porta dos fundos. —Você não vai, não é?

— Ao casamento de Kat? De jeito nenhum.

— Certo, e a Merilee?

— Ela disse que vai. Que se trata de Kat, e não dela.

— Hmmm. Ela está levando isso muito bem...

— Pois é.

Ele segurou a porta para sua mãe e ambos entraram na cozinha, um cômodo aconchegante que não tinha sido reformado desde que se mudaram, há quinze anos.

Matt tomou seu lugar à mesa de fórmica amarela. Os dois sempre se sentavam em uma das pontas, um de frente para o outro, deixando espalhados na outra extremidade revistas, contas, dever de casa, malas diretas. Agora, lá estavam um vaso de gerânio e uma revista de viagens aberta. Sua mãe nunca viajara, exceto em sua imaginação. Ela também raramente namorou, e Matt sabia que isso era por causa de seu pai, ainda assim, ela devia superar isso. Nem todos os homens eram violentos.

Adele estava agora com cinquenta anos, o que não era muito nos dias de hoje, e não tinha má aparência, de um jeito de mãe: era esguia, cabelos castanhos com apenas uns poucos fios grisalhos, roupa casual que lhe convinha.

E ela se movimentava de modo familiar, organizando os ingredientes e misturando-os sem nem mesmo medir.

— E o que você pretende fazer sobre o apartamento?

Ele e Merilee planejavam mudar-se para um apartamento no início de julho, quando voltassem do cruzeiro.

— Abrir mão dele, acho. Pelo menos a gente fica livre do aluguel de um mês.

Ele se virou no balcão.

— Espere alguns dias. Só dê um tempo. Eu sei o quanto vocês dois gostam daquele lugar. A gente nunca sabe, as coisas podem mudar em uma semana ou duas. Vou cobrir o aluguel do primeiro mês, até que você tenha certeza do que fazer.

O dinheiro era apertado, e ela era muito obsessiva sobre o pagamento da hipoteca da casa, por isso a oferta significava muito.

— Obrigado, mãe. Talvez você esteja certa. Eu não tenho ideia do que vai acontecer.

— Não há necessidade de tomar decisões importantes agora. Ah, eu telefonei para algumas amigas e ninguém pode aproveitar o cruzeiro. Eu vou continuar tentando.

— Claro que espero encontrar alguém. Se não fizermos isso, eu disse a Merilee que ela devia ir.

— O quê? — Ela virou-se para olhar para ele.

— Tem sido um ano difícil para ela, e ela está cansada e estressada.

E poderia muito bem ser por isso que ela estava agindo de modo estranho.

— Sei... — em uma frigideira aquecida sua mãe colocou a massa um pouco vigorosamente demais. — Tem sido um ano difícil para você também. Você quase teve de arrastá-la ao médico chutando e gritando, e ajudou durante todo o pré e o pós-operatório dela e ainda a recuperar o tempo perdido no curso com as provas e os estudos... — como se estivesse no piloto automático, ela tirou o suco de laranja da geladeira, serviu dois copos, e colocou-os na mesa. — Sem falar no estresse emocional quando você descobriu que ela pode ser incapaz de engravidar.

Ela se sentou em frente a ele, com os cotovelos sobre a mesa, o queixo descansando em suas mãos, e olhou para ele, seus olhos azuis sérios.

— Matt, você sabe que eu sempre amei Merilee e sempre imaginei que vocês dois iriam decidir o que fosse melhor para ambos. Mas se vocês... terminarem, você já percebeu o que isso pode significar? Um dia você vai conhecer outra menina, provavelmente uma sem problemas de fertilidade.

— Eu... Hã...

Isso nunca tinha ocorrido a ele. Quando o médico de Merilee havia dito que, como resultado de sua endometriose, ela provavelmente teria problemas para conceber, eles lamentaram, mas Matt nunca vacilou um momento sequer em ficar com ela. Ele imaginou que, depois de alguns anos, os dois iriam pensar na possibilidade de adoção. E, mesmo se isso não acontecesse, ainda seriam felizes juntos.

— Você sabe que sempre quis ter filhos. Quantas vezes já falou que uma família de duas pessoas é muito pequena?

Isso era verdade. Sua mãe era maravilhosa, mas ele ansiava por uma família grande, barulhenta e feliz. Sentindo-se desleal para com ela, ele disse:

— Sinto muito, eu não queria magoar você.

— Mas você não fez isso — retrucou Adele com firmeza. — Eu fiz o melhor que pude, e sei que você sabe disso. Só estou dizendo, você pode ter essa grande família com outra garota.

Ele nunca escolheria uma mulher com base na possibilidade de ter filhos. Mas, se pudesse, ele tinha que admitir que seria fantástico. Agora ele estava se sentindo desleal com Merilee. O que era uma loucura, porque ela claramente não teve nenhuma lealdade a ele. Mas que merda, em que bagunça sua vida havia se transformado.

Sua mãe foi pressionar as gotas de chocolate nas panquecas quase firmes, e então as virou na frigideira. Depois, serviu duas xícaras de café, pegou a cobertura na geladeira. Normalmente, ela insistia para que ele ajudasse na cozinha. Era raro ser mimado daquele jeito.

Depois de servir as panquecas nos pratos, ela os trouxe para a mesa. Dois enormes sorrisos de chocolate estavam à frente de Matt. Apesar de estar triste, seus lábios se curvaram um pouco, não de felicidade, mas de saber o quanto ele e sua mãe amavam um ao outro. Ele cortou um pedaço da borda de uma panqueca. Ele sempre comia as bordas primeiro e deixava os sorrisos por último.

— Talvez você devesse ir no cruzeiro — disse ela.

— Talvez *você* devesse ir — ele respondeu. Ninguém trabalhava mais do que ela.

— Mesmo se eu pudesse pagar, não poderia sair do trabalho avisando tão em cima da hora — ela inclinou a cabeça e estudou-o. — Tive uma ideia radical. E se você e Merilee fossem?

Matt ergueu os olhos da panqueca que estava cortando.

— Como?

— Como acabamos de dizer, tem sido um ano difícil para ambos. Não é à toa que você está confuso e estressado. Por que não tirar uma folga, apenas como amigos? Vocês sempre foram melhores amigos. Passar algum tempo afastados de tudo, passar um tempo juntos. Conversar, bancar os turistas, engordar... se besuntar de protetor solar e deitar nas espreguiçadeiras o dia todo, ouvindo a brisa e as ondas do mar.

— Ir como amigos numa lua de mel? Isso é tão bizarro quanto

Kat assumir nosso casamento. — Como ele poderia ser amigo de Merilee agora, depois do que ela tinha feito e das coisas que ela disse?

— Quem disse que você sempre deve que fazer o que é convencional?

Seu comentário pegou fundo. Ele não tinha dito a ela sobre a parte de sua conversa com Merilee em que ela falou do relacionamento "chato, estável, sem paixão" dos dois. Tinha dito apenas que sua noiva estava repensando as coisas e que ambos queriam dar um tempo para refletir sobre tudo. Agora, até mesmo sua mãe achava que ele era previsível.

— Nem sempre eu faço as coisas de maneira convencional — retrucou.

Embora ainda não tivesse comido todas as bordas da panqueca, deliberadamente pegou uma fatia de um dos sorrisos.

Ir ao cruzeiro com Merilee? Essa era a ideia mais louca que já tinha ouvido.

Na sexta-feira ao meio-dia, antes de Kat sair para experimentar vestidos de casamento e de Theresa ir ao aeroporto pegar Damien, que vinha de sua turnê do livro para assistir ao casamento, todos nós nos reunimos no pátio com pratos de sanduíches que havíamos preparado. Papai estava na universidade, mas minha mãe estava lá, todas as irmãs e os namorados de Kat e Jenna.

Theresa, que vinha trabalhando em grande velocidade durante toda a manhã, desligou seu celular e, triunfante, acrescentou outra marca na planilha que tinha impresso.

— Conseguimos uma fotógrafa, graças aos contatos de Nav. Ela é estudante e ainda não montou seu negócio oficialmente, mas as fotos do seu site são ótimas. Então, sem contar a roupa do noivo e da noiva, isso é tudo que posso fazer. Estou tirando a tarde de folga.

Jenna sorriu.

— Nada como ter o amado de volta para ver você motivada, Tree — ela estava nessa de apelidos, e esse era do tempo em que ela, ainda bebê, não conseguia pronunciar o nome da irmã mais velha corretamente. — Todo mundo sabe aonde você vai passar a tarde.

Mark inclinou-se para sussurrar algo em seu ouvido, o que a fez rir. Eu percebi que ele sugeriu que eles fizessem o mesmo.

Kat convocou minha mãe para ir comprar o vestido com ela, enquanto Nav ia à caça do smoking.

Theresa recusou a oferta de um casamento duplo, dizendo que ela e Damien tinham só passado alguns dias juntos até agora e não estavam com pressa. Jenna riu com a ideia de se casar, e Mark a abraçou e disse: "Esse não é o nosso estilo".

Todos eles recusaram a oferta do cruzeiro na Riviera mexicana, assim como meus pais, outros parentes e amigos. Até que Matt me ligou, parecendo distante — no começo achei que fosse uma ligação do tipo *devemos terminar* — e me contou a ideia de sua mãe.

Coloquei no prato o sanduíche de atum que estava mordiscando.

— A mãe de Matt deu uma sugestão estranha sobre o cruzeiro.

— Estranha? — perguntou Jenna. — Estranho pode ser interessante.

— Essa ideia é interessante, tudo bem, mas tenho certeza de que é idiota. Ela acha que ele e eu talvez devêssemos ir, apenas como amigos.

— O quê? — minha mãe fez uma careta. — Ir em sua lua de mel como amigos? O que a Adele está pensando?

— Ela diz que nós dois estamos estressados e que isso nos daria uma chance de relaxar. Poderíamos cada um passar o tempo que quiséssemos sozinhos, mas também poderíamos ficar juntos e conversar.

Talvez as coisas fizessem mais sentido se tivéssemos um descanso, uma mudança de ares.

— Essa mudança de ares é ótima — disse Jenna prontamente. — Um cenário diferente dá uma nova perspectiva dos fatos e você aprende coisas sobre si mesmo.

— Ela está certa — disse Mark.

— Você não precisa viajar para conhecer a si mesmo — disse minha mãe.

— Mas pode ajudar — disse Kat. — Se Nav não estivesse naquele trem vindo de Montreal, talvez eu nunca o tivesse enxergado como ele realmente é. Ou enxergado a mim mesma também.

— Comigo — disse Theresa — não foi tanto a viagem que me fez conhecer Damien. Mas como estávamos em um avião por tantas horas, tivemos mesmo que conversar.

— Conversar? — provocou Kat.

Todas nós sabíamos que Theresa havia se juntado ao tal "clube do sexo nas alturas". No entanto, essa era outra das coisas que jamais ocorreria a Matt e a mim fazer.

Theresa corou e disparou a Kat um olhar de advertência.

— E, em Honolulu — ela continuou a falar rapidamente —, foi tudo diferente para mim. Lá, eu não era mais uma professora, eu estava sendo uma namorada. Uma mulher. Era tudo novo e divertido. Eu definitivamente tive uma nova perspectiva de mim e de minha vida.

Tipo, fazer sexo na praia de Waikiki. Sim, isso daria uma nova perspectiva, tudo bem.

— Você devia considerar isso, Merilee.

Quase engasguei com um pedaço de sanduíche. Ah, sim, ela queria dizer uma nova perspectiva. Claro, eu precisava disso. Eu era essa nova, brilhante, vulnerável Merilee e, ainda assim, não tinha a menor ideia de quem poderia ser essa pessoa, pelo menos em relação a Matt.

— Tudo bem, mas dividir a mesma cabine no navio...

— Não vejo nada de errado em ter amigos coloridos — disse Jenna com um brilho nos olhos.

Matt e eu éramos amantes desde que fizemos dezesseis anos. O tipo de amantes *confortáveis*. Um casal chato. Eu duvidava que nós iríamos para cama tão cedo, mas se fizéssemos isso... Eu balancei minha cabeça.

— Não sei se é uma boa ideia.

— Não — disse Kat. — Acho que isso não vai resolver nada. Vocês vão apenas cair na mesma em que estavam antes.

Se acabássemos dormindo juntos, sim. Nada teria mudado.

— O que você precisa fazer é quebrar esse velho padrão — continuou ela. — Não acha, Nav?

— Totalmente — concordou ele. — Foi só desse jeito que consegui ganhar você, meu amor.

Argh... Chega dessa coisa melosa.

— E o que Matt pensa disso? — perguntou mamãe.

— Que é uma loucura. Ele me disse que, para ser justo, estava me contando a ideia da mãe dele, mas que achava aquilo uma doideira.

— Mas ele também não sugeriu antes que você fizesse o cruzeiro sozinha? — perguntou Jenna. — Acho que devia aceitar.

— Eu nunca viajei sozinha na minha vida.

— Aí está — disse Kat —, a maneira de quebrar o padrão totalmente. Viajar sozinha é divertido. Você acaba conhecendo um monte de gente interessante — e piscou para Nav.

— Uma mulher precisa ser capaz de se mover pelo mundo por conta própria — disse minha mãe. — Todas nós fazemos isso, o pacote de três e eu, e do nosso jeito. Acho que está na hora de aprender a fazer isso, querida.

Eu estava tão ansiosa para ir embora: para o mar, o Sol, visitar o spa do navio, nadar na piscina, comer e beber e depois descer ao litoral para visitar as cidades mexicanas e provar a comida mexicana... Me arrumar e dançar, passear pelo deque do navio à luz da lua. Mas tudo isso com Matt. Não sozinha. Eu nunca tinha feito nada sozinha.

Talvez eu conhecesse alguém. Eu tremi, meu corpo rejeitando a ideia antes mesmo que meu coração e minha mente o fizessem. Não era como se tivéssemos realmente terminado. E mesmo se o fizéssemos, namorar era uma coisa que estava muito distante para mim agora. Porque depois de catorze anos amando uma pessoa, não conseguia me imaginar apaixonada por outro cara.

Engoli um gemido e olhei em volta da mesa:

— Então, eu não sei se vocês estão dizendo se eu deveria ir sozinha ou com Matt. — Seria muito mais fácil ficar em casa, mas ninguém havia recomendado essa opção.

Imaginei uma semana de descanso total. Então eu estaria totalmente recuperada para começar o meu trabalho de verão nos acampamentos de crianças. Ou não? Será que eu não passaria a semana toda angustiada?

E então os conselhos no estilo "Eu acho..." e "Você devia mesmo..." de quatro vozes femininas começaram a criar um emaranhado barulhento que machucou meus ouvidos.

Do outro lado da mesa, Mark de Jenna me lançou um olhar de cumplicidade.

— Merilee? — a voz de Nav se elevou, não mais do que a das mulheres, mas de uma maneira tão decisiva que silenciou todas elas. — Não quero me meter, mas...

— Vá em frente. Todo mundo está se intrometendo, então...

Seus lábios tremeram, depois ele se endireitou.

— Se você deixar que alguém diga o que fazer, estará deixando que a vida aconteça por você. Não será uma decisão de verdade. Você já ouviu um monte de opiniões. Fique algum tempo em silêncio e pense sobre o que realmente quer. E em seguida, faça isso. Seja o que for. Para conseguir o que você quer, tem que ir atrás disso. Se eu não tivesse levantado a bunda da cadeira e ido atrás da Kat, eu ainda estaria sonhando acordado em segredo...

— Humm...

Então eu percebi. Era bastante provável que eu nunca tivesse tomado uma única decisão em toda a minha vida. Ou meus pais, ou minhas irmãs me diziam o que fazer, ou Matt e eu decidíamos as coisas juntos. Sim, com ele eu normalmente assumia a liderança, mas nós sempre discutíamos as coisas. Ele tinha sempre grandes sacadas, e nunca me senti decidindo tudo sozinha.

— Sim, obrigada, Nav — respondi. — Esse é um bom conselho — Kat tinha feito bem em escolher esse homem.

Seus olhos cor de chocolate e com grossos cílios brilhavam com humor.

— É para isso que servem os irmãos mais velhos.

Isso tirou uma risadinha de mim. E então, olhei para os outros novamente:

— Se eu tomar a minha decisão, vocês vão respeitá-la? Seja ela ir ao cruzeiro com Matt, ir sozinha ou ficar em casa e descansar, pensando no que farei daqui em diante?

Olhares foram trocados, e eu podia ver os lábios se contorcendo para segurar as palavras, então finalmente todo mundo concordou.

Está bem. Agora estava tudo nas minhas mãos. Esse era um pensamento assustador.

***

Capítulo 4

Sábado de manhã, foi um festival de choro no chuveiro. O dia que supostamente teria sido o mais feliz da minha vida era o de Kat, e, mesmo que eu fosse a responsável, ainda me sentia horrível. Então, determinada a ser adulta e generosa, colei um sorriso no meu rosto e resolvi mantê-lo lá o dia todo.

Mamãe e o pacote de três me deram abraços de simpatia, mas estavam todas ocupadas se preparando para o casamento, e papai tinha se enfurnado em seus estudos. Fui para a máquina de costura arrumar as costuras laterais do vestido de madrinha que era da Kat. Normalmente, a gente usava o mesmo tamanho, mas eu tinha perdido peso nos últimos meses.

Quando terminei, provei o vestido e me estudei no espelho. O vestido era de um rico tom de pêssego que ficava ótimo com a pele mais escura de Kat. Em mim, eu ficava lavada... Não, eu era lavada. Hoje, nada ficaria bom em mim.

Meu cabelo loiro em tom de mel estava na altura dos ombros e eu geralmente o usava puxado para trás em um rabo de cavalo ou solto e ondulado. Para o meu casamento, eu tinha reservado um horário no salão de beleza para fazer um penteado com cachos delicados dançando em meu pescoço. Kat acabou usando meu horário e voltou para casa parecendo mais bonita e elegante, mais Kat do que nunca.

Ela estava agora em seu quarto com mamãe, Theresa e Jenna, vestindo-se.

Eu não quis me unir a elas, mas estava me sentindo muito sozinha, sem rumo escovando meu cabelo, esperando, tentando não pensar. E foi quase um alívio quando chegou a hora de irmos para os VanDusen Gardens para o casamento.

O grupo reunido ali era pequeno. Não estava nenhum dos meus amigos e de Matt, é claro. E muito poucos amigos de Kat e Nav, por causa da notícia de última hora. E nenhum dos membros da família de Nav, que estavam ou na Inglaterra ou na Índia. Eu sentiria pena de Kat, se não fosse pelo brilho em seu rosto.

Parentes e amigos de nossa família estavam lá, depois de receberem telefonemas informando que o casamento não seria meu, mas de minha irmã. Eles me trataram cheios de dedos, desconfortáveis com a situação. Provavelmente eles não sabiam se deviam dirigir palavras de simpatia ou me repreender por ser uma menina boba que não conseguia me decidir. O que, obviamente, era verdade. Eu havia mudado de ideia sobre o meu casamento, não conseguia decidir se iria aproveitar o cruzeiro, e não tinha a mínima noção de que merda eu estava fazendo com a minha vida.

Quando Kat perguntou se eu queria ser madrinha, juntamente com as minhas outras irmãs, eu disse que sim, porque não podia imaginar não ser parte do seu casamento. Ainda assim, quando todos nós nos reunimos no gramado de meu lugar favorito em toda Vancouver, parecia meio estranho eu me alinhar com as outras e começar a caminhada pelo corredor enfeitado de flores.

Andar lentamente atrás de Jenna era exatamente o que eu tinha previsto, mas não olhar para frente e ver o bonito Naveen Bharani ao lado do padre celebrante, sorrindo enquanto esperava sua noiva. Nem ir para o lado e me voltar para ver como Kat, radiante e deslumbrante no elegante vestido de cetim que ela tinha escolhido no dia anterior, vindo em sua direção, com os braços apoiados em mamãe e papai.

A alegria que eu via em seus olhos me perfurou o coração, mas eu lutei para manter meu sorriso no lugar. Eu sempre acreditei que um dia faria aquela caminhada pelo corredor, a alegria em minhas veias efervescente como champanhe, motivada pelo pensamento de unir a minha vida com a de Matt.

E se eu tivesse jogado isso fora? As coisas poderiam funcionar entre nós de novo? Kat tinha falado sobre a mudança de nosso padrão, mas nós dois éramos as mesmas pessoas que sempre tínhamos sido... Nós podíamos nos amar, é claro, mas como poderíamos criar excitação e paixão a partir... Do *conforto?* Ou eu estava sendo totalmente infantil de querer a paixão e a excitação?

Matt e eu estávamos terminando? Nenhum de nós tinha dito nada quando falamos ao telefone. O que ele estava fazendo agora, e como estava se sentindo? Estaria feliz por se livrar da velha e chata Merilee?

Papai e mamãe deram um beijo na noiva e, segurando as mãos um do outro, recuaram e tomaram seus assentos. Olhei para minhas irmãs ao meu lado e vi o olhar de Theresa encontrar o de Damien e o de Jenna encontrar o de Mark. Os dois homens sentaram-se lado a lado em cadeiras de jardim brancas, Mark ao lado de minha avó, que estava sentada ao lado de mamãe.

Vovó tinha nos trazido a VanDusen por tantos domingos a passeio... E nesta tarde, sentada ali com seu vestido verde favorito e com o cabelo branco penteado, será que ela conseguia compreender o que estava acontecendo? Eu queria tanto que ela estivesse lúcida quando eu me casasse. Agora, desejava o mesmo para Kat.

—Toda mulher merece a paixão — foi o que ela me dissera. Certamente ela iria reconhecer a paixão entre Kat e Nav, bem como o amor profundo e duradouro.

Meus olhos estavam úmidos, mas eu absolutamente me recusava a chorar. Se fizesse isso, mesmo de felicidade por Kat, não conseguiria parar.

Não ouvi as palavras que o celebrante disse. Em vez disso, desliguei minha mente e pensei em minha conversa com Matt naquela manhã. Ele telefonou para perguntar se eu tinha decidido alguma coisa sobre o cruzeiro.

— Não consigo pensar em nós dois nesse cruzeiro — respondi. — Não iríamos cair naquele nosso mesmo padrão?

— A rotina — disse ele amargamente. — Você quer dizer cair na rotina. Pensei que você gostasse *daquela* rotina.

— Sim, gostava, mas... — não, talvez não caíssemos no mesmo padrão confortável, mas provavelmente nós brigaríamos. Nós dois tínhamos brigado mais nos dois últimos dias do que ao longo de todo o nosso relacionamento. — O mesmo padrão antigo, ou discutindo o tempo todo? Nenhum dos dois me parece muito divertido.

— Quer dizer que você está procurando diversão, é isso? Desculpe, não estou com muita disposição para isso.

— Não foi isso que eu quis dizer... — Tudo bem, eu, obviamente, não estava conseguindo falar nada direito. — Eu deveria ficar em casa e refletir um pouco. Mas você podia ir.

— Como eu disse, não estou muito no clima para me divertir. Acho que a cabine ficará vazia.

Ele não se despediu.

Agora, suas últimas palavras soaram na minha cabeça enquanto Kat e Nav trocavam as alianças e faziam os votos que tinham escrito um dia antes. Nossa cabine de lua de mel a bordo do Diamond Star ficaria vazia, tão vazia quanto meu coração parecia agora. Toda a minha vida, tudo que eu sempre quis foi o amor verdadeiro, e ser a metade de um glorioso e romântico sonho. Seria este o fim de M&M? Se nós terminássemos, poderíamos pelo menos salvar a amizade? Ou seria muito difícil para nós dois?

Mas não tínhamos terminado. Nenhum de nós tinha tomado essa

atitude. Após este fim de semana, a vida começaria a voltar ao normal e quem sabe nós... Nós o quê? Cairíamos de novo em nossa confortável rotina? A resposta não era muito boa.

Respirei de maneira instável, tentando me recompor. Jenna se inclinou para mim e tocou meu ombro. Do outro lado, Theresa fez o mesmo. Seu apoio silencioso me deu forças para manter o sorriso no rosto, mesmo que vacilante.

Eu não podia esperar que este dia – o dia que uma vez acreditei que seria o mais feliz de minha vida – terminasse.

***

No domingo de manhã, a mãe de Matt insistiu em dar-lhe uma carona para o aeroporto. Ela disse que ele deveria gastar seu dinheiro desfrutando de suas férias em vez de pagar o táxi. Nesse momento, desfrutar de algo era a última coisa que passava em sua mente.

Quando sua mãe entrou no terminal, ele disse:

— Você não precisa estacionar, apenas me deixe aqui — ele não queria que ela ficasse chorando e xeretando em sua vida.

— Você tem certeza de que vai ficar bem?

— Caramba, mãe, eu já sou bem crescido.

Tudo bem, ele precisava reconhecer que não era um viajante experiente. Na verdade, esta seria a primeira vez que ele sairia da Columbia Britânica, exceto pelas vezes que cruzava a fronteira de carro para ir a Washington. Mas sua mãe não tinha mais experiência do que ele.

— Você ainda é o meu menino.

Tinha vinte e um anos. Se ele tivesse se casado, será que ela ainda continuaria a dizer isso? Ele estava tão nervoso nesses dias que era difícil manter a voz num tom baixo:

— Eu sou perfeitamente capaz de fazer o check-in no aeroporto.

Ou pelo menos era isso que ele esperava, levando em conta o pouco que tinha conseguido dormir e o quanto seu cérebro estava confuso. Ele estava feliz por ter feito as malas e organizado tudo no início da semana, utilizando a lista detalhada que Theresa tinha elaborado lá atrás, quando esta ainda era uma viagem de lua de mel.

Sim, ele estava indo no cruzeiro. Depois de passar o sábado imaginando o casamento e o jantar de recepção, ele percebeu que estava desesperado para fugir. Se Merilee ia ficar em casa, então ele estava indo para o México tentar colocar em ordem seus pensamentos e seus sentimentos.

Quando a mãe dele estacionou na área de desembarque, ele puxou sua mochila do porta-malas do carro e deu-lhe um abraço.

— Eu te amo, mãe. A gente se vê daqui uma semana.

— Também te amo, Matt. Tente se divertir e aproveitar o tempo.

Ah, sim, claro. Ainda assim, ele concordou e acenou quando ela se afastou. Deixando escapar um suspiro de alívio por estar sozinho, ele pendurou sua mochila sobre um ombro e foi para dentro do terminal. Depois pegou a lista de Theresa do bolso, irritado por ser obrigado a contar com uma Fallon, mas sabendo que se tivesse que fazer tudo sozinho, acabaria se esquecendo de alguma coisa.

O formulário da alfândega, em primeiro lugar. Ele caminhou até um dos balcões e preencheu as informações, verificando o bilhete para Los Angeles. Em seguida na lista: encontrar o balcão de check-in.

Ele olhou ao redor, então sua mochila escorregou de seu ombro com um baque. Merilee? Ela estava dentro do terminal, olhando para cima, procurando os avisos das empresas aéreas. No começo, ele achou que ela tinha vindo para vê-lo, então percebeu que não só ela trazia sua grande mochila no ombro como também agarrava a alça de uma mala de rodinhas.

Que merda. Então ela decidiu fazer o cruzeiro, afinal de contas?

Muitas perguntas correram pela mente de Matt, um emaranhado de emoções o inundou, e por um momento ele apenas ficou ali parado, estudando-a. Era a primeira vez que ele a via desde quinta à noite, quando ela cancelara o casamento. Ela parecia a mesma de sempre, o que por algum motivo o surpreendeu. Ele continuava sendo o mesmo Matt, e Merilee ainda era a mesma garota que ele conhecera há catorze anos. Tudo mudou, no entanto, nada tinha mudado.

Não, suas emoções sim, se alteraram. Matt achava que ainda a amava, mas isso estava enterrado debaixo de mágoa e rancor.

O olhar dela vagou pelo terminal e pairou sobre ele, e o queixo da garota caiu. Merilee ficou boquiaberta enquanto ele içava sua mochila novamente e caminhava em direção a ela, que estava linda, como sempre, em calças capri bege e uma camisa azul de manga comprida que combinava com seus olhos. Mas quando ele chegou mais perto, viu que a pele macia de seu rosto estava esticada sobre os ossos e sombras roxas profundas contornavam os olhos.

Ele sentiu-se um merda por estar feliz em vê-la.

— O que você está fazendo aqui? — perguntou, com medo de saber a resposta.

— Decidi ir, eu achei que... — ela balançou a cabeça, ainda parecendo atordoada. — Achei que você não fosse...

— Pois eu vou.

— Mas disse que não ia — o tom de voz dela era acusatório.

— Eu mudei de ideia — ela não tinha mudado de ideia sobre o casamento? Ele também podia mudar de ideia sobre o cruzeiro.

— E não me contou?

— Você não me contou. Além disso, eu decidi isso apenas ontem à noite. Enquanto você estava na festa de casamento se divertindo.

Os olhos dela se estreitaram.

— Não estava. Eu estava sozinha no meu quarto ouvindo todo mundo festejar nas escadas e no jardim. Daí não aguentei mais. Eu percebi que precisava que ir embora.

— Que merda — ele raramente falava palavrões perto de Merilee, mas agora não dava a mínima. — E agora? — o Matt bonzinho teria dito a ela para ir e ele voltaria para casa. Dane-se. Ela já teve sua chance.

— Bem, acho que um dos dois vai ter que ficar em casa — disse ela, hesitante.

— É o que parece.

As emoções que Matt estava sentindo agora lhe diziam que a ideia de sua mãe sobre irem ao cruzeiro como amigos, dividindo a mesma cabine, era totalmente maluca.

— Hum... — ela olhou para ele com expectativa.

— Eu não quero ficar em casa.

Agora que ele decidira ir, o pensamento de ficar vagando sozinho em casa era insuportável. Como ele poderia ganhar uma nova perspectiva ficando no mesmo lugar?

Merilee firmou o queixo, e os olhos azuis o olhavam com determinação.

— Eu também.

Em geral, ele ficava feliz por fazer o que os outros queriam. Ele raramente tinha fortes opiniões sobre alguma coisa e gostava de deixar as pessoas felizes. Desta vez, ele estava determinado e, além disso, por que se importaria em fazer Merilee feliz?

— Tudo bem, eu não me importo com o que você vai fazer — mentiu. Apertou ainda mais a mochila em suas mãos e se virou. — Eu vou.

Matt caminhou até o terminal de check-in automático e resistiu à vontade de olhar por cima do ombro. Ela iria embora. Certamente faria isso. Ela tinha que ver que eles não poderiam compartilhar uma cabine.

Ele estava sendo um idiota? Que pena...

Ele não tinha batido nela, nem mesmo encostado um dedo nela. Ainda assim, conseguia ouvir a voz de sua mãe dentro da cabeça, dizendo que o homem forte não era aquele que intimidava ou que dominava a mulher, mas aquele que a apoiava e cuidava dela. Ele sempre tinha feito isso por Merilee.

E ela precisava de férias mais do que ele.

Matt fez uma pausa, despedaçado, pegou seu passaporte e cartão de embarque e seguiu em frente. Como não tinha bagagem para despachar, apenas a mochila nos ombros, ele podia ir direto para a alfândega. A fila era pequena, nesse domingo de manhã, e estava andando com rapidez.

Merilee poderia descansar em casa. Suas irmãs estavam todas indo embora hoje, seus pais iam trabalhar e então ela ficaria com a casa inteira para si. Para dormir, pensar, fazer qualquer coisa que quisesse. Mas, se ele ficasse em casa, teria sua mãe enchendo o saco. Adele tinha boas intenções, mas às vezes um cara precisava ficar longe de sua mãe, e ela demonstrava dificuldade para entender isso.

Mulheres. Sua mãe. Merilee. Ele quase desejou não estar indo para um cruzeiro, mas acampar no interior com uns amigos.

Passou pela alfândega, depois pela segurança e finalmente localizou seu portão de embarque. A lista de Theresa sugeria pegar uma garrafa de água e um lanche, o que fazia sentido. Ele escolheu uma barra de cereais de frutas, em vez da de chocolate que Merilee gostava. E não comprou M&M's, um prazer em comum dos dois desde sempre.

Ele já tinha colocado um livro na mochila, de modo que não

precisou passar os olhos pela vitrine da livraria, mas seu olhar deslizou sobre as capas brilhantes das revistas. As revistas de casamento se sobressaíram para ele, do tipo que Merilee se debruçara na última década. Quando ele tinha um pouco de dinheiro sobrando, costumava comprar uma dessas para ela, porque aquela garota nunca parecia se cansar de planejar o casamento perfeito.

Murmurando um palavrão para si mesmo, ele se virou para ir embora.

Retornando ao portão de embarque, que agora estava quase lotado, outro palavrão escapou de seus lábios. E desta vez, alto. Ela estava lá. Ela teve a coragem de estar lá.

Os olhos de Merilee se arregalaram quando ele parou ali a seu lado; ela disse calmamente, mas com firmeza:

— Preciso de uma semana longe daqui.

— Eu também, e não vou recuar.

Ela jogou o cabelo atrás das orelhas.

— Nem eu.

— Jesus...

Ele se afastou, para se sentar o mais longe dela possível. Será que ele devia desistir? A ideia dessa viagem era ficar longe de tudo. Dela, e de toda a raiva e confusão que Merilee o fizera sentir. Mas que merda, arrastar-se de volta para casa como um perdedor não era o melhor.

Erguendo a mochila novamente, ele foi até ela.

— Venha até aqui.

— Para quê? — perguntou ela, com cautela.

— Conversar.

Ela olhou em volta para os demais passageiros, alguns deles os observando com expressão de curiosidade, e então ficou de pé.

— Tudo bem.

Ela começou a andar, deixando sua mochila debaixo da cadeira.

Matt apontou.

— Traga isso.

— Tudo bem — ela pegou a mochila e o seguiu, enquanto ele caminhava até uma bancada rente a uma parede, um pouco distante dos outros passageiros.

— Você não vai voltar? — perguntou Matt.

— Não, e não vou pedir que você faça isso. Você tem tanto direito de ir quanto eu.

Ele cruzou os braços sobre o peito e olhou para ela.

— Mas — ela tinha sido a pessoa a cair fora.

Ela balançou a cabeça, parecendo confusa.

— Nós nunca brigamos assim antes.

— Você nunca cancelou um casamento antes.

Ela suspirou.

— Matt, eu sinto muito por tudo e sei que não era assim que as coisas deveriam ser, mas eu gostaria que você tentasse compreender e...

— Precisamos de regras.

— Er... Como?

— Eu não entendo nada, exceto que, se nós dois estamos indo para este cruzeiro, precisamos estabelecer regras básicas.

— O que você quer dizer?

— Nós temos que compartilhar uma cabine. Então, o que nós somos, companheiros de quarto?

— Amigos? — perguntou ela, hesitante.

Matt a fitou.

— Eu não me sinto muito amigável agora.

Qual é, ela não tinha conseguido perceber isso até agora? O olhar ferido de Merilee o fez suspirar e dizer:

— É... Antes que você diga isso, eu amei você durante catorze anos. Acho que isso ainda não desapareceu, mas, neste momento, eu de fato não quero olhar para sua cara.

— Você quer dizer, a gente vai dividir a cabine mas, hã, vamos ficar fora do caminho um do outro? Ah..., nós não vamos fazer coisas juntos?

— Fazer coisas juntos? — Como assim, ela realmente achava que isso seria possível? — Essa é a última coisa que pretendo fazer.

Desde o segundo ano, eles viveram juntos como se fossem gêmeos siameses. Só não ficavam juntos quando ele praticava esporte com seus amigos e depois tomava uma cerveja no bar. Ele não tinha ideia do que faria sozinho, mas seria melhor do que sofrer a dor e a confusão que ele sentia quando estava com Merilee.

Agora, vendo as sombras sob os olhos e os frágeis ombros caídos da garota, uma parte dele queria envolvê-la em seus braços e cuidar dela. Que bagunça isso era.

— Tudo bem — disse ela lentamente. — Sim, você está certo. Caso contrário, vamos cair de novo na velha...

— Rotina — ele mastigou a palavra. — E eu duvido muito que isso aconteça — não com toda aquela merda negativa que estava sentindo.

Droga, ele gostava daquela rotina. Ele estava feliz. Não extasiado o tempo todo, mas feliz e confortável.

No entanto... Talvez, mesmo que fosse possível, ele não fazia questão de voltar para aquela rotina. Lembrou-se de sua visão de ser lançado ao mar e ficar sem nenhuma pressa para subir de novo a bordo. Algo dentro dele, talvez um menino que nunca se colocou em primeiro lugar ou um jovem que não queria se contentar com uma vida *confortável*, disse-lhe que as coisas precisavam mudar. *Ele* precisava mudar.

— Então — disse lentamente —, ambos queremos sair da rotina. Finalmente, enfrentando a questão que ambos tanto evitaram, uma situação que ele nem ousara pensar, Matt continuou: — Isso quer dizer que precisamos terminar, não é?

Enquanto falava as palavras, ele sentiu uma pontada no fundo de seu coração. Tudo o que ele tinha na vida eram sua mãe e Merilee. Porém, como ele tinha aprendido ao ver sua mãe com o pai, não era saudável tentar manter algo que fora quebrado. Não era saudável deixar de reconhecer a verdade e seguir em frente.

Uma expressão aflita atravessou o rosto de Merilee. Tão baixinho que ele mal podia ouvir, ela disse:

— Eu não sei.

— Se a gente insistir em nossa relação, será como se prender a uma rede de segurança. — Por ter sido uma criança cujo pai era um idiota e cujos avós morreram em uma noite horrível, Matt valorizava amor e segurança acima de tudo. Mas, ele lembrou a si mesmo, ele já tinha vinte e um anos. Não era mais uma criança. Era um adulto que precisava tomar decisões de adulto. — Essa é a rotina.

Os olhos dela estavam enormes e tristes.

— Você está certo — disse ela lentamente. — Nós sempre fomos M&M, e eu nem sei quem sou como pessoa. Precisamos ficar sozinhos. Acho que precisamos descobrir quem Merilee e Matt são como indivíduos.

Isso fazia tanto sentido quanto qualquer coisa nestes dias, mas ele teve uma sensação de descrença e choque. Eles realmente estavam terminando?

Olhando para ela, Matt teve outro choque. A sala de embarque estava quase vazia.

— Precisamos embarcar. Você vai mesmo?

Parecendo perdida, ela ergueu os olhos para ele como se Matt pudesse ter a resposta. Como ele não disse nada, ela endireitou os ombros.

— Eu vou.

***

Acordei, um pouco zonza, e tentei me reorientar. Ah, claro, a cabine do Diamond Star... Olhei ao redor do pequeno quarto. Nada de Matt. As cobertas em sua cama estavam puxadas para o lado, e sua mochila estava pousada em uma cadeira, com algumas roupas caindo para fora. Minha mala estava fechada sobre um bagageiro, e o Sol se infiltrava pelas persianas parcialmente fechadas. O relógio ao lado da cama mostrava duas horas.

Duas horas? Quer dizer que eu tinha dormido por quase um dia inteiro?

Na véspera, atravessei o dia aos tropeços, exausta e em choque. Nós tínhamos terminado, estávamos voando para Los Angeles juntos, estávamos dividindo a cabine que reservamos para nossa lua de mel. Era como se tudo fosse uma realidade paralela bizarra. Eu queria chorar, mas não tinha energia nem para isso. Matt parecia atordoado também e mal dizia uma palavra.

Meu estômago roncou e eu precisava fazer xixi desesperadamente. Quando saí da cama, descobri que estava vestindo as roupas com as quais tinha viajado, menos as sandálias e as calças. Meu Deus, estava tão exausta que deitei na cama para dormir sem nem mesmo tirar o sutiã!

No banheiro, cuidei das coisas básicas e depois estudei meu rosto no espelho: inchado, com a marca do travesseiro cruzando a bochecha, mas não tão tenso quanto no dia anterior. Basicamente, a mesma Merilee de sempre.

O que aconteceu com aquela brilhante e nova *Eu?* Como poderia ser brilhante e nova se parecia exatamente igual? Como seria brilhante e nova se estava compartilhando uma cabine com Matt? Matt, o meu *ex.*

Aquilo tudo era tão inacreditável. No entanto, o que ele disse fazia sentido, e confirmou meus próprios medos. Nós estávamos em uma rotina irremediavelmente chata, e eu nunca teria uma grande demonstração de amor dele, porque ele simplesmente não sentia tudo isso por mim. Matt me amava, mas não me amava *de verdade*. Isso partia meu coração, mas era um fato que eu tinha que aceitar.

Minhas irmãs encontraram homens que sentiam aquele tipo especial de amor. Eu merecia isso, também, não é?

Claro, isso havia levado um tempão, até que eles chegaram aos trinta anos...

Resmunguei. Por que eu vim? Eu devia estar caindo de sono ontem, ou totalmente desesperada, para subir naquele avião.

Olhei para meu reflexo novamente. No entanto, isso já havia acontecido, eu estava aqui agora. Em um navio de cruzeiro, rumo ao México. Bem, eu poderia me entocar debaixo das cobertas novamente e passar toda a semana me sentindo péssima, como temia que fizesse se eu ficasse em casa. Ou poderia começar a descobrir quem era essa nova Merilee. E que lugar melhor para fazer isso do que em um luxuoso navio com um spa, boa comida e uma piscina, sem contar as três excursões ao litoral mexicano?

Quanto a Matt, ele devia estar lá fora fazendo suas coisas, e isso era bom. Afinal, ele precisava descobrir quem era o novo Matt. E daí... Poderíamos voltar a ficar juntos? Ou ser apenas *amigos?*

Eu tinha que acreditar que, com toda a história e o amor que nós dois havíamos compartilhado, nós conseguiríamos ser amigos de novo. Neste momento, eu nem sequer podia imaginar como seria minha nova vida, mas precisava acreditar que Matt faria parte dela. Perdê-lo seria como perder um membro da minha família. Impensável. Ele tinha que se sentir da mesma maneira.

Tirei minha roupa e entrei debaixo do chuveiro, saí de lá revigorada e pronta para superar tudo. Primeiro, porém, eu deveria checar as mensagens. Envolta em uma toalha, peguei meu celular da mesa de cabeceira.

Ontem, antes de entrar na fila para embarcar no navio, telefonei para minha mãe para contar que tinha chegado em segurança. Quando disse a ela que Matt estava aqui também, e nós tínhamos terminado, ela ficou em silêncio. Finalmente, perguntou:

— Como você está se sentindo?

Eu respondi que não tinha ideia, então ela disse:

— Espero que você encontre o que precisa, Merilee. Seja o que for que aconteça. Seu pai e eu só queremos que você seja feliz.

Esta era a versão nova e melhorada da minha mãe. Duas semanas atrás, ela teria me dado um sermão e não teria me ouvido, mas minha família tinha passado por muita coisa desde que minhas irmãs chegaram em casa.

De qualquer forma, isso foi ontem e eu tinha certeza de que ela teria repassado a notícia. E como previsto, meu celular tinha um monte de chamadas perdidas. Mas antes de recuperá-las, abri as cortinas. Aquele profundo azul do mar, o azul-claro do céu, ah, sim... Nós estávamos definitivamente no meio do cruzeiro. Talvez tivesse uma vista da terra do outro lado do navio, mas não deste aqui. Ainda assim, era maravilhoso ter uma cabine com janela em vez de uma daquelas do meio, sem vista. Fiquei olhando o mar enquanto ouvia as mensagens.

Uma era de Theresa:

— *Oi, Merilee. Damien e eu acabamos de chegar a Boston* — *ela tinha ido com ele para a turnê do lançamento de seus romances australianos nos Estados Unidos.* — *Mamãe me contou o que está acontecendo. Uau, isso não deve ser o que você havia planejado. Espero que esteja bem. E, Merilee, você tem tomado conta de sua vida, então continue assim e descubra qual é o melhor caminho para você. Matt é um cara legal, mas deixe-o cuidar da vida dele enquanto você cuida da sua.*

Não deveria ser um problema, uma vez que Matt estava determinado a me ver o mínimo possível.

De Kat:

— *Como se não fosse trauma suficiente para o meu sistema nervoso ter que voar para Montreal* — minha irmã odiava andar de avião, mas Nav precisava voltar e se preparar para sua exposição —, *recebo outro choque com uma mensagem de minha mãe. Queria estar aí para dar um abraço em você, mana. Acho que tudo o que posso dizer é que haverá lições no fim disso tudo. Esteja aberta para elas, tudo bem, Merilee?*

Lições. Eu sempre fui uma boa aluna, mas aprender a partir de uma aula ou de um livro era fácil. O que eu deveria enfrentar nessa semana seria muito mais difícil.

De Jenna, uma ligação cheia de ruído:

— *Ei, M, a gente chegou a Bali. Mamãe deixou uma mensagem contando de você e Matt. Coisa demais rolando. Cuide-se, tudo bem, caçula? E ouça, você está num navio de cruzeiro. Indo para o México. Divirta-se, entendeu? E mantenha as portas abertas.*

Portas abertas? O que ela quis dizer com isso? Jenna tinha sua própria filosofia de vida, que fazia todo o sentido para ela e não tanto para as outras pessoas. Sobre essa coisa de me divertir, ela estava esperando que...

Não, espere um pouco. Ela estava certa. Como é que ficar me sentindo péssima desse jeito iria me ajudar ou ao Matt? Respirei fundo e deixei o ar escapar lentamente. O Sol brilhava lá fora nas águas do mar, eu estava com fome pela primeira vez em muitos dias, minhas irmãs estavam todas sendo legais comigo, então já estava na hora de me sentir nova, radiante e aberta para me divertir.

Mandei rápidas mensagens de texto para minha mãe e para minhas irmãs. Depois, vesti uma saia jeans e uma regata, passei um pouco de rímel e gloss. E agora? Estava morrendo de fome e sozinha. Sozinha num navio que devia estar levando mais ou menos mil passageiros, e sabem-se lá quantos na tripulação. Eu poderia pedir serviço de quarto... Argh! Não, eu não começaria a viagem dando uma de covarde.

O que fiz foi pegar o telefone e ligar para o spa, reservando uma massagem para o fim da tarde.

— E por que não uma pedicure e uma manicure? — a voz alegre do outro lado perguntou. — E um horário no cabeleireiro?

Isso era muito parecido com o que eu tinha planejado para a manhã antes do casamento. Eu queria olhar para frente, e não me debruçar sobre as coisas tristes.

— Não, obrigada, apenas a massagem e um tratamento facial.

Lembrando-me de levar minha chave, deixei a cabine para me encontrar num corredor estreito com portas de ambos os lados. Escolhi uma direção, perguntando se conseguiria encontrar o caminho de volta.

Quando me encontrei em um átrio iluminado com lindas escadas em espiral, parei para olhar ao redor, deslumbrada com o *glamour*. Uma moça da tripulação perfeitamente uniformizada fez uma pausa, sorrindo, e perguntou se ela poderia me ajudar a encontrar alguma coisa.

— Preciso comer — respondi.

— Você quer dizer o almoço? — quando fiz que sim, ela disse: — Você perdeu o último horário do bufê, mas se subir mais dois deques vai encontrar uma série de bares e restaurantes. Há sempre alguma coisa para todos os gostos.

Segui suas indicações e passei por um lugar que se parecia com a minha ideia de bar para homens, e não gostei. Então vi um pequeno restaurante chamado La Vie en Rose. Esse se encaixava na minha imagem de um bistrô francês clássico: decoração em tons de rosa, flores em cada mesa, rosas abertas e perfumadas, uma mulher cantando baladas em francês, passeando pelo ambiente. Tudo isso me convidou a entrar.

— Sim, apenas uma pessoa — eu disse à garçonete, tentando lembrar se alguma vez na minha vida eu tinha entrado sozinha em um lugar para tomar mais do que um café. Mulheres confiantes, como minha mãe e minhas irmãs, jantavam fora sozinhas o tempo todo. Eu poderia lidar com isso.

O pacote especial de cruzeiro de última hora incluía refeições em todo o navio e bebidas, mas, infelizmente, nada de álcool. Ainda assim, a minha família me deu algum dinheiro, dizendo que eles queriam que eu me divertisse e não me preocupasse com algumas extravagâncias. Minha viagem deveria começar com um copo de vinho, então pedi um *chardonnay* francês e sentei-me para avaliar o cardápio.

Quando a garçonete voltou com o vinho, pedi crepes de frango e cogumelos e uma salada de endívias. Depois de viver com um apertado orçamento de estudante, era um luxo total não ter de pensar sobre os preços.

Dei um gole no vinho e ele foi direto para a minha cabeça e para um estômago que não provava comida a nem lembro há quanto tempo. Apressadamente, bebi água gelada, prometendo não tomar mais vinho até a refeição chegar.

Várias pessoas estavam espalhadas ao redor do pequeno restaurante: principalmente casais, mas havia uma família com três crianças e quatro mulheres de meia-idade rindo com uma garrafa de vinho na mesa. Ninguém mais estava sozinho. Por que eu não trouxe uma revista ou um livro?

Lembrei-me de algo que mamãe me disse uma vez. Eu estava pensando em dar aula — adoro crianças e respeito muito os professores —, mas a ideia de ficar na frente de uma classe era assustadora e perguntei como mamãe tinha a coragem de debater um caso na frente dos juízes da Suprema Corte do Canadá. Ela falou sobre a preparação e prática, mas também disse:

— Você age da maneira que quer ser. É, em parte, uma atuação. Mas se agir com certeza e segurança, vai se sentir mais confiante e eles vão percebê-la dessa maneira.

Ok, mãe, vamos testar isso. Arrumei minhas costas e cruzei uma perna sobre a outra, exercendo o papel de uma mulher segura que gostava da própria companhia. Mas o que eu sabia sobre a *minha* companhia? Na maior parte do tempo, quando estava sozinha, ou me via estudando ou pensando em Matt.

Se me sinto entediada comigo mesma, será que Matt alguma vez me achou mesmo especial ou estava sendo apenas gentil?

Sem pensar, tomei mais um gole de vinho e senti o potente soco do álcool. Engoli depressa um pouco de água para diluí-lo. Jenna dizia que uma mulher precisava ser independente, e eu ainda estava tentando praticar isso. Até agora, não tinha sido muito divertido, embora ela sempre tenha feito parecer que era o máximo.

Impulsivamente, puxei o celular da bolsa. O custo de uma chamada para Bali a partir de um navio de cruzeiro me fez estremecer ainda enquanto discava. Mas, na verdade, ela quase nunca atendia o telefone, então as chances de a conta ficar uma pequena fortuna eram...

— Jenna, é você mesmo?

— M? Então, sério? Acabei de ler sua mensagem.

— Como está Bali?

— Ah, cara, é inacreditável. Eu nasci para viver aqui. Este lugar é tão a minha cara!

— Mar, Sol, saias hippies? — provoquei.

— Sarongues em vez de saias hippies, mas é isso aí. É madrugada aqui e estamos reunindo a equipe e nos organizando, e acredita que já estou trabalhando? Meu celular está carregado e eu até atendi. Mas chega de falar de mim e me conte como estão as coisas com Matt.

— Depois que embarquei, caí na cama e acabei de acordar. Eu não vi Matt, mas concordamos que iríamos fazer as coisas separados — eu me sentia bizarra falando desse jeito. Nós dois sempre fizemos tudo juntos. Mesmo que não estivéssemos na companhia um do outro, sabíamos exatamente onde o outro estaria.

— Parece sensato, mana. Deve ser difícil para você, apesar de tudo.

— É mesmo — resisti à vontade de tomar mais vinho. — Jenna, você disse que é importante ser independente, certo? E acho que agora eu sou. Tudo o que sempre quis, antes de isso acontecer, era ser metade do M&M, mas não sou mais. Eu sou esta nova Merilee e... estou confusa.

— Pobre Merilee, aposto que está... Vocês dois mantiveram essas duas metades de M&M por muito tempo, é como se nenhum dos dois tivesse uma existência separada. E isso não é bom.

— Mas eu me sentia bem. Nós éramos almas gêmeas.

Eu sempre imaginei que encontrar a alma gêmea era a melhor coisa do mundo.

— Certo, essas almas gêmeas são uma coisa boa, mas cada um de vocês ainda tem que ser autossuficiente. Você não deve querer se casar com alguém porque não consegue imaginar como seria sua vida sem ele...

Ela, Theresa e Kat viveram muito por conta própria antes de acharem seus caras perfeitos. Mas eu não tinha ideia de como eu seria como mulher se não tivesse conhecido Matt.

— Eu acho que faz sentido — suspirei. — Então, parece que foi bom terminarmos. Matt disse que ficar forçando nossa antiga relação seria como ter um cobertor de segurança.

— Isso é inteligente.

Minha cabeça concordou, mesmo que meu coração estivesse machucado.

— É — olhei em volta do bistrô novamente. — Mas aqui estou eu, tentando ser independente, e isso não está me parecendo muito interessante. Você sempre fez parecer divertido.

— É muito bom.

— Mas eu preciso de conselhos — confessei.

Ela riu.

— Uau, olha só, a hippie liberal aconselhando a boa garotinha. A Terra vai virar de ponta-cabeça.

— Se vai... — O sentimento novo, resplandecente que senti na cabine tinha dado lugar a um novo e sombrio.

Permiti-me um pequeno gole de vinho.

— Ah, M, eu realmente sinto muito. Mas tudo vai dar certo. O universo dá o que você precisa.

Revirei os olhos. Quantas vezes eu tinha ouvido essa filosofia dela? Jenna sempre fora tão otimista, uma característica que era ao mesmo tempo adorável e frustrante.

— Até agora ele me deu um bistrô francês e uma taça de *chardonnay*, com os crepes que estão para chegar.

— Excelente começo.

— Mas eu não estou me divertindo.

— Você está se lamentando.

Ela tinha razão.

— Mas eu tenho esse direito — retruquei.

— Sim, tem direito... Tudo bem, tente viver o momento. Não fique o tempo todo pensando e obcecada com coisa nenhuma. Basta apreciar o ambiente, o vinho, a comida, quando ela chegar.

O ambiente? As pessoas comendo com os amigos, a família, os namorados, tudo isso só fazia me sentir ainda mais solitária. Mesmo a tal cantora francesa, quando traduzi suas letras, percebi que estava cantando sobre o amor perdido.

Jenna continuava a falar.

— Prove, olhe, cheire, aprecie. Viva, viva de verdade. Desfrute da própria companhia e, quando se sentir disposta a conversar com alguém, saiba que o mundo está repleto de pessoas interessantes. Vai aparecer uma.

— Essa coisa realmente dá certo para você? Essa coisa de *O universo vai lhe proporcionar...*?

— Sempre, mas você tem que estar aberta às mensagens que ele envia. Portas abertas, estradas abertas, possibilidades, oportunidades. Às vezes, você passa através de uma porta pensando que vai levá-la a um lugar e de repente se vê em um outro completamente diferente; no entanto, esse é o lugar certo para estar.

— T-tudo bem — respondi, em dúvida.

— Ele me trouxe Mark — disse ela presunçosamente.

— É difícil argumentar contra isso...

— Vai ficar tudo bem, mana?

— Acho que sim. Vou tentar seguir seu conselho.

— M, antes de ir... — Surpreendentemente, havia agora certa hesitação em sua voz.

— Estou aqui, Jenna.

A garçonete trouxe uma cesta de pães e eu sorri, agradecendo.

— Tem uma coisa que eu quero contar para você... — continuou Jenna. — Contar para toda a família. Não quis fazer isso, na semana passada, porque estava insegura, e, em seguida, Mark chegou, você adiou o casamento e então Kat e Nav se casaram e, enfim, não deu tempo. Mas eu estive pensando sobre isso. Nós estamos nos dando melhor agora, não é? Todos nós, irmãs, e a mamãe e o papai. Estamos mais próximos do que nunca.

— Verdade, estamos sim — mesmo que eu ainda me sentisse uma sombra pálida em comparação às suas personalidades vibrantes. — Qual é esse grande segredo?

***

Capítulo 5

Jenna não respondeu por um momento. Então, parecendo curiosamente desanimada, ela respondeu:

— Eu já contei a você a história da estupidez do primeiro amor, não contei?

— Aquele motociclista gostosão que na real era um idiota. Sim, contou, e sinto muito pelo que houve — prendi o telefone entre a orelha e o ombro para que eu pudesse passar manteiga em uma fatia de pão.

— Mas tem muito mais nessa história.

Eu não ouvi mais nada e, depois de mastigar e engolir, disse:

— Jenna? Caiu a ligação?

— Não, é que... É muito difícil. Confessar o quanto fui uma estúpida. Seja como for, resumindo, o cara me passou gonorreia, fui muito idiota e demorei para descobrir isso. Quando finalmente cheguei ao hospital, estava com uma doença inflamatória pélvica e um abcesso rompido, eles operaram e as sequelas foram tão graves que não posso ter filhos.

Enquanto ela continuava falando, as palavras — aquelas palavras tão incrivelmente inesperadas — fluíam para fora da boca com tanta pressa que precisei de um instante para compreendê-las.

— Como assim, você é estéril do mesmo jeito que eu?

— Sou...

— Oh, meu Deus. E você guarda esse segredo desde os dezessete anos? — Aquela borbulhante Jenna manteve isso dentro dela?

— É.

— Você sempre disse que amava crianças, mas que não queria ter filhos — disse eu, timidamente.

— Por que desejar aquilo que não se pode ter? — cuspiu ela. Depois: — Mas eu quero. De verdade, quero. Por isso, consigo me identificar muito com tudo isso que você está sentindo.

— Uau. Você me surpreendeu com tudo isso. Sinto muito, Jenna.

— Eu contei para o Mark, durante aquela nossa longa viagem pela costa. Nós dois queremos ter filhos, então estamos falando de adoção. Que é algo que você pode fazer, também, M. Você sabe disso, né?

— Eu acho que sempre imaginei que Matt e eu iríamos criar nossos filhos juntos, como almas gêmeas. Desde que recebi meu diagnóstico, tenho tentado aceitar o fato de que provavelmente isso não vai acontecer, e agora, bem... Quem sabe o que ainda vai acontecer com ele e comigo? Se não voltarmos, não consigo me imaginar com mais ninguém. Ah, Jenna, isso é demais, sabia?

— Eu sei, mana, e as coisas vão se resolver com o tempo. Eu só estou dizendo que isso é algo a considerar mais tarde. Você seria uma mãe fantástica e eu aposto que é isso que o universo tem reservado para você.

Oh, Jenna.

— Eu gostaria de acreditar nisso — e que essas crianças teriam um pai maravilhoso que as amaria, e a mim, com todo o seu coração. Mas isso estava bem lá na frente. — Obrigada, mana, pelos conselhos e por ter compartilhado o seu segredo. Você vai contar para o resto da família?

— Vou. E obrigada por não ficar dizendo que eu era uma idiota por não cuidar melhor de mim mesma.

— Ei, você tinha dezessete anos e estava apaixonada.

— Quer apostar que mamãe não vê isso dessa forma? — foi a resposta dela, com tristeza.

Dissemos adeus e eu desliguei sorrindo, sentindo-me mais perto dela do que jamais estive.

Meu prato chegou, e mergulhei nele com prazer. Seguindo o conselho de minha irmã, concentrei-me no sabor. Uau, estava uma delícia. Eu não conhecia muito sobre culinária requintada, porque, com meu orçamento estudantil e o de Matt e com o fato de meus pais estarem sempre tão ocupados com seus trabalhos, os jantares em casa ficaram cada vez mais raros. O molho francês cremoso com ervas estava um deleite. Eu saboreava cada bocado, concentrando-me na comida e nada mais. Quando tomava um gole do *chardonnay*, notava que seu sabor ligeiramente cítrico e ácido combinava perfeitamente com a comida.

Ah, sim, eu poderia me transformar numa bela de uma viciada em comida e bebida. Eu gostava de cozinhar refeições básicas quando tinha tempo, e fazia biscoitos no forno também, mas nunca tinha experimentado fazer nada extravagante. Humm, descobri que eram oferecidas aulas de culinária no Diamond Star. Talvez eu devesse tentar.

A garçonete encheu meu copo de água.

— Como está tudo?

— Delicioso — Jenna disse que se você quisesse conversar com alguém, uma pessoa iria aparecer. Uma ideia me ocorreu. — *Parlez-vous français?*

— *Mais oui. Et vous?*

— *Oui.* — Em francês, eu disse a ela que era canadense e estudava para ser professora do ensino médio e que o francês era parte do currículo. Eu disse que adoraria praticar e ela me deu um "*Bien sûr*" sorrindo.

Ainda nessa língua, ela disse:

— Bom apetite. Mas não se esqueça de guardar espaço para a sobremesa. As nossas são magníficas, especialmente o *crème brulée* Grand Marnier, a torta de pera alsaciana e o musse de chocolate.

Sufoquei outro gemido. Chocolate era a minha fraqueza. Nesse ritmo, até o final da semana eu teria não só recuperado o peso que perdi, mas estaria a caminho de engordar seriamente.

Nos minutos seguintes, eu me entreguei ao puro prazer de desfrutar de boa comida. Normalmente não dava tanta atenção assim ao que estava comendo, porque enquanto comia ou estava conversando ou estudando, mas graças a Jenna eu estava adorando fazer isso.

Tinha terminado de comer o crepe e estava cortando uma fatia da endívia servida em um rico molho de limão quando uma dupla de homens entrou no bistrô. Com pelo menos o dobro da minha idade, ambos eram pesadões, tinham rostos corados e falavam em voz alta. Imaginei que vinham do cassino ou do bar.

— Gostaríamos de um bom bife — disse um deles à minha garçonete.

— Certamente, senhor. Temos Steak à Diane e bife com molho de pimenta verde.

— Não, não essa porcaria de meninas. Bife de homem, tão mal passado que ainda esteja mugindo.

— É isso aí — disse o outro cara — e com fritas e uma montanha de anéis de cebola.

— Acredito que os senhores irão preferir a comida do Delrays, mais a seu gosto — disse a garçonete educadamente. — Eles servem bifes enormes com anéis de cebola e batatas fritas.

— É, acho que é mais por aí — disse o primeiro homem. — Mostra para a gente como faz para ir lá.

Ele se aproximou dela com a óbvia intenção de apalpar-lhe a bunda, mas a moça se esquivou habilmente e explicou como encontrar o restaurante.

Enquanto os dois homens se viravam para sair, eles me notaram e um cutucou o outro.

— Ei, olha uma gatinha sozinha.

Olhei para eles com cautela.

— E aí, boneca? — disse o outro, olhando de soslaio para mim. — Aposto que gostaria de companhia e comida de verdade — ele gesticulou com desdém para a minha folha de alface semiacabada. — Vem com a gente e eu pago um bife para você.

Se Matt estivesse aqui, eles não teriam se aproximado de mim. As alegrias de ser solteira... E se essa era uma das portas abertas de Jenna, eu pretendia fechar.

— Muito gentil de sua parte — respondi sem rodeios. — Mas acabei uma refeição deliciosa e estou perfeitamente contente com a minha companhia.

Por mais estranho que fosse, percebi que aquelas palavras eram verdadeiras, pelo menos naquele momento.

Quando os dois homens foram embora, a garçonete veio. Ainda falando em francês, ela disse:

— Desculpe por isso. Você viu as alianças? Odeio pensar o que as coitadas das esposas estão fazendo...

— Aposto que desfrutando de um descanso muito merecido — respondi secamente.

Ela riu.

— Agora, que tal essa sobremesa?

— Eu não vou resistir à musse.

— Você vai adorar. E o café? Um *café au lait*, talvez?

— Por que não?

Depois que terminasse a refeição, vestiria meu maiô, encharcaria protetor solar e tiraria uma soneca em uma espreguiçadeira no solário até dar minha hora no spa. Tudo seria perfeito se minha vida real não fosse uma completa bagunça. Mas agora eu não ia pensar sobre isso.

Quando a garçonete trouxe a musse, eu provei e gemi...

— Isso sim é felicidade.

Estava escuro, denso, e havia uma pitada de algo, talvez de café ou de licor de café nele.

Ela sorriu.

— Eu não disse?

Ela se virou para cumprimentar uma nova cliente, uma bonita morena, dois ou três anos mais velha que eu, vestindo shorts brancos e uma elegante blusa rosa.

— Sim, só eu — disse a recém-chegada. — E adoraria uma taça de *merlot* e algo com chocolate.

A garçonete acomodou-a perto de mim.

— Aqui está a carta de vinhos. Quanto ao chocolate, recomendo a musse — e olhou em minha direção.

— Eu recomendo — disse eu, deslizando minha colher mais uma vez nele.

— Obrigada, vou querer isso.

Quando a garçonete foi embora, a morena me estudou por um momento e disse:

— Quer sentar comigo? Mas pode dizer se não estiver a fim. Vou tentar não chorar no meu vinho...

Outra porta aberta, mas esta bem mais atraente. Eu sorri:

— Seria ótimo.

E não apenas porque não estava acostumada a ficar sozinha. Gostei do estilo dela.

— Legal — ela veio se sentar perto de mim. — Oi, eu sou Des, que é apelido de Desdêmona. Culpa da minha mãe, ela é fanática por Shakespeare.

— Sou Merilee. Nenhum significado particular, eles só gostavam do nome.

Com alguma dificuldade, parei de comer a musse. Eu poderia esperar até que o dela chegasse.

— Você está sozinha neste cruzeiro?

— Mais ou menos, mas não exatamente. Estou dividindo uma cabine com, ãh, alguém que conheço — nem marido, nem noivo, nem mesmo namorado. Uma onda de tristeza ameaçou me inundar, e lutei para afastá-la com um movimento de minha mão. — É uma longa história. E você?

— Com a minha avó.

— Sério?

— Sim, eu adoro a minha avó. — Seu vinho veio e ela tomou um gole, sorrindo depois em aprovação.

— Eu também amo a minha. Infelizmente, ela tem Alzheimer agora.

— Que triste. Eu realmente sinto muito. Sou muito sortuda por ter uma avó saudável e lúcida.

— Onde ela está agora?

— No cassino. Ela ama os caça-níqueis. Eu não. Então, sabe como é, não temos que ficar ligadas pelo cordão umbilical o tempo todo, certo?

— Certo.

— É a mesma coisa com você e seu colega de quarto?

— Er, sim... A gente não tem que ficar grudado por aí... — nem ligado por nada nunca mais. Mas eu deveria estar vivendo o momento, então dei um rápido sorriso. — E como foi essa história de viajar com sua avó?

— Ela ganhou um cruzeiro e, querida que é, me convidou para vir junto.

Sua musse chegou e nós duas mergulhamos nelas, comendo e conversando sobre nossas famílias, aquela coisa casual de conhecer a outra pessoa. Ela e a avó eram de San Diego. Des era gerente de uma loja de roupas femininas e sua avó estava aposentada, mas fazia um monte de trabalhos voluntários. A avó era viúva e Des era, como ela dizia, feliz solteira. Eu me senti meio deselegante em nem sequer mencionar Matt, mas não queria entrar em toda aquela história complicada.

Enquanto conversava com Des, percebi que, apesar de ter muitas amigas, nunca passei muito tempo sozinha com elas. Na maioria das vezes, eu e Matt saíamos com elas e seus namorados. Algumas poucas amigas tinham deixado mensagens de voz ou mandado e-mails nos últimos dias, mas não respondi nenhum. Eu não tinha assim tanta intimidade com elas para ficar discutindo o que estava acontecendo entre mim e Matt, ou estava me sentindo meio envergonhada e sem muita certeza das coisas. Eu nunca tinha compartilhado meus segredos com elas, só com Matt.

Com um suspiro de prazer, Des empurrou a tigela vazia da musse.

— É melhor eu voltar para ver a vovó.

Que pena. Eu ficaria feliz em passar o resto do dia com Des.

— Divirta-se — respondi. — Eu vou tomar Sol, depois tenho uma hora no spa.

— Espero que a gente se encontre de novo por aí.

— Eu também. E gostaria de conhecer sua avó.

Eu meio que esperava que Des me convidasse para me juntar a elas. Por mais que adorasse ficar deitada ao Sol, ainda me sentia estranha por estar sozinha. Mas Jenna havia dito que eu precisava ser mais independente, e ela estava certa.

Des e eu nos levantamos, agradecemos a garçonete e caminhamos juntas.

— Ei — disse Des —, você já arrumou sua roupa para o baile de amanhã à noite?

— Não...

Quando planejamos a viagem, Matt e eu decidimos que iríamos à loja de bordo escolher o que fosse conveniente. Mas será que eu ainda ia querer ir ao baile? Este era um mundo totalmente novo, um que eu ainda não conhecia direito.

— Vovó e eu iremos à loja de aluguel de fantasias amanhã de manhã. Quer se encontrar com a gente? Podemos dar dicas uma para a outra. Leve seu colega de quarto, também, se quiser.

— Er, acho que meu colega de quarto não vai se interessar, mas eu adoraria.

Combinamos o horário e voltei para a cabine. Não vi Matt, mas ele havia deixado um bilhete no bloco de recados: *Vi que já acordou. Espero que você esteja se sentindo melhor e passando bem*. Nenhuma menção ao que tinha feito.

Uma mensagem típica de um companheiro de quarto, sem nem

estar assinada. Nem um desenhinho de dois círculos com carinhas felizes, o símbolo do M&M que usávamos desde crianças.

Abaixo de sua nota, rabisquei:

Sim, obrigada, estou me sentindo melhor. Eu precisava dormir.

Fiquei brincando com a caneta, sem saber se deveria escrever mais alguma coisa. Finalmente, acrescentei: *Espero que você esteja se divertindo também. Vejo você por aí.*

Minha mão queria desenhar automaticamente nosso símbolo, mas me contive.

O Sol se derramava sobre aquele quarto pouco familiar, e com o sabor do chocolate na boca, disse a mim mesma que fazer esse cruzeiro tinha sido uma boa ideia. Descobrir quem era essa nova Merilee teria sido mais difícil se tivesse ficado na casa onde cresci, com meus pais por perto e com tudo muito familiar para mim. Provavelmente, o mesmo era verdade para Matt.

O que ele estaria fazendo, afinal? Quem estava com ele? Será que ele sentia saudade de mim?

Como nós estaríamos ao final deste cruzeiro? Como eu estaria? E quem eu seria? Será que eu me conhecia mesmo, essa pessoa que agora era Merilee, em vez daquela que era um dos M de M&M?

Um pensamento me atingiu. Eu tinha três certezas na vida: minha família, Matt e meus planos de carreira. Agora minha família estava passando por grandes mudanças, boas e importantes. Matt e eu já não éramos M&M. O que aconteceria com minha carreira? Será que eu ainda queria dar aula? Isso era algo que eu pensava desde os tempos do ginásio, e Matt também dizia que queria ser professor. Mas isso ainda era verdade? Pensando bem, não seria tarde para mudar de ideia. Nós só tínhamos terminado o terceiro ano da faculdade. Ainda havia o quarto ano e depois mais um de licenciatura.

Balancei a cabeça vigorosamente. Claro que eu queria dar aula.

Eu amava crianças, e achava que ensinar era um dos trabalhos mais importantes do mundo. O que estava acontecendo comigo agora me faria questionar absolutamente tudo em que eu acreditava? Sim, pelo visto.

Incluindo a minha resistência à ideia de adoção. Pensando sobre a conversa no telefone com Jenna, balancei a cabeça com admiração. Ela tinha me falado uma porção de coisas sobre as quais refletir. Eu esperava que ninguém da minha família pegasse pesado com ela quando revelasse seu segredo há tanto tempo guardado.

Do lado de fora da janela da cabine, o Sol me chamava. O que estava eu fazendo ali dentro, quando poderia estar lá fora, relaxando naquele calor, talvez tirando uma soneca? Cobri o corpo com protetor solar e me troquei, colocando meu biquíni, um modelo simples azul-claro que usava já havia dois anos. Amarrei as alças e soltei um riso.

Os comentários de Jenna sobre as mensagens do universo surgiram na minha mente. O universo estava dizendo claramente que eu deveria comprar um biquíni novo. Rapidamente, me cobri com uma canga, coloquei os óculos de sol e peguei uma revista na bolsa a tiracolo. Guardei meu celular também, para que o alarme não me deixasse perder minha hora no spa. Fui até a loja de roupas de banho que tinha visto mais cedo.

Experimentei três modelos. Dois eram muito parecidos com o meu biquíni velho, e sem graça! O terceiro, verde azulado, era mais ousado e chamativo. Endireitei os ombros e empurrei o peito para a frente, um pouco envergonhada pela forma como eu me via, mas até que gostando. Esse servia, definitivamente. Se eu pretendia encontrar a nova Merilee, tinha que romper aquilo a que estava acostumada.

Fui até o deque procurar pela piscina. A visão que me cumprimentou me fez parar e suspirar. Era exatamente disso que eu precisava. O Sol se espalhava pela água azul resplandecente, as pessoas estavam deitadas em espreguiçadeiras em shorts e roupas de banho, e guarda-sóis de papel colorido brotavam de bebidas de frutas. Um toboágua me fez lembrar de momentos divertidos com Matt e nossos amigos em parques aquáticos.

Enquanto meu olhar deslizava pelos demais passageiros, fiquei na dúvida se queria que ele estivesse por lá. Não estava, e disse a mim mesma que isso era bom. Decidi que tentaria ao máximo viver o momento, como Jenna havia recomendado, em vez de ficar debruçada sobre o passado ou angustiada sobre o futuro.

No momento em que me sentei em uma cadeira e tirei a canga, um asiático muito bonito e da minha idade apareceu. Usava um uniforme branco, carregava uma bandeja com copos de bebida vazias equilibrando-se em uma das mãos e deu um sorriso:

— Boa tarde, senhorita. Posso lhe trazer uma bebida? Um lanche?

— O que são aquelas bebidas com guarda-chuvinhas coloridos?

Ele sorriu.

— Imaginei que a senhorita iria querer um desses drinques de menina. Essa é a especialidade do Diamond Star, um misto de suco de frutas com licor de coco com rum mexicano. Ou, é claro, temos a clássica margarita.

— Vou querer esse de frutas.

— Um lanche para acompanhar?

— Não, obrigada. Acabei de almoçar muito bem.

— Ah, mesmo? — Ele trocou a bandeja para a outra mão. — Qual restaurante?

— La Vie en Rose. A comida estava deliciosa.

— Confie em mim, senhorita, todos os restaurantes no Diamond Star oferecem pratos deliciosos. Todo mundo que faz um cruzeiro conosco ganha alguns quilos.

Seu olhar cruzou o meu corpo e percebi que havia um brilho de interesse em seus olhos. Quando eu estava com Matt, nunca percebi esse tipo de olhar dos homens, se é que alguma vez recebi algum... A própria expressão de Matt sempre foi calorosa e amorosa, mas ele não olhava para mim como se eu fosse... gostosa.

Mas eu não era gostosa. Ou era? E a nova Merilee, era? Quem sabe neste novo biquíni ela fosse. O olhar de escrutínio do garçom foi lisonjeiro, mas um pouco embaraçoso e eu tentei não corar.

— Então vou ter problemas, porque estou pensando em fazer as aulas de culinária também.

— A senhorita vai se divertir. E se não podemos nos dar certos prazeres nas férias, quando fazer isso? — teria ele posto uma ênfase especial em *prazeres?* — Falando nisso, é melhor eu ir buscar o seu drinque.

Humm... Pela primeira vez, realmente me dei conta de que os homens, outros homens que não Matt, poderiam se interessar por mim. Que eu poderia namorar.

Mas era cedo demais. Muito, muito cedo. Mas mesmo que essa hora chegasse em algum momento, será que eu saberia como namorar? Ou ia querer fazer isso? Tudo que ouvia de minhas amigas eram coisas como: "Será que ele está mesmo interessado em mim?" e "Preciso arrumar uma companhia para a festa!" ou "Que babaca, não acredito que fui sair com esse cara".

Mas, se o grande sonho de minha vida era encontrar um amor que fosse perfeito, apaixonado e para sempre — e se eu descobrisse que realmente não seria o Matt —, teria que namorar.

E... Argh!... Ele também. Meu Matt com alguma outra garota. Sendo com ela aquele cara atento e dedicado. Encontrando uma menina mais excitante do que eu, alguém que o deixasse apaixonado. Matt fazendo tudo aquilo de romântico para outra garota.

Eu não poderia suportar isso. Mas se continuássemos mesmo

rompidos para sempre, em algum momento teríamos que seguir em frente... Eu queria que ele fosse feliz, o que significava necessariamente que desejava que Matt encontrasse alguém por quem se apaixonasse perdidamente. Quem sabe com o tempo essa ideia doesse menos.

Gemi. Isso era terrível. Uma coisa era perceber que você se sentia infeliz, outra coisa era se perguntar: como encontrar o caminho da felicidade? E como eu poderia parar de me agonizar com isso e aproveitar o Sol e viver o momento, da maneira como Jenna disse?

O garçom voltou e me entregou uma bebida cor de pêssego com um pequeno guarda-sol de papel amarelo brilhante.

— O cara ali diz que gostaria de oferecer isso para você.

— Hã? Sério?

Olhei na direção que ele indicou e vi um cara bonito, loiro e bronzeado, usando calção e óculos de sol em pé no bar, uma margarita na mão.

— Er...

Isso nunca havia acontecido comigo antes. O que eu deveria fazer?

O loiro respondeu a pergunta dirigindo-se para mim.

— Oi, eu sou Tony. — Ele tinha um sorriso cativante.

— Merilee — respondi automaticamente, enquanto o garçom desaparecia.

— Ninguém deveria estar sentado sozinho com uma bebida em um dia ensolarado como este.

Ele empurrou seus óculos de sol para cima de sua cabeça, e vi que seus olhos eram cor de amêndoa, com cílios espessos que combinavam com seu cabelo loiro.

Se eu permanecesse sentada sozinha, continuaria com pena da

minha situação, então era melhor conversar com alguém, da mesma maneira que tinha feito na hora do almoço com Des.

— Então, salve-me desse destino horrível — respondi. Ele riu e puxou para perto uma cadeira, e levantei meu copo de bebida. — E obrigada pelo drinque.

Ele brindou o copo no meu e sentou-se de lado na cadeira para poder me olhar de frente.

— Obrigado por iluminar a minha tarde. O que uma garota bonita como você está fazendo sozinha em um cruzeiro pela Riviera Mexicana?

— Essa é uma história muito longa e... — pensei em Jenna —... é o passado. Agora estou vivendo o presente.

Dei um gole na bebida, apreciando a mistura de coco e frutas.

— Eu gosto do seu estilo de vida, Merilee.

Meu estilo? Bem, era na verdade da minha irmã, mas ao mesmo tempo eu curti.

— Você já esteve no México antes? — perguntou ele. — Ah, calma, talvez eu não possa perguntar isso. Quero dizer, é o passado também.

— Essa não tem problema. Não, nunca estive. E é a minha primeira vez em um navio de cruzeiro. E você?

— Mesma coisa. Eu sou do Colorado e...

— Colorado. Você parece mais da Califórnia. Como alguém que passa os dias surfando.

Ele era muito bonito, objetivamente falando, mas não fazia meus hormônios pular. Não que eu alguma vez tivesse esse tipo de resposta por um cara. Para mim, a excitação demorava a rolar. Levava tempo, carinho, conexão emocional. E eu tinha certeza de que não queria desse cara, ou de qualquer outro, num futuro próximo.

— Bem que eu queria — ele se esticou na cadeira, ficando mais confortável. — O Colorado é tão sem litoral como se pensa. Seja como for, um amigo e eu terminamos a faculdade e estamos tirando uns dias antes de começarmos um trabalho temporário. Em seguida, eu começo a faculdade de Direito. No Colorado.

— E não na Califórnia, na praia?

— Não posso pagar.

— Que pena.

Será que eu deveria contar a ele que minha mãe era advogada? Eu estava tão acostumada a estar com um homem em quem confiava totalmente, mas tinha acabado de conhecer esse Tony. Quanto de informação pessoal eu deveria dar a ele? E ele estava sendo amigável ou querendo descobrir mais? Como eu ia saber, para que pudesse dar os sinais certos? Isso tudo era tão complicado.

— E você? — perguntou ele. — Está na faculdade ou está trabalhando?

Isso se chamava manter uma conversa, disse a mim mesma. Pessoas fazem isso todos os dias sem ficar assim obcecadas com a situação.

— Também estou fazendo faculdade. Vou me formar em Pedagogia.

Por alguns minutos, conversamos bastante sobre os estudos e as carreiras que estávamos planejando. Era tudo muito parecido com a minha conversa com Des e eu relaxei, tomando um gole ocasional de meu drinque e desfrutando da carícia quente do Sol na minha pele. O calor, o álcool, o ótimo almoço que eu tinha apreciado estavam todos se combinando para me deixar sonolenta.

— Você notou que há uma piscina ali, certo? — disse Tony. — Ou você é uma daquelas garotas que... — fez uma pausa, e depois falou mais lentamente, com um brilho nos olhos — ... não gosta de se molhar?

Eu gostava de nadar. Mas havia algo naquele brilho que me fez procurar um sentido oculto em suas palavras. Isso foi uma insinuação sexual? Se fosse, eu com certeza não iria responder.

Procurando palavras que ele não poderia interpretar mal, eu disse:

— Um mergulho seria bom. O *Sol* está muito quente.

Ao enfatizar a palavra *sol*, esperava que Tony percebesse que eu estava dizendo que não sentia calor por causa dele.

— Então, vamos dar um mergulho.

Um sorriso dobrou os cantos de sua boca, e imaginei que a mensagem tinha sido recebida.

Quando ele se levantou e estendeu a mão para me ajudar a sair da espreguiçadeira, eu a peguei. Nada. Nenhum formigamento, nenhuma excitação. Apenas uma mão firme e quente. Claro que era muito cedo para me sentir atraída por outra pessoa, mas isso ainda ia acontecer? Talvez o problema em meu relacionamento com Matt fosse eu. Talvez eu fosse incapaz de ter aquele tipo de paixão que minhas irmãs tinham descoberto. Ou talvez levasse mais dez anos para que pudesse encontrá-la...

Viva o momento, a voz de Jenna me repreendeu na minha cabeça. Voltei a me concentrar. Eu tinha vinte e um anos e estava de férias. Luz do sol, uma piscina, companhia. *Do que você não está gostando?*

Quando desci a escada ao lado da piscina e a frieza da água beliscou minha pele superaquecida, gritei e parei na metade.

— Medrosa — brincou Tony, entrando na piscina muito mais rapidamente e jogando água em meu peito.

— Machão — provoquei de volta, fazendo-o rir.

Então mergulhei de frente na água, afundando e recebendo o choque da água fria de uma única vez.

Colocando meus pés no fundo da piscina, levantei-me e sacudi meus cabelos molhados, fazendo com que as gotas de água pulverizassem o rosto dele.

— Isso é uma delícia! — era revigorante, contrariando os efeitos do álcool e do Sol. E da tristeza dos últimos dias. — Quer descer no tobogã? — perguntei a ele. — Ou você é muito *medroso?*

Mais uma vez, ele riu.

— Sim, eu gosto do seu jeito, Merilee. Vamos escorregar.

Saímos da piscina e subimos os degraus até o topo do escorregador.

— Quem vai primeiro? — perguntei.

— Vá você.

Subi até o alto, me segurando e me apoiando nas beiradas enquanto me preparava para descer. Antes que eu percebesse o que ele estava fazendo, Tony estava subindo atrás de mim, cutucando minhas pernas com as suas até prender meu quadril. Pernas torneadas e bronzeadas. Joelhos mais fortes que os de Matt, e os pelos nas pernas eram um pouco mais grossos e de cor mais clara.

Um estranho, me segurando entre suas pernas. Nós dois vestindo apenas trajes de banho. Foi íntimo, muito íntimo.

— Eu não... — comecei, no mesmo instante em que ele falou:

— Vamos lá!

E deu um impulso forte, catapultando nós dois tobogã abaixo.

Uma emoção imensa tomou conta de mim. Eu me inclinei para trás para aumentar a nossa velocidade e disparei com ele. Segundos depois explodimos na piscina.

Quando emergi, ele me pegou em um abraço inesperado.

— Divertido, não é? Vamos de novo.

Desconfortável com o contato físico, eu me libertei e olhei para ele, ainda não muito certa do que ele queria.

— Preciso ir embora daqui a pouco. Tenho um horário na massagista.

— Cancele — ele me deu um sorriso maroto. — Sou muito bom com as mãos.

Se eu tinha alguma dúvida antes, agora sabia com certeza.

— Olha, me desculpe se dei os sinais errados. Eu não estou a fim de... Hã...

— Ah, que é isso... Isso aqui é um cruzeiro, tem tudo a ver com ficar e...

O cara era um idiota.

— Não comigo — respondi com firmeza e me afastei.

***

Capítulo 6

Então era esse o gosto da verdadeira traição. Matt saiu da área da piscina com um sabor amargo na boca, sentindo-se como se tivesse levado um murro no estômago. Bem trancadas em sua mente estavam imagens da garota que ele sempre amou, aquela com quem iria se casar havia três dias, rindo e brincando com outro cara. Descendo um toboágua com seus corpos presos, abraçados, praticamente pelados se não fosse pelas roupas de banho molhadas.

Suas mãos se fecharam e ele teve vontade de mergulhar na piscina e socar aquele sujeito. Mas então se lembrou de sua mãe dizendo: "A violência nunca é uma solução. Um homem forte nunca recorre a ela". Ele era um homem melhor do que seu pai. E assim foi embora a acidez que corroía seu estômago.

Enquanto se apressava para voltar à cabine, as imagens continuavam a se agitar em sua mente e ele não conseguia apagá-las. Aquela menina loira que ele viu andar em direção à piscina chamou sua atenção por ser muito bonita. Achou que se parecia com Merilee. Então percebeu que era ela, mas num biquíni minúsculo que nunca a tinha visto usar antes.

Mas ela não o notou. Só tinha olhos para o loiro de calção.

Era difícil acreditar que hoje cedo ele estava preocupado com Merilee, imaginando como ela devia estar exausta por dormir quase o dia inteiro. Quando viu que ela havia finalmente levantado, até deixou um bilhete dizendo que esperava que ela estivesse bem e se divertindo.

O que ele quis dizer era que ela se divertisse fazendo uma massagem ou tomando um banho de sol, mas não pegando um porra de um cara estranho. Não era à toa que ela havia terminado com ele. Ela estava lá esperando por isso, querendo sua liberdade para ficar com o primeiro que aparecesse. Que merda, ele devia ser chato demais! Mas, então, por que ela ainda concordou em marcar a data do casamento? Tinha ficado com pena dele e, quando a data se aproximou, percebeu que não poderia continuar?

— Merda — murmurou baixinho.

Quando uma mulher de cabelos grisalhos passando no corredor deu-lhe um indignado: "Sério?", ele murmurou um pedido de desculpas.

Ele destrancou a porta da cabine e a abriu, entrando imediatamente debaixo do chuveiro de sunga e tudo, esperando que a água fria acalmasse seus nervos. Finalmente, tremendo, ele fechou a água e secou-se rapidamente. De toalha enrolada na cintura, foi para a cabine onde o bilhete sobre a mesa chamou sua atenção. A arredondada caligrafia feminina de Merilee lhe dizia para se divertir.

Droga, ele faria isso. Se ela não estava querendo perder tempo, ele também não faria isso. Desde o momento em que embarcou no Diamond Star, ele tinha ido à academia de ginástica e tomado algumas cervejas com uns caras. Nunca lhe ocorrera buscar companhia feminina.

Mas agora é o que faria. Nem pensar que iria procurar na piscina, mas onde mais as meninas poderiam ficar que não fosse lá? Deu uma espiada no relógio. Quase seis horas... Coquetel? Rapidamente vestiu uma roupa e saiu.

Com o gosto amargo de raiva ainda na boca, ele foi dar uma olhada nos bares. Um *pub* no estilo inglês não teria nenhuma menina como ele gostava, então ele entrou em um bar mexicano que tinha um público jovem. Ele nunca havia cruzado um bar antes, e sentiu-se um pouco estranho. Em algumas mesas, gente da sua idade, tanto homens como mulheres, bebiam em garrafas de cerveja com fatias de limão no gargalo e beliscavam nachos com salsa.

Ele não viu nenhuma garota sozinha, apenas uma mulher com cabelo preto sentada no bar com uma bebida quase terminada que parecia uma margarita. Ela era muito gostosa, de shorts brancos e sandálias extravagantes que exibiam pernas ótimas, mas definitivamente estava na casa dos trinta. Quando o viu, ela mudou de posição, ficando de pé e voltando-se para ele, e ele notou seios fartos quase escapando de um top preto apertado e sem mangas. Ele desviou o olhar para não ver seu sorriso, seus lábios brilhantes e vermelhos.

— Ei, gatinho. Você está sozinho também?

Dedos com unhas vermelhas batiam no balcão do bar ao lado dela, em um convite claro.

— Eu, hã... Eu vim encontrar um amigo. Mas, hã, obrigado — ele podia ter soado mais idiota do que isso?

Os lábios dela se curvaram para cima, divertidos, e ele teve a sensação de que ela enxergava através dele.

— Você pode se sentar comigo até seu amigo aparecer.

Ela não era o seu tipo, ele curtia mais as meninas com uma aparência mais natural, mas ela era realmente bonita, com cabelos brilhantes, sobrancelhas arqueadas, e grandes olhos verde-acinzentados que se destacavam ainda mais com a maquiagem. Que droga... Ela era a única mulher que estava sozinha, então por que não?

— Sim, pode ser — disse ele, deslizando para o banco adjacente. — Posso pagar outra bebida para você?

— Eu adoraria.

Ele não era muito de bebidas destiladas e normalmente teria pedido uma cerveja, mas ele disse ao garçom:

— Duas margaritas, por favor.

— Meu nome é Trina — disse a mulher, estendendo a mão.

— Matt. Prazer em conhecê-la.

Ele pegou a mão dela e ela apertou-a de um jeito que definitivamente não era um aperto de mão. O polegar dela acariciou a palma da mão e uma tensão sexual pulsou através dele, desconcertando-o a ponto de puxar sua mão para longe. Ele era um homem, ele procurava por mulheres; e ficava excitado com mulheres. Mas sempre resistiu a essas sensações porque estava com Merilee, a garota que amava.

Agora, ele não estava com ela. Se quisesse ficar com tesão, poderia. Sem culpa.

E Merilee também, droga.

Suas bebidas chegaram e ele ergueu o copo para Trina.

— Saúde.

— Saúde.

Trina tocou o copo dele e cruzou as pernas. Seus movimentos eram lentos, deliberados, e tinham a graça sensual de uma gata.

— Conte-me sobre você, Matt. O que você faz da vida?

Será que ela achava que ele era mais velho?

— Estou na universidade — Matt falseou a verdade um pouco. — Estudando Pedagogia.

— Não é apenas um rostinho bonito — disse ela, e ele quase engasgou em seu primeiro gole de margarita. — Isso é bom — continuou. — Eu gosto de homem com conteúdo.

Sua mão caiu para o braço de Matt e os dedos dançavam em sua pele em um toque que era bem leve, mas muito erótico.

— Então, Matt, você vai esquecer o seu amigo e me deixar seduzir você?

Seus olhos quase saltaram. Cara, ela estava lá fora. Quando Trina disse *amigo*, ele sabia que estava se referindo ao amigo imaginário que deveria encontrá-lo ali, mas aquelas palavras o fizeram pensar em Merilee. Merilee, que já havia encontrado um novo cara e que o tinha deixado acariciar seu corpo quase nu. De algum lugar, as palavras vieram a ele.

— Às vezes um homem gosta de seduzir.

O sorriso dela se ampliou.

— Não vou dizer não.

Aquela paquera já estava garantida. Ele poderia transar com Trina. Porém, ele só tinha feito sexo na vida com Merilee. Que havia ido embora. Matt estava absolutamente certo de que Trina lhe daria um pouco de emoção. Mas ele estava pronto para isso? Para o sexo casual com uma estranha? Que mulher de respeito fazia esse tipo de coisa?

Matt olhou em seus olhos grandes e claros.

— Por que, Trina?

Esperou que ela não ficasse ofendida, e a torção de sua boca mostrou que não.

— Por que você ou por que tudo?

— As duas coisas.

— Bem, você... Isso é óbvio. Você é jovem, gostoso, atraente. Teremos momentos muito prazerosos, nós dois.

A certeza em sua voz fez seu pau se mexer.

— Quanto ao por que tudo... — continuou. — Sabia que não são muitos os homens que perguntam isso?

Não era nenhuma surpresa que ela tivesse feito isso antes. E também não era surpresa, pensou, que a maioria dos caras não se importasse com o motivo.

— Você tem conteúdo, Matt. E, acredite ou não, eu também tenho. Durante onze meses do ano, eu tenho um trabalho de grande responsabilidade. Trabalho muito, fico ralando demais e não há muito tempo para brincar. Nem muito tempo para ser uma mulher.

— É difícil de acreditar.

Ele fez um gesto em direção a ela, tão sensual e glamorosa.

— Obrigada. Mas normalmente o meu cabelo está preso, visto um jaleco e passo meu tempo com microscópios, e não com pessoas. — Ela acenou com a mão graciosamente. — Nem pergunte, porque isso é tudo o que vou dizer sobre o meu trabalho.

— Então, quando o décimo segundo mês chega...

Um sorriso malicioso iluminou sua boca vermelha.

— Aí eu procuro compensar o tempo perdido.

O sorriso era tão irresistível que Matt teve que sorrir de volta.

— E fico louca... — completou ela.

— Nunca conheci ninguém como você. Você não quer se casar, ter filhos?

As sobrancelhas de Trina se ergueram.

— E você supõe que eu tenha essa opção?

— Ah, que é isso. Você é linda e obviamente inteligente. Tenho certeza de que muitos homens teriam oferecido isso.

— Obrigada mais uma vez. Eu gosto de você, Matt. Você faz bem para o meu ego. E sim, você está certo. Se eu quisesse esse tipo de vida, eu poderia tê-la. Mas isso significaria menos foco no meu trabalho, e eu amo o que estou fazendo. Sei que vou fazer a diferença no mundo.

Aquela mulher o fez lembrar o pai de Merilee. Com a diferença de que o doutor James Fallon conseguiu abrir espaço em sua vida para a esposa e a família. Para Matt, embora quisesse ter uma carreira bem-sucedida, as pessoas eram o mais importante. Ele sempre desejou ter uma família grande e uma casa alegre e movimentada.

Algo que, com Merilee, ele não poderia ter.

— Você acha que isso não é natural para uma mulher? — perguntou Trina.

— Não... As pessoas têm caminhos diferentes, certo? E me parece que você está vivendo a vida que deseja. E com a sua determinação, aposto que vai fazer a diferença no mundo.

— Sabe, você é muito adorável.

Ela se inclinou para a frente e deu um beijo em sua bochecha, um perfume sutil, mas sensual, preencheu as narinas de Matt.

— Eu... Hã...

Ela riu.

— E você? Está vivendo a vida que deseja?

Ele balançou a cabeça.

— Minha vida está meio bagunçada agora...

— Ah. E é por isso que você está aqui, sentado ao meu lado.

— Acho que sim... Quero dizer, não que você não seja uma ótima companhia.

— Talvez você precise fazer o que estou fazendo, e curtir a vida por um tempo.

A ideia era tentadora, e Trina era uma tentação maior do que um cara como ele poderia imaginar... Mas ainda assim...

— Não acho que seja minha cara — respondeu Matt, meio aborrecido consigo mesmo por rejeitar uma oportunidade como esta. — Pelo menos não ainda. Eu estava com alguém fazia muito tempo, e acabamos de terminar.

— E você ainda não a esqueceu.

Era isso, com certeza. E algum dia ele faria isso?

— Acho que não.

— Eu poderia fazer você se esquecer dela. — Seus olhos eram convincentes. — Pelo menos por um tempo.

Sim, Trina podia fazer isso. Disso Matt não tinha nenhuma dúvida.

— Mas, depois, não acho que gostaria muito de mim mesmo.

Trina ergueu seu copo em direção a ele.

— Definitivamente, você tem conteúdo e eu gostei de você de verdade. Se não se importar que eu pergunte, foi você quem rompeu com ela ou ela com você?

Foi ele que rompera oficialmente, mas ele nunca o teria feito se Merilee não tivesse cancelado o casamento.

— Ela começou.

— Essa menina deve ser louca.

Sentindo-me calma e sonolenta depois de uma deliciosa massagem, caminhei lentamente em direção à cabine, olhando para as lojas e os restaurantes. A deliciosa música mexicana que saía da Cantina de Maria me fez parar e dar uma olhada para dentro, ansiosa para ir à praia em Puerto Vallarta depois de amanhã. Minha atenção foi atraída por um homem no bar da Cantina, descansando em um banco, no fundo, conversando com uma morena impressionante. Ele me lembrou Matt. Não, ele *era* Matt.

Congelei, meio que presa na janela enquanto Matt conversava com uma mulher de pernas longas e bem torneadas, e seios fartos quase explodindo para fora de um top preto superdecotado. Era uma mulher, não uma garota. Devia ter bem mais de trinta anos, talvez quase uns quarenta. E sexy. Muito sexy, daquele jeito que só as mulheres mais velhas são, e contra isso nenhuma garota poderia competir.

A cadela. Atordoada, assisti quando ela se inclinou e deu um beijo na bochecha de Matt. Uma vadia, caçando o meu homem.

Só que ele não era mais o meu homem, e talvez fosse ele quem a estivesse caçando. Ela definitivamente não parecia *entediante*.

Quando ela levantou o copo para brindar com ele, eu bufei e me virei para ir embora. Parecia que Matt não estava tendo a menor dificuldade em me substituir. Quem teria imaginado que ele era um cara como Tony, que ficaria com uma mulher completamente estranha?

Todo o efeito relaxante da massagem desapareceu durante os cinco minutos em que fiquei do lado de fora da janela da cantina. Agora eu me sentia deprimida. E cansada. Eu não tinha a menor fome e a ideia de ir jantar no bufê sozinha me fez querer chorar.

Chega. Eu tinha seguido o conselho de Jenna durante horas. Agora merecia um descanso. Tomaria um comprimido para dormir porque não ia querer saber quando – ou se – Matt voltaria nessa noite.

Na terça-feira depois do almoço, Matt foi até a cabine pegar suas coisas para treinar na academia do navio, queimando as calorias que vinha acumulando nesses dias. Até agora nesse dia, vinha conseguindo evitar Merilee. Na verdade, ele ainda não tinha conversado com ela desde que subiram a bordo no domingo. À noite, depois de conversar um pouco mais com Trina, e de se reunir ao pessoal numa mesa desfrutando de um bufê incrível no jantar, voltou para a cabine e a encontrou dormindo. Merilee tinha ou não ficado com aquele loiro?

Incapaz de tirar esse pensamento da cabeça, Matt ficou virando na cama por uma boa parte da noite, e então finalmente caiu no sono pesado. Tão pesado que dormiu direto e, quando acordou, ela já havia saído. Sem nenhum bilhete. Por isso ele também não deixou um. Afinal, o que ele poderia ter dito? *Divirta-se com seu novo namorado?* Claro que não.

Mesmo que Merilee não estivesse transando com o cara, a simples ideia de ela estar com alguém já o deixava maluco. Ela poderia pelo menos ter esperado para depois do cruzeiro.

Agora, voltando para a cabine e distraído pelos próprios pensamentos, ele abriu a porta e, ao entrar, estacou surpreso. Tinha alguém lá dentro e não era a Merilee. Nem a camareira. Não, era uma desconhecida, e muito sexy pelo que ele podia avaliar vendo-a de costas. Enquanto Matt a estudava, a excitação acelerou seu corpo.

Ela estava com um vestido bem curto com uma bainha de franjas que se agarravam a uma bunda sedutoramente curvilínea. O vestido tinha uma cor que poderia ser considerada sem graça, mas não era, especialmente porque combinava com a cor da pele dela. Exceto pelas franjas e lantejoulas que brilhavam por todo o tecido, quase se podia pensar que ela estivesse nua.

Abaixo do vestido, pernas longas e bem torneadas desciam até sandálias de saltos muito altos. Acima dele se viam ombros bonitos, nus exceto por duas pequenas tiras brilhantes, um pescoço fino e curto, cabelos loiros despenteados alguns tons mais claros do que as madeixas mais compridas de Merilee. Em seu cabelo, ela usava uma espécie de tiara brilhante. Claramente, a mulher não o tinha visto entrar porque não se virou e continuou olhando no espelho enquanto brincava com seus brincos de brilhantes.

Ele só podia ter entrado no quarto errado. Matt deveria ter voltado calmamente antes que ela percebesse que ele estava lá, mas não conseguia tirar os olhos dela, e muito menos deter a grossa pulsação de sua excitação. Se ela era tão gostosa de costas, como seria de frente?

Ainda olhando, ele se atrapalhou com a maçaneta da porta atrás dele. Em vez de agarrar a maçaneta, ele conseguiu bater o cotovelo.

Ela virou, com os olhos enormes.

— Oh!

Os olhos de Matt quase saíram das órbitas. Suas feições eram delicadas como as de Merilee, mas os lábios eram exuberantes e brilhantes e vermelhos, a maquiagem nos olhos a deixava mais sofisticada e sensual, e uma cor rosada destacava as maçãs do rosto. O vestido tinha um decote baixo o suficiente para que ele pudesse ver a curva superior dos seios e o espaço entre os dois. Gostosa. Outra mulher que não era o seu tipo, mas muito, muito gostosa. Como uma dançarina de alguma boate de Las Vegas. Ela devia ser uma das artistas do navio.

Ele estava tendo uma ereção. Graças a Deus usava uma bermuda bem larga. Ele tirou seu olhar dos seios da mulher e voltou para a porta.

— Desculpe-me — deixou escapar. — Devo estar no quarto errado.

— Do que você está falando? — ela disparou.

Aquela voz era totalmente familiar.

— Merilee?

Matt se virou mais uma vez e olhou mais atentamente, tentando enxergar por baixo da maquiagem. Claro, Merilee tinha um belo corpo e tudo, um rosto bonito, mas seu estilo era tipo "a vizinha simpática" e não "a mulher fatal". E aquele cabelo...

— Isso é peruca?

A cor em suas bochechas se aprofundou, corou de verdade por baixo da maquiagem. Conscientemente, ela puxou alguns fios.

— Não, cortei o cabelo. E fiz luzes. Eu queria algo diferente.

— Ah, é... — retrucou ele, entendendo agora. — Novo cabelo, maquiagem, roupas decotadas, tudo para seu novo namorado?

Sua boca se abriu.

— O quê? Do que você está falando?

— Aquele cara na piscina. Eu vi você com ele.

— Como se você pudesse falar alguma coisa — ela disparou de volta. — Eu vi você com a mulher na cantina.

— Ela não... — começou Matt, a ponto de negar que havia qualquer coisa acontecendo entre ele e Trina. Mas se Merilee tinha um namorado, por que ele não teria uma namorada? — E daí?

— Daí nada! Se o nosso relacionamento importava tão pouco para você que pode simplesmente sair e ficar com outra pessoa, então estou muito feliz por não me casar com você — as palavras dela eram zangadas, mas os olhos maquiados ficaram úmidos e sua voz tremeu com uma nota de mágoa.

As palavras de Merilee apagaram sua raiva.

— Eu não... — disse Matt baixinho, não querendo continuar a enganá-la, mesmo que isso ferisse seu orgulho. — Ela meio que deu em cima de mim, mas a gente apenas conversou. Ela é muito legal e inteligente. Mas e o tal cara? Você está me dizendo que não...

Merilee balançou a cabeça vigorosamente.

— Não, ele era um idiota. E eu nunca, sabe, nunca tive a intenção de ter nada com esse cara. Eu estava apenas tentando relaxar e viver o momento, que foi algo que Jenna disse que eu deveria fazer. Mas ele queria... De qualquer forma, disse a ele que nada aconteceria e tenho certeza de que ele pegou outra pessoa cinco minutos depois.

— Oh... Bem, sei lá... Quero dizer, nós dois somos livres agora, mas...

Era cedo demais para sequer pensar em se envolver, e aquela sua experiência com Trina tinha mostrado que ele não era o tipo de cara para uma transa sem sentido. Ele teria dito a mesma coisa sobre Merilee, mas não a conhecia mais. Ela nem parecia ser a mesma pessoa.

— Não consigo entender por que você está assim. O cabelo, e essas roupas.

— Você sabe que o baile a fantasia é hoje à noite, não sabe?

— Ah, sim, certo... — agora ele estava se sentindo um idiota. Não tinha dado muita atenção a isso, imaginando que se fosse de jeans e camiseta estaria fantasiado de universitário. — Essa é a sua fantasia.

— Você acha que a roupa está meio assim de... vagaba?

Ele jamais iria dizer para ela que estava gostosa pra caramba. Nunca.

— Não, acho que não. Mas essa fantasia é de que?

— De melindrosa. Como no filme *Chicago*. Quando vi essa roupa na vitrine da loja, lembrei-me dos vestidos da Renée Zellweger e da Catherine Zeta-Jones no filme.

Normalmente, na sexta-feira ou no sábado à noite, se eles não saíssem com os amigos, costumavam ter uma noite de cinema e pizza em seu apartamento-garagem. Ela sempre prestava mais atenção nos nomes dos atores.

— Quem?

— Você sabe, Roxie e Velma, as duas meninas que assassinaram os namorados.

Ele fez uma careta. Havia algum simbolismo nisso? Ironicamente, ele respondeu:

— Você cancelou o casamento. Mas não precisa me matar também.

Uma risada surpresa sacudiu o corpo de Merilee.

— Ah, Matt, não foi isso que eu quis dizer. É que é um vestido bonito. Fui à loja de fantasias hoje cedo com Des e Micky e...

Ela tinha ido procurar as fantasias com esses dois caras? Eram gays ou não?

— Des e Micky?

— Desdêmona, minha amiga, e a avó dela.

Ufa, tudo bem, eram mulheres.

— A avó dela se chama Micky?

— É o apelido de Michaela. De qualquer forma... — ela disse isso revirando os olhos —, as duas disseram que meu cabelo não combinava com o vestido, por isso fomos para o salão juntas e, bem, foi isso que aconteceu.

— A-hã.

Ouvir a voz de Merilee saindo daquele rosto maquiado o abalou, para dizer o mínimo. Mas ela estava realmente muito sexy. Seu crescente tesão definitivamente aprovava. Ele empurrou os punhos nos bolsos da bermuda, esperando que ela não visse o efeito que estava lhe causando.

A incerteza brilhou no rosto dela.

— Você não gosta. É meu corte de cabelo?

Ele sempre gostara do cabelo dela, ondulado, cor de mel e dourado, mas o novo corte combinava com a tiara e o vestido.

— Não, é que... Só preciso de um tempo para me acostumar. Você não se parece com... você.

Ela riu.

— Ótimo. É essa a ideia mesmo de um baile a fantasia.

— É, acho que sim.

Só que ele estava planejando ir ao baile exatamente como ele era. Talvez fosse melhor repensar essa estratégia. Merilee estava animada em ir como a melindrosa que tinha metido fogo no amante. Ela nunca tinha se interessado em atuar ou fazer o papel de alguém, então ele realmente não entendia, talvez fosse a influência dessas novas amigas dela.

Lembrou-se de algo que Trina havia falado na noite anterior de eles seguirem caminhos separados.

— Uma dica de amiga. Você é um cara muito bonito, mas não está tirando proveito disso.

Quando Matt perguntou o que isso queria dizer, ela sugeriu que ele fosse a um bom cabeleireiro e investisse em algumas roupas mais descoladas.

Matt tinha um estilo meio de atleta, não porque competisse ou coisa parecida, mas apenas pela atividade física e pela oportunidade de, uma vez ou outra, conviver em um ambiente carregado de testosterona. Então, ele passava bastante tempo usando roupas esportivas e correndo para o chuveiro, apressado para o próximo compromisso. Ele nunca tinha dado muita atenção à sua aparência e Merilee nunca reclamou.

Ele riu e disse a Trina que moda não era a sua, mas ela se aproximou e sussurrou em seu ouvido:

— Assim como acontece com muitas coisas na vida, você nunca sabe até experimentar.

Ela riu e seguiu em frente para encontrar um homem com quem pudesse curtir a noite.

Merilee estava de frente para o espelho novamente, olhando seu reflexo como se estivesse tão espantada com sua nova aparência quanto ele.

— Eles me arrumaram assim no salão, mas agora preciso tirar tudo isso porque estou morrendo de vontade de dormir um pouquinho, e depois tem o jantar. Des disse que ia me ajudar a fazer minha maquiagem antes do baile. Vou me arrumar na cabine delas, assim você pode ficar com esta só para você.

Ela se inclinou para a frente, olhando seu reflexo. O movimento fez seu traseiro curvilíneo se impulsionar em sua direção e a saia de franjas subir ainda mais até as coxas.

Cara, ele estava com muito tesão. Ele gostava de transar com Merilee, mas para eles isso sempre foi delicado e doce. Agora ele sentia uma vontade quase irresistível de saltar em cima dela. Trina provavelmente teria adorado, mas Matt sabia que não era essa a maneira de tratar uma boa menina.

Foi bem legal ficar conversando com Merilee assim, quase como amigos, mas de jeito nenhum ele poderia ficar por ali enquanto ela tirasse a maquiagem e esse vestido. O que ela estava usando por baixo? Claro que não poderia ser muita coisa.

— Tenha um bom cochilo — sua voz saiu rouca. — Eu vou até... Hã... Vejo você depois.

Apressadamente, ele saiu do quarto e bateu a porta antes que fizesse alguma coisa errada.

E lá estava ele no corredor, sem seu equipamento de academia. Talvez devesse ir até a loja de fantasias também, e encontrar alguma coisa para esta noite. Ou talvez devesse seguir o conselho de Trina. Ele continuava o mesmo velho Matt, o cara que tinha entediado Merilee. De repente, esse velho Matt o estava cansando também.

Decidido. De jeito nenhum ele iria ao baile a fantasia como o bom e velho Matt.

Depois que Matt saiu, tirei o vestido de melindrosa pensando na sua expressão atordoada. Ele nem tinha me reconhecido e notei um tipo de calor intenso em seus olhos. Quase como se ele estivesse excitado. Excitado quando pensou que eu fosse outra pessoa. Isso não era nem um pouco agradável. Por acaso ele tinha olhado desse jeito para meu verdadeiro Eu? Pode ser também que eu estivesse enganada, e aquilo foi pura surpresa.

Vesti uma camiseta de dormir e comecei a tirar a maquiagem. Foi legal termos esclarecido as coisas e fiquei contente que ele não tivesse transado com aquela perua. Foi estranho ele ter me visto com Tony e eu o ter visto com Trina. Tony e Trina, ei... Isso dava T&T. Eles dois é que deviam ficar um com o outro. Ou sei lá se já não tinham ficado...

Bocejando, entrei nos lençóis. Que luxo poder tirar um cochilo toda vez que estivesse cansada, mas seria capaz de pegar no sono? Sei lá, de repente era a maresia, o estresse, todas as novas atividades que estavam me desgastando. Hoje cedo fui à aula de culinária e depois almoçamos, toda a classe, a deliciosa comida italiana que tínhamos preparado.

Lembrei-me de acertar o alarme para encontrar a tempo Des e Micky. Seria divertido nos preparar juntas para o baile.

Será que Matt iria? O que ele usaria?

Ele sempre estava bem, seja usando a roupa casual de estudante, shorts e camiseta, ou calça e camisa como se vestia para o emprego temporário na empresa de seu tio.

Sim, sempre estava bem, mas não chegava a ser nenhum Bradley Cooper.

Apesar de que, quando estava lavando o carro... Com aquela imagem em minha mente, abracei o travesseiro bem perto de mim. Ah, sim, quando lavava o carro era mesmo muito gostoso.

***

Capítulo 7

Muitas horas depois, entrei no salão de festas do Diamond Star. Era um salão espetacular, iluminado por refletores ultramodernos. Eles lançavam uma luz incrível sobre as fantasias que, de outro modo, seriam cafona demais. E eu vi de tudo, desde Teletubbies até bailarinas e Homem-Aranha. A maior parte dos rostos estava escondida por máscaras.

Eu me sentia muito agradecida por estar na companhia de duas pessoas. Des estava fantasiada de Eva, diretamente do Jardim do Éden, com uma segunda pele bege e três folhas de figueira estrategicamente posicionadas. Micky, a vovó de setenta e tantos anos, estava de dominatrix em couro preto, vibrando seu chicote com gosto. As duas estavam fabulosas, e nós três recebíamos olhares de admiração de homens de todas as idades.

Meu vestido de melindrosa não era assim tão mais curto que um de verão, mas tinha um ar tipo *olhe para mim* que me deixava um pouco constrangida. Eu tive que me esforçar para não ficar puxando a saia para baixo ou olhando meu peito para ter a certeza de que meus seios não tinham pulado para fora. Minha máscara estava firme no lugar, uma daquelas brilhantes de cor champanhe que combinava com o vestido de paetês e enquadrava meus olhos fortemente maquiados. Quando cortei o cabelo, também pintei as unhas das mãos e dos pés de um vermelho brilhante que combinava com o batom. Mas sem a máscara e a pesada maquiagem, e sem o apoio de Des e Micky, eu nunca teria a coragem de me aventurar em público desse jeito.

Olhando ao redor da sala, notei que havia dois bares e depois estudei a pista de dança, onde um bom número de pessoas fantasiadas se movia ao som de uma banda tocando "New York, New York". Música antiga, mas não era ruim. Dançar. Será que eu iria? Seria esquisito dançar com alguém que não fosse Matt, um dos nossos amigos ou meu pai em algum casamento.

— O que aquele cara estava pensando? — sussurrou Des, levando minha atenção para longe da pista de dança e para um cara passando diante de nós: um Homem-Aranha que podia ser qualquer coisa, menos musculoso.

— Acho que vi esse rapaz na piscina hoje cedo de sunga — disse Micky. — Acho que com o material que ele tem, seria melhor se ele se escondesse em vez de sair por aí se exibindo.

Nós três quase engasgamos e começamos a gargalhar, e então os olhos de Micky se arregalaram e ela apontou para o salão com seu chicote.

— Agora sim um homem que vale a pena olhar. Quem vocês acham que ele é? Clark Gable ou Cary Grant?

Des e eu nos viramos para olhar. O homem de cabelos grisalhos, talvez dez anos mais jovem do que Micky, usava um smoking e uma simples máscara preta.

— Ou é um homem que não se preocupou em procurar uma fantasia e decidiu apenas usar seu smoking — disse Des com descaso. — Sim, ele está bem, vovó, mas não entrou no clima da festa.

— Então, ele precisa ser chicoteado para entrar no clima — disse Micky, e com um estalo de seu chicote, passeou pela sala, deixando Des e eu rindo sem parar.

Fiquei tentando adivinhar se Matt estava lá e, em caso afirmativo, se ele tinha entrado no clima, como definiu minha amiga. Procurei pelo salão, passando de um marinheiro e um bombeiro para um vulcano de orelhas pontudas.

— Agora, olha só — ronronou Des —, tem um cara que poderia me chicotear para entrar no clima a qualquer dia.

— Qual deles?

— Lá no bar. O pirata de pé ao lado da ruiva com o vestido de noite - fantasia mais mixuruca, ela está fantasiada de quê? - e daquela asiática bonita com a roupa de harém.

Olhei para onde ela estava apontando e tive que concordar. Esse pirata não era um Johnny Depp com aquela maquiagem feminina dos olhos, ele tinha um jeito mais masculino, um Orlando Bloom. Ele tinha presença e físico para usar uma corrente, a camisa branca de mangas compridas aberta na frente, mostrando o peito magro e musculoso. A camisa estava coberta por um colete de couro surrado e amarrada na cintura com uma espécie de faixa. Calça preta abraçava suas coxas musculosas, e botas de couro altas, mais uma faca presa em sua cintura aumentavam a impressão de poder, de perigo. Longos cabelos pretos encaracolados caíam pelos ombros, presos por uma bandana escura para não cobrirem seu rosto. A mandíbula tinha uma barba curta espetada, e uma máscara preta escondia parte de seu rosto.

— Ah, é mesmo, gostoso demais — confirmei.

Mas nós não éramos as únicas a pensar assim. Duas garotas deslumbrantes estavam flertando com o cara feito loucas. Estranhamente, o pirata parecia um pouco desconfortável. Ou talvez isso fosse parte de seu papel. Grosseiro, sem sofisticação. Não é o tipo de cara que ficaria de papo com uma mulher no bar; ele apenas a jogaria sobre seu ombro e a levaria embora.

Não que eu estivesse fantasiando essas coisas, tipo estupro, nada disso. É que seu ar de masculinidade crua era muito forte. O tipo de coisa que eu só tinha visto nos filmes, ou lido nos romances. Mas seria tão sexy assim sem a fantasia? Provavelmente não. E que homem era?

Ele olhou para longe das duas garotas bonitinhas e animadas e seu olhar começou a fazer uma varredura no salão, parando em nós, pensei, em Des e em mim. E antes que eu pudesse ter certeza, dois caras vieram até nós, um deles fantasiado de Zorro, com chapéu preto e uma capa, e o outro vestido de Elvis, o jovem Elvis, quando ele era mais bonito. Mas nenhum deles tinha aquela vibração poderosa do pirata, embora ambos tivessem o físico e a atitude que suas fantasias pediam.

— Podemos pagar bebidas para as duas damas? — perguntou Elvis.

Des olhou para mim. Eu sabia que não ficaria a fim de nenhum desses dois, mas não havia nada de errado em socializar um pouco, então dei uma pequena encolhida de ombros, deixando-a tomar a decisão.

— Ótimo — disse Des com um sorriso.

Os dois homens se aproximaram, Elvis ao lado dela e Zorro à minha direita, e nos conduziram ao bar que ficava do outro lado do salão, longe do pirata e de suas fãs.

— O que vai pedir, adorável *señorita?* — foi o que Zorro me perguntou com um sotaque espanhol superfalso.

Des pediu uma margarita, mas depois de minha experiência na piscina com Tony, eu percebi que era mais seguro evitar o álcool, então disse:

— O mesmo, mas sem álcool.

Os dois pediram cerveja mexicana.

— E aí, meninas, estão viajando juntas? — perguntou Elvis, enquanto se afastava do bar.

— Não — respondeu Des. —Nós nos conhecemos no navio e nos demos bem. E vocês dois?

— Trabalhamos no Diamond Star — disse Elvis. — Sou o diretor de atividades. Meu nome é Larry, e estou fazendo pós-graduação em lazer e recreação na California State.

— Sou Ray — apresentou-se o Zorro, deixando o sotaque de lado. — Sou instrutor aqui na academia do navio — ele deu um sorriso. — Acho que não vi nenhuma de vocês duas por lá.

— Tenho mais descansado do que me exercitado — respondi. — Ah, e estou aprendendo a fazer comida italiana. Sou Merilee e minha amiga é a Des.

Ficamos os quatro conversando mais um tempo, os caras eram companhias agradáveis. Então, Ray disse:

— Quer dançar, Mary Lee?

Não me preocupei em corrigi-lo, afinal que importância tinha isso?

— Claro — eu adorava dançar.

Ele pegou minha mão e percebi que as mãos e o rosto forte por baixo da máscara eram as únicas partes de seu corpo que não estavam totalmente cobertas de preto. Tocava uma velha música da Shania Twain, daquelas grudentas:

— Uau! "I feel like a woman"!

Ray encontrou um lugar na pista para nós, soltou a minha mão e começamos a dançar. As franjas do vestido saltavam em minhas pernas e as lantejoulas deslizavam sobre a minha pele. À medida que me entregava à música, realmente me sentia uma mulher. O sorriso de satisfação de Ray sugeria que eu estava bonita.

Ele também estava. Não apenas tinha um corpão, mas também sabia o que fazer com ele. Era divertido dançar com ele, mas não senti nenhuma química. Mas apostava que a mulherada não sentia o mesmo que eu.

Esse cara trabalhava no navio. Com quantas mulheres ele devia dançar a cada cruzeiro? Quantas ele ajudava na academia, sendo instrutor? A política dos navios de cruzeiro provavelmente impedia que seus funcionários transassem com os passageiros, mas isso devia acontecer o tempo todo.

Seria ele mais um Tony, apenas procurando a próxima ficante? Estaria ele assumindo que essa próxima seria eu? Talvez eu devesse mostrar para ele que não estava a fim disso. Ah, como essas coisas eram complicadas.

Mas eu não queria pensar sobre namoros, ficadas e todas as suas complicações. Nessa noite, eu queria mais relaxar e dançar. A música acabou e começou a seguinte. "Billie Jean", a original de Michael Jackson. Nós continuamos dançando.

— Deve ser difícil descobrir a música para um grupo tão diversificado — disse eu.

— Eles tocam uma mistura de tudo, e ficam de olho no pessoal. Se os mais velhos vão embora cedo, eles jogam mais rap e hip hop. Mas muitas vezes são os tiozinhos que fecham o lugar, e eles querem um monte de músicas velhas românticas.

— É bem legal pensar nesses casais que estão juntos há décadas, dançando as músicas pelas quais são apaixonados — isso me fez pensar que Matt e eu não tínhamos a nossa canção, porque começamos a ficar com sete anos.

— Que romântica — brincou Ray. — Talvez eu não devesse estourar sua bolha.

Seu comentário me chamou de volta ao presente.

— O que você quer dizer?

— É que algumas dessas senhoras que ficam aqui até o final são solteiras - viúvas, divorciadas ou que nunca se casaram - e que estão dançando com seus acompanhantes.

— Acompanhantes?

— Nessa idade, existe mais solteiras mulheres do que homens. Então, alguns caras mais velhos — de boa aparência, experientes, bons dançarinos — ganham viagens de graça para serem acompanhantes. Os caras dançam com as senhoras, as acompanham ao litoral nas excursões, jogam cartas com elas — ele sorriu. — Enfim, fazem tudo o que os dois combinaram.

Chocada, eu disse:

— *Fazem tudo?* Você quer dizer...

— Sexo? Claro que não — ele deu uma piscadela exagerada. — Não, isso nunca acontece. — Ele se aproximou e abaixou a voz sugestivamente. — Assim como nunca acontece entre a tripulação e os passageiros. — Sua mão deslizou pelo meu braço nu, então ele pegou minha mão e apertou. Apertando-me com seu corpo, disse: — Eu acho que, se um homem e uma mulher se sentem atraídos um pelo outro e estão disponíveis, depende deles o que acontece, não acha?

Engoli em seco e dei um passo para trás, puxando a minha mão livre de Ray e esbarrando em outro dançarino. Argh, meu parceiro era definitivamente outro Tony. O sexo era a única coisa que esses caras tinham em mente?

— Olha, eu não quero que você pense que... — A música parou e as minhas últimas palavras saíram muito alto, então prontamente calei minha boca.

— Dança comigo — uma voz de homem falou em voz tão baixa que era quase um rosnado.

Eu pulei e vi que o pirata que eu estava cobiçando mais cedo ficou ao meu lado, suspendendo sua mão.

— Eu, hã... — virei-me para Ray, que deu de ombros e se virou, sem hesitar, à caça de presa mais fácil.

Quando a música seguinte começou, o pirata agarrou minha mão e me arrastou pela pista de dança para longe de Ray. Para onde esse cara estava me levando? E como assim todo mundo achava que podia agarrar a minha mão?

Mesmo assim, de alguma forma, a sua, mais forte, calorosa e determinada, parecia diferente, muito melhor do que Ray.

— Você não deveria ter feito isso — protestei sem entusiasmo, coração acelerado por ser arrastada daquele jeito. Eu odiava homens insistentes. E como não odiaria? Matt sempre foi muito atencioso. E, no entanto, o ritmo acelerado de meu coração era mais de prazer do que de aborrecimento.

Atravessamos o salão para um canto menos cheio e ele parou de frente para mim, ainda segurando minha mão. A música voltou a tocar, desta vez um ritmo latino, com uma batida provocante, talvez salsa.

— Eu não sei dançar isso — admiti.

A única dança de salão que eu tinha aprendido foi o foxtrote, para dançar, de vez em quando, em casamentos.

— Improvise.

Será que a voz dele era sempre assim baixa e rouca ou isso fazia parte de seu papel? Ela fazia meu corpo arrepiar, de uma forma que Zorro não tinha feito. Ele soltou minha mão e olhou para mim. Nesta penumbra, eu realmente não podia ver seus olhos, o que o fez ainda mais misterioso e excitante. Ele era apenas mais um cara querendo se dar bem? Se fosse assim, por que não escolheu a ruiva ou a asiática com a fantasia de harém? Para mim, elas pareciam muito disponíveis.

Considerando seu jeito de comandar, ele me surpreendeu ao não me pegar e me conduzir na dança. Ao contrário, pediu que eu dançasse.

Ele devia saber dançar. Ainda assim, não me tocou e estava obviamente esperando que eu começasse.

Meu coração ainda estava agradavelmente acelerado, e o ritmo da música me chamou. Se alguma vez houve um momento para viver o presente... Sentindo-me mais liberada pela fantasia e pela máscara, e pelo fato de o pirata e eu não termos dito nossos nomes, comecei a me mexer, deixando-me levar pela batida.

Ele começou a dançar em uma versão masculina do que eu estava fazendo. No início, ele parecia um pouco estranho, provavelmente se acostumando com aquelas botas de pirata, mas no fim ele entrou no ritmo. O cara sabia se mexer.

Embora nossos corpos não se tocassem, de alguma maneira estar dançando essa música com ele me deixou ainda mais consciente da forma como o meu vestido de paetês deslizava sobre a minha pele, a franja acariciando minhas coxas, e a parte superior deslizando sobre meus seios, provocando os mamilos e deixando-os mais rijos. O vestido sexy, a maquiagem pesada e a máscara, a música sensual e aquele pirata deslumbrante com seus modos dominadores, tudo se combinava para me fazer soltar ainda mais. Afinal, se eu parecia com a Roxie, a artista, deveria agir como ela.

Lembrei-me do que Des disse quando estávamos escolhendo as roupas na loja. *Se você escolher essa, menina, então se exiba nela!*

Então, me exibi, de uma maneira que eu nunca havia tido a coragem ou mesmo a vontade para fazer antes. E o pirata se exibiu em resposta, seus movimentos cada vez mais descarados. Tudo era tão sensual que, sim, me fez pensar em sexo. Dançar com Ray em seu traje de Zorro tinha sido divertido até que ele ficou agressivo, mas dessa vez era totalmente diferente.

Foi só por causa da dança, da música, disse a mim mesma quando a música mudava, um número latino atrás do outro. A dança latina era sensual. As pessoas dançavam dessa forma o tempo todo, com confiança e habilidade. Mas eu nunca tinha feito isso, e aquilo que o pirata e eu estávamos dançando não eram os passos conhecidos, criávamos algo nosso que parecia quase... erótico. Meus mamilos estavam tensos e doloridos e um pulsar quente e tentador continuava a cutucar entre as minhas coxas.

Não que eu quisesse tomar alguma atitude com relação a isso. Não agora, logo em seguida de Matt e eu terminarmos. Ainda assim, foi incrível me sentir tão sexualmente consciente. Era como se não fosse eu. Se eu tivesse bebido, teria jogado a culpa no álcool.

Como naquela noite quando Matt e eu ficamos bebendo, brincando e ele amarrou as minhas mãos com meu lenço de seda e me bateu. Aquilo tinha me deixado chocada, não porque estivesse com medo, pois sabia que Matt não era nada parecido com seu pai, e ele jamais seria capaz de me machucar, mas porque isso era tão fora da personalidade dele... Mas então um fluxo inesperado de prazer me fez gritar. Matt parou imediatamente, dizendo que não sabia o que tinha acontecido com ele, implorando o meu perdão e me pedindo para tentar esquecer o que acontecera. Ele pensava obviamente que eu devia ter ficado tão chocada com tudo que não ousei admitir que havia ficado excitada. Eu desejava que Matt me amasse e me respeitasse, e não que achasse que eu era uma vadia.

Matt... A troco de que estava pensando em Matt, quando deveria apenas aproveitar o momento?

O pirata me trouxe de volta para o presente, movendo-se para mais perto, esfregando as mãos em meus braços nus em um movimento lento e deliberado, que fez a minha pele formigar, enviou calor por minhas veias e acelerou o pulsar em meu sexo. Alguém atrás de mim esbarrou em meu corpo com força. Isso me fez perder o equilíbrio, e eu tropecei para frente, começando a cair. Mãos fortes me seguraram nos braços, resgatando-me. Segurando-me, firmando-me de pé.

Ele me fez sentir segura e ao mesmo tempo excitada.

E isso me deu uma sensação de culpa, mas intrigada. Eu nunca tinha pensado que dançar pudesse ser excitante. Sempre achei que fosse apenas uma atividade divertida entre amigos. Mas esta noite foi como a mais requintada das preliminares... Eu deveria ir embora, mas não podia fazer isso. Este era o tipo de emoção que eu desejava e queria curtir.

Suas mãos se moveram dos meus braços para os meus ombros, em seguida viraram uma carícia lenta pelas minhas costas nuas e depois sobre o vestido até a cintura. Ai, meu Deus. Meu coração disparou mais rápido do que a música e minhas bochechas queimavam. Isso fazia parte de descobrir a nova Merilee? Ela gostava de se arrumar e dançar com um cara gostoso? Bem, não um qualquer, mas um pirata desconhecido com movimentos muito suaves.

Apenas por curiosidade, eu o deixei me puxar para perto, suas mãos firmes e quentes nas minhas costas. Ele poderia sentir cada movimento da minha cintura e de meus quadris e o movimento da minha bunda, que estava nua exceto pela pequena tira da tanga, o tipo de calcinha que eu raramente usaria em casa.

A tanga que, entre as minhas pernas, estava úmida e não por causa do meu suor. O único homem com quem eu já tinha feito sexo, o único homem que sequer beijei, era o Matt. E nunca desejei estar com outra pessoa. Agora, no entanto, meu corpo pulsava com uma necessidade que eu mal entendia. Não que eu faria qualquer coisa além de dançar.

Mas agora sabia que era possível sentir-se dessa maneira. Algum dia, quando Matt e eu já tivéssemos superado a separação, eu acharia isso de novo com alguém.

Conduzindo os passos da dança agora, o pirata sincronizou os movimentos para que nossos corpos se mexessem juntos em harmonia, para frente e para trás, para os lados, esfregando-se provocativa e tentadoramente.

Com timidez, levantei meus braços e passei as mãos por trás de seu pescoço, sob os cachos do cabelo escuro, para descansar na carne que queimava tanto quanto minhas bochechas. Ele era alto, mas não tanto como Matt, ou talvez fossem meus saltos que fizessem o pirata parecer mais baixo. Normalmente, eu usava chinelo ou sandálias rasteirinhas.

O couro de seu colete contra meus braços era firme e áspero, um atrito muito sensual. Seu peito, nu quase até a cintura pela camisa de pirata aberta, era musculoso e estava levemente encoberto com suor. Eu senti um impulso louco de lambê-lo.

Ele veio ainda mais perto, ou talvez eu tenha feito isso, não sei. O colete entre nós que cobria seu tronco até quase o meio da coxa era espesso e duro. Seria muito melhor se ele tirasse isso e ficasse apenas com a camisa solta e a calça preta que abraçava suas coxas. Eu queria estar mais perto, para me esfregar contra ele, senti-lo responder com o pau duro. Para...

— Não!

Num suspiro rápido, baixei minhas mãos e o empurrei contra seu peito.

— O que há de errado? — perguntou o pirata com aquela voz que parecia um rosnado.

— Isso. Desculpe-me, eu sei que é apenas uma dança, mas eu...

— O quê?

— Eu tenho um...

— Namorado?

— N-não. Mas isso não é... Quero dizer, não parece...

— Bom?

Claro que era, e o problema era exatamente esse.

Paramos de dançar e ficamos de pé no meio dos outros dançarinos. Ele não me soltou, mas segurou meus quadris com firmeza. Então ele disse:

— Merilee.

— O quê?

Eu não tinha dito meu nome a ele. Então, dentro de minha mente, eu o ouvi de novo. Falando não naquela voz rouca, mas...

— Matt? — fiquei boquiaberta sem poder acreditar.

— Fantasia legal, né?

Havia um tom de esperteza em sua voz, mas não tentei analisá-lo. Atordoada, eu só conseguia olhar para ele. Esse era Matt? Nunca imaginei que ele iria escolher um traje de pirata. Ele não era exatamente um cara arrojado. Bom, mas eu também não era exatamente uma melindrosa atrevida. Como não consegui perceber que era ele? Claro que estava escuro e eu não conseguia ver nada de seu rosto a não ser o queixo, que não estava barbeado - coisa nem um pouco típica do Matt - e a parte exposta de seu peito. Seu peito muito sexy.

— Você não achou mesmo que era eu? — perguntou ele, parecendo irritado.

Ele me enganou, me enganou. Ele afastou o Zorro e me deixou fazer papel de boba.

— Oh! Como você teve coragem de...

Afastei-me depressa, abrindo caminho entre os dançarinos até chegar à borda da pista de dança, e corri em direção à porta.

Eu precisava de ar. Ar fresco e gelado. O que ele estava pensando? Por que ele fez isso comigo?

Matt estava atrás de mim. Eu o ouvi, mas, mesmo que não tivesse ouvido, percebia sua presença. Ele exalava uma energia que eu nunca tinha sentido antes.

Quando chegamos no saguão espetacular, todo dourado e reluzente, eu me virei.

— Pare de me seguir!

— Não.

Tentando ignorá-lo, fui lá para fora, onde deixei escapar um suspiro de surpresa. O céu estrelado tirou meu fôlego e o ar frio da noite levantou arrepios na minha pele, provavelmente por isso havia tão poucas pessoas.

— Qual é o seu problema? — perguntou Matt, dando um passo e ficando em frente a mim.

— Você me enganou.

— Você deveria ter me reconhecido — retrucou ele.

— Você não me reconheceu quando me viu na cabine com a roupa de melindrosa.

Por um momento, ele parecia desconcertado, mas logo disse:

— Você estava dançando toda sexy com aquele idiota.

— Ele não era...

Tudo bem, ele era um idiota. Mas talvez eu tivesse levado uma vida protegida demais, pensando que um cara poderia realmente respeitar uma mulher, e não apenas querer arrastá-la para a cama.

— Venha aqui.

Ele agarrou minha mão e me guiou através do deque. Seu toque era mais forte, mais urgente do que o habitual. Mais uma vez meu coração disparou, daquela forma nada desagradável.

Eu me senti segura com ele na pista de dança quando me segurou e evitou que eu caísse. Matt sempre me fez sentir segura, cuidada, olhada. Mas eu também me senti excitada. Sim, Matt e eu fazíamos um sexo legal, mas normalmente eu demorava para responder. Nunca fiquei excitada dançando, só olhando, ou apenas encostando nossas roupas.

Não deveria ficar excitada por ser puxada atrás dele e ainda assim, nessa noite, e apesar do frio que me dava arrepios, algo quente pulsava sob minha pele.

Quando alcançamos um ponto que ficava fora da vista das pessoas, ele soltou a minha mão. Tirou o colete e atirou-o sobre uma cadeira. Estava muito quente, aqui no ar frio da noite? Então tirou a faixa. Meu Deus, Matt ia fazer um *strip-tease?* Por um momento, desejei que ele o fizesse.

Mas ele parou ali e me encarou, ainda vestido com a camisa de pirata esvoaçante e as calças pretas apertadas na coxa.

Precisávamos conversar. Eu queria saber o que estava acontecendo.

— Matt, eu... — comecei.

— Vamos dançar.

Ele me silenciou puxando-me para seus braços e segurando-me firmemente contra ele.

Como dançar? Não havia música. Mas isso não importava. O que importava era o calor de seu corpo, afastando meus arrepios e enviando um tipo diferente de tremor através de mim quando ele apertou minha bunda e me puxou para ele.

Talvez não precisássemos falar, não nesse exato momento. Meus braços se levantaram como se tivessem vontade própria e o envolveram. Ele parecia diferente, não mais como aquele velho Matt que eu conhecera. Claro, seu corpo não havia mudado, mas, quando começamos aquela dança lenta, houve uma nova tensão entre nós. Seu toque não era o de costume, gentil. Era um pouco mais áspero, quase exigente. Como se... Como se não fôssemos M&M, mas um pirata aventureiro e uma melindrosa sexy que ele desejava e a quem não conseguia resistir.

E ele estava diferente. O tecido da camisa sob as minhas mãos era mais sedoso do que suas camisetas e camisas de algodão, deslizando de forma sensual sobre aqueles músculos firmes, como se estivessem sendo deslocados constantemente por causa da dança. À luz da lua e das estrelas, a camisa branca brilhava um pouco, emoldurando os peitorais sólidos com alguns pelos castanhos. Impossível resistir, por isso inclinei-me para chegar mais perto, notando o cheiro de algo picante que não consegui reconhecer, então encostei meu rosto contra a pele quente e firme da parte superior de seu tórax.

Uma das mãos de Matt ainda estava curvada em volta de minha nádega, mas a outra deslizava para cima e para baixo de minhas costas nuas, me aquecendo e me fazendo tremer ao mesmo tempo. Ele me puxou ainda para mais perto, e as partes da frente de nossos corpos se tocaram.

Eu dei um suspiro suave. Sua ereção firme pressionava a calça que se apertava nas coxas. Uma vez que o tecido era mais macio que o jeans, pude sentir aquela espessura rígida apertada contra a minha barriga. Ai, Deus, como ele estava gostoso... Deixei minhas mãos descerem por suas costas e fechei as duas em suas nádegas, firmes e fortes enquanto ele mudava os pés de posição.

Seu quadril me impulsionou enquanto nos mexíamos no lugar, e o meu se virou inquieto, querendo mais dele. Uma lenta excitação pulsava dentro de mim, acumulando o desejo bem no meio das minhas pernas.

Vagamente, notei um casal passando por nós, as vozes baixas e suaves. Eles me fizeram perceber que estávamos numa dança meio safada em público, mas nossas fantasias me deixavam mais ousada. M&M nunca teriam feito isso, eles eram muito convencionais, mas o pirata e a melindrosa eram excitantes e corajosos.

— Merilee... — a voz de Matt estava áspera.

Ergui a cabeça em seu peito e olhei para cima, vendo o rosto mascarado, os longos cachos negros protegidos por um lenço escuro.

A barba em seu queixo era tão incomum em Matt, embora sua boca, pelo menos, fosse familiar. Exceto quando ele capturou a minha com paixão. Essa não era a maneira que Matt e eu costumávamos nos beijar. Não foi cheia de respeito e carinho. Foi exigente e feroz, como se ele estivesse desesperado por mim.

Ele acendeu faíscas que corriam através de mim, e eu respondi de volta, ansiosa por mais. Um sabor agradável de cerveja em seu hálito, a aspereza de sua barba crescida, o calor úmido de sua boca... Eu mesma estava me sentindo meio desesperada.

Matt passou sua mão pelo meu novo cabelo curto e ouvi a tiara bater no piso do convés. Ele segurou minha cabeça exatamente onde queria, e enfiou sua língua na minha boca, fazendo a minha recuar ou acompanhar a dele.

Eu o acompanhei e me perguntei se já havíamos nos beijado dessa maneira alguma outra vez. Logo nós dois estávamos ofegantes. Meus mamilos doíam ansiando por seu toque; minhas coxas estavam úmidas; eu queria subir em seu corpo para esfregar meu sexo cheio de desejo contra aquele membro que esticava suas calças.

Suas mãos acariciaram firmemente minhas costas, então deslizaram sob minha saia curta. Quando segurou a carne nua da minha bunda, Matt gemeu em minha boca e empurrou seus quadris contra mim.

Nós já não estávamos mesmo tentando dançar, apenas nos beijando com urgência, os corpos esmagados um contra o outro. Com as máscaras, minha maquiagem, a peruca dele, e essa intensidade rara entre nós, era quase como fazer isso com um completo estranho. No entanto, eu sabia que estava segura.

Ele mordeu meu lábio inferior, uma coisa totalmente inesperada da parte dele, e aquela punção enviou tremores aos meus seios e ao meu sexo.

Então, uma das mãos se curvou em torno da parte de baixo de minha bunda e seu dedo médio rastreou minha tanga entre as minhas pernas, pressionando a seda encharcada contra a pele inchada que estava embaixo.

Minha respiração ficou presa, então gemi contra sua boca quando ele acariciou para frente e para trás ao longo da minha virilha. Fechei os olhos, concentrando-me nas sensações. A ponta do seu dedo roçou meu clitóris e meu corpo tremeu inteiro, minha respiração saindo em rápidos fluxos, um resfolegar intenso enquanto ele continuava a fazer aquilo, um pouco mais firme agora. Alguma vez eu ficara tão excitada assim?

Percebi que eu não era tão sensual assim, embora gostasse de sexo e, especialmente, do carinho e da intimidade de estar tão perto do homem que eu amava. Mas agora, de pé sobre o convés de um navio de cruzeiro, onde qualquer um dos milhares de passageiros e tripulantes poderia passar a qualquer momento, minhas terminações nervosas saltavam para a vida como se algo novo, sensual e primitivo dentro de mim tivesse despertado de repente.

Sua mão segurou minha virilha por trás, ele tinha encontrado o caminho sob a minha tanga até a carne lisa e nua, e seu dedo começou a circular meu clitóris sem hesitar. Quando percebi estar perto de gozar, eu me contorci contra ele, necessitando liberar meu tesão.

Ele gemeu.

— Meu Deus, você é gostosa demais. Você me deixa louco.

Eu? Eu o deixava louco? Matt nunca tinha dito isso antes. E ele estava me deixando louca também. Ofegante, senti a deliciosa tensão dentro de mim, a firme pressão de seu dedo, então tudo veio junto e eu gozei em rápidas ondas de prazer. Minhas pernas tremiam, mas suas mãos me seguraram enquanto os espasmos me abalaram.

Aos poucos, meus olhos se abriram e, atordoada, o encarei. Matt. Meu ex-noivo. Ex-namorado.

Ah, meu Deus, o que estávamos fazendo? Um surto de consciência provocou um calafrio através de meu corpo e, embora com muita dificuldade, afastei-me dele, forçando-o a me soltar.

— Matt, precisamos...

— De privacidade. — Ele agarrou minha mão. — Venha para a cabine. Eu quero você.

— Não. — Puxei minha mão livre e passei ambos os braços em volta de mim, o corpo ainda formigando do orgasmo. — Nós não podemos. Se fizermos amor, voltaremos ao ponto em que estávamos.

Ouvi-o engolir em seco. Através de sua máscara, seus olhos brilhavam intensamente.

— Este é o ponto em que estávamos? É essa a droga da nossa rotina?

As palavras explodiram ásperas para fora de sua boca. Então ele ergueu sua mão até o rosto, a mão que um minuto atrás estava pressionada entre as minhas pernas, e enfiou o dedo em sua boca. Olhando diretamente nos meus olhos, ele chupou. O dedo que estava úmido dos meus fluidos sexuais.

Eu nunca tinha visto Matt fazer algo tão descaradamente erótico. O choque e outro poderoso solavanco de excitação me fizeram tremer ainda mais. Eu o queria também. Eu queria que ele me possuísse.

Mas isso era tão confuso. Matt, mas não Matt. Matt agindo tão diferente dele mesmo, tão... cru. De onde vinha isso tudo? E de onde vinha o meu comportamento tão sem-vergonha? Na última vez em que agimos assim, nós dois tínhamos bebido. Mas hoje à noite, não tinha ingerido nada com álcool e, embora tivesse sentido o hálito de cerveja de Matt, ele tinha dançado com coordenação perfeita.

Se não era o álcool, então havia algum feitiço nessas fantasias?

Tremendo de tensão, completamente desnorteada e exausta, tive certeza de uma coisa só.

— Não podemos fazer isso. Não sei o que poderia significar, e não estou pronta para isso.

— Merda.

Ele raramente falava palavrão, pelos menos na minha frente, e havia *alguma coisa* estranha nele que me assustou um pouco. Será que ele iria me forçar? Piratas faziam isso.

Não, por baixo daquela fantasia, ele ainda era Matt. Ele nunca teria uma mulher pela força. Mas provou que poderia ser enérgico e persuasivo, e não era o que eu queria naquele momento.

— Realmente não posso fazer isso, Matt. Eu preciso ir para a cabine — minha voz tremeu. — Você pode esperar quinze minutos? Preciso tomar um banho e ir para a cama. — Eu não disse a palavra *sozinha,* mas meu tom de voz e a minha linguagem corporal foram bastante claros.

Devem ter sido, porque suas mãos se fecharam em punhos, e depois os dedos lentamente esticaram. Dava para sentir a tensão acumulada neles.

— Vá — rosnou Matt.

Nem um pouco disposta a testar o autocontrole dele, ou o meu, corri para longe. Só quando estava quase na cabine percebi que tinha me esquecido de pegar a tiara alugada.

Matt ficou olhando Merilee, que estava quase fugindo dele. O rapaz ficou enrolando e distendendo os dedos tensos várias vezes, sem muita certeza do que tinha acabado de acontecer. Ele estava desesperado por ela, e pensou que ela sentia o mesmo.

A roupa de pirata libertou algo dentro dele, do mesmo jeito que a visão dela naquela roupa sexy e da maneira que ela dançou com aquele homem vestido de Zorro. Apenas dançou. Provavelmente nada mais, como com aquele cara na piscina. Mas ela parecia sexy e desinibida, requebrando naquele vestidinho brilhante, o que o fez dar espaço ao ciúme primitivo e possessivo que vinha aquecendo seu sangue havia tempo.

Não, ele não tinha sido exatamente aquele cara atencioso e educado que sua mãe e Merilee o treinaram para ser. Mas também não fora grosseiro, e pensava que M estivesse de fato gostando daquilo. Cara, do jeito que ela se contorcia contra sua mão, e gozou nela...

Gemeu. Ele precisava gozar. Muito. Ele queria arrastá-la para a cabine e explodir dentro dela.

Nada de gentilezas. Nada de suavidade. Não do jeito que ele sempre tentou ser como um amante. Quando os dois ainda eram virgens, Merilee tinha vergonha de seus corpos, sempre ficava nervosa com relação ao sexo. Então ele foi devagar, embora essa demora o matasse. Cara, ele tinha se masturbado tantas vezes que estava com medo de que seu pau ficasse gasto antes mesmo de penetrar Merilee...

Ele precisava demais se masturbar agora, mas estava dividindo a cabine com a menina. Agora ela estava no chuveiro, aquelas curvas nuas e macias debaixo da água do chuveiro. Os dois nunca tinham tomado banho juntos. Em seu apartamento, o box mal era suficiente para ele, e na casa dela seria estranho porque era a casa de seus pais. Eles faziam amor na cama dela, com a porta fechada e mantendo silêncio.

Ele queria transar com ela no chuveiro, contra a parede, até que ambos gritassem.

Mas essa não era Merilee. Ela não era esse tipo de garota. E tinha acabado de provar esse fato fugindo. Sim, claro, tinha dado a desculpa de não querer cair nos velhos padrões, mas é lógico que percebia que esta noite tinha sido diferente.

Matt pegou o colete e o cinto que jogara de lado, mas não os colocou de volta. Sua ereção ainda pulsante precisava esfriar. Tropeçou em alguma coisa e se abaixou para pegar a tiara que tinha arrancado do cabelo de Merilee.

Ela devia ter gostado daquilo. Ninguém conseguiria fingir daquele jeito. Será que sua reação inesperada é que a tinha amedrontado?

A peruca e a bandana estavam coçando, e ele as arrancou e passou as mãos pelo cabelo recém-cortado. Não estava muito mais curto do que antes, mas parecia diferente. Ele foi ao salão do navio e, constrangido, pediu à cabeleireira um corte mais moderno, mas que ainda fosse fácil de cuidar. Ele tinha comprado roupas novas também. Isso para provar que não estava preso a nenhuma velha rotina.

Começou a caminhar pelo convés. O corpo agora esfriando, e sua ereção cedendo. Enquanto o desejo desaparecia, Matt começou a pensar mais analiticamente. Por acaso o corte de cabelo e as roupas novas seriam de fato suficientes para mudar as coisas entre ele e Merilee?

Uma noite de emoção, então amanhã... Sim, eles provavelmente ficariam bem envergonhados e tudo voltaria a ser como antes, a velha rotina de sempre.

Quer dizer, ela teve razão em dar uma parada antes que as coisas avançassem um pouco mais. Será que isso significava que não havia esperança para eles?

Ele parou abruptamente. Espere um minuto. Eles haviam terminado. E mesmo assim, ali estava ele, ainda se perguntando se os dois poderiam ter um futuro.

Lentamente, começou de novo. Fazia sentido, pensou. Durante catorze anos, futuro tinha significado Merilee. Esse era um padrão que não seria muito fácil de quebrar. E a mulher com quem tinha se envolvido nessa noite não poderia sair facilmente de sua mente.

Desejou ter alguém ali com quem pudesse conversar sobre essas coisas. Ele sabia o que seus amigos homens diriam: se não der certo com uma menina, passe para a próxima. Eles eram imaturos demais.

Será que Merilee já estava dormindo? Ele odiava o fato de estarem dividindo a mesma cabine. Matt não queria falar com ela sobre essa merda toda até que ele tivesse ordenado tudo em sua mente, mas não tinha a menor ideia de como poderia fazer isso.

Ah, inferno, chega dessa merda. Na manhã seguinte, o navio estaria em Puerto Vallarta e ele se soltaria e divertiria, sem Merilee por perto para complicar as coisas.

***

Capítulo 8

Eu me apressei para tomar banho e vestir meu pijama, deslizando rapidamente entre os lençóis para que Matt não me pegasse seminua.

Talvez devêssemos conversar sobre o que havia acontecido nessa noite, mas eu não saberia o que dizer. Nos velhos tempos, achava que pudesse lhe falar sobre qualquer coisa, mas tudo era diferente agora. Nós tínhamos terminado, mas nos beijamos; nos tocamos mais apaixonadamente do que nunca. Matt estava diferente, mais forte. Mais excitante. Mas isso foi um acaso estranho. Ele tinha me visto naquela fantasia, muito diferente daquela Merilee sem graça de sempre tinha visto outros caras me xavecando, me achando atraente, e isso despertou algo nele que não existia antes. Mas nada disso podia ser real.

A realidade era a maneira que sempre estivéramos juntos, e eu não vi isso mudar.

Quando acertei o alarme no celular para ter tempo de descer à praia em Puerto Vallarta, vi que havia uma chamada não atendida. Recuperei a mensagem e ouvi Kat perguntando como eu estava e esperando que tudo estivesse bem.

Tudo bem? Não, não era assim que as coisas estavam indo. De repente, fiquei com muita vontade de falar com minha irmã. Matt não tinha voltado ainda, talvez tivesse parado em um bar. Talvez tivesse ido atrás de outra garota, uma que não iria correr para longe dele. Soltei um suspiro ruidoso, então disquei o número da minha irmã.

Seu telefone tocou várias vezes antes de ela dizer:

— Alô? Alô?

— Kat, é Merilee.

— Merilee? Tem alguma coisa errada?

— Errada? Não, nada, apenas...

No fundo, ouvi a voz sonolenta de Nav, como se tivesse acordado, e perguntando o que estava acontecendo.

— Ah, caramba! — bati a mão contra a testa. — Esqueci que você voltou para Montreal — várias horas mais tarde do que aqui. — Droga, já é madrugada aí, não é? Desculpe, sinto muito...

— E devia sentir mesmo! — disse ela, brincando. — Tudo bem, já estou acordada agora. Vou colocar o roupão e ir para a sala, daí ligo de volta.

— Obrigada...

Ela desligou e fiquei esperando impacientemente, bocejando de cansaço, mas muito perturbada para dormir. Um ou dois minutos depois meu telefone tocou.

— E aí? Como vão as coisas? — perguntou ela.

— Confusas... — eu me enrolei de lado, o telefone preso entre minha cabeça e o travesseiro. — Desde que embarcamos, Matt e eu temos evitado um ao outro. Cada um fazendo suas coisas.

— Faz sentido. E como tem sido?

— Algumas coisas boas, outras nem tanto. Na real, os caras só estão interessados em sexo, sabe?

Kat deu uma risada rápida.

— Bem, você é uma loira bonita e está em um cruzeiro. Você sabe como dizer não, né? — Então, com um tom de preocupação: — Ninguém está assediando você, certo?

— Não, é que eles começam com "Oi, qual é o seu nome?" e daí, dois minutos depois de papo, já estão tentando arrastar você para a cama. Mas tudo bem, eu me viro com isso.

— Grudada no Matt você não tinha que lidar com esse tipo de coisa antes. É uma boa aprendizagem.

— Não muito divertida, mas...

— Sim. Mas você disse que tinha algumas coisas boas acontecendo. Como o quê?

Essa parte foi fácil. Sorrindo para o telefone, eu disse entusiasmada:

— Tive uma aula de culinária e adorei, e cortei o cabelo e ficou bem diferente, mas eu gostei. E conheci uma garota, a Des, que está viajando com a avó dela, Micky. Elas são muito legais. Micky lembra a vovó antes do Alzheimer, mas às vezes ela é um pouco chocante — Pensei em Micky de cabelos brancos, a dominatrix, batendo com o chicote.

— Legal isso, mana.

— Hoje à noite, rolou um baile a fantasia. Des e Micky me convenceram a me vestir de melindrosa, como a Roxie em *Chicago*.

— Uauuu... Não parece nada você!

— De repente é, não sei... Foi muito divertido. E Matt apareceu de pirata.

— Você está brincando. Com aquela maquiagem nos olhos, igual à do Johnny Depp?

— Não. Mais do tipo Orlando Bloom. Ele estava, bem, muito gato. Peruca preta e um lenço, camisa aberta no peito, calça preta justa, botas de cano alto...

— Matt? O nosso Matt?

— Difícil de acreditar, não é? Mas ele ficou bem. Você não vai acreditar, mas no começo eu nem reconheci a cara dele!

— Jura? Isso é difícil de acreditar — ela riu. — Pensando bem, nem tanto... Eu não reconheci o Nav no trem também.

— Nav? Ah, bem, você disse que ele interpretou vários papéis diferentes para seduzir você.

— Sim, e quando ele apareceu pela primeira vez no trem, na verdade chegou a me convencer de que era um produtor de Bollywood. E nem estava usando uma peruca ou roupa extravagante.

Eu havia contado ao Matt um pouco sobre o que Nav tinha feito no trem. Hoje à noite, ele tinha tentado me seduzir? Mas ele que tinha terminado comigo! Não fazia sentido Matt dançar daquele jeito, me beijar, querer fazer amor... Não era como se não soubesse que era eu naquela fantasia de Roxie.

Deixei escapar um longo suspiro.

— Kat, eu realmente não reconheci o Matt, e ele me chamou para dançar. Era música latina, daquelas com a batida sensual, sabe? Eu nunca tinha dançado nada parecido antes. Ele era divertido e... sexy. Então percebi que era Matt, e fiquei louca da vida por ter me enganado daquele jeito e fui embora na hora. Só que ele me seguiu até o convés e... Não sei bem como, e estávamos lá dançando lentamente, mesmo sem música. Nós nos beijamos e, você sabe, demos uns amassos. — De um modo mais quente e pesado do que nunca. Em público. Eu não podia dizer a ela que Matt me fez gozar com a mão.

— Jura, Merilee? — Kat me interrompeu. — Vocês já voltaram? Quero dizer, sei lá, eu adoro o Matt, mas...

— Não, não voltamos — me apressei a dizer, pressionando a mão livre contra a bochecha que estava queimando. — Parei tudo aquilo porque fiquei confusa demais, entende? Mesmo estando, hã, bem no clima, senti que apressamos as coisas. Nós terminamos porque concordamos que estávamos presos numa rotina e... Bem, era confortável, ambos queríamos mais... Quer dizer, se voltarmos, nada terá mudado, não é?

— Olha, catorze anos é um longo padrão para ser quebrado, mana — disse ela lentamente. — Vai levar mais do que alguns dias de separação, e mais do que uma pegação, uns beijos e uns amassos.

— Quer dizer, você acha que tenho razão? — Segurei o telefone mais apertado, sem muita certeza do que eu gostaria que ela respondesse. — Será que dou uma esfriada nisso? Jenna disse que nós dois precisávamos nos tornar mais independentes.

— Concordo. Você tem que saber quem é como pessoa para ver se encontrou mesmo o cara certo.

Que tal isso? Pela primeira vez minhas irmãs concordaram em alguma coisa.

— É... Eu sempre me vi como uma das metades de M&M, e agora preciso descobrir quem Merilee realmente é. Essa Merilee que é, ou que pelo menos deveria ser, uma pessoa independente.

— Exatamente.

— Mas como faço isso? Como faço para descobrir quem é a nova Merilee?

— Você já está fazendo isso. Experimentando um novo corte de cabelo, se divertindo no baile a fantasia, fazendo aula de culinária... Criando novas amizades — e Kat riu. — Rejeitando os panacas que aparecem para xavecar você...

— É, estou ficando boa nisso. Mas e quanto ao Matt? Você está querendo dizer que eu deveria evitá-lo?

— Não necessariamente. Mas você não deveria mais centrar sua vida nele e passar o tempo todo junto. E caso fiquem juntos, não volte a fazer as mesmas coisas de antes.

— Hoje à noite nós não fizemos — respondi ironicamente —, e veja no que deu.

— Pode ser, mas você teve o bom senso de traçar o limite. E me parece que hoje à noite rolou uma coisa boa. As fantasias tiraram tanto você quanto ele da rotina. Da sua zona de conforto. E ser deslocado desse jeito não é necessariamente uma coisa ruim. Aproveite isso, pense sobre isso e veja como se sente e por quê.

— É que não sou muito boa nessa coisa de introspecção.

Ela deixou escapar uma risada suave.

— Bem, pode acreditar, eu também não era. Nav me arrastou, ou melhor dizendo, me seduziu para isso. Mas, Merilee, isso é de fato muito importante. Você precisa se conhecer, conhecer suas inseguranças e seus medos, suas esperanças, seus sonhos e seus objetivos.

Isso parecia um bocado de coisas para descobrir. Antes, minhas esperanças, meus sonhos e meus objetivos se centravam todos em Matt. E meu medo era não ser amada. Agora, se Matt e eu não voltássemos...

Felizmente, a voz de Kat invadiu esse pensamento.

— É uma coisa muito boa você ter feito novos amigos — disse ela. — É legal você ter seus próprios amigos, e não apenas amigos do casal. Mas não os use para, hã, se distrair, para evitar se sentir sozinha ou para impedir que comece a refletir sobre seus sentimentos.

Eu fiz uma careta de perplexidade.

— Você sempre teve toneladas de amigos.

— É, eu sou extrovertida e gosto de ficar ao lado das pessoas, e esses amigos me deram a aceitação que não recebi nem de papai nem de mamãe. Mas estar sempre tão ocupada e ser tão popular me impedia de descobrir meus problemas e de lidar com eles.

Isso era coisa demais para absorver. Sobre Kat e sobre os paralelos que conseguia enxergar, por exemplo, como meu relacionamento com Matt havia me dado o amor e a aceitação que eu desejava e que nunca realmente havia sentido por parte de minha família.

— Uau — respirei. — E eu aqui achando que você era tão bem resolvida, Kat...

— Estava enganada — brincou ela. — E eu também... Era isso que eu estava dizendo: você deve olhar para dentro de si. Eu fiz isso neste verão, e Theresa e Jenna também fizeram.

— Tem razão — respondi.

E isso tinha feito com que todas as irmãs se tornassem mais próximas.

Eu sentia falta delas.

— Estou me sentindo tão sozinha aqui — confessei baixinho. — Tentar ser independente assim é difícil porque eu fui sempre a metade de um casal.

— Eu tenho certeza de que é. Mas você pode fazer isso. Quando decidiu ir ao cruzeiro, pensou que faria isso sozinha. Sua intuição lhe disse que era melhor para você do que ficar em casa. Acredite nesse instinto. Você vai aprender muito esta semana, e, sim, às vezes será solitário, mas isso é a vida.

Desde os sete anos, quase nunca me senti sozinha. E nunca tive que tomar decisões por conta própria. Não admirava que isso estivesse sendo tão difícil.

— E, mana — ela continuou —, você tem vinte e um anos e está na Riviera Mexicana. Divirta-se também. Promete?

Ela tinha razão.

— Prometo. Obrigada, Kat. E peça desculpas a Nav por mim, tá? Eu não tive a intenção de acordar vocês dois — estava a ponto de desligar quando me lembrei de perguntar: — E tem falado com Jenna esses dias?

Ela deixou escapar um assobio baixo.

— Ah, sim. Que coisa, hein? Ela me disse que, depois de ter falado com você, telefonou para todas nós. Não consigo acreditar que ela manteve tudo isso trancado dentro dela desde os dezessete anos. É terrível saber que ela sofreu por não poder nos contar...

— Eu sei. E fiquei muito feliz quando ela finalmente pôde fazer isso. Mark tem sido muito bom para ela.

— Ela tem crescido bastante. Sabe, eu não conseguia vê-la como mãe antes. Muito irresponsável. Mas agora consigo!

— Eu também.

E realmente esperava que isso acontecesse para Jenna. Quase tanto quanto eu esperava que acontecesse para mim.

Depois de nos despedirmos, apaguei a luz. Nada de Matt. Será que ele tinha voltado para a festa ou para o bar? De repente, teria encontrado mais algumas meninas bonitas que ficariam babando por ele... Ou quem sabe outra garota para beijar à luz da lua, uma que não fugisse?

Deixando escapar um suspiro, virei de lado na cama e tentei ficar confortável. Chega de ficar obcecada com Matt. Eu era agora a Merilee independente e, como as minhas irmãs, tinha também que crescer um pouco. Na manhã seguinte, nós iríamos para Puerto Vallarta passar o dia. Seria a minha primeira vez em solo mexicano, e estava definitivamente com vontade de me divertir.

O Diamond Star oferecia todo tipo de excursões. Des e Micky iriam fazer um passeio pela cidade e depois pelo jardim botânico, e me convidaram para acompanhá-las. Eu estava planejando fazer isso, mas agora reconsiderei. Tinha visto outra excursão que havia me intrigado, mas era um pouco assustador e eu estaria sozinha...

Mas era outra porta que se abria. Podia atravessá-la e me divertir. Ou me intimidar de vez...

Dormi tão profundamente que só ouvi o zumbido insistente de meu alarme entrando em modo de pânico, dizendo que eu tinha perdido seus primeiros e gentis bipes. Acordei e olhei pela cabine. Nada de Matt. A cama amarrotada dizia que ele já tinha passado por ali e ido embora. Eu não ia pensar sobre onde ele havia passado a noite e a que horas chegou.

Ele iria fazer mergulho nessa manhã. Matt era um bom nadador, aliás, bom em todas as modalidades esportivas.

Ver peixes coloridos seria legal, e se a gente estivesse curtindo nossa lua de mel, eu adoraria mergulhar com ele. Mas hoje eu estava sendo independente. Sem mencionar que não queria me encontrar com Matt. Estava me sentindo muito estranha com o que tinha acontecido entre nós na noite passada.

Pulei da cama e espiei pela janela. Era emocionante ver o porto e outro navio de cruzeiro, e saber que estava no México. O sol da manhã estava brilhando em um céu sem nuvens e eu mal podia esperar para descer.

Rapidamente vesti shorts e uma camiseta sem mangas, e como sugeriam as instruções da excursão, sandálias resistentes com sola de borracha. Estudei meu reflexo no espelho. Estava tentada a comprar novas roupas no navio, mas depois achei que seria mais legal se fizesse isso no México. Mesmo assim, meu novo cabelo me fazia parecer mais divertida e elegante. Juntei o restante das minhas coisas e saí da cabine.

Fiz uma parada no bufê e peguei um muffin de blueberry e café. Animada e nervosa, consegui engolir metade do muffin. Então me juntei aos outros passageiros que estavam desembarcando.

Quando cheguei em terra, ouvi uma mulher chamando: "Tirolesa por aqui". Segui a voz dela enquanto me forçava pelo meio dos outros passageiros que procuravam suas excursões. Uma loira esbelta com o uniforme do Diamond Star estava de pé no centro de uma dúzia de passageiros, com um jovem mexicano robusto de calção e camiseta vermelha estampada com os dizeres "tirolesa".

— Vocês já fizeram isso antes? — perguntei ao casal de quarenta e poucos anos que estava ao meu lado.

— Sim, na Costa Rica — respondeu a mulher com um sorriso. — É bárbaro. Sua primeira vez?

— É e estou meio com medo.

— Ah, uma novata na tirolesa — e a mulher piscou. — Aposto uma tequila que vai ficar viciada!

— É um jato de adrenalina — disse o marido. — E você não consegue tirar os olhos do cenário.

— Ah, tá bom... Aposto como vou ficar de olhos fechados de puro terror...

— Não há nada para se preocupar — disse a mulher, e começou a falar sobre cintos de segurança.

Enquanto ouvia, desesperada para ter certeza dessa segurança toda, assistia aos demais passageiros desembarcar e seguir em várias direções. A certa distância, um cara e uma menina estavam um de frente para o outro, rindo e falando, provavelmente tentando decidir qual excursão eles seguiriam. Uma pontada de inveja me fez continuar assistindo. A garota tinha longos cabelos escuros e parecia casual e confortável em bermudas e um top azul por cima de uma camiseta branca.

Ele estava vestido com mais classe, uma elegante camisa azul de manga curta e shorts cáqui que mostravam pernas fortes, e seu cabelo loiro sujo estava elegantemente cortado. Ele era de fato muito bonito. Garota de sorte, estar com um cara assim. Eu invejava a cumplicidade que havia ali.

Mudei de posição mais alguns passos à frente, de modo que aquele casal feliz ficou escondido atrás da mulher e de seu marido, que estavam relembrando suas aventuras na tirolesa.

Poucos minutos depois, eu estava ouvindo tão atentamente que quase não notei quando alguém parou ao meu lado.

— Merilee? — disse uma voz incrédula.

Eu me virei.

— Matt? — Meus olhos se arregalaram com a visão dele e da morena, a menina bonita de bermuda. Era o Matt que eu estava assistindo um pouco antes?

Enquanto me lembrava do que tínhamos feito no convés na noite passada, isso fez meu corpo inteiro se corar de vergonha. Ele tinha me feito gozar com a mão, e depois lambeu o dedo. E eu corri para longe.

Tentando ignorar aquela enxurrada de constrangimento, olhei para ele por alguns instantes, intrigada. Não, ele não estava usando uma peruca de pirata desta vez, mas também não era aquele mesmo Matt de antes. Estava tão perto agora que eu conseguia observar com mais detalhes seu novo corte de cabelo, e a forma como o azul de sua camisa combinava com seus olhos. Ele não tinha feito a barba e estava mais sexy do que ontem à noite, mais escura do que os cabelos com luzes por causa do Sol, do mesmo tom de suas sobrancelhas e seus cílios. Ele parecia... Sei lá, quase o Bradley Cooper, com traços fortes e corpo magro e esguio.

E ali estava ele com uma garota. O ciúme apertou meu corpo.

Será que ele havia escolhido essa menina depois que fugi na noite passada? E eles teriam... Não, ele não teria passado a noite com ela. Teria? Sua cama estava desarrumada. Ou pelo menos bagunçada...

Nós tínhamos terminado e na noite passada eu não quis transar. Supostamente, a nova Merilee deveria ser independente, e só interessava a ele com quem passava a noite. Eu me recusava a ser tão infantil assim e ficar com ciúme.

Mas... Por que tinha escolhido usar aqueles meus velhos e desgastados shorts e camiseta em vez de ter comprado alguma coisa nova, mais sexy? Não é que eu o quisesse de volta ou coisa parecida. Era só uma questão de, sei lá, orgulho feminino, querendo me comparar mais favoravelmente à morena.

Fiquei muito chateada e confusa para encontrar as palavras certas. Tudo o que eu podia fazer era ficar boquiaberta com Matt e sua linda acompanhante.

Ele estava boquiaberto também:

— Você vai fazer tirolesa?

Esse tom de ceticismo em sua voz me tirou do torpor e me fez endurecer o queixo:

— Vou. Por que não?

— Não pensei que fosse chegada nesse tipo de coisa.

É isso aí, Matt realmente achava que eu era completamente entediante. E é provável que fugir dele na noite passada deva ter confirmado isso.

— Que tipo de coisa? — retruquei. — Diversão?

— Eu... Não, quero dizer, não é isso. Quero dizer, não pensei que você achasse que isso era divertido...

A morena e o casal mais velho olhavam com curiosidade para nós dois.

Eu me virei para o casal e disse alegremente:

— Um amigo de casa, Matt Townsend. E eu sou Merilee Fallon.

— Colleen e Dan Withers — disse a mulher.

Analisei fixamente Matt e a morena.

— E esta é Mandy — disse ele. Então, para ela —... mas não sei seu sobrenome.

Seu sorriso tinha uma curva deliberada.

— Mandy Jacobs — ela encontrou meu olhar calmamente. — Matt e eu nos conhecemos no bufê do café da manhã e descobrimos que os dois faríamos a tirolesa, então...

Ou ela tinha visto um cara bonito e decidiu ser legal e segui-lo por onde ele fosse? Eu não estava nem um pouco feliz com a ideia de passar horas com ele e Mandy. Ah, meu Deus, eles eram outro M&M.

— Achei que você ia mergulhar — disse acusadoramente para Matt.

— Eu queria experimentar a tirolesa. Este é o único ponto da costa onde isso é oferecido.

Estava na cara que ele não ia mudar de ideia.

Fiquei tentada em me apressar e tentar alcançar Des e sua avó, mas isso seria covarde demais.

— Eu também. Acabei de ouvir que é viciante e...

— Er... — Colleen Withers nos interrompeu educadamente. — Se vocês querem experimentar, todo mundo já está indo...

Percebi que o grupo, que agora devia ter entre duas e três dezenas de pessoas, estava sendo conduzido adiante. Colleen e Dan correram atrás deles, com a mulher lançando olhares curiosos sobre os ombros.

Sem dizer uma palavra, caminhei atrás deles em direção a uma doca com várias pequenas e médias embarcações.

Atrás de mim, ouvi sussurros, mas eu me recusei a virar para ver. E ouvi Matt dizer:

— Não, claro que não.

Poucos minutos mais tarde, quando o grupo subiu em uma embarcação reduzida ao essencial e com muitas cadeiras, ele e Mandy se juntaram a nós. Ela foi sentar-se com Colleen e Dan, dizendo jovialmente:

— Quer dizer que vocês já fizeram tirolesa antes? Aonde?

Matt veio ao meu lado.

— De verdade, nós nos conhecemos no café da manhã, por isso viemos juntos do navio.

— Se você acha que estou com ciúme... — comecei, então percebi que era difícil negar pela maneira como estava agindo. — Tudo bem, talvez estivesse, mas pensei que você tivesse passado a noite com ela. Depois do... você sabe.

— Eu nunca faria isso.

Essa podia ser a versão atualizada do Matt, mas seus olhos azuis mantinham a velha e familiar sinceridade.

— Desculpe — disse eu suavemente. — Estou muito confusa e emotiva.

— Eu também. E Merilee, eu estava com ciúme ontem à noite, quando você estava dançando com aquele cara.

Sério? Isso era incrível. Matt nunca tinha confessado que estava com ciúme. Claro, eu nunca tinha feito nada para que ele se sentisse assim, então...

Automaticamente, tomamos assentos lado a lado. Quando o barco arremessou-se e começou a acelerar cruzando a baía, percebi o que tínhamos feito. Após catorze anos, os hábitos estavam enraizados. Mas isso não queria dizer que fossem inteligentes. Inclinei-me mais perto e disse:

— Matt, eu... — então aquele mesmo aroma picante que eu tinha notado na noite anterior me distraiu. — Que cheiro é esse?

— Cheiro? Que cheiro?

— Parece tempero... Não é de canela...

Inalei profundamente. Não, não era uma especiaria de cozinhar. Algo masculino, um toque exótico, como se viesse da brisa do mar. Exótico? Essa era uma palavra que nunca antes apliquei a Matt... O perfume me fez querer apoiar em seu corpo, esfregar meu nariz contra sua pele, lamber o...

— É o sabonete — suas palavras interromperam meu devaneio sensual. — Sândalo. Foi a Kari do salão que me deu uma amostra grátis.

— Humm.

Eu nunca tinha recebido amostra grátis de nada, e muito menos sabia o nome da mulher que tinha cortado meu cabelo.

— E eu meio que gostei do perfume — disse ele.

— Eu também — admiti. — Mas e essa barba por fazer? Você está deixando crescer?

Ele deu de ombros, parecendo envergonhado.

— Não. Nos primeiros dias eu fiquei sem vontade de fazer... E daí Kari me disse que ela ficava bem, que me fazia parecer mais velho, e... Hã...

Mais sexy.

— Ela disse, é?

— Você não gostou?

— É diferente. E o corte de cabelo... — suspirei e disse-lhe a verdade. — Mas eles ficam bem em você, Matt.

Era difícil resistir à vontade de esfregar minha bochecha contra a dele. Ontem à noite, quando nos beijamos, notei que a barba era meio que uma carícia um pouco áspera. E comichões percorreram meu corpo com a lembrança daqueles beijos, de sua mão entre minhas pernas, do clímax que estremeceu meu corpo e correu através de mim. Eu suprimi um arrepio de excitação e senti minhas bochechas cheias de cor novamente.

— Eu gosto do seu cabelo também — disse Matt, me sacudindo para fora de meus pensamentos de novo. — Levei um tempo para me acostumar com isso, mas deixou você mais... atrevida.

— Atrevida? — ninguém nunca tinha me chamado disso antes.

— É... Sempre pensei em você como uma menina doce e bem feminina, mas agora você parece meio... Hã... Atrevida.

— Obrigada, gostei disso... — se eu parecia atrevida, talvez pudesse *ser* atrevida. A melindrosa era atrevida; quem sabe eu pudesse canalizar o seu atrevimento do mesmo jeito que tinha feito na pista de dança.

— O que você ia dizer antes? — perguntou ele.

Relembrei um pouco no que estava pensando, quando me inclinei em direção a ele e fui distraída pelo aroma de sândalo:

— Ah, sim... Que eu tinha escolhido a tirolesa porque parecia divertido e diferente, e porque queria fazer algumas coisas sozinha. Mas aqui estamos nós, sentados lado a lado... — aquilo era tão familiar.

Algumas vezes eu quase me referia a ele como M, então parei. Aquele era nosso antigo apelido, do tempo de almas gêmeas. Ele não tinha usado também, embora uma vez ou duas ele tenha tropeçado em meu nome por um motivo que eu já imaginava.

Matt me estudou por um tempo.

— Isso mesmo, a gente não quer cair em nossa velha rotina, não é? — aquele tom em sua pergunta sugeria que ele estava se referindo à maneira que eu tinha fugido na noite passada.

Eu não ia pedir desculpas por dizer não ao sexo quando isso não seria correto, ou parecia ao mesmo tempo muito certo e muito errado, o que era assustador.

— Não. Eu sempre confiava em você. Por isso preciso ser mais autossuficiente.

Ele suspirou.

— Eu também. Estou acostumado a ser o cara em que você confia.

Percebi uma coisa.

— Não foi só para mim que você fez isso. Foi para sua mãe também. Aquela coisa de ser o homem da casa.

Ele deu de ombros.

— Eu gosto de ajudar as pessoas, fazê-las felizes.

— Isso é ótimo, mas Matt, sua mãe e eu devemos ser mais independentes. E você deve ter sua própria vida.

Sua boca torceu.

— Às vezes é apenas mais fácil fazer o que os outros querem.

Mais fácil. Humm.

— Mas isso é meio preguiçoso, acho que você tem que pensar por si mesmo. Muitas vezes eu senti isso, hã, essa pressão para descobrir o que nós devíamos fazer. Você quase nunca sugeriu nada. — Meu rosto ardeu de novo, e abaixei a voz ainda mais. — Na noite passada, você estava diferente. Mais do tipo do cara que toma a frente, entendeu? Foi legal!

E um tesão absurdo. Nunca pensei que eu fosse achar esse tipo de cara tão atraente.

— Legal? Como assim, legal? Eu assustei você!

— Você não fez isso. Para onde estávamos indo é que me assustou. Eu meio que me deixei levar, e depois percebi que não era uma boa ideia.

— Parecia uma boa ideia na hora.

Seu tom mostrava um toque de desafio, assim como o brilho intenso em seus olhos.

Não era típico de Matt me desafiar, e um arrepio – do tipo gostoso – me fez inspirar.

— Mas não fui o único a agir diferente — disse ele. — Nunca vi você dançar daquele jeito. Nunca vi você agir tão...

Ele também suspirou profundamente e não terminou a frase. Que palavra estaria ele pensando? *Desinibida? Sexy? Safada?* E Matt continuou:

— Foi como, sei lá, se aquela fantasia tivesse despertado em você alguma coisa que eu nunca tinha visto antes.

Engoli em seco.

— Foram as duas fantasias. Nós não éramos Matt e Merilee, mas um pirata e uma melindrosa...

Eu estudei o rosto dele, ainda familiar, porém mais maduro com o novo corte de cabelo que enfatizava seus traços fortes e seus grandes olhos, e aquela barba igual de astro de cinema. Essas coisas simples. No entanto, elas me fizeram ver Matt de maneira diferente e me deixaram... Mais atenta. Mais atraída. Achei que ele podia sentir isso também, embora não pudesse dizer se eu o tinha excitado ou aquela melindrosa desinibida.

Seja qual for a causa, havia uma tensão sexual no ar entre nós.

— Por que você fez isso? — perguntei. — A fantasia, o corte de cabelo, as roupas novas?

— Eu vi você com o vestido de melindrosa, se divertindo com aquilo. Depois, bem, eu não queria mais ser apenas o mesmo velho Matt, entende?

— É, você não era...

Eu tinha me apaixonado por aquele mesmo velho Matt, mas no fim acabei ficando em dúvida de me casar com ele. Agora, eu sentia um arrepio sexual por aquele homem sentado ao meu lado. O que isso podia significar? Fiquei tentada a explorar esse fato.

O motor do barco foi desligado e percebi que tinha alcançado a costa. Olhei em volta, observando algumas mansões luxuosas de frente para o mar. Quando os demais passageiros se levantaram, conversando animadamente, Matt e eu também ficamos de pé.

— Tem razão — disse ele, decidido. — Nós dois precisamos agir de forma mais independente. Então acho que aqui cada um toma seu caminho.

Voltei para a Terra com um baque, lembrando que esse era meu plano original. Claro, eu ia manter esse plano.

— Sim, claro. Então, hã, divirta-se.

Matt ficou um tempo sozinho e então Mandy grudou nele novamente, e lá se foi a sua *independência*. Entrei na fila para desembarcar, e ele ficou para trás, deixando-me à frente.

Quando o nosso grupo foi dividido em dois para viajar em alguns acidentados 4x4 amarelos com bancos na parte de trás, escolhi um grupo e Matt foi com o outro. Nenhuma surpresa ter visto Mandy escolher o mesmo que ele.

Meus companheiros passaram a viagem de quinze minutos se apresentando e soltando exclamações por causa da paisagem, enquanto nos dirigíamos através de uma pitoresca cidade para dentro da floresta. As pessoas compartilhavam histórias vividas com tirolesas. Cerca de metade do grupo já tinha feito isso antes, e sobrevivido, o que era reconfortante.

Após o passeio de jipe, fomos transferidos para mulas. Cavalgar uma mula era outra primeira experiência para mim, esta um pouco desconfortável, mas não assustadora. Como meu animal se arrastava serenamente em fila ao longo de uma trilha em meio a árvores altas, retomei o conselho de Jenna para viver o momento. Afastando minha ansiedade de cruzar a selva pendurada em um cabo, e meu ciúme de Mandy, concentrei-me em apreciar o que estava ao meu redor. Tudo era exuberante, verde e imenso, como uma floresta da Columbia Britânica. Mas as árvores e os arbustos eram tão diferentes, mais parecidos com uma floresta. As bananas estavam dependuradas em cachos sob folhas parecidas com as das palmeiras, e eu sabia que iria me lembrar disso na próxima vez que cortasse uma para comer com granola lá em casa.

O clima era quente mas ameno, do tipo que eu só tinha experimentado em casa em agosto, e o cheiro era meio de selva mesmo, não tão úmido quanto o que estava acostumada. Essa era uma excelente apresentação do México, que só algumas dezenas dos passageiros do Diamond Star iam conhecer.

Chegamos ao nosso destino e desmontamos das mulas. Então os guias com as camisetas vermelhas nos ajudaram a nos arrumar com o arnês, um capacete e as luvas. Meus músculos estavam tensos com a ansiedade enquanto aprendíamos a segurar o cabo, a posição em que o corpo deveria ficar, ao sinal dos guias e – o mais importante – a frear.

— Caso estejam indo rápido demais e não consigam diminuir a velocidade, não se preocupem — disse nossa instrutora, uma jovem e atraente mexicana chamada Paloma. — Existe sempre um guia em cada plataforma abaixo de vocês e nós vamos pegá-los quando chegarem.

Depois de praticar e fazer perguntas, alguns de nós escalaram para a primeira plataforma, que era grande e resistente e que deixava todos parcialmente na sombra dos galhos. A tirolesa se estendia por uma distância terrivelmente longa através da selva e ligeiramente para baixo até outra árvore alta e com uma plataforma muito menor.

Um dos guias se ligou ao cabo, explicando tudo com cuidado. Então, com um grito de guerra, ele balançou para o espaço e, pendurado suspenso no ar, desceu zunindo aquele estreito cabo. Paloma fazia breves comentários enquanto ele demonstrava todas as coisas que tinham sido ensinadas, até que chegou em segurança do outro lado e acenou com a mão para nós.

— Quem é o próximo? — perguntou Paloma.

Colleen e Dan correram para se voluntariar. Eu fiquei para trás, abraçando meu corpo nervosamente, enquanto outras pessoas faziam a tirolesa na sua vez. Dois tiveram problemas de frenagem, mas o guia era forte e resistente e pegou-os facilmente. Uma mulher freou cedo demais e teve que ser puxada para a plataforma.

Uma garota da minha idade que estava lá com o namorado murmurou:

— Eu não posso fazer isso. Eu não gosto de altura. Quero voltar.

O cara fez uma careta.

— Que merda, Chris, você é uma covarde. Eu não vou deixar você estragar tudo.

Ele deu um passo para a borda da plataforma e logo foi chicoteando através do espaço, gritando como Tarzan.

Querendo saber por que alguém ia namorar um cara como ele, eu me coloquei ao lado de Chris.

— Estou nervosa, também. Mas eles não vão nos deixar machucar — dizendo isso, cruzei os dedos atrás das costas — e isso parece divertido.

— É, acho que sim — ela me lançou um olhar triste debaixo de cílios com um rímel pesado. — Mas eu preferia estar comprando joias, sei lá...

— Você pode fazer isso mais tarde. Pense que esta vai ser uma experiência única em sua vida.

Sua boca se torceu com um toque de humor.

— Só espero que não seja a minha última... Mas tudo bem, eu vou fazer isso se você fizer. Vá na frente.

E eu fui. Cautelosamente, pisei na borda da plataforma.

— Minha vez.

Respirei fundo e tentei me concentrar enquanto Paloma me dava as últimas instruções.

O cabo, absurdamente estreito, se esticava através de uma enorme extensão acima das copas verdes das árvores. Mas eu não podia cair; estava presa com segurança no cinto e fui presa naquele cabo por um gancho extremamente resistente. Às vezes, na vida, você tem que se arriscar.

Segurando com firmeza a corda que me prendia ao cabo, pulei no ar e comecei a deslizar. Muitos começaram a gritar e a aplaudir, mas eu estava tão concentrada em superar aquilo que nem respirava. Não conseguia olhar para baixo, não conseguia olhar para cima, e mal e mal sentia o ar quente alisando meu rosto. Meu único foco estava na plataforma em frente, que se aproximava rapidamente. Freios. Tinha que frear. Fiz isso com cuidado e depois com mais força, e no momento seguinte estava com as pernas trêmulas sobre a plataforma.

O guia me deu um tapa nas costas.

— Você foi muito bem. Divertido, não é?

Divertido? Não tinha ideia, a única coisa que eu sabia é que já podia respirar de novo. Mas da próxima vez eu prestaria mais atenção. Virei e acenei, encorajando a Chris, que ainda estava na plataforma grande.

Eu me perguntava se Matt estava gostando da tirolesa – e da companhia de Mandy.

***

Capítulo 9

Desde o início, Matt adorou fazer aquilo. Ele era forte, coordenado e bem tranquilo. Agora, só faltavam mais três ou quatro pessoas de seu grupo de uma dúzia, e a vontade dele era começar tudo de novo. Chicotear através da copa das árvores dava um fluxo absurdo de adrenalina. Foram poucos desses em toda a sua vida.

Talvez, quando estivesse de volta em casa, ele fizesse algo como escaladas em montanhas, que era uma atividade ao ar livre e emocionante também. Mais cedo, conversando com Merilee no barco, ele tinha percebido uma coisa: que preferia ser mais como o pirata. Um cara assim poderia ter uma pequena vantagem sem ser um violento imbecil como seu pai.

Mandy, a garota que ele conheceu no café da manhã, foi arremessada através do ar em direção à plataforma. Ela contou que estava no cruzeiro com algumas amigas, mas que elas preferiam fazer compras a se meter em aventuras.

Ela pousou, rindo com prazer.

— Que máximo. Eu amo voar.

Juntos, eles se dirigiram para a escada da plataforma que levava até o chão.

—Sim — concordou Matt, e foi atingido por uma lembrança. —

Quando eu era criança, eu construía aeromodelos e ficava voando com eles no meu quarto, imaginando ser o piloto.

Ele deixou que Mandy descesse na frente.

— E agora? — a voz dela subiu até ele enquanto Matt começou a descer.

— Vou ser professor — e aterrissou no chão ao lado dela.

— Um trabalho de valor — Mandy o estudou com seus grandes olhos cor de chocolate. — Definitivamente com os pés no chão. Acho que os sonhos das pessoas mudam.

— Minha mãe detestava essa ideia de ser piloto. Sou filho único, ela é mãe solteira. Achava que era uma profissão perigosa.

Ele encolheu os ombros. Aquilo era um sonho de criança. Quando Merilee disse que queria ser professora e que ele seria um bom professor também, pareceu uma boa ideia.

— Sei lá, Matt, odeio dizer isso — disse Mandy —, mas sua mãe ouviu falar de Columbine? As escolas não são mais lugares seguros. Nenhum lugar é seguro nos dias de hoje. Eu acho, talvez, que você devia de repente seguir a sua paixão.

Estaria ele seguindo a paixão de Merilee em vez da própria? Este era o tipo de coisa que ele precisava parar para pensar.

— E você? Qual é a sua paixão?

Um brilho iluminou os olhos da garota.

— Você só me deu permissão para falar de uma?

Ela estava flertando um pouco, do jeito que tinha feito desde que se conheceram. Ele ainda não tinha sacado se era isso mesmo ou se era apenas a sua personalidade. Se ele estivesse preparado para pensar em namorar, muito provavelmente gostaria de sair com Mandy. Mas Merilee ainda estava muito presente em sua mente, especialmente depois da última noite.

— Hã, eu acho que todo mundo pode ter quantas paixões quiser. Mas eu me referia à sua carreira.

— Ecoturismo.

— Sério? Parece bem legal.

— Não é? — Ela abriu um grande sorriso. — Trabalhar ao ar livre, apreciar o meio ambiente sem causar danos. Mostrar para as pessoas atividades tipo tirolesa, caiaque, fazer trilhas...

— Escalada.

— Sim, isso. Ser pago para se divertir. Para mim, é assim que todo trabalho deveria ser.

— É mesmo.

Era assim que Merilee se sentia sobre dar aulas, achava divertido porque ela adorava crianças. E para ela também tinha significado maior, porque acreditava que ensinar era um dos trabalhos mais importantes do mundo. Sim, ele concordava que era um trabalho significativo, mas para ele não parecia uma fonte inesgotável de risadas. Quer dizer, tudo bem, ele gostava da ideia, mas agora que começara a pensar sobre isso, era bem provável que houvesse empregos dos quais gostaria mais. Só precisava descobrir quais seriam eles.

— Merilee acha que você deve ser professor?

Ele contou a Mandy que os dois estavam seriamente envolvidos e tinham terminado havia pouco tempo.

— Acha.

— Você tem que fazer isso para você, não para ela.

— Eu sei disso.

Por que não tinha pensado nisso antes? Jesus, ele realmente não tinha um pensamento próprio.

Ela riu.

— Sua vida é muito complicada. Deveria viver livre e descomplicado, do jeito que eu faço.

— Tentador.

Mas não era verdade. Sim, talvez fosse divertido ter uma carreira de aventureiro e um relacionamento casual com uma garota como ela, mas apenas por pouco tempo. Uma coisa que Matt de fato sabia sobre si mesmo era que gostava de estabilidade e de relacionamentos longos. Segurança, amor, família.

— Sim, claro — brincou ela. — Ei, nosso grupo está nos deixando para trás.

Durante toda a manhã, sentindo a adrenalina da tirolesa, ele se perguntou como Merilee estaria se saindo. Se ele esperasse pelo grupo dela, Merilee ficaria contente ou chateada? O pirata não teria dúvidas, ele fazia o que tinha vontade.

— Vá indo na frente.

Mandy balançou a cabeça tolerante.

— É, cara, você terminou, mas ainda está apaixonado...

Um de seus guias se juntou a eles.

— Hora de ir.

— Acho que vou esperar pelo próximo grupo — disse Matt. — Uma amiga está lá.

— Claro, eles estarão aqui em poucos minutos. Só não fique andando por aí para não se perder.

Depois que o guia e Mandy foram embora, Matt voltou a subir os degraus para apreciar a vista da plataforma. Sentia-se quase um pássaro ali sob a copa de uma árvore muito alta. Logo ele viu o outro grupo começando a subir uma alta plataforma do outro lado de uma vala, e um guia chegou zunindo pelo cabo.

— Ficou para trás, *amigo?* — perguntou o mexicano.

— Decidi esperar por uma amiga. Ela...

Ele parou quando viu Merilee na outra plataforma. Era muito longe para ver sua expressão, mas, quando ele acenou, ela acenou de volta com entusiasmo.

Um momento depois, ela estava presa ao cabo e zunindo em direção a ele mais rápido do que podia acreditar. Seus gritos de excitação o fizeram sorrir. Ela freou quando chegou perto, mas ainda tinha alguma força quando desembarcou na plataforma, então tropeçou alguns passos e arremessou seus braços ao redor dele. Com o rosto corado e brilhante, ela gritou:

— Não é incrível?

— Eu adorei.

Ele a abraçou apertado, completamente feliz por ter dado ouvidos ao pirata. Merilee estava perfeita em seus braços, quente e firme, de um jeito familiar mas de alguma maneira nova e diferente. Uma garota experiente na tirolesa, cheia de energia e euforia. A dançarina sexy com quem tinha ficado na noite anterior.

O guia disse:

— Ei, *amigo*, preciso tirar o gancho da moça.

Rindo, Merilee se afastou de seus braços. Depois de ter sido desconectada, os dois foram para a escada. Quando chegaram ao chão, ela disse:

— Você esperou por mim.

— Queria ver como você estava.

— Estou contente. Isso é tão especial e queria dividir com... — ela abaixou a cabeça ainda com o capacete e depois a ergueu novamente —... alguém especial.

— Eu também. — Ele olhou para ela por um momento e, graças à insistência do pirata, pegou a mão dela. — Nós provamos que podemos ficar sozinhos. Agora vamos passar algum tempo juntos.

— Eu gostaria disso. — Nas profundezas de seus olhos azuis, Matt viu a mesma incerteza e vulnerabilidade que ele estava sentindo. Foi mais fácil lançar-se no espaço em uma tirolesa do que descobrir o que seu coração realmente queria.

Acima de suas cabeças, mais alguém do Diamond Star chicoteou pelo ar e pousou na plataforma, e depois mais um. Matt e Merilee soltaram as mãos para descer a escada.

De pé, cercado por árvores altas e desconhecidas, Matt disse:

— Nós terminamos, mas ainda nos preocupamos um com o outro. Podemos ser amigos agora. Certo?

— Eu adoraria. — Então ela acrescentou, com um toque arrogante: — Se você tiver certeza de que sua nova namorada não vai se importar.

Ele e Merilee podiam ser apenas amigos, mas isso não o impediu de gostar de ver seu ciúme. Porém, os amigos eram honestos, e ele de fato se importava com ela, então respondeu:

— Mandy não é minha namorada. Não estou pronto para isso ainda.

O rosto dela se suavizou.

— Eu também não.

Os demais turistas se juntaram aos dois, entusiasmados com a experiência. Quando todos já haviam descido a escada, o grupo se movimentou ao longo da trilha para chegar à plataforma seguinte.

Merilee subiu a escada e Matt estava bem atrás dela, admirando o flexionar de suas pernas e as curvas de sua bunda preenchendo seus shorts. Ele sempre a achara atraente, mas aquela fantasia de melindrosa ou sei lá o que, e o novo corte de cabelo, o tinham feito prestar atenção na garota de um novo jeito.

Será que ele não tinha dado o merecido valor a Merilee, ele se perguntou enquanto um dos guias a prendia no cabo. Há poucos dias, ele pensava que seu relacionamento com ela era como um navio de cruzeiro navegando feliz por sua rota determinada. Mas pensando agora sobre isso, não considerava algo muito emocionante. Ocorreu-lhe que ele, e talvez Merilee também, tinha deixado seu relacionamento à deriva como se estivesse no piloto automático, em vez de realmente tomar a direção.

Bem, agora ele estava prestando atenção e com certeza não podia deixar essa nova Merilee passar batido. Não essa garota que lhe ofereceu um sorriso luminoso ao se jogar da plataforma e sair voando pelo ar. Essa Merilee era loucamente irresistível. Uma dançarina, uma melindrosa, uma corajosa praticante de tirolesa. Alguma dessas era mesmo real, ou apenas papéis que estava desempenhando?

Em qual delas Merilee se transformaria?

Matt percebeu que não podia esperar para descobrir. A perspectiva era tão intrigante quanto saber quem ele mesmo seria.

Como era o próximo da fila, ele encaixou o cinto e foi zunindo pelo cabo, passando por cima de um rio, para se juntar a ela na plataforma seguinte.

Depois que desceram, ele perguntou:

— O que você vai fazer quando voltarmos desta excursão? Vai para a cidade?

— Ah, sim! — respondeu ela ansiosa. — Não vejo a hora de conhecer Puerto Vallarta, e quero comprar roupas e presentes. E você?

— Pensei em explorar a cidade também. O que você acha? Devemos ficar com essa coisa da independência?

— Eu não sei. — O entusiasmo foi substituída pela incerteza. — Isso é confuso.

Ela disse que gostava da abordagem do pirata, de assumir o comando.

— Vamos ficar juntos e almoçar — disse Matt. — Daí conversamos e decidimos o que fazer.

O grupo terminou a excursão da tirolesa com outro passeio de mula, depois voltou ao Diamond Star para tomar banho e trocar de roupa. Quando eles chegaram à cabine, Merilee bocejou.

— Não acredito que você está tão cansada. Acho que foi ar fresco e exercício demais...

Apesar de Matt estar acelerado por causa da excursão e ansioso para conhecer Puerto Vallarta, ele se preocupava com ela. De fato, Merilee parecia exausta:

— Por que você não tira uma soneca?

— Acho uma boa ideia — e suspirou. — Que preguiçosa. Odeio ser assim. Talvez seja melhor você ir na frente e...

— Não, eu vou esperar você. Temos muito tempo. — Era verdade. Naquela noite, o navio não sairia antes das onze.

Ele foi tomar um banho e quando saiu ela já estava dormindo, enrolada de costas para ele. Matt ficou olhando para ela, de modo terno e protetor. Ela sempre parecera tão pequena, tão feminina, com um toque de vulnerabilidade. Tudo o que ele sempre quis fazer fora cuidar dela.

Mas Merilee tinha vinte e um anos agora, e ela provou naqueles dois últimos dias que possuía pensamentos próprios e que podia se cuidar bem sozinha. De alguma maneira, isso a deixou ainda mais atraente.

O que estava acontecendo com os dois? Enquanto se vestia, desejou mais uma vez ter alguém com quem conversar. Seus amigos eram legais para praticar esporte ou para sair e tomar uma cerveja juntos, mas não eram tão bons assim quando se tratava de discutir relacionamentos. Ele não tinha um pai, irmão mais velho, tio ou avô. Tinha sido sempre apenas ele e sua mãe, e, embora ela fosse ótima, às vezes um cara queria uma perspectiva masculina sobre as coisas.

Ele sentiu uma pontada de culpa. Esta semana, ele tinha meio que deixado sua mãe de lado...

Quando checou seu celular depois do voo de domingo, encontrou uma mensagem de texto dela, lembrando-o de ligar avisando que tinha chegado em segurança. Em vez de mandar uma mensagem de texto, ele ligara para ela quando Merilee estava no banheiro. Disse que estava bem e que Merilee também tinha vindo, e que ambos tinham terminado. Sua mãe ficara atordoada por cerca de dois segundos, em seguida começou a oferecer conselhos.

Ele a interrompeu:

— Mãe, por favor, não fique magoada, mas nesta semana não quero ser seu filhinho ou o homem da casa. Eu quero descobrir as coisas por minha vontade e não vou ficar passando relatórios para você. Fechado?

Ela ficou em silêncio por um longo momento, então disse com voz firme:

— Entendido. Apenas me ligue se precisar de alguma coisa.

Não, ele não ia telefonar para sua mãe e para nenhum de seus amigos.

Deixou um recado para Merilee de que estaria no convés e pegou *Thunder struck*, o livro que ele tinha trazido e que tentara ler no avião. Naquela ocasião, não foi capaz de se concentrar. Será que teria mais sorte agora? O livro havia sido escrito pelo novo namorado da Theresa, o autor australiano Damien Black. Matt tinha ido com os Fallons à leitura de Damien e se sentiu atraído pelo trecho que Damien lera. Ele estava prestes a comprar o livro quando Theresa o deteve.

— Guarde o seu dinheiro para a lua de mel — disse ela, e comprou o conjunto de três livros para ele.

Damien parecia ser um cara muito legal, embora tivesse ido para a turnê de lançamento do livro antes de Matt ter a chance de conhecê-lo. De jeito nenhum ele iria ligar para Damien pedindo conselhos, o cara pensaria que ele era louco.

O marido de Kat, no entanto... Ele chegou a conhecê-lo melhor e percebeu que era um bom rapaz. Mesmo quando Nav pirou com a ideia repentina de se casar, o cara encontrou tempo de ligar para Matt na sexta-feira. Ele disse que estava triste sobre como as coisas aconteceram, e agradeceu a Matt por ser tão generoso sobre o casamento.

Se Nav e Kat tivessem viajado em lua de mel, Matt jamais os teria incomodado. Mas tendo em vista que o casamento dos dois havia sido tão inesperado, eles voaram de volta a Montreal para Nav preparar sua primeira grande exposição de fotografia.

Decidido, Matt saiu para o convés, levando junto seu celular e o livro. O navio estava quase deserto uma vez que a maioria dos passageiros estava em terra, de modo que privacidade não era problema. Ele havia salvado os telefones da família de Merilee em seu celular. Encostado no corrimão, discou o número de Kat.

— Ei, é o Matt. Ahn, parabéns. Desculpe por não ter ido ao casamento, mas, você sabe...

— Eu entendo perfeitamente. Matt, eu fiquei sabendo sobre você e Merilee. Está tudo bem? Merilee, está tudo bem com ela?

— Sim, ela está bem. Está descansando um pouco e parece estar se divertindo.

— Eu realmente sinto muito por vocês dois. Sempre achei que vocês foram feitos um para o outro, mas vocês sabem melhor o que fazer de suas vidas, não é?

Ele não sabia droga nenhuma, e não tinha muita certeza de que Merilee soubesse.

— E vocês? Deve ter sido chato não ter lua de mel.

— Nós fazemos isso mais para frente. Temos que casar de novo, na Índia, com a família de Nav. Vamos planejar uma lua de mel depois disso.

— Legal. Hã. Kat... A razão da minha ligando é que... Posso pegar o número do telefone do Nav?

— Do Nav...?

Envergonhado, ele olhou para o navio de cruzeiro ancorado ao lado do deles e confessou:

— Eu... Eu queria ter um cara para conversar e pensei que... Ele se importaria?

— Imagina, claro que não. Na verdade, ele está aqui. Eu tirei mais alguns dias de folga do trabalho e estou aqui com ele, ajudando-o a preparar a exposição. Vou passar o telefone para ele e desaparecer por um tempo para vocês dois terem sua conversa de meninos...

Um momento depois, ele ouviu a voz de Nav.

— Oi, Matt. Kat disse que você quer conversar?

— É... Isso é meio estranho, mas eu queria a opinião de um cara. Não de meus amigos de balada, mas de alguém mais velho. Tudo bem ou...

— É claro! — disse Nav em seu elegante sotaque inglês.

Matt recostou-se na cadeira, tentando relaxar seus músculos tensos.

— Então, o negócio é o seguinte, Merilee e eu somos um casal desde que éramos crianças. Nosso relacionamento, bem, ele meio que caiu numa rotina. E isso não é o que nenhum de nós espera para o futuro.

— Humm. Você vê alguma esperança de isso mudar?

Uma imagem passou em sua mente.

— Na noite passada, rolou um baile a fantasia. Eu fui de pirata e ela, de melindrosa e foi tipo... Como se fôssemos pessoas diferentes. Foi, hã, emocionante. — Ele se lembrou de algo que Merilee lhe dissera sobre Nav e a viagem de trem de Kat. — Você representou algum papel para Kat ou algo assim?

— Sim, ela meio que me pegou na armadilha — respondeu ele, ironicamente. — Eu precisava fazer com que ela me visse de maneira diferente, então eu banquei um desconhecido no trem. Lógico que ela sabia que era eu, mas isso a deixou brincar junto, para que pudéssemos testar as coisas sem colocar em risco a amizade.

— Humm. Nós não podemos exatamente brincar de pirata e melindrosa o tempo todo.

— Não, mas os trajes, os papéis, são apenas uma ferramenta. Nosso relacionamento tinha formado um certo padrão, uma rotina, como você disse sobre você e Merilee. A dramatização nos tirou desse padrão.

— Entendi... — aquele amasso ardente de ontem à noite foi com certeza uma fuga. — Mas como vocês fizeram para não cair de volta na mesma rotina?

— Você tem que ver a si mesmo, e ao outro, de modo diferente — respondeu Nav.

— É, ela fez um novo corte de cabelo bonito e parece muito atrevida, e até foi fazer tirolesa.

— Bem, sim, isso é apenas vê-la, ou pelo menos as coisas mais superficiais. É um começo. Agora, que tal ver a si mesmo?

— Er... Como assim? — Imóvel, Matt viu quando um ônibus de turismo veio entregar um grupo de turistas, a maioria trazendo sacolas de compras. Ele concluiu que esse pessoal estava numa excursão e voltavam para guardar suas coisas e sair para algum outro lugar. — Ver a mim mesmo?

— Descobrir quem você realmente é, o que o faz vibrar. Kat e eu, cada um de nós tinha alguns impedimentos e outras coisas com que precisávamos lidar. Nós dois estávamos prejudicando nossas vidas por causa deles. Por isso, cada um de nós precisou dar uma olhada no seu interior. E nós somos mais velhos que você e Merilee. Confie em mim, você ainda tem coisas para aprender e crescer. Assim como eu. Você aprende mais sobre si mesmo o tempo todo.

Matt fez uma careta.

— Não muito. Parece que eu tenho sido o mesmo cara nos últimos catorze anos. — Quando seus pais se divorciaram, sua mãe o levou para Vancouver, e sua vida havia se estabilizado. Desde que ele tinha conhecido Merilee. — E ela tem sido a mesma garota.

Pelo menos até o dia em que cancelou o casamento. Desde então, havia momentos em que ele não a reconhecia.

— E isso não está funcionando para vocês — disse Nav em voz baixa, mas com firmeza. — Ou vocês teriam sido o casal a trocar alianças no sábado.

— Certo...

Para ele as coisas estavam funcionando bem, pelo menos era isso que ele pensava. Merilee que tinha encontrado problemas e que não gostava da confortável rotina de ambos. Agora, talvez ele tivesse que concordar que ela estava com a razão.

— Matt — Nav falou mais devagar —, eu gosto de você e de Merilee. Eu desejo o melhor para vocês dois.

— Obrigado. Desculpe se estou colocando você em uma posição desconfortável. Quero dizer, ser casado com a irmã de Merilee...

Este aspecto não tinha até então passado pela cabeça de Matt.

— Isso não é um problema. Meu conselho seria o mesmo para vocês dois. Se estivessem casados, eu diria que deveriam se concentrar em seu relacionamento. Para descobrir o que está errado e como melhorá-lo. Mas vocês terminaram. Agora, o foco tem de ser cada um dos dois, como indivíduos. E você diz que não mudaram nada em mais de uma década? — Ele fez uma pausa, depois acrescentou em voz baixa. — Isso não é bom, meu amigo.

— Talvez não seja.

— Dê um tempo a si mesmo. Procure descobrir quem você é. O que o assusta, o que o anima. Quais são seus objetivos e sonhos — Nav parou de novo. — Eu não sei se isso ia funcionar para vocês...

— O quê?

— Kat e eu descobrimos um monte dessas coisas conversando. Parece que você e Merilee não têm conversado muito sobre coisas mais profundas.

— Acho que nenhum dos dois tinha essas coisas profundas... — responde Matt com tristeza. De certa forma, eles realmente estavam presos lá atrás, em quando tinham sete anos.

— Vocês têm. Confie em mim. Vocês dois querem ter paixões e sonhos, têm valores e ideais, interesses e opiniões. O que precisa ser feito é apenas descobrir quais são eles.

Enquanto Nav dizia essas palavras, Matt de início se sentiu intimidado, mas então percebeu que sabia um pouco dessas coisas sobre si mesmo. Um de seus valores era se preocupar com as pessoas e ser um homem em quem se podia confiar, por exemplo.

— Certo, entendi. Então você está dizendo que cada um de nós precisa encontrar a si mesmo, mas será que podemos fazer isso trocando uma ideia?

— Pode ser. Mas não é assim, grudar como irmãos siameses, entendeu? Vocês dois precisam fazer coisas separadas também. Vocês devem ter alguns interesses diferentes, atividades diferentes e outros amigos também. Senão serão como... Reflexos no espelho um do outro, e isso não é saudável.

— Reflexos no espelho. Isso é a mesma coisa que almas gêmeas? Nós sempre achamos que éramos almas gêmeas.

— Não, não é a mesma coisa. Almas gêmeas são diferentes e complementam um ao outro, o que é uma coisa maravilhosa. Os reflexos no espelho são iguais um ao outro, eles não estimulam, não desafiam o outro, não fazem o outro melhorar.

— Er... Valeu, Nav. Você me deu algumas coisas boas para pensar. — Ele sabia que seu cérebro pensaria nisso nos dias seguintes. — Queria que você estivesse aqui, cara. Eu pagaria uma cerveja para você.

— Pode ligar a qualquer hora.

Sim, ele iria considerar isso, mas agora Matt precisava dar um tempo porque sua mente estava doendo de tanta informação. Ele abriu o livro de Damien e viu que a leitura de fato o atraía. Rapidamente se sentiu absorvido pelas aventuras de um policial aborígene australiano que recebia secretamente a ajuda dos espíritos criadores do Tempo de Sonhos.

— Matt?

A voz de Merilee o fez levantar a cabeça. Ele soltou um assobio baixo. Com o cabelo curto desarrumado e um vestidinho de verão rosa, parecendo um doce, ele quase não a reconheceu.

— Você está linda.

Tão linda que ele queria tocar a pele nua que era revelada pelo vestido, e beijar seus lábios rosa. Eles concordaram em sair apenas como amigos, e ele podia notar que seria difícil suportar esse acordo.

Ela puxou conscientemente uma fina alça do ombro, quase como se sentisse o calor de seu olhar.

— Esse vestido é da Des. Eu adorei quando ela o usou ontem, e ela me emprestou. Preciso comprar algumas novas roupas de verão.

Matt esperava que Merilee comprasse mais roupas como este vestido. Mesmo que ela fosse apenas uma amiga, ele com certeza poderia olhar para ela.

— Vou dar uma corrida até a cabine e deixar o livro. Volto num instante.

Quando ele voltou alguns minutos depois, ela estava de pé junto à grade, contemplando a terra e virou um rosto animado para ele:

— Puerto Vallarta. Eu não posso acreditar que estamos realmente aqui.

— Você está mais descansada?

— E ansiosa. O cochilo foi um santo remédio. Obrigada, Matt, por ser tão compreensivo.

— Disponha.

Sim, ser carinhoso e compreensivo era um de seus valores, e algo que ele não tinha intenção de mudar. Ele gostava quando Merilee reconhecia essa qualidade.

Quando desembarcaram, ela disse:

— Você estava lendo o livro do Damien? Como é?

— Fantástico.

— Theresa diz que Damien ama o que faz. Ele trabalhava como jornalista, mas queria ser seu próprio patrão e gostava de ficar inventando histórias em vez de ficar confinado por fatos.

— Ela ama o que faz, também, né?

As estatísticas que Theresa fazia jorrar eram muito entediantes, mas sua paixão por isso sempre brilhou.

— Ah, sim. É como uma missão para ela, ajudar os povos aborígenes. Meio como eu dando aulas para as crianças.

— Eu sei que você se sente desse jeito já faz muito tempo — disse Matt, enquanto acenava para um dos táxis que esperavam para fazer a curta corrida até a cidade. Lembrando-se do que Nav tinha dito sobre as coisas mais profundas, ele disse, com alguma surpresa: — Mas realmente não sei o que significa para você. Por que é tão importante assim.

Os dois subiram ao gasto banco traseiro do carro.

— Lembra quando decidi ser professora? — perguntou Merilee.

Ele tirou o olhar de suas pernas nuas, levemente bronzeadas, que eram reveladas até a metade das coxas em seu vestido de verão. Pernas que Matt tinha visto um milhão de vezes, mas que hoje pareciam mais sexy. Aquelas pernas tinham feito a tirolesa, tinham feito uma dança sensual num vestido de melindrosa. Normalmente, ele tinha o hábito de tocar Merilee: de apertar-lhe a mão ou descansar a mão em sua perna. O fato de que eles tinham terminado e estavam tentando ser amigos, que ele podia olhar, mas não tocar, fez com que ele a enxergasse de outra forma.

Mesmo quando ele se concentrou em seu rosto, seus olhos pareciam mais amplos e mais azuis, os lábios mais rosados e mais cheios. Matt limpou a garganta.

— Teve um dia específico em que você decidiu isso? Parece que você sempre quis dar aula...

— Bem, pelo menos desde que tivemos a senhora Green na quarta série. Ela era tão fantástica. E fez a diferença na vida de muitas crianças. Então, alguns anos mais tarde Jenna voltou para casa para uma visita, e ela estava trabalhando com crianças autistas. Nós conversamos sobre como as crianças são importantes, e como elas deviam ter todas as oportunidades possíveis. Foi quando eu soube com certeza que era o que eu queria fazer.

— Você vai ser uma professora fantástica, Merilee.

— Assim como você.

Ele deveria lhe falar sobre suas dúvidas? Nav dissera que eles precisavam conversar sobre as coisas mais profundas

Merilee olhou para fora da janela e deu um pequeno salto.

— Chegamos. Que legal!

O táxi se arrastou por uma rua entupida com tráfego e pedestres andando para lá e para cá. A cena era animada e alegre, e muito diferente de Vancouver.

— Muito legal — ele concordou.

Sob o sol brilhante, as paredes caiadas de branco refletiam em seus olhos, contrastando com as portas pintadas vividamente. As lojas e os restaurantes que ladeavam as ruas ficavam geralmente em prédios baixos, de no máximo três andares, a maioria feita de gesso pintado, mas algumas paredes eram de tijolos vermelhos ou de pedra. Grades de ferro trabalhadas e persianas de madeira adicionavam um toque decorativo aos andares mais altos. As franjas das folhas dos coqueiros sussurravam como ventiladores, e plantas tropicais ostentavam flores de cores vivas.

As pessoas estavam em todos os lugares. Turistas em roupas casuais de verão misturados com mexicanos, que muitas vezes usavam sua mais tradicional roupa de algodão branco. Os vestidos e as blusas das mulheres, bem como algumas das camisas dos homens, eram estampados com desenhos de flores e outros padrões.

Matt e Merilee saíram do táxi, ansiosos para fazer parte da cena movimentada.

— Vamos comer?

Seu estômago lhe disse que já faziam muitas horas desde o grande bufê no café da manhã que ele tinha comido.

— Sim. Vamos pegar um lugar na calçada, para sentir o Sol e assistir a todos passando.

— Que tal esse?

Ele apontou para o outro lado da rua a um pátio ao ar livre bastante cheio, com flores rosas e vermelhas brilhantes caindo de cestos.

— Ótimo.

À medida que se aproximavam, ela perguntou:

— Você vai querer comida de verdade?

Ele estava prestes a dizer: "O que você quiser", mas se lembrou do pirata. Era bom ter consideração, mas um cara poderia exagerar.

— Eu prefiro comer algo rápido, talvez nachos, e depois sair para conhecer a cidade.

— Boa ideia. Estou tão feliz que chegamos à noite em terra. Eu acho que ia odiar ter que correr de volta para o navio em nossa primeira noite no México.

Assim que ocuparam suas cadeiras, Matt pediu ao garçom:

— Nachos com os acompanhamentos. — Pediu também uma cerveja para si e uma Coca-Cola para Merilee.

Depois de tomar o primeiro gole de cerveja, ele falou algo que sabia que teria que dizer. Apenas esperava que não fosse estragar o clima de férias.

— O que você disse no táxi sobre eu ser um grande professor? Bem, não tenho certeza se é isso mesmo que quero ser...

Os olhos dela se arregalaram em incredulidade.

— Mas, Matt, isso é o que você sempre disse.

— Na verdade, *você* disse isso. Quando falou que estava tão interessada em dar aula, eu disse que era um trabalho importante e, de alguma maneira, a conversa terminou com a gente dizendo que eu deveria ser professor também.

Ela sacudiu a cabeça rapidamente, seus olhos se estreitando.

— Você não está dizendo que eu atropelei você para que escolhesse essa carreira, está?

— Não, claro que não. — Puxa, ele podia ser um cara que tinha consideração pelos outros, mas não era um capacho. — Mas você estava interessada nisso, e em nós fazermos o curso juntos... E foi divertido fazer planos. Não é como se eu tivesse alguma coisa já em mente, por isso foi fácil eu concordar. Mamãe ficou feliz também. — E aliviada porque o filho tinha desistido da ideia de infância de ser piloto de avião.

Ela franziu a testa.

— Você não pode planejar o seu futuro com base no que outra pessoa quer.

— Eu acho que estou começando a descobrir isso. — Coisa que ele não poderia ter feito se tivessem se casado. Matt estudou-a com cautela. Merilee sempre amou aquela ideia de que ambos tivessem o mesmo sonho, dizendo que isso era outra prova de que os dois eram almas gêmeas. — Você ficou brava?

Sua carranca ainda estava lá.

— Bem, sim. Por que você nunca disse nada?

— Eu quis dizer se você está brava com o fato de eu ter dúvidas sobre isso.

Ela esfregou as mãos em suas bochechas.

— Não é que esteja brava, um pouco desapontada, talvez — baixou as mãos. — O que não gostei foi que você tinha dúvidas e nunca disse nada. É como se tivesse mentido para mim.

Matt balançou a cabeça vigorosamente.

— Mas eu não tinha dúvidas, mesmo. Parecia bom para mim. Você fez isso parecer legal. Seu entusiasmo meio que me carregou junto. Mas percebi que isso poderia não ser uma coisa minha. E é muito legal quando uma pessoa tem paixão pela sua carreira, como você e Theresa e Damien... — e Mandy também, embora soubesse que não seria boa ideia trazer o nome dela para a conversa.

Ela ficou estudando o rosto de Matt, as sobrancelhas unidas mais no que parecia ser perplexidade do que uma carranca:

— Você acaba de dizer que não tinha mais nada em mente. Quer dizer que, na real, nunca se sentiu atraído para nenhuma carreira em particular? Você é bom em lidar com pessoas. Tipo, você está sempre ajudando nossos amigos a resolver as discussões. Você consegue fazê-los ver os dois lados. Acho que poderia ser um conselheiro ou um mediador.

— Pode ser. — Ele gostava de ajudar as pessoas a serem felizes e ficarem juntas, mas isso era apenas uma parte do que era. Não era uma carreira pela qual sentisse paixão. Nunca poderia... Não, espere. — Tinha uma coisa, sim, quando eu era criança. Queria ser piloto de avião. Não daqueles grandes jatos que voam internacionalmente, mas de aviões menores. Como os hidroaviões que voam até a costa para os lugares mais remotos — isso parecia muito mais emocionante e desafiador do que pilotar aqueles gigantescos ônibus no céu.

Os olhos azuis de Merilee se iluminaram.

— Eu me lembro. Você construía modelos de aviões e fingia que estava voando neles — ela sorriu. — Fez aquele avião minúsculo e disse que ia me levar para Paris.

Matt riu.

— Tudo bem, não eram modelos tão realistas... Mas eu poderia levar você para Victoria, Seattle, San Francisco, se eu tivesse a licença.

— Você está falando sério sobre isso?

— Eu nem me lembrava mais disso, até hoje — com Mandy. — Não sei. Nunca nem entrei num desses aviões.

— Por que desistiu da ideia quando era mais novo?

— Ah, mamãe ficou preocupada. Achou que era muito perigoso. Você sabe como ela é.

— É. Adele é craque naquela coisa de "Você é tudo que eu tenho". Eu lembro que ela não queria nem que você tirasse carteira de motorista, dizendo que havia um monte de motoristas malucos por aí.

— E falamos para ela que eu estaria mais protegido deles em um carro do que em uma bicicleta.

Eles riram juntos. Então Merilee disse:

— Aposto que, assim como dirigir, pilotar não deve ser uma coisa tão perigosa...

Matt repetiu o ponto de vista de Mandy.

— Nem as escolas estão tão seguras assim. Violência, armas, drogas. Algumas crianças são muito perturbadas.

— Se você fosse um piloto, teria cuidado — disse ela com certeza. — Você presta atenção aos detalhes, você faz as coisas bem.

— Obrigado — disse ele. Sim, era bom ser elogiado. E ele gostava do entusiasmo que o preenchia quando pensava em voar. — Sabe de uma coisa? Vou dar uma olhada nisso quando voltar. Ver o que é preciso para ser piloto.

Ela fez que sim com a cabeça.

— Você deveria fazer isso mesmo.

Isso foi bom, muito bom. Falar com ela tão abertamente, vendo-a dizer coisas boas sobre ele, curtindo o brilho em seus olhos azuis e a expressividade de seus lábios rosados. Seus lábios muito adoráveis. Talvez essa coisa de *apenas amigos* fosse loucura. Eles dois tinham feito algumas mudanças; os dois estavam conversando; e ele se sentia mais atraído por ela do que nunca.

O garçom interrompeu seus pensamentos ao apresentar um gigantesco prato de nachos. Queijo derretido, feijão, guacamole, *cream cheese* e, é claro, salsa. Seu estômago roncou e ele cavou ansiosamente nos molhos.

Merilee fez isso também.

— Hmm, bom. Um milhão de calorias, mas quem se importa? Essa é a parte boa de perder peso. Eu posso comer o que quiser até ganhá-lo de volta. — Ela colocou um dedo na boca e sugou o queijo derretido que escorria dele.

Seu pau pulsou. Ele nunca tinha pensado que comer nachos, ou comer qualquer coisa, pudesse ser tão sensual.

— Estou contente por você me contar, Matt — disse ela.

Contar o quê? Ele tinha dito em voz alta como ela o deixava com tesão?

— A honestidade é importante para mim, e é claro que você não deveria ser professor se não é algo pelo qual esteja apaixonado.

Ela colocou um nacho coberto de queijo e outras delícias na boca e fez alguns hmmmm hmmmm enquanto mastigava.

— Ah, sim...

Agora, Merilee. Ele podia ficar apaixonado por ela. Especialmente se fizesse sons como esse na cama.

— E gosto quando você é decidido, Matt. Uma pessoa deve saber o que quer e ir atrás disso.

A única coisa que ele realmente queria era Merilee e agora ele a queria de um jeito surpreendentemente baixo e obsceno. Um jeito que, dada a forma como ela fugiu dele ontem à noite, iria ofendê-la.

Ele forçou sua mente para não pensar em sexo e voltar para a conversa.

— Você quer que eu seja honesto? Pois bem, lá vai. Se não sou decidido com as coisas, é porque vejo muitas boas alternativas e geralmente não me importa qual delas seja escolhida. Tipo, quem se importa se a gente comer pizza ou comida chinesa no jantar? Ou nachos? Qual o grande problema em assistir a um filme de ação ou a uma comédia romântica? Todos são bons!

Ele tomou outro gole de cerveja, começando a ficar um pouco cansado de se defender.

— E eu gosto de fazer as pessoas felizes. O que há de tão errado com isso?

— Nada. É uma boa qualidade. Assim como ser flexível. Mas realmente não se importa com nada?

Importar? Magoado, ele respondeu:

— Com você. Minha mãe. Meus amigos.

— Certo, sim, eu sei disso. Mas...

— Mas o quê?

***

Capítulo 10

Eu disse a Matt que desejava que ele fosse honesto. E quão honesta eu deveria ser com ele? Eu não queria magoá-lo, mas isso era importante. Engoli em seco e disse baixinho:

— Você é uma pessoa fácil de lidar. Na maior parte das vezes isso é bom, mas é como se nada o tocasse profundamente, entende? Você não se mostra apaixonado pelas coisas.

— Eu não entendo o que você está dizendo — disse ele rigidamente.

— É, quando eu estava com aquelas dores fortes. Você era tão doce, cuidando de mim, e disse que eu deveria consultar um médico. Quando eu disse a você que a minha mãe e minhas irmãs disseram que a cólica era normal na menstruação, você recuou. Até que, por fim, no outono passado, quando eu estava agonizando, você ficou todo cheio de iniciativa e praticamente me arrastou ao médico.

Pobre Matt, ele parecia tão perplexo.

— Er... Você está dizendo que isso foi bom ou ruim? Quer dizer, eu sei bem que um cara não deve empurrar a mulher por aí, mas eu estava realmente preocupado, e tinha razão em estar, porque...

— Matt — levantei a mão. — O que você fez foi bom. Sim, você não tem que ser um valentão, mas foi ativo naquele momento e agiu de acordo. Isso foi forte, decisivo e muito emocionante.

Ainda parecendo confuso, ele disse:

— Você está dizendo que eu deveria ter feito isso anos atrás?

Se tivesse, eu teria sido poupada de anos de dor. Mas eu deveria ter a iniciativa de ir sozinha, em vez de ouvir as mulheres da minha família.

— Estou dizendo... — E suspirei, lembrando-me de quando eu tinha ido ao seu apartamento na quinta-feira para conversar com ele sobre as minhas dúvidas, e esperava que ele lutasse por mim. — Você se importa o suficiente por alguma coisa a ponto de lutar por ela, se for preciso?

— Eu lutaria por você se alguém a ameaçasse — respondeu Matt prontamente.

Sim, ele faria isso. Isso era positivo e significava muito para mim.

— Obrigada. Mas é preciso ser tão drástico? Quero dizer, você... — será que eu teria coragem de perguntar isso? — Você lutaria para conquistar alguém se amasse, mas amasse de verdade?

Ele franziu a testa.

— Você quer dizer lutar com outro cara?

— Não, eu quero dizer... — tomei um gole de Coca-Cola, desejando ter pedido algo alcoólico. Como explicar esse tipo de coisa? Matt era um cara prático, não um romântico, por isso havia alguma esperança de que ele entendesse. Ou será que ele me acharia uma boba?

Nós havíamos concordado que, por enquanto, seríamos apenas amigos, então por que se preocupar com isso?

Porque meu coração não podia desistir completamente de nós dois. E o que estávamos fazendo hoje, sendo honestos, expondo nossas almas, era importante. Eu respirei fundo e, apesar de me sentir frágil e vulnerável, disse:

— Quando eu disse que tinha dúvidas sobre o casamento, você

não começou a gritar ou a chorar ou a discutir. Você não me agarrou nos braços e fez amor comigo de um jeito louco e apaixonado, não disse que eu era a coisa mais importante do mundo para você e implorar para me casar com você.

Ele inclinou a cabeça, parecendo confuso de novo.

— Você queria que eu tentasse fazer você mudar de ideia?

Não era isso! Matt não estava mesmo entendendo. Frustrada, quase gritei:

— Eu queria que você se importasse!

Ele fez uma careta.

— Caramba, Merilee, eu te amei por catorze anos. Você sabe quanto eu me importo — sua voz tinha subido e ele olhou em volta.

Eu também, observando algumas pessoas olhando para nós. Como explicar o que eu quis dizer? Mantendo minha voz baixa, disse:

— Eu sei, mas...

— Olha — ele me interrompeu, impaciente —, você disse que tinha dúvidas, e eu a ouvi. Você precisa decidir com quem deseja estar. O casamento é para a vida toda, e eu não vou tentar persuadir você em algo que não tem certeza. Não com discussões, lágrimas ou sexo.

Eu li a sinceridade em seu rosto. O que ele dizia fazia sentido, mas meus sentimentos eram legítimos também.

— Além disso — disse ele, abrandando a voz —, você me fez perceber que eu tinha algumas dúvidas também, que eu de fato não havia reconhecido por mim mesmo.

Ele tinha dúvidas? Então, de alguma forma eu também o tinha atropelado para um relacionamento, do jeito que tinha feito quanto à carreira? Quer dizer, alguma coisa entre nós tinha sido real? Ferida, eu me esforcei para encontrar palavras.

Ele chegou antes de mim.

— Por mais que isso tenha me destroçado, percebi que você tinha razão. Nós não estávamos prontos para nos casar.

— Destroçou você?

Essa era uma palavra forte. Um sentimento forte, apaixonado. Ele queria mesmo dizer isso? E como eu poderia estar louca da vida com ele porque percebeu que tinha dúvidas quando me senti da mesma maneira?

— Sim, a vida como eu conhecia, o futuro como eu tinha imaginado, tudo isso acabou — disse ele pesadamente.

— Ah, Matt. Sim, é exatamente isso.

— Estou tentando lidar com isso — ele suspirou, parecendo muito mais velho do que um cara de vinte e um anos. — Eu escuto o que você diz e estou fazendo o que posso para entender as coisas.

Passei por cima do prato quase cheio de nachos para tocar sua mão.

— Eu também. É tudo o que podemos fazer.

— É difícil.

— É... Kat me deu alguns conselhos que eu venho tentando seguir. Ela disse que eu deveria fazer muitas coisas, com e sem você, e então pensar em como me sinto e porque me sinto assim. Eu tenho tentado. Você também, certo?

— Sim. Essa é uma boa descrição do que estive fazendo. E, sabe, estive pensando também em coisas grandes: sonhos e valores, interesses e, hã, opiniões e coisas assim.

Ele tinha razão. No fundo tudo se resumia a isso.

— Então, vamos continuar fazendo isso e conversando. E ser honestos. Certo?

Seu rosto se iluminou e ele apertou minha mão.

— Isso!

Olhamos nos olhos um do outro por um longo momento, e eu me perguntei aonde aquilo nos levaria. Como indivíduos, e como casal.

O garçom parou em nossa mesa.

— Vocês não gostaram dos nachos, *amigos?*

— Estão ótimos! — eu me apressei em responder, e Matt fez que sim com a cabeça, concordando.

Depois que o garçom foi embora, Matt soltou minha mão.

— Merilee, essas coisas sobre as quais estamos conversando são importantes. Mas vamos aproveitar o México também. Temos nachos, Sol, uma cidade inteira para explorar. Você não quer... — Ele parou, em seguida, começou novamente. — Eu gostaria de fazer isso com você. O que me diz?

Ele declarou o seu desejo, em vez de me perguntar, e eu gostei disso. E também gostei da ideia de passear por essa cidade estrangeira com ele.

— Parece perfeito.

Com apetites renovados, voltamos para os nachos. Depois, durante as horas seguintes, brincamos de turistas, rindo e tirando fotos um do outro, experimentando roupas e *sombreros* gigantes, perambulando pelas lojas cheias de joias de prata e vagando pelo mercado.

Matt substituiu sua velha e desgastada carteira por uma feita de couro trabalhado. Eu encontrei um pingente de prata com uma pedra da cor exata dos olhos de minha avó. Estava agradável e divertido, da maneira como sempre estivemos juntos. Mas não exatamente a mesma.

Por causa dessa facilidade, eu pensei em nós de um modo diferente. Em mim, e nele, mesmo que tivéssemos dito que éramos apenas amigos. Provei algumas roupas mais chamativas e mais modernas do que meu habitual guarda-roupa de roupas práticas de estudante, e ele observava, encorajando-me a ser ainda mais ousada. Seus olhos azuis mostravam um brilho diferente, o brilho de um homem apreciando uma mulher atraente, e isso fez meu coração acelerar.

Quando os óculos de sol de Matt quebraram, eu o ajudei a escolher novos – imitações de marcas famosas. E disse:

— Uau, esses vão fazer você se parecer com um astro de cinema! — eu realmente achava isso.

Eu sempre tive orgulho de estar com Matt, mas agora ele era o tipo de cara que as meninas se viravam para olhar. Isso me fez querer enganchar possessivamente a mão em seu braço, mas resisti. O que isso queria dizer? E, o mais importante, o que eu queria dizer com isso?

Tudo o que eu sabia, nesta tarde de sol, era que não havia nenhuma outra pessoa com que preferisse estar.

Enfim, carregada de pacotes, deixei-me cair em um banco para tomar fôlego.

Matt virou-se para mim.

— Eu estive pensando.

— Sobre...

— Nós. Nós terminamos, certo?

Meus olhos se arregalaram de surpresa por trás dos óculos de sol. Enquanto eu, por um lado, pensava o quanto gostava de estar com ele, a mente de Matt, por outro, vagava por uma pista totalmente diferente.

— Sim — respondi baixinho, com uma dor no coração.

— Então, podemos namorar.

Aquela dor se apertou como num punho.

— Eu... É, eu acho que sim. Quero dizer...

Eu realmente não queria ver Matt fazendo amizade com outra garota, mas é claro que um dia isso iria acontecer. Só que, por favor, não nesta semana, com Mandy ou Trina ou qualquer uma das mulheres que eu sabia que ficariam felizes de estar com ele.

— E como seria se eu quisesse namorar com você?

— O quê? — disse eu, boquiaberta.

— Nada de suposições, nada de "estamos ou não estamos reatando" ou coisa parecida. Algo novo. O cara com óculos escuros de astro de cinema com a garota atrevida de vestido de verão rosa, aquela que ele conheceu fazendo tirolesa nesta manhã.

— Como assim, conheceu? Quer dizer que você quer que a gente finja que só se conheceu hoje?

— Pode ser divertido.

— É parecido com o que Nav e Kat fizeram no trem. Lembra que eu contei a você?

Algo contraiu os lábios por um momento.

— Ah, sim, talvez você tenha mencionado algo. Então, o que acha?

Na noite passada, ele havia sido o pirata e eu a melindrosa. Agora era o cara que parecia o Bradley Cooper e eu a menina atrevida de vestido rosa. Um arrepio de excitação percorreu meu corpo.

— Eu topo.

Ele tirou os óculos escuros e enganchou-os no colarinho de sua camisa. Olhos azuis dançando, ele disse:

— Então, dama de rosa, você jantaria comigo esta noite?

Tirei meus óculos de sol.

— Seria um prazer.

Por um momento, ficamos apenas olhando um para o outro e faíscas correram entre nós, como se este fosse realmente um primeiro encontro com um cara sexy por quem estava atraída. Essa seria uma noite interessante.

— Para onde vamos? — perguntei. Eu apontei para um restaurante do outro lado da rua, seu brilhante toldo esportivo turquesa e vermelho com um sapo no logotipo. Pela porta aberta escapava uma música animada. — Des disse que o Señor Frog é bem popular.

Matt olhou para ele e balançou a cabeça.

— Não. Esse é o tipo de lugar aonde vou com meus amigos em casa. Aqui é o México. Vamos encontrar um lugar menos turístico e mais mexicano. — Ele estalou os dedos. — Lembra-se de um restaurante nas ruelas, em um pátio do segundo andar? No meio de algumas casas?

— Sim, lembro — eu até comentei sobre as flores maravilhosas. — Era lindo. Mas será que vamos encontrá-lo de novo?

Ele revirou os olhos e eu sorri. Eu ainda estava para ver Matt se perder. Porém, é claro, esse não era o Matt, e sim o cara que conheci hoje de manhã.

No entanto, parecia que ele compartilhava do senso de direção de Matt, porque dez minutos mais tarde estávamos subindo os degraus brancos em direção a um pátio que dava para a cidade e o porto. Vasos de plantas com flores estavam por toda parte, as mesas estavam lindamente arrumadas com toalhas e guardanapos bordados, e as velas dançavam em suportes cerâmicos. Metade das mesas estava ocupada, algumas por estrangeiros e outras pelos mexicanos. As pessoas não estavam vestidas formalmente, mas também não usavam as típicas camisetas de turistas. Eu estava contente por Des ter me emprestado seu vestido, e Matt combinava muito bem com suas roupas novas, o corte de cabelo e os óculos de sol.

A graciosa anfitriã mexicana de meia-idade deve ter gostado de nós, porque nos mostrou uma mesa maravilhosa. Bem ao lado de uma grade de ferro retorcido decorada com buganvílias de um vívido púrpura, a mesa dava para a cidade e para o porto, onde, para além da franja das palmeiras, o Sol descia em um céu rosa-alaranjado. Suspirei de prazer.

— Que maravilhoso. É a nossa primeira noite no México — disse a ela.

O sorriso dela se arregalou.

— Você veio ao lugar certo para apreciá-la, *señorita*. Vamos proporcionar uma maravilhosa refeição para acompanhar o pôr do sol. Agora, aceitam um drinque ou um copo de vinho ou sangria para começar?

— Sangria? — perguntei. — De vinho tinto com frutas picadas?

— Temos vinho tinto ou branco. Um pouco de soda para deixar leve e refrescante. Se você preferir uma versão mais forte, nós adicionamos conhaque.

— Parece ótimo. O tinto para mim, por favor. Sem conhaque.

— Vamos querer uma jarra — disse Matt.

Sabendo que estávamos bancando os turistas, mas não nos importando nem um pouco, tiramos fotos do restaurante e do pôr do sol.

A mulher voltou com uma jarra de vinho e copos combinando, de pesado vidro jateado mexicano com bordas azuis. No interior, fatias de laranja e limão flutuavam no vermelho do vinho e, quando ela nos serviu, cubos de gelo tilintavam.

Com um movimento gracioso da mão, ela acenou para Matt, que segurava a máquina fotográfica.

— Dê-me sua câmera para tirar uma foto de vocês dois.

Ele entregou a câmera. Então, inclinou-se sobre a mesa para perto de mim e sorrimos enquanto ela clicava duas ou três vezes.

Depois, a mulher nos deixou a sós com o cardápio, e levantamos os copos para brindar.

— Por estar aqui esta noite — disse ele. — Estou feliz por ter conhecido você nesta manhã.

Eu sorri. Então, ele realmente tinha a intenção de entrar neste jogo.

— Estou contente também — tomei um gole de sangria. — Hmm, isso é bom.

Ele provou também e concordou. Então abrimos os cardápios.

— Nada de *enchiladas* ou tacos — disse ele. — Não quero as mesmas coisas que como em casa.

— Pois eu gosto dessas coisas — protestei, mas analisei o cardápio com interesse. — Não conheço mais da metade desses pratos, mas parecem intrigantes.

— Vamos pedir à nossa anfitriã para escolher uma refeição para nós — Matt acenou para a mulher. — Senhora, queremos algo tradicionalmente mexicano. O que recomendaria?

Ela sorriu em aprovação.

— Vocês deveriam começar com sopa tortilla, uma sopa de tomate picante com tiras crocantes de tortilla frita na parte superior. Esprema um pouco de limão nela.

Matt olhou para mim e eu assenti.

— Isso parece bom. E depois?

A mulher continuou.

— Mole de frango, acompanhado de molho de chocolate, pimenta e outras especiarias. Eu sei que parece estranho, mas é uma combinação maravilhosa. E também *huachinango*, que vocês chamam de pargo vermelho, fresco, pescado hoje, em molho de tomate e pimentão. Então, para a sobremesa... Bem, talvez *tres leches*, um rico bolo de leite e ovos. Ou *buñuelos*, ou *flan*. Vamos ver quando chegar a hora. *Sí?*

— *Sí* — concordei — para tudo. Parece bom para você, Matt?

— Mal posso esperar. Obrigado — disse ele à mulher.

— Tudo vai estar delicioso. Isso eu posso prometer — disse ela com outro sorriso.

Quando a mulher foi embora, eu disse:

— Foi uma boa ideia pedir sugestões a ela.

— Quando estiver em dúvida, consulte um especialista.

— Alguns caras ficam com seus egos abalados e se recusam a pedir indicações ou conselhos.

Ele deu de ombros.

— Sim, e eu não entendo isso. Ninguém sabe tudo. Qual é o problema em pedir ajuda a outra pessoa?

— É que para uma pessoa sem autoconfiança, isso é um problema, e ela fica agindo de forma ainda mais estúpida — Matt, graças a Deus, não era nada disso. Essa era uma das muitas coisas que sempre amei nele.

Eu tinha o hábito de tocá-lo bastante, pelo menos uma centena de vezes por dia. Agora, meus dedos quase coçavam com o desejo de acariciar seu rosto, conferir a suavidade da sua barba, passear sobre as maçãs do rosto que pareciam mais salientes graças ao novo corte de cabelo.

Uma garçonete muito jovem chegou, tão parecida com a nossa anfitriã mais velha que só podia ser uma parente, e serviu nossa sopa. Estava ótima, picante, mas não tanto, e algumas poucas gotas de limão espremido a deixou ainda melhor. Enquanto comíamos, observamos o Sol desaparecer e conversamos casualmente sobre as coisas que tinhamos feito hoje. Sempre achei muito agradável conversar com Matt, mas provavelmente nunca lhe disse isso.

Então, falei isso ao novo cara em nosso primeiro encontro.

— É bom conversar com você. Algumas das minhas amigas dizem que o máximo que conversam com os namorados são uns resmungos ou esportes. Você escuta, e você fala.

— É provavel que seja porque sou filho único, de mãe solteira. Ela me treinou. — Seus lábios se curvaram em um sorriso irônico. — Assim como minha namorada.

Eu era muito sortuda em ter Matt, de muitas maneiras. Agora, olhando para ele ao pôr do sol, se parecendo com um lindo astro de cinema, tentei lembrar por que ele não tinha sido suficiente para mim.

A garçonete levou nossas tigelas vazias e trouxe os pratos com o peixe e o frango.

— Mamãe me disse que vocês estão dividindo os pratos, não é?

— Sim — respondeu Matt, e pensei em como dividíamos a comida desde a segunda série, quando eu geralmente tinha sanduíche de presunto e queijo e ele, de atum ou de manteiga de amendoim e geleia.

Ela colocou os pratos no meio da mesa, e os vazios à nossa frente. Nós nos servimos, provamos e depois comemos ansiosamente.

— Nada contra enchiladas — Matt disse —, mas este prato é totalmente diferente.

— Eu amo chocolate, mas quem imaginaria que ficava tão bom com frango? — ergui os olhos do meu prato. — Fiz uma aula de culinária italiana no navio e adorei. Fiquei com vontade de comprar um livro com receitas de todo o mundo. Vou procurar este prato.

Ele inclinou a cabeça, parecendo surpreso.

— Você gosta de cozinhar?

— Nunca fiz muito isso. — Como ele sabia muito bem. — Além de biscoitos de chocolate para meu namorado — acrescentei, provocando. — Cozinhar nunca foi o forte da minha casa. Todo mundo vive muito ocupado com outras coisas. Mas eu acho relaxante e criativo, e adoro comer o resultado final.

— Bem, se precisar de uma cobaia, me avise, por favor.

— Eu vou fazer isso.

A gargalhada me fez olhar para cima e ver dois casais grisalhos em animada conversa com a anfitriã enquanto ela os conduzia à mesa. O pátio estava quase cheio agora, e todos eram mais velhos do que nós. Assim que o Sol se pôs, a dança das velas deixou o cenário mais suave e romântico. Este lugar seria perfeito para nossa lua de mel. No fundo eu queria fingir, apenas por hoje, que nada havia mudado entre nós. Eu queria entrelaçar meus dedos nos de Matt, fazendo-o se inclinar sobre a mesa e me dar um beijo.

Mas se nada tivesse mudado, teria sido um confortável beijinho, não um beijo apaixonado e ardente. E agora, olhando o belo homem do outro lado da mesa, eu estava mais inclinada ao último. Essa coisa de primeiro encontro, em especial com um cara tão gostoso, interessante e confiante, estava se transformando em algo muito divertido.

— Estou contente que você tenha escolhido este restaurante — disse eu. — É tão elegante e adulto.

— Não é o tipo de lugar aonde você costuma ir?

Eu ri.

— Não. Vou mais ao *pub* com meus amigos.

Ele inclinou a cabeça e me estudou.

— Como é que pode, você e seu namorado não fazerem isso? Jantar, apenas os dois, em algum lugar legal?

Por que não tínhamos feito isso? Honestamente, isso não tinha me ocorrido, e eu imaginei que a ele também não.

— Orçamento apertado? Estudantes não podem pagar lugares como este.

Ele refletiu, em seguida, balançou a cabeça.

— Não, é uma questão de prioridades. Isso é algo que minha mãe me ensinou, porque sempre vivemos com um orçamento apertado. O dinheiro pode ser limitado, mas você pode escolher a forma de gastá-lo. Se você pode comprar pizza, alugar vídeos, ir ao *pub* com os amigos, colocar gasolina no carro, você pode pagar um jantar assim de vez em quando.

— É, acho que sim — mas nunca fizemos isso.

— Eu e minha namorada costumávamos sair com esse grupo de amigos por anos. E eles são ótimos. Muito divertidos. Mas talvez nós estejamos meio que presos aos tempos de colégio, sabe? Quero dizer, como você pode crescer se nada mudar?

— Você é muito inteligente — estudei Matt um pouco. — Meu namorado e eu nos víamos quase todos os dias durante catorze anos. Ficamos mais velhos, mas não pareceu que crescemos porque foi muito gradual. E como você disse, nada realmente mudou. — Nós levávamos uma rotina confortável e nenhum de nós pensou em sair dela.

Matt fez que sim.

— E quando isso acontece, é um choque. Faz você pensar de maneira diferente. O que pode ser bom.

— É possível.

Esta semana, ele se transformou em um cara mais maduro, mais sofisticado, um cara mais sexy. Será que ele pensava o mesmo sobre mim? Ele tinha me chamado de atrevida. Isso era bom. Ele me convidou, a nova Merilee, para sair.

Nós comemos em silêncio por alguns minutos, e então ele disse:

— Talvez seja um processo. Ou você fica realmente preso em sua maneira de agir e se comportar, ou se mantém, hã, explorando ideias e opções.

— E isso é muito mais interessante. Mas também assustador. Quero dizer, se você ficar mudando, como sabe que alguma coisa vai durar? Que você vai gostar do mesmo trabalho ou amar a mesma pessoa?

— Eu não sei. As pessoas que se casam têm que acreditar que vão continuar apaixonadas.

Nossos olhares se encontraram do outro lado da mesa. Eu tinha tanta certeza de que isso aconteceria conosco. A coisa que eu mais queria na vida era amar e ser amada, e me sentir segura nesse amor. Agora, não tinha ideia se isso algum dia iria acontecer.

Olhamos para o lado e, em silêncio, terminamos nosso jantar. Quando nos acomodamos em nossas cadeiras, Matt disse:

— Está sendo um primeiro encontro meio incomum.

— Eu nem sei como um primeiro encontro deveria ser — refleti. — Nunca estive em um.

Ele riu.

— Nem eu. Então devemos inventar na hora. E neste momento, só estou pensando em como você está bonita e que bela noite tem sido. E que... — ele se esticou através da mesa e pegou a minha mão. — Eu quero fazer isto.

Cruzamos nossos dedos. Eu estava em um país estrangeiro e não tinha ideia do que o futuro me reservava, mas sua mão era quente e forte. Ele sempre tinha mãos maravilhosas, tão habilidosas e firmes. Agora, porém, senti algo mais do que o conforto da familiaridade. Havia também uma tensão sensual que me fez ansiar por aquelas mãos me tocando e me levando para a paixão.

— O que você quer de sobremesa? — perguntou Matt.

Suas mãos, tirando a minha roupa, fazendo-me sentir sexy e desejável, me fazendo gozar do jeito que você fez na outra noite no convés. Quando falei, minha voz saiu um pouco embargada.

— Estou satisfeita, acho que não aguento mais nada. Mas peça para você.

Ele balançou a cabeça.

— Eu tenho outra coisa em mente. Nós temos uma hora antes de voltar para o barco. Que tal um passeio no Malecón, aquele calçadão do lado da praia?

Parecia romântico.

— Eu adoraria andar. Para ver o México de noite.

Pagamos a conta e nos despedimos da garçonete e da anfitriã, que disse:

— Espero que voltem um dia.

— Também espero — respondi.

Quando começamos a descer as escadas do pátio, Matt pegou novamente minha mão. Caminhamos assim pela cidade, uma avalanche de sentimentos entre os dois. Era tão forte, ele tinha que sentir isso também. Mas nenhum de nós disse nada, apenas comentamos sobre as crianças que ainda corriam a esta hora da noite, a música saindo das boates, a vivacidade da cidade nesta agradável noite escura. Era tão estranho e exótico, desde o farfalhar das folhas de palmeiras até a suavidade do ar, passando pelos vendedores de rua oferecendo bijuterias, pequenas pinturas e lanches.

Nós não éramos os únicos que tinham ido passear junto ao Malecón. Era quase um desfile, com diversos turistas e mexicanos de todas as idades. O mar estava sereno e quase não havia vento. Quando Matt colocou o braço em volta de mim e me puxou, fui ansiosamente para perto dele, aninhei-me contra seu corpo e passei meu braço em volta de sua cintura.

Kat tinha dito que era bom passar algum tempo com Matt, mas que eu deveria pensar em como me sentia, e por quê. Agora, algo parecia diferente, apesar de termos andado dessa maneira muitas outras vezes. Sua nova bermuda estava mais baixa na cintura, e sob a camisa eu podia sentir sua pele quente e a flexão dos músculos enquanto ele andava. Seus dedos brincavam com a alça do meu vestido e acariciavam meu ombro, me fazendo lembrar que estava sem sutiã sob o vestido. Meus bicos dos seios se animaram pedindo atenção, menos por causa do ar frio e mais pela proximidade de seus dedos.

Como eu me sentia? Mais consciente dele. Estar com ele parecia especial. Não era como uma rotina cômoda.

Por quê? Era o fato de estar no México? Jantar fora como adultos de verdade? As roupas novas? A maneira que tanto nos divertimos na tirolesa? Ou a percepção de que outras meninas, bonitas e animadas como Mandy, o achavam atraente? A lembrança da forma ousada como nos comportamos no convés do Diamond Star? O jeito como conversamos, cada um partilhando mais sobre seus pensamentos e sentimentos como nunca tínhamos feito antes? O jogo do primeiro encontro que talvez ainda estivesse rolando?

O que isso tudo significava para mim como um indivíduo e para nós, como um casal, ou como não mais um casal?

Vagamos debaixo de altas e espaçadas palmeiras, e depois paramos na frente da enorme estátua de um cavalo-marinho com uma criança montada.

— Na verdade, os cavalos-marinhos são muito pequenos — disse eu. — Mas que ótima maneira de despertar a imaginação de uma criança. Vou me lembrar disso quando estiver dando aula.

— E eu vou me lembrar disso.

Devagar, mas com firmeza, ele me puxou de frente para ele, em seguida segurou meu rosto com as duas mãos e me beijou.

Não foi o beijo ardente da noite anterior, alimentado pela dança sexy. Em vez disso, foi lento, quase sensual, lembrando o sabor do chocolate meio picante. Preguiçoso, mas implacável no modo como ele acariciou minha língua com a sua, superando objeções que eu talvez devesse ter, e fazendo-me responder. Um beijo mexicano, diferente de qualquer um que já tínhamos dado. Ou quem sabe eu o tivesse beijado tantas vezes antes que havia me esquecido de prestar atenção.

Naquela noite, ele não me deixou esquecer. Mordeu meu lábio inferior, me fazendo soluçar de surpresa. Devia ter doído, e doeu mesmo, mas fez formigar diretamente o meu sexo. Ainda segurando meu rosto como se para garantir que eu não escapasse, ele se aproximou, de modo que nossos corpos se esfregassem. Contra a minha barriga, senti que ele endurecia. Um gemido de desejo me escapou.

Chocada comigo mesma, coloquei minhas mãos em seus ombros e o empurrei.

— Não. O que você está pensando? Há pessoas aqui perto.

Com uma expressão enigmática, ele disse:

— Essa boa menina...

Aquilo não soou exatamente como um elogio, mas eu não podia acreditar que Matt realmente queria dar um amasso em público. Nós sempre andamos de mãos dadas, talvez trocando um beijinho, mas sempre concordamos que ficar empolgados com demonstrações públicas de afeto era brega demais.

Ele pegou minha mão novamente e me puxou para caminhar ao lado dele. Meus mamilos, dolorosamente duros, esfregavam contra o tecido do meu vestido. Eu lancei um olhar furtivo para baixo e vi que sua camisa, para fora da calça, escondia sua ereção. Estávamos decentes. Mais ou menos. Fiquei feliz que a luz difusa no Malecón, vindo da Lua e das dispersas lâmpadas da rua, não fosse brilhante.

— Merilee — perguntou ele —, você gosta de sexo?

***

Capítulo 11

— O quê? — parei de repente, puxei minha mão da dele e o encarei. — Que tipo de pergunta é essa?

— Uma pergunta honesta. Porque eu não sei ao certo.

— Claro que gosto! — Olhei em volta, esperando que ninguém estivesse ao alcance da minha voz, e baixei o tom. — Como você pode perguntar isso? Fomos namorados por anos. Você sabe que eu gosto de dormir com você.

— Eu sei que você gosta de dormir comigo — Matt repetiu minhas palavras. — Aninhando-se com a cabeça no meu ombro e meu braço ao seu redor, ou deitada de lado comigo fazendo conchinha por trás. Caindo no sono juntos. Acordando juntos e nos preparando para um novo dia. Mas eu não sei sobre o sexo. Você é assim... tão calma.

Minhas sobrancelhas voaram para cima.

— Calma? Você quer o quê, uma garota que fique gritando? Matt, metade do tempo a gente está na minha casa com meus pais no andar de cima.

— E metade do tempo você está no meu apartamento onde ninguém pode nos ouvir.

Eu balancei minha cabeça em descrença.

— Você não está falando a sério, que quer que eu grite como uma, uma...

— Uma mulher que está tendo um orgasmo que faz a Terra tremer?

Minha boca se abriu e o calor subiu pelas minhas bochechas. Eu estava contente que a escuridão pudesse esconder meu rosto corado. Eu me virei e me afastei de Matt começando a andar novamente. Debaixo de minha respiração, pedi:

— Eu tenho orgasmos. É possível não falar sobre isso aqui na rua?

— Onde, então? De volta na cabine? Com as camas separadas?

Ou não. Eu não era tão desinibida como minhas irmãs, que durante a semana passada haviam discutido os lugares onde tinham feito sexo e as técnicas de seus namorados. Ainda assim, essas sessões de papo de meninas foram uma das coisas que me fizeram perceber que algo faltava para mim, com Matt. Ou talvez fosse apenas algo que faltasse *em mim*.

Para ser justa com nós dois, eu precisava ter a coragem de discutir isto.

Estávamos passando por uma estátua de um homem e uma mulher sentados lado a lado, uma sensação de intimidade entre eles.

— Vamos sentar — sugeri.

Encontramos um banco de frente para o mar, com as costas para a cidade e as pessoas passeando pelo calçadão. De propósito, eu me sentei alguns centímetros longe. Não toquei Matt nem olhei para ele quando disse em voz baixa:

— Eu gosto de transar com você. Mas, para ser honesta, eu não tenho certeza de que sou uma mulher muito sexy.

Depois de um momento, ele disse:

— Quando éramos adolescentes, você tinha muita vergonha do sexo. E respeitei isso. — Eu o ouvi engolir. — Tentei não pressionar você. Levar as coisas em um ritmo que fosse confortável, mas... Você está dizendo que nunca foi realmente bom para você? — A mágoa afiou sua voz.

— Bom? Sim, é claro que foi. Mas .. Matt, na boa. Tem sido ótimo para você? Tem agitado seu mundo? — Como nos filmes românticos que eu amava? — Tem sido tão maravilhoso que isso o satisfaz por completo? A ponto de você nunca olhar para outra garota e, você entende... Desejar essa menina e imaginar como seria transar com ela?

— Claro que olho para outras garotas e me sinto atraído por elas. Até pensei sobre isso. Lógico, isso é da natureza de um cara. É biologia básica. Mas eu nunca fiz nada baseado nisso. Não quero que o sexo seja biologia básica. Para mim, fazer sexo se trata de amor e respeito — ele engoliu em seco novamente. — Você já se imaginou com outros caras?

— Hmm, não de fato. Eu já me senti atraída por outros homens, mas eles eram todos atores. E lembra-se de nosso professor de Psicologia, o doutor Mackie? Uau...

— Doutor Mackie — Matt parecia ofendido. — Você está brincando.

Acenei uma mão.

— Besteira. Muitas garotas tinham uma queda por ele. Ele tinha cabelos longos, ondulados e pretos, guardava uma roupa de mergulho e prancha de surfe em seu escritório. Suas aulas eram muito interessantes e ele era muito animado, dava para ver que amava o que estava fazendo.

— Ele era um bom professor — disse Matt, e seu tom relutante me fez sorrir.

— Ele era, e se você desse aulas no colégio, ia ter um monte de meninas apaixonadas a seus pés — soltei uma risadinha rápida. — O que definitivamente *não é* uma razão para fazer isso.

Ele estalou os dedos.

— Droga. Isso estava me parecendo um ótimo motivo!

Ficamos em silêncio por um minuto, então ele disse:

— Você está dizendo que ficou atraída por homens como ele, mas que nunca se imaginou fazendo sexo com eles?

— Na verdade, não havia nenhuma ligação emocional. Você disse que para você o sexo não é biologia básica. Para mim, é a mesma coisa. Eu preciso conhecer alguém para me sentir atraída intimamente. Provavelmente, amar essa pessoa. Eu nem sei, Matt. Nunca quis ir para a cama com mais ninguém — olhei ao longe, para o mar escuro e para o céu noturno salpicado de estrelas, e suspirei. — Sei lá, talvez eu seja mesmo alguém... Careta, sem muita libido... Só que... — e pensei um pouco —... Theresa disse que era assim depois que se separou do seu ex-marido. Ela percebeu que não tinha desejo sexual. Em seguida, conheceu Damien.

Matt inspirou profundamente e depois soltou o ar.

— Que merda, Merilee. Comigo você não tem desejo sexual? É isso que você está dizendo? — Ele se virou para mim, a expressão amarga e ferida à luz do luar. — Que existe alguém, em algum lugar, que vai... despertar o seu desejo sexual? Que merda, mas talvez eu seja um fiasco como amante, mesmo.

— Isso não é verdade. Você é atencioso e gentil — e eu provavelmente devia ser louca por desejar que às vezes ele não fosse tão gentil. — E não, não é que eu não tenha nenhum desejo sexual. É que às vezes é tudo muito previsível. Como nas noites de sexta, nós assistimos a um filme e ficamos juntos, de repente bebemos uma taça de vinho, fazemos um pouco de carinho, e sim eu quero fazer amor com você. Mas é, sei lá, tipo confortável e relaxado, e não uma necessidade vital — com minha voz pouco acima de um sussurro, eu continuei. — Ontem à noite, quando nós estávamos nos beijando, aquilo sim foi um tesão. E a dança era sexy. Excitante.

— Isso mesmo, você estava se divertindo — ele me estudou, me avaliou. — Quer dizer que o pirata excita você?

Desde a minha primeira visão dele, e então quando nós dançávamos, era de fato inacreditável.

— Ah, sim.

— Antes de saber que era eu?

Opa. Ele me fez lembrar de minha mãe, quando entrava em seu modo de interrogatório.

— Hã, sim, acho que sim.

— E o Zorro?

Eu balancei minha cabeça.

— Não, foi diferente. Ele era atraente e foi divertido dançar com ele, o cara até começou a flertar comigo, mas não, entende? Não senti nada. Não estava excitada.

— Por que com o pirata, então?

— Eu não sei. — Mais uma vez, pensei naqueles momentos. — Ele tinha uma presença. Era emocionante, misterioso, sensual.

— Você ficou decepcionada quando descobriu que era eu? Será que você preferia ficar com outra pessoa?

Argh, ele era implacável.

— Merilee, combinamos de ser honestos.

— Tudo bem, eu pensei nisso. Brevemente. Minha vida inteira só estive com você. Estava curiosa. Mas sabia que não estava pronta para ficar com outra pessoa. — Eu queria tocar a mão dele, mas não tinha certeza se deveria. — Ficou bravo?

— Como? Se estou bravo por saber que você estava excitada comigo quando não sabia que era eu? — Ele deu uma risada áspera. — Merda, acho que estou com ciúme de mim mesmo. Olha a confusão!

— Tudo é tão confuso.

Ele inclinou a cabeça para trás, talvez olhando para as estrelas, talvez pensando. Quando se endireitou, Matt disse:

— Nós só ficamos um com o outro. Aprendemos sobre sexo juntos. É sempre bom, mas não exatamente, hã, ousado...

— Não — certamente não tínhamos feito aquelas coisas que minhas irmãs comentaram. Posições do Kama Sutra? Sexo em praia pública? Será que eu ia querer fazer essas coisas? Ou ele ia querer? — Você quer ser mais ousado? — perguntei hesitante.

Ele esfregou a mão no queixo.

— Bem, confesso que isso passou pela minha cabeça. Mas estava com medo de sugerir algo parecido e você pensar que eu era um pervertido. Você é tão doce e saudável. Eu não quero insultar você, pedir para agir como uma... Para fazer algo que é...

Ah, meu Deus, o que ele tinha pensado? Amarrar-me e me espancar novamente? Era esse o tipo de sexo que ele realmente desejava? E se assim fosse... Sim, aquilo tinha me deixado excitada de um modo estranho, surpreendente, mas era isso o que eu queria?

— Como o quê? — perguntei com cautela.

— Sexo no chuveiro?

Como Jenna e seu namorado, quando ele trouxe o carro para ela.

— Você acha que *isso* é pervertido? — Para mim, parecia divertido.

— Não, mas nós nunca fizemos isso.

— Seu box é muito pequeno e você sabe que eu sou muito cuidadosa com o que fazemos na casa dos meus pais. Foi estranho o suficiente ter que perguntar para eles se você poderia passar a noite. Não quero que eles ouçam... coisas do tipo no chuveiro e fiquem se perguntando o que está acontecendo.

— Já ficamos na sua casa um monte de vezes quando os dois estavam fora, trabalhando. Você não precisa fazer sexo apenas à noite. Lembra-se?

Quando começamos a brincar disso, fizemos isso em casa, depois da escola. Mas quando completamos dezoito anos e nos formamos no ensino médio, decidimos assumir diante de nossos pais. Então ele passou a ficar em casa e, assim que seu apartamento-garagem ficou pronto, passei a dormir lá de vez em quando. Talvez parecesse coisa de adulto fazer sexo à noite, na cama. Depois, isso se tornou nossa rotina. Mas ele nunca sugeriu fazer qualquer outra coisa.

— Matt, se você queria fazer amor durante o dia, no chuveiro, por que não me contou?

— Eu não sabia se você ia gostar.

Eu dei um suspiro frustrado.

— Isto é o que eu quero dizer sobre você não assumir as coisas. Você poderia pelo menos ter perguntado.

Ele fez uma careta.

— Tudo bem, enquanto estamos no assunto, eu gostaria de fazer sexo em outros lugares, como talvez lá fora, no meio da noite, ou no balcão da cozinha.

No balcão da cozinha? Onde as pessoas preparam a comida? Então lembrei que até a travada da Theresa tinha feito isso em um banheiro de avião e se vangloriado depois.

— O que mais? — perguntei, querendo saber como era possível eu pensar que Matt estava feliz com aquela chata da antiga Merilee.

— Eu, bem... Todo cara gosta quando sua namorada, er... Faz um boquete nele, mas nas primeiras vezes que tentou você não gostou, então... — Ele encolheu os ombros.

Eu gostava do pênis dele. Era quente e macio, firme e bem moldado. Sim, eu meio que fiquei bloqueada quando fiz um boquete nele, mas estava envergonhada, constrangida. E quando ele gemeu e explodiu na minha boca, pegando-me de surpresa, quase engasguei. Mas eu poderia tentar novamente.

— E fazer em posições diferentes seria divertido — disse ele. — Por exemplo, cachorrinho.

Eu pensei sobre isso também.

— Você deveria ter falado.

— Eu sei que nem todas as meninas gostam desse tipo de coisa, e você é tão doce e reservada. No bom sentido — Matt rapidamente acrescentou. — Não é como aquelas meninas que pegam todo mundo na balada. Não usa drogas. Sempre fica contente quando a escolhem para dirigir. Eu gosto muito de todas essas coisas. Então, não queria sugerir algo bruto.

E eu nunca quis sugerir algo bizarro, porque sempre quis que ele me respeitasse e amasse, e não pensasse em mim como uma dessas garotas depravadas.

— Sou uma boa menina à moda antiga — repliquei, descontente com ele e comigo. — Totalmente entediante.

— Eu não quis dizer isso.

— Mas é verdade — admiti. — Lembra que eu ganhei algumas coisas estranhas na despedida de solteira?

— Bolas vaginais — disse ele prontamente. Ah, sim, ele se lembrava. Eu estava aprendendo muito sobre Matt nesta noite.

— Sim, e calcinhas fio dental com estampa de leopardo, óleo de massagem comestível, um vibrador...

— O quê? Você está brincando.

— Tudo isso me deixou envergonhada. Kat me deu uma camisola linda de seda preta, com rendas, nem era vulgar, mas muito sensual, e mesmo assim morri de vergonha.

Eu quase nunca usava tanga também, porque a bunda toda pelada me deixava constrangida.

Ele se aproximou, então seu ombro tocou o meu.

— Chato isso de ficar desconfortável em sua própria despedida de solteira. Mas, Merilee, você pode ser a garota que quiser. Se essas coisas incomodam você, jogue fora. Se você preferir usar calcinhas de algodão em vez das tangas de leopardo, não há nada de errado.

— Mas não é muito emocionante. Talvez esse tenha sido o nosso problema, Matt. Eu não sou uma garota excitante.

Ele não se apressou a negar. Depois de um momento, ele descansou sua mão na minha perna abaixo da barra do meu vestido curto. Fazendo pequenos círculos com os dedos, ele disse:

— Você estava excitante naquele vestido de melindrosa quando dançamos e nos beijamos. Parecia que tinha assumido o papel.

E era verdade. Eu também precisava assumir que gostava de seus dedos esfregando a minha pele nua, e me lembrei de como me sentia sensual antes de começarmos essa conversa sobre as minhas imperfeições.

— Talvez fosse a fantasia. E num primeiro momento não saber que o pirata era você. E ainda que não era você avaliando a Merilee por agir de maneira um pouco selvagem. Eram dois desconhecidos, de modo que eu podia fazer o que quisesse.

— Você pode fazer o que quiser comigo. Especialmente se for excitante. Você acha que vou reclamar?

— Mas, pense bem, se eu tivesse... Sei lá, aparecido em sua casa com um fio dental de oncinha e pedisse que me pegasse por trás, sua opinião sobre mim teria mudado.

Eu queria, mais do que qualquer coisa no mundo, que ele me amasse. Eu nunca teria feito nada para prejudicar esse amor e acreditava que, a fim de mantê-lo, eu deveria ser a menina doce pela qual Matt havia se apaixonado.

Sua mão parou de repente na minha perna.

— Merda — rosnou Matt. — Você acaba de me dar um tesão instantâneo dizendo isso.

— Sério?

— Pode crer.

— Uau. Adorei. Mas eu não quero que você me ache uma puta, quero que você me respeite.

Ele gemeu.

— Eu respeitei você durante catorze anos. Você acha mesmo que eu ia perder esse respeito se você enlouquecesse na cama?

Fiz que sim com a cabeça.

— Sim, talvez. Seja honesto, Matt. Naquele dia, aquele que nós dois prometemos esquecer para sempre, quando você... hã... me bateu... — só de lembrar, fiquei em brasas.

Ele gemeu de novo.

— Eu nunca, nunca quis magoar você. Quando ouvi você gritar, fiquei envergonhado demais.

Era por isso que ele parecia tão chocado? Embora tenha sido constrangedor, tive que confessar.

— Você não me machucou — sussurrei. — Bem, sim, um pouco, mas quando gritei, não era apenas de dor. Eu estava e-excitada...

Seu queixo caiu.

— Você estava mesmo?

Cruzei meus braços em meu peito.

— Viu, você está chocado. A doce Merilee não deve ficar excitada por ser espancada. Se eu lhe contasse na hora, sua opinião sobre mim teria mudado.

Lentamente, ele disse:

— Sim, poderia ter mudado. Você está certa. Isso não combina com a imagem que sempre tive de você.

— Eu sei.

Seus dedos começaram a fazer os círculos lentos e sensuais na parte interior da minha coxa novamente, fazendo formigar minha perna e meu sexo.

— Mas agora nós não somos as mesmas pessoas — disse Matt. — Não somos mais os M&M que estavam noivos. Nós podemos nos ver de forma diferente.

— Você está certo. Isso é o que estamos fazendo hoje, não é?

— E ontem à noite, com aquelas roupas.

Ele me olhou com firmeza, os olhos escuros na luz difusa.

— Então, vamos tentar ver um ao outro de maneira diferente no sexo. Vamos abandonar alguns dos impedimentos e começar de novo. Hoje, conheci uma garota chamada Merilee e pedi que saísse comigo. Ela é bonita e sexy e ela me excita.

Eu o excitava? Gostei disso. E também gostei que ele estivesse sugerindo que nós dois voltássemos ao joguinho.

— Eu acho o mesmo — retruquei. — Esse cara que conheci hoje é um tesão.

Ele se inclinou para mim e encontrei seus lábios com ansiedade. O beijo foi profundo e forte, rápido, até que finalmente nos afastamos, ofegantes, para respirar.

Ele agarrou minha mão e puxou-a para ele, em seguida, parou, segurando-a no ar.

— Eu quero colocar a sua mão no meu pau.

Em público? Respirei fundo. As pessoas passeavam atrás de nós, mas estávamos de costas para eles.

— Eu gostaria de pegar no seu... pau.

Provavelmente nunca dissera essa palavra antes. Em geral, eu evitava usar qualquer termo para o seu pênis. *Pau* era uma palavra tão crua, tão excitante. E gostei de pronunciar isso. De maneira deliberada, puxei nossas mãos unidas para baixo, para que a palma da minha mão e os dedos se curvassem em torno da protuberância em sua bermuda.

Ele empurrou. Quando firmei minha mão e o acariciei, ele gemeu.

— Que delícia.

— Também acho. — Meus mamilos estavam duros novamente e meu sexo pulsava com uma dor deliciosa. Ser um pouco ousada era excitante. — Eu queria... — engoli, forçando-me ainda mais a sair de minha zona de conforto. — Eu queria fazer um boquete em você aqui, agora.

Ele empurrou novamente.

— Caramba, não diga isso. Você vai me fazer gozar.

— Só com as palavras?

— Não, de imaginar. Você se inclinando sobre mim, seus lábios se fechando em volta dele... Não, não posso nem pensar nisso ou vou explodir.

Ele pegou minha mão e puxou-a para longe, respirando com dificuldade.

A sensação de poder sexual que me inundou era nova. Ser atrevida foi bem divertido.

— Eu tenho uma cabine no Diamond Star — disse, continuando a fingir que acabara de conhecer Matt. — Vamos abrir a janela para deixar entrar o ar da noite e você pode sentar-se na borda da cama. Eu vou me ajoelhar na sua frente, abrir o zíper de sua bermuda e...

Ele ficou de pé, pegou minha mão e me puxou para cima.

— Ah, sim. Vamos.

Felizmente, havia muitos táxis na rua, e um nos levou com rapidez de volta para o terminal de cruzeiros. Não éramos os únicos que chegavam no último minuto. Os passageiros riam e gritavam para os outros, alguns tentavam se equilibrar, dando na cara que tinham exagerado na tequila. Corremos para eles. Meu coração disparou de emoção, com os nervos à flor da pele, e eu tive problemas para recuperar o fôlego. Tentei me manter no jogo, representando meu papel, para afastar todas as dúvidas sobre minha sexualidade. Eu tinha prometido um boquete para ele, e era isso que eu ia dar.

Matt me puxou rapidamente pelo corredor estreito que conduzia ao nosso quarto, segurando a minha mão com força. Lá dentro, ele largou as sacolas de compra, atirou as minhas de lado e me apoiou contra a porta. Prendendo-me pelos ombros, ele me beijou.

Ele pegou a minha boca de uma maneira faminta, sem elegância, como se não conseguisse soltar. Matt, e ainda assim não era Matt, o mesmo de quando fingiu ser o pirata. Sua língua mergulhou entre os meus lábios, fazendo-me suspirar e, enquanto empurrava para dentro e para fora, um calor sexual me inundou.

Eu gemia, beijando-o de volta, jogando meus braços ao redor dele. Fiquei na ponta dos pés, pressionando meu corpo contra o dele e balançando os quadris de modo que sua ereção se afundasse contra o desejo que me queimava entre as minhas pernas. Normalmente, eu demorava a despertar, mas as preliminares hoje eram a última coisa que estava em minha mente. A urgência de seu beijo, o jeito brusco como ele se empurrou contra mim, me disseram que ele sentia o mesmo.

Eu quase nunca tomava a iniciativa para transar. Mas hoje eu era a nova Merilee, então desci as mãos para abrir sua bermuda. Enquanto fazia isso, Matt deslizou o zíper do vestido pelas minhas costas. No mesmo instante em que libertei seu pau e colocava minhas mãos ao redor dele, meu vestido foi escorregando dos meus ombros, até ficar preso entre nós.

Ele afastou-se, tirando a roupa apressadamente. Eu me soltei do vestido e joguei-o sobre uma cadeira, em seguida virei-me, usando apenas uma pequena calcinha rosa.

Ele estava nu, completamente excitado, cada músculo de seu corpo bem tenso.

— Tira — disse ele, enganchando uma mão no lado da minha calcinha e puxando-a para baixo de meus quadris.

Eu mal tinha feito isso quando ele me pegou em seus braços, me levantando com facilidade. Matt me levou em alguns passos curtos para a cama e, em vez de me deitar suavemente, quase me jogou nela. Então ele subiu sobre mim, seu peito esmagando meus seios, as pernas abrindo as minhas, sua ereção pressionando-se com vigor contra a minha pélvis. Se ele, de verdade, fosse um estranho, eu me sentiria intimidada. Mas por baixo daquela dramatização sabia que era Matt e ele nunca me machucaria. Sua atitude incomum, lembrando-me do pirata, era um tesão.

Meu sexo inchou e ficou umedecido, pronto para ele quando estendeu a mão para separar meus grandes lábios.

Um momento depois, ele mergulhou muito duro e rápido, me enchendo, me espantando, mas de uma forma gostosa.

Quando ofeguei, ele fez uma pausa.

— Você está bem?

— Hmm-hm — Eu nunca fui de gemer durante o sexo. Nem Matt.

Ele me surpreendeu mais uma vez, dizendo:

— Enrole suas pernas em volta de mim — enquanto envolvia os braços sob meu corpo.

— O quê? — Automaticamente, eu fiz como ele disse.

De alguma forma, ele manobrou nossos corpos naquela pequena cama e segundos depois estava embaixo, comigo montada nele.

— Monte em mim — rugiu Matt.

Não tínhamos nem acendido as luzes, nem puxado as cortinas. A luz do terminal de navios se infiltrava e eu podia ver o rubor em suas bochechas, o brilho de seus olhos azuis.

— Eu...

Eu sempre gostei de ficar por baixo, era mais seguro lá. Não me sentia constrangida nem precisava decidir o que fazer em seguida. Podia deixar tudo para ele. Agora, ele vinha mudando as coisas, exigindo que eu deixasse de ser a boa menina tímida e me tornasse a nova Merilee.

Suas grandes mãos pegaram meus quadris, segurando com firmeza.

— Você é linda, Merilee.

Notei sinceridade em sua voz e vi isso em seu rosto. O que me deu coragem. Timidamente, comecei a montar sobre seu membro, levantando-me um pouco, então voltando a descer. Quando encontrei meu equilíbrio, defini um ritmo lento que enviava tremores de excitação através de mim.

Existia uma vantagem nesta posição. Eu podia vê-lo. Não apenas o rosto, mas seu torso firme e musculoso, os esparsos cachos dourados e escuros em seu peito, o brilho de suor em sua pele. Ele era um cara muito espetacular e excitante. O olhar cheio de desejo que me enviou dizia que eu era assim também.

Corri a mão pelo meu novo cabelo, meu cabelo atrevido, e arqueei as costas para empinar meus seios. Meu corpo formigava por dentro por causa da deliciosa pressão, molhado, quente e escorregadio.

Meus mamilos estavam apertados e doloridos. Ousadamente, desci a mão pelo meu pescoço, pelo meu peito, e meu seio. Quando peguei meu mamilo entre o polegar e o dedo, ele gemeu e empurrou seus quadris.

Eu estava controlando o ritmo, mas agora ele assumira, os quadris bombeando duro e rápido. Uma mão ainda segurava meu quadril, mas a outra chegou onde nossos corpos se uniam e seu polegar roçou meu clitóris, fazendo-me suspirar de prazer.

Ele esfregou com suavidade, o movimento intensificando cada toque de tesão que percorria meu corpo.

A pressão se acumulava dentro de mim enquanto o orgasmo chegava, alimentado por tantas sensações. Seu pau dava impulsos dentro de minha vagina, o polegar girando e pressionando incansavelmente, sua respiração raspava e seu peito arfava. O mamilo que eu apertava vibrava na fronteira do prazer e da dor. Um cheiro maduro e primitivo preenchia o ar e minhas coxas estavam úmidas com meus fluidos.

Sexo confuso, sexo vigoroso. Não era o sexo de uma boa menina.

Tudo veio junto, e eu gritei quando um incrível clímax me atravessou. Momentos depois, meu corpo balançava novamente quando ele empurrou firme dentro de mim, em seu próprio orgasmo.

Por longos minutos, nenhum de nós falou, os corpos arfando enquanto ambos recuperavam o ritmo da respiração.

Com os músculos relaxando, deslizei para deitar em cima dele.

— Uau — arfei.

— Ah, que delícia foi isso.

O que isso significava, no entanto? Nós tínhamos terminado e estávamos fingindo ser pessoas desconhecidas, mas fizemos, muito possivelmente, o melhor sexo de toda a nossa relação. O melhor *sexo*. Não tinha nada a ver com fazer amor delicadamente. Senti falta daquela ligação profunda, emocional que sempre tínhamos compartilhado. Mas como poderia haver isso se nenhum de nós sabia para onde nosso relacionamento estava indo?

Por catorze anos, minha vida tinha girado toda sobre a certeza e, agora, era apenas confusão.

Precisando de alguns minutos de privacidade, descolei meu corpo suado do dele e fui para o banheiro. Olhando para fora da janela, eu disse:

— O navio já partiu — de manhã, estaremos em Mazatlan.

No banheiro, joguei água fria no rosto. O cruzeiro já tinha feito metade do roteiro. Matt e eu tínhamos percorrido um longo caminho, mas não o suficiente para decidir qualquer coisa. Deveríamos conversar? Sentindo-me indecisa, abri a porta do banheiro.

Ele não percebeu. Ele havia empurrado as camas para que ficassem juntas, sem me perguntar se eu concordava ou não. Gostei de sua nova determinação. Enquanto eu observava, ele alisou um dos lençóis maiores para cobrir as duas camas de solteiro, e depois fez a mesma coisa com a colcha. Ele se movia com facilidade, sem se importar com sua nudez, em forma e lindo. Como eu podia ter valorizado tão pouco esse homem, esse corpo? Agora, só de vê-lo assim, a minha respiração acelerou e meu sexo começou a pulsar.

Inspirei profundamente. Não, este não era o momento para mais conversas, ou para se preocupar com o que isso significava. Eu seguiria a filosofia da minha irmã Jenna, e iria com o fluxo. Ela havia mencionado aquela coisa de portas abertas, então abri a porta do banheiro completamente e perguntei:

— Chuveiro, alguém?

Ele olhou para cima com um sorriso satisfeito.

— Não é possível resistir a essa oferta.

Quando ele se juntou a mim, fui para trás da cortina do chuveiro para abrir a torneira e fazer a água correr. Voltando ao meu papel, disse a Matt:

— Eu espero que esteja lisonjeado. Você é o primeiro cara que convido para tomar banho comigo.

— Muito lisonjeado. E você é a minha primeira, também. Exceto em fantasias.

Ajustando a temperatura da água, olhei por cima do meu ombro.

— Fantasias? Tipo qual?

— Bem, uma menina – e por acaso ela se parece muito com você – está debaixo do chuveiro sozinha. A água caindo e ela de frente para as torneiras.

Ele tinha fantasias sexuais comigo. Excitada e um pouco nervosa, deslizei por trás da cortina do chuveiro e me coloquei debaixo da água. A água escorria pelo meu cabelo, para baixo sobre meus seios, estimulando meus mamilos sensíveis. Descia pela minha barriga, e fazia uma carícia sensual entre as minhas pernas, enxaguando a maciez.

Fechei os olhos e ergui o rosto para o jato de água, e ouvi a cortina deslizar ao longo do trilho.

— Você não sabe que estou aqui até que eu a toque — disse ele. Suas mãos desceram pelos meus ombros, me fazendo pular. — Então, você fica assustada.

— Ou morrendo de medo — respondi, nervosa de novo —, se você quiser manter o realismo. — Eu não estava pronta para ser amarrada ou espancada, e precisaria de muito mais álcool para superar essas inibições.

— A fantasia, lembrou? Então você se vira e vê que sou eu.

Já tranquilizada, eu me virei para ele e fingi surpresa.

— Matt, é você. Que bom que está aqui.

Era difícil de imaginar uma garota que não ficasse encantada de ter este jovem gostoso com ela no chuveiro.

Ele se aproximou até que o jato de água, que caía sobre meus ombros, também espirrasse em seu peito e nos ombros. Então, ele passou os braços em torno de mim e pousou as duas mãos em concha nas minhas nádegas, inclinou a cabeça e me beijou, demorando-se nisso. O beijo de Matt era tão vaporoso quanto o ar quente e úmido que se enrolava ao redor de nós; uma brasa lenta então começou a queimar através de meu corpo, acumulando-se.

As mãos dele deslizaram para cima e para baixo das minhas costas possessivamente, debaixo do jato forte e quente de água. Ele acariciava, massageava, possuindo o meu corpo e enviando profundas sensações em mim a cada toque. A excitação formigava e pulsava através de mim, apertando os meus mamilos e fazendo meu sexo inchar.

Ele tinha me beijado tantas vezes antes. Por que, agora, seus beijos pareciam diferentes? Seria apenas por causa dos papéis que estávamos representando?

Eu saquei a resposta. Antes, ele me tratava como a menina com quem tinha crescido. Agora, Matt estava me tratando como uma mulher. E eu estava respondendo como uma, com uma sensualidade que nunca soube que existia em mim. Durante os últimos dias, deixamos de ser crianças e nos tornamos um homem e uma mulher, e o jogo daquela noite nos permitiu expressar isso.

Seu pau duro se pressionou contra o meu ventre e eu me contorci com sensualidade contra ele, desejando mais. Desejando que ele entrasse em mim. Mas ainda não. A inspiração chegou. Qualquer que fosse sua fantasia, talvez eu pudesse cumpri-la. Afastei minha boca da dele, depois coloquei minhas mãos em seus ombros e mudei nossas posições, de modo que agora ele estava de costas para o jato de água.

— Feche os olhos — ordenei, e ele obedeceu.

Peguei o sabonete, escolhendo o dele, de madeira de sândalo, em vez do herbal que era oferecido pelo navio.

— É um banho de chuveiro, e quem toma banho de chuveiro precisa ficar limpo.

Ensaboei as mãos, liberando aquele perfume picante e exótico no ar úmido, em seguida peguei seu membro entre as palmas das minhas mãos.

Ele sugou o ar em um suspiro assustado, e abriu os olhos.

— Ah, isso. Ótimo.

Deslizei as mãos escorregadias para cima e para baixo, entrelaçando-as ao redor do pau, provocando cada centímetro dele, circulando os dedos em torno da coroa sedosa. Senti-lo desse jeito em minhas mãos fez minha vagina tremer, querendo que sua dureza penetrasse nela.

Ele se preparou apoiando uma mão contra a parede do chuveiro, e nós dois olhamos para baixo, observando enquanto eu ensaboava com a espuma, bombeava, acariciava.

— Cacete, isso é bom, Merilee.

Firmei meu aperto, achando que a qualquer momento ele me faria parar. O velho Matt sempre fazia isso quando chegava perto de gozar. Dizia que seria egoísta ir ao clímax sozinho. Quando ele engasgou, dizendo: "Beleza, agora você tem de parar", eu obedeci.

Mas apenas para me agachar no chão duro do banheiro. Era hora de cumprir a minha promessa. Capturei aquele pau de novo, tirei o sabão, lavando-o, então fechei meus lábios sobre a cabeça e enfiei em minha boca todo o comprimento dele que eu podia.

Os dedos de Matt se entrelaçavam em meus cabelos. Ofegante, ele disse:

— Você não precisa fazer isso.

— Eu quero.

E fiz. Sua carne estava quente, dura e macia, com cheiro de sabonete e especiarias. O vapor do chuveiro me fazia imaginar que estávamos em uma selva tropical sob uma cachoeira. Corri minha língua sobre ele timidamente, depois com mais firmeza quando Matt deu um gemido de aprovação.

Quando tentei isso pela primeira vez, quase engasguei, talvez porque fosse inexperiente e ele estivesse mais ansioso. Dessa vez, ele ficou quieto enquanto eu o explorava com lábios e língua, meus dedos molhados acariciando a base de seu pau e depois se fechando sobre suas bolas firmes. Este contato íntimo esquentou meu sangue com excitação.

Apesar do tamborilar constante das gotas de água, ouvi-o ofegante.

— Não vou gozar — disse ele com aspereza.

Seus dedos eram quentes contra o meu couro cabeludo molhado, mas sem tentar guiar minha cabeça, então não me senti presa naquilo.

Eu poderia parar agora, e iríamos para a cama fazer amor. Meu corpo necessitado teria o que desejava. Mas estava gostoso também. Estava gostando de fazer isso e queria levá-lo até o fim. Tirei minha boca de lá e disse a Matt:

— Vou fazer você gozar.

Então, voltei a sugá-lo.

Ele deu um suspiro trêmulo e começou a empurrar, apenas um pouco. Ele nunca se forçou profundamente em minha garganta, só deslizava para a frente e para trás contra os meus dedos e a sucção dos meus lábios. Apertei minhas coxas juntas enquanto meu sexo pulsava, imaginando ele se enfiando dentro de mim.

Ele bombeou um pouco mais rápido e eu firmei meus dedos sobre o pênis e passei a língua ao redor da cabeça.

Então ele gemeu:

— Meu Deus, Merilee — depois se dobrou e inundou minha boca com o líquido quente.

Automaticamente, eu engoli. Seu gozo era mais espesso e mais salgado que a água do chuveiro, mas não de todo desagradável.

Ele gemeu de novo, então se aliviou da minha boca e deixou-se cair de joelhos na minha frente no chão da banheira.

— Uau. Isso é que é uma fantasia. — Nós dois de joelhos, ele me beijou suavemente, roçando sua língua dentro da minha boca, sem receio de provar a si mesmo. — Obrigado.

— Imagina.

— Como foi para você?

— Bom. Muito bom, Matt. Tão diferente de antes.

Utilizando o suporte de sabão para se erguer, Matt ficou de pé, estendeu a mão e me ajudou a levantar também. Ele se manteve de costas para o fluxo de água do chuveiro, me protegendo. Sustentamos nossos olhares, seus olhos azuis tão familiares. Podíamos fingir que estávamos em um primeiro encontro, mas nunca consegui me sentir tão segura com um desconhecido. No entanto, estranhamente, eu nunca estaria tão desinibida sem essa simulação. Estranho...

O pensamento se afastou quando ele inclinou a cabeça e beijou-me novamente. Então, disse:

— Agora é a minha vez de lavar você. E acho que vou começar...

— Deixe-me adivinhar. — Meu sexo pulsava com a ideia.

— Pelo cabelo.

Matt pegou o pequeno frasco de xampu oferecido pelo navio e derramou um pouco na palma da mão.

— Meu cabelo?

— Pode me chamar de tarado, mas já fantasiei lavar seu cabelo.

— Você tem mesmo algumas fantasias estranhas.

Mas quando os dedos ensaboados deslizaram para acariciar e massagear meus cabelos, suspirei de prazer. Era mais sensual do que excitante, mas com certeza uma sensação maravilhosa. Um cheiro mentolado levantou-se no ar e meu couro cabeludo formigava. Ele inclinou a cabeça para trás com cuidado para enxaguar, orientando a água para que não escorresse pelo meu rosto.

Quando derramou mais xampu na mão, reclamei:

— Meu cabelo não está tão sujo assim.

— Cabelos diferentes desta vez.

E sua mão foi direto para o vão entre minhas pernas.

***

Capítulo 12

Se isso era um sonho erótico, Matt esperava que durasse para sempre. Essa Merilee era incrível, desinibida e erótica como a antiga nunca tinha sido. Com ela, ele sempre se sentira como um menino, aquele que tinha crescido ao lado dela e nunca se transformara em um homem. Hoje à noite, ele definitivamente sentiu-se como um homem.

Quando seus dedos passaram a espuma nos seus pelos pubianos, ele tocou com uma pressão firme, sem hesitar. Mais cedo, ela dissera que talvez tivesse um baixo desejo sexual, mas com certeza isso não era verdade agora. Esta Merilee era uma mulher, não mais uma garota que vivia insegura sobre sua sexualidade.

Ele deslizou os dedos pelos fios como tinha feito em sua cabeça, acariciando a pele macia abaixo e massageando suavemente o monte de Vênus. Quando enfiou a mão entre suas pernas, ela deu um suspiro suave, e em seguida agarrou seus ombros e ampliou a abertura das pernas para lhe dar melhor acesso.

Ele brincou com os lábios macios, um pouco inchados e brincou com um dedo ensaboado em seu clitóris, e depois de novo. A água quente enxaguou a espuma, levando-a para longe. Ele enfiou um dedo relaxado dentro dela, depois outro, e sentiu o aperto de boas-vindas do seu canal quente.

— Hmm — murmurou Merilee — Hmmm-hmm.

Bons sons, sons sensuais de prazer, ainda melhor do que aqueles que a garota tinha emitido ao provar os nachos. Mesmo que tivesse acabado de ter dois orgasmos potentes nos últimos quinze minutos, a excitação veio invadi-lo de novo. Ele enfiou os dedos, movendo-os para dentro e para fora, girando um pouco.

Ela se apertou ao redor dele, sua respiração vindo em pequenos fluxos. Seus dedos cravaram em seus ombros e seus olhos estavam fechados, como se estivesse concentrada nas sensações dentro do corpo. Normalmente, demorava muito tempo para excitá-la, mas esta noite foi diferente.

Antes, ela era tão tímida que Matt nunca se sentiu livre para explorar do jeito que queria, e agora ele estava adorando poder conhecer melhor seu belo corpo, e amava a resposta que Merilee lhe dava. Brincou com o polegar no clitóris e ela estremeceu.

Matt realmente queria que ela gemesse mais.

— Está bom assim? — perguntou ele, com a necessidade de saber que não a estava machucando.

— Ah, sim... — respondeu Merilee em um exalar ofegante.

Então, ele fez isso de novo, e de novo, e então ela choramingou. O que um gemido significaria?

Sua incerteza o lembrou de quão mal ele havia lido os sinais dela naquela noite, quando ficaram meio bêbados e ele a espancou. Quando a garota gritou, Matt pensou que era por dor e protesto. Porém, era de tesão. Se ele soubesse disso na hora, o que poderia ter acontecido entre os dois?

O sangue em seu pau subiu com o pensamento. Não, ele definitivamente não queria machucá-la, mas seria interessante descobrir quão longe cada um queria ir. Ele sabia que era um bocado mais longe do que teria imaginado.

Ainda bombeando seus dedos dentro e fora da vagina, ele acariciou seu clitóris novamente, circulando os dedos, esfregando.

Ela gritou, alto e descontroladamente, um grito que ressoou dentro dele e tensionou suas bolas.

O corpo de Merilee balançou, os espasmos batendo contra seus dedos enquanto ela gozava. Os dedos dela se afundaram em seus ombros e ele percebeu que as pernas da garota tinham amolecido e que ela estava usando esse apoio para se manter de pé.

Suas pernas podiam estar fracas, mas ele estava duro com a urgência. Matt não conseguia se fartar dessa mulher.

Quando ela parou de tremer, ele aliviou os dedos de dentro dela, mas manteve a mão delicadamente pressionada no mesmo lugar por um longo momento, apenas sustentando-a. Então ele se virou para fechar o chuveiro.

Ele não tinha percebido como a água estava barulhenta até o momento em que o som acabou.

Ela olhou para ele, com o rosto molhado rosado, sua expressão um pouco atordoada.

— Uau.

Abandonando o jogo do primeiro encontro, Matt disse:

— Nós deveríamos ter feito isso há muito tempo.

A testa dela ficou franzida.

— Sinto muito se...

— Não. — Ele pressionou um dedo sobre os lábios dela. — Eu me segurei também. Talvez nenhum de nós estivesse pronto.

Havia algo mais que ele queria fazer, algo que sempre deixou Merilee muito tímida. Matt sentiu que este era o momento certo.

Ele deslizou para trás da cortina do chuveiro, pegou uma toalha e esfregou-a levemente sobre os ombros da garota.

— Dê-me isso.

Ela pegou e começou a enxugar seu cabelo.

Matt enxugou-se rapidamente, jogou a toalha úmida sobre o trilho da cortina e viu como ela terminava seu próprio processo de maneira mais completa, colocando os pés, um por um, na extremidade da banheira. A boa menina secava entre os dedos dos pés. Uma mulher sexy, seu bumbum cheio de curvas se erguendo quando ela abaixava. Ah, sim, ele queria fazer amor com ela desse jeito também.

Quando ela terminou, ele pegou a toalha, jogou-a de qualquer jeito sobre o trilho da cortina, depois a prendeu em seus braços. Desta vez ela não chiou, apenas sussurrou:

— Eu vou ficar mal-acostumada.

Ele a deitou em uma das camas, agora unidas, e Merilee se espreguiçou de forma lenta.

— Meu corpo está tremendo de prazer — e lançou um olhar sobre sua ereção. — Eu espero que você esteja preparado para aproveitar bem isso.

— Esse é o plano — Matt deitou-se ao lado dela e beijou-a suavemente. — Mas primeiro... — Ele a beijou novamente, e quando ela se enrolou na direção dele e tentou passar um braço ao redor do corpo do rapaz, ele escorregou para longe.

Matt desceu mais na cama e acariciou seus seios, tão redondos e macios e perfeitos. As auréolas eram de um rosa delicado e os mamilos, que floresceram sob seu toque, de um rosa mais escuro. Quando ele chupou um mamilo, ela perdeu o fôlego. Ele aumentou a sucção e circulou a língua ao redor do pequeno broto, e o subir e descer do peito de Merilee acelerou.

Passou ao outro seio, então começou a descer o corpo até o meio, fazendo uma trilha de beijos. Quando chegou ao ninho delicado de cachos, ela fechou as pernas apertadas, impedindo-o de ir mais longe.

Ela sempre resistiu a isso. Nas poucas vezes em que tinha deixado, o corpo estava tão tenso que ele sabia que não tinha sido bom. Hoje à noite, com seus músculos e suas inibições relaxados por causa do banho e dos dois orgasmos, Matt queria dar esse prazer a ela.

— Quero provar você, delícia. — Ele escorregou sua língua ao longo do vinco na parte superior da coxa e apertou beijos suaves na carne do lado de dentro da coxa.

As pernas dela se abriram mais um pouco, e Matt deslizou a língua entre elas até encontrar o broto inchado de seu clitóris.

Ela deu um suspiro ofegante e suave.

Sim, ela estava excitada, mesmo que ainda sentisse vergonha disso. Matt continuou brincando com seu clitóris até que ela engasgou novamente, torcendo-se para iludir a língua insistente, mas por fim abriu as pernas por completo. A cabine estava escura agora, a única luz vinha de um lampejo de luar do lado de fora da janela. A vontade dele era de acender a lâmpada da cabeceira, mas temia que isso deixasse Merilee inibida.

Em vez disso, ele explorou pelo toque, pelo gosto, pelo cheiro. Ela era úmida e exuberante, doce e picante, feminina e misteriosa. Ele lia as respostas no suor que caía de seu corpo, nos pequenos gemidos e suspiros, no contorcer inquieto de seus quadris.

Seu pau doendo pedia-lhe para mergulhar profundamente no interior de Merilee, mas em vez disso enfiou dois dedos dentro dela como tinha feito no chuveiro, e rodou enquanto chupava seu clitóris.

A cabeça de Merilee se afundou no travesseiro e seus quadris ficaram inclinados para lhe dar melhor acesso. O corpo dela estava esticado com a tensão que, desta vez, ele sabia com certeza que era do tipo certo. Dedilhou o botão dela novamente e ela gritou:

— Matt! — O corpo dela subiu em um clímax.

Quando os espasmos começaram a desvanecer-se, ele não conseguiu se conter mais. Posicionou-se entre as pernas de Merilee e empurrou firme em seu núcleo ainda tremendo.

As ondulações internas o receberam e ele deu estocadas cada vez mais rápidas, chegando depressa ao clímax.

Então, exausto, caiu em cima dela. Ele mal tinha a energia para rolar de lado, levando-a consigo para que os dois logo ficassem de lado.

Os olhos dela estavam fechados, o rosto relaxado sob a luz fraca.

— Hmm — murmurou, o som como o ronronar de um gato sonolento e satisfeito. — Muito bom.

Um profundo sentimento de ternura e amor o preencheu. Ele sempre a amara. Eles viveram a infância juntos, depois a adolescência. Naquela noite, eles eram homem e mulher. Não ainda noivos, nem sequer oficialmente namorados. Amantes, dando o primeiro passo em direção ao futuro.

Mas, calma, não podia apressar as coisas. Eles ainda tinham muito para aprender, individualmente e em conjunto. Merilee tinha cancelado o casamento, e ela estava certa. Antes de pensar em voltar a levar as coisas a sério – e ficar vulnerável de novo –, ele precisava ter certeza de que as coisas de fato tinham mudado e de que ambos estavam absolutamente certos disso.

No entanto, aquela noite lhe deu esperanças de que, de alguma maneira, os dois realmente poderiam ter um futuro.

Saí das profundezas do sono e notei algo quente e brilhante no meu rosto. Eu pisquei, então fechei os olhos novamente e ajeitei a cabeça de posição para fugir de um raio de sol. Depois, de maneira mais lenta, mais uma vez abri meus olhos.

Matt estava ao meu lado, dormindo do jeito que ele sempre fez, deitado de costas, com seus membros espalhados. Como eu tinha feito tantas vezes, me aproximei para me abraçar contra ele, minha cabeça pousada em seu ombro quente e firme. Mesmo em seu sono, seu braço se colocou em torno de mim, me segurando mais perto.

Eram duas camas separadas. Elas tinham cumprido seu papel, e agora... Hmm. Para onde é que vamos a partir daqui?

Ele se mexeu, virou a cabeça, abriu os olhos e sorriu.

— Ei, linda. Acabei de ter a melhor fantasia de minha vida ou era tudo verdade?

— Eu não tenho ideia do que você está falando — provoquei.

— Eu poderia mostrar para você — ofereceu ele, com um brilho em seus olhos azuis. — Tinha um chuveiro e... — mas parou de falar, com uma expressão assustada em seu rosto.

— O que foi?

— Nós não usamos camisinha!

— Oh! Eu nunca pensei que...

Eu tomei pílula durante anos, mas havia parado no mês passado. Nosso desejo de ter filhos era uma das razões para anteciparmos o casamento. Quando o médico disse que eu provavelmente teria problemas para engravidar, achamos que seria melhor começar a tentar de imediato. Mas agora...

— Eu também — Matt se sentou na cama e passou a mão pelo cabelo despenteado. — Mas acho que nós precisamos pensar sobre isso. Preciso comprar alguns preservativos.

Ajeitei-me no travesseiro.

— Acho que sim... — não usávamos preservativos desde que fiz dezesseis anos e eu começara a tomar a pílula. — As chances são realmente mínimas... — Teria muita sorte se algum dia, na minha vida, conseguisse engravidar —... Mas ao mesmo tempo.

— Depois do que passamos na semana passada, tenho certeza de que este não é o momento certo. Se decidirmos que temos um futuro juntos, essa precisa ser uma decisão para valer. Não pode ser um acidente.

Ele estava totalmente certo, então por que parecia uma rejeição? A mim, a um filho que criaríamos juntos, ao futuro que uma vez tínhamos planejado?

— Não, não poderia ser assim.

— O que significa nada de sexo hoje de manhã. — Ele deslizou para baixo novamente e me puxou para perto, então senti sua ereção contra minha coxa. E ergueu uma sobrancelha. — Mas, depois de ontem à noite, nós sabemos que há outras formas de fazer amor. — Uma mão enorme se fechou em concha em minha bunda e apertou.

Ontem à noite... Éramos mesmo nós dois ontem à noite? Agora eu me sentia inibida de novo e sem muita certeza de onde deveríamos ir a partir daqui. Éramos nós, na luz do dia. Não o pirata e a melindrosa; nem o casal fingindo estar em seu primeiro encontro na noite passada. Balancei a cabeça e me afastei.

— Eu quero um chuveiro e o café da manhã antes de ir à praia.

— Ah, que é isso, querida. Podemos dar uma rapidinha.

— Não estou no clima para uma rapidinha.

Matt deu um suspiro resignado.

— Não se pode condenar um cara por tentar. Tudo bem, eu vou comprar preservativo hoje — e piscou. — Caso você entre no clima mais tarde.

Ele disse isso como se fosse uma coisa certa. Mas para mim, para entrar no clima, eu precisaria... De algo de Matt. Paixão? Sensualidade? Outro jogo em que eu entrasse? Ou realmente alguma garantia de que me amava e também estava pensando sobre o futuro? Naquele instante, nem eu sabia.

Eu não sabia de nada. Hesitante, perguntei:

— O que está pensando em fazer hoje? Vamos passar o dia juntos ou continuar exercitando a nossa independência? — Normalmente, eu quem escolheria nossas atividades, mas isso fazia parte do velho padrão que precisávamos quebrar.

— Pensei em ir dar um mergulho.

— O quê? Você não sabe mergulhar. — Nem ele estava esperando por mim para tomar as decisões, o que foi ótimo, apesar de eu me sentir meio excluída.

— A aula está incluída. No começo pensei em ir mergulhar de snorkel, porque seria muito legal ver peixes tropicais. Então pensei em fazer essa aula de uma hora para poder ir mais fundo, ver mais.

Seu rosto brilhava com a excitação e parecia que Matt já tinha se esquecido sobre aquela coisa de sexo de manhã.

Eu estava um pouco irritada, mas principalmente preocupada.

— Uma hora de aula? Isso é seguro?

— Acho que vou descobrir.

Quando fiz uma careta, ele disse:

— Relaxa, Merilee, eles dão essas aulas todos os dias. Se não fosse seguro, eles não fariam isso.

— Verdade... — e se não fosse seguro, ele pulava fora. Matt era um cara responsável. Fiz que sim: — Sim, você está certo. Aposto que você vai se dar bem, e vai amar!

— Obrigado. Estou amarradão para fazer isso.

Mais amarradão em mergulhar do que passar o dia comigo.

— E você? — Matt perguntou. — O que você pretende fazer?

Evidentemente não namorar um "desconhecido"... Mas não, disse a mim mesma, isso era bom. Fazer coisas em separado, as coisas que cada um gostava. Matt ter uma opinião própria e ser decidido.

— Vou fazer o *city tour* — respondi. — Mazatlan é tão grande; há tanta coisa para ver. Uma Cidade Velha, um enorme mercado como se fosse uma versão maior daquele em Puerto Vallarta, a zona turística, e eu quero muito caminhar pela praia.

— Legal — ele pulou da cama e foi ao banheiro. — Vou sair em três minutos, depois ele é todo seu. — Ouvi a porta se fechar e, um momento depois, o chuveiro ser ligado.

Se eu fosse a Merilee de ontem à noite, iria fazer uma surpresa para ele lá dentro. Mas não era, e ele também não era o Matt de ontem. Um ótimo sexo definitivamente não resolveu todos os nossos problemas.

Levantei-me e vesti uma camiseta comprida, então fui até a janela e olhei para o oceano ensolarado. Logo estaríamos em Mazatlan e eu teria um dia inteiro para explorar. Seria divertido, eu devia viver o momento, me divertir, e não me preocupar comigo e com Matt.

Quando ele saiu do banheiro, todo sexy com o cabelo recém-penteado e uma toalha enrolada na cintura, ignorei a tentação e passei correndo por ele para me arrumar.

Suas palavras me seguiram.

— Já terei ido embora quando você sair, então tenha um ótimo dia.

— Você também. — Meu lado inseguro perguntou se Mandy iria mergulhar com ele.

— Que tal nos encontrarmos para jantar mais tarde? Podemos falar das nossas aventuras.

Eu me virei, o alívio e o prazer me fazendo sorrir.

— Gostei da ideia.

Como estávamos indo por caminhos separados, teríamos muitas coisas para compartilhar.

No chuveiro, é claro, me lembrei de tudo que Matt e eu fizemos por lá. Ele ia comprar preservativos. Esperava então fazer sexo outra vez, mas não estava pronto para ter um bebê comigo. Então nós estávamos... O quê? Namorando?

Bem, isso dependia tanto de mim quanto dele.

Saí do banheiro e vi que Matt já havia ido embora. Eu deveria me vestir e me preparar para desembarcar. Para ser independente.

Independente. Neste momento, eu me sentia sozinha. Antes, sempre tivera alguém para conversar quando tinha um problema. Mas raramente era alguém da família ou uma amiga, sempre era o Matt. Agora, Matt era o problema. Ou eu. Ou nós dois.

Olhei para meu celular sobre a mesa, uma conexão com o mundo de volta lá em casa. Nas últimas duas semanas, minha família havia ficado mais próxima. Mesmo que cada um de nós estivesse em um lugar diferente desde o último domingo, trocamos mensagens de voz e de texto sem parar. Mensagens curtas perguntando como todos estavam, algumas atualizações sobre o que estava acontecendo na vida de cada um. Mensagens de apoio para Jenna, agora que ela nos contara sobre sua infertilidade.

Nos últimos anos, um mês podia se passar sem que eu e minhas irmãs fizéssemos contato, ou minha mãe e eu conversássemos sobre qualquer coisa de importância, mesmo vivendo na mesma casa. Agora estávamos todos conectados de uma maneira nova, e eu esperava demais que isso continuasse.

Já tinha conversado com Jenna e Kat desde que embarcara no Diamond Star. Agora senti um desejo de ouvir a voz de minha irmã mais velha e descobrir seu ponto de vista. Theresa estava em Manhattan com Damien em sua turnê do livro. Eu disquei seu número, temendo cair na caixa postal, mas ela respondeu.

— Merilee? Como você está? Tudo bem?

— Eu estou bem. Você pode falar?

— Posso. Damien foi convidado para falar em um programa de rádio e estou andando por Manhattan bancando a turista. E aí?

Joguei-me numa cadeira para ficar confortável.

— Estou confusa. Daí pensei em consultar minha irmã mais velha, porque você é sempre, hã, decidida.

Na verdade, ela tendia a ser uma sabe-tudo, mas agora isso estava tranquilo. Se ela tivesse uma resposta mágica, eu ficaria grata.

— Diz o que está acontecendo.

Contei a ela sobre o que Matt e eu vínhamos fazendo, até esta manhã e a discussão do preservativo.

— Eu não sei exatamente como as coisas estão. E não sei o que eu quero.

Ela deixou escapar um assobio baixo.

— E eu pensando que Damien e eu é que tivemos um caso complicado. Isso é muita coisa para pensar — ela fez uma pausa. — Isso é muito novo para você, não é? Quero dizer, você nunca realmente parou e analisou o seu relacionamento antes. Ele estava lá e pronto.

— Eu nunca analisei *nada* antes. Apenas tentei ser a boa menina.

— E você é. Até o dia em que adiou o casamento, o que eu sabia que precisava fazer, você nunca causou nenhum problema.

Eu caí para trás na cadeira.

— Por todo o bem que isso me fez.

— Como é?

Fora da janela, vi que estávamos atracando. Seria divertido assistir lá fora no convés, mas agora preferia falar com minha irmã.

— Eu fui a retardatária, a filha não planejada, não desejada, então...

— É claro que foi desejada — disse ela secamente. — Mamãe e papai não teriam você se não quisessem. Foi a mesma coisa comigo. Sim, nós não fomos planejadas, mas eles não fizeram um aborto.

— Sim, está certo. Mas eu vim oito anos depois de Jenna, e a família era uma unidade. Mamãe e papai e o pacote de três. E vocês três todas tinham as suas coisas, sabe? Tipo você é o cérebro, Kat a sociável e Jenna a rebelde que amava borboletas e odiava regras.

— Isso é verdade. Mas o que você está dizendo?

Eu esfreguei minha testa, lembrando-me de como tinha sido.

— Não havia um lugar para mim. Boa parte do tempo, era como se nenhuma pessoa percebesse que eu estava lá. E pensei que se eu fosse realmente muito boa, se fosse doce e agradável o tempo todo, eu seria... Aceita na família. A-amada.

Minha voz tremeu.

— Claro que você foi amada.

— Eu sei. Eu sei disso. — Pelo menos eu meio que sabia. — Mas nunca me senti vista, entendeu? Daí eu conheci Matt, e foi a primeira vez que senti como se alguém me visse e gostasse de mim.

Ela não disse nada por um momento, e quando falou, parecia extremamente ponderada.

— Sinto muito, Merilee. Eu nunca percebi nada disso e me desculpe se a família não estava lá ao seu lado. Mas quando você e Matt se tornaram amigos, você ficou tão ligada nele... Eu acho... — Theresa parou de falar por um longo momento. — Você estar com Matt nos fez assumir que estava tudo bem com você.

— E estava. Mas...

O que eu estava tentando dizer? Mordi a borda de uma unha vermelha. Quando criança, eu roía as unhas até que Matt me fez parar.

— Mas você baseou a sua identidade em ser a alma gêmea de

Matt. Nós nunca a incentivamos a descobrir quem você era, do que gostava, o que queria. Sinto muito por isso. Mas não é tarde. Você está fazendo isso agora. Fico feliz que tenha tido o bom senso de perceber a questão quando o resto de nós estava cego.

— Eu também, mas é difícil.

— É muito bom o que você e Matt estão fazendo. Entrando em contato com quem cada um é, como indivíduos. E percebendo, também, que você vai continuar mudando.

— Como assim, continuar mudando?

— A vida é mudança. Se você ficar muito tempo fixada numa rotina – como fez com Matt e eu com meu trabalho –, acaba mal. Você precisa ser flexível e aberta.

Levantei-me e caminhei pela pequena cabine.

— Mas, se continuarmos mudando, como você pode saber que alguma coisa pode permanecer? Que você vai... — olhei para a cama amarrotada — amar a mesma pessoa?

Theresa riu baixinho.

— Ei, M, eu também sou nova nisso. Estou passando pelas mesmas questões que você. Por exemplo, como posso saber se Damien e eu ficaremos juntos para sempre?

— E...?

Era tão estranho pensar que a minha brilhante e bem-sucedida irmã mais velha vinha passando pelas mesmas incertezas que eu.

Ouvi-a respirar fundo. Então ela disse:

— Acho que vamos. Compartilhamos os mesmos valores, confiamos um no outro e nos respeitamos mutuamente. Temos uma conexão emocional profunda, o sexo é ótimo, e somos ao mesmo tempo fortes, mas também flexíveis. Aprendemos um com o outro e com o mundo que nos rodeia — ela soava como se estivesse dando uma aula, obviamente chegando ao seu ritmo confortável de falar. — Nós vamos continuar crescendo e mudando, e acho que podemos fazer isso juntos, em vez de ter que nos separar. Merilee, é tentando e aprendendo coisas novas que mantemos a vida e a nós revigorados e interessantes.

Eu sorri. Ela tinha a resposta mágica, e ela forneceu essa resposta sem ser ofensivamente sabe-tudo.

— Você pode dizer que está lutando e se esforçando, mas me parece que já descobriu tudo. Estou feliz por você, Theresa. — E invejando a situação...

Ela deu uma risada suave.

— Eu também. E é tudo por sua causa. A mesma coisa com Kat e Jenna.

— Não entendi, perdi seu raciocínio.

Eu estava cansada. O cansaço que vinha me perseguindo desde a minha cirurgia havia retornado, então eu me mudei da cadeira para a cama e me estiquei sobre ela.

— Você não estava lá na noite de sábado quando o namorado da Jenna, Mark, estava falando sobre a teoria do caos.

— A teoria do caos? — sorri, imaginando aquele cientista bonitão entrando em modo de palestra. Ele poderia ser ainda mais professoral do que Theresa, mas o legal é que Jenna achava isso excitante.

— A teoria do caos é a ideia de que uma pequena mudança em uma parte de um sistema pode causar enormes consequências imprevisíveis em outra parte. Como se uma borboleta batendo suas asas no Brasil pudesse causar um tornado no Texas.

— Ah, sim, eu ouvi falar disso. Mas o que tem a ver com o que estamos falando? — Era apenas o meu cérebro muito cansado ou era minha irmã que não fazia sentido?

— De acordo com Mark, você é a borboleta. Seu bater de asas

estava anunciando seu casamento. Que enviou o pacote de três para casa de várias partes do mundo, e ao longo da viagem, os nossos caminhos se cruzaram com os de três homens que nos tiraram de nossas rotinas e...

— Vocês todos se apaixonaram — eu me lembrei de ter pensado que tinha passado a minha sorte no amor para elas. — Vocês, meninas, me devem isso!

— Devemos, sim. Mas esse anúncio do casamento tirou você e Matt de sua rotina também. Quando chegou o dia para valer...

— Sim — interrompi. — Isso colocou todas as coisas em foco. Ver você e Kat e Jenna voltar para casa, com seu entusiasmo e sua paixão, jogou uma luz sobre meu relacionamento com Matt e me fez perceber que algo estava faltando. — Isso foi o que eu disse a Matt quando cancelei o casamento. — Theresa, obrigada — continuei. — Preciso ir agora. Vai rolar uma excursão em Mazatlan.

Meu corpo estava me pedindo para que eu me enrolasse e puxasse as cobertas sobre mim, mas de jeito nenhum perderia a oportunidade de conhecer o México.

— Eu em Manhattan e você em Mazatlan. Jenna lá longe na Indonésia e Kat em Montreal bancando uma senhora casada. Grandes acontecimentos nas nossas vidas.

Pela primeira vez, eu realmente me senti parte da turma. Não mais a irmã caçula em casa, agora eu era um viajante do mundo também. Uma adulta. Uma igual. E, por minha causa, elas todas encontraram o amor.

Eu que compartilhei minha sorte no amor com elas, ou que dei tudo a elas?

***

Capítulo 13

No início da tarde, desabei agradecida em uma cadeira de um restaurante na Cidade Velha de Mazatlan, em frente a Des e sua avó Micky.

— Isso é bom — disse —, isso é muito bom.

Tinha ficado de pé durante toda a manhã, vagando pelo enorme bloco de bancas no Mercado, visitando uma catedral e o parque, em seguida explorando a Cidade Velha, com as ruas pitorescas, galerias e lojas, e terminando com uma olhada no Teatro Angela Peralta. Mazatlan era tão grande e diferente, irresistível mas impressionante e cansativa. Embora tivesse amado cada momento, eu me sentia acabada.

— Uma margarita vai deixar tudo ainda melhor — disse Micky, deslizando os pés para fora de sandálias resistentes e contorcendo os dedos. Apesar de serem um pouco retorcidos, eles estavam pintados com esmalte rosa forte para combinar com sua camiseta.

Estávamos em uma mesa ao ar livre em um dos vários restaurantes ao redor de uma grande e bonita praça chamada Plaza Machado. Um guarda-sol no pátio dava sombra, e amontoamos nas cadeiras que ainda estavam vazias as sacolas que compramos no mercado. Sem critério definido, a música que tocava a céu aberto pelas portas e janelas era pop dos anos 1960, 1970 e 1980. O tipo que minha mãe costumava tocar na cozinha quando éramos crianças. Quando eu era pequena, nós costumávamos dançar ao som delas. Eu tinha quase esquecido. Tinham sido bons momentos, momentos que eu me senti incluída.

Eu estava feliz que Des e Micky tivessem me incluído em seus planos para o almoço. Embora estivéssemos na mesma excursão, eu andava sozinha, escolhendo as coisas que preferia ver. Mas agora, cansada e com fome, era bom estar com minhas novas amigas, em vez de me juntar a um dos outros grupos de passageiros que se viam agrupados em torno das mesas dos outros restaurantes na calçada.

Quando um garçom mexicano perguntou o que gostaria de beber, Micky prontamente respondeu:

— Uma margarita. Vocês também, meninas?

— Com certeza — disse Des.

Se eu bebesse álcool, ia apoiar minha cabeça sobre a mesa e dormir na hora.

— Sim, mas a minha sem álcool. E preciso comer.

Eu tinha perdido o café da manhã por causa da ligação para Theresa, e, embora tivesse comido um rápido lanche no Mercado, já fazia muito tempo.

Estudei o cardápio e decidi por um prato de camarão picante. Des pediu a mesma coisa e Micky escolheu um peixe, especialidade da casa. Então, provamos nossas bebidas.

— Ficamos surpresas ao ver você sozinha hoje — comentou Des. — O que aconteceu com aquele gostosão de ontem?

— O quê?

Micky sorriu conscientemente.

— Acho que você não nos viu. Vocês dois estavam tão absortos, rindo e experimentando óculos de sol.

— Pode desembuchar — Des se inclinou para a frente, com os cotovelos sobre a mesa. — Quem é ele? E onde ele está hoje?

— Ele...

Como explicar meu relacionamento com Matt, se nem sequer nós dois compreendíamos? Até agora, tudo o que eu tinha contado às minhas novas amigas era que não estava em um relacionamento, o que era tecnicamente verdade.

— E ele é tudo aquilo que parece? — perguntou Micky com prazer. — Ele me faz lembrar um rapaz que namorei quando estava na faculdade. Mui-to se-xy — ela falou pausadamente cada sílaba.

Ele era sim tudo aquilo que parecia. Mesmo que eu tenha demorado até fazer esse cruzeiro para enxergar isso.

— Se é... — disse Des. — E, a propósito, se você tiver terminado com ele, se importaria se eu tentasse a sorte com esse gato? — Ela fez uma cara de súplica exagerada. — Por favor?

— Entre na fila, menina — brincou Micky.

— Vocês duas me matam.

Muitas vezes, elas pareciam mais irmãs do que avó e neta. Eu queria ser a menina que elas achavam que eu era, tendo um caso com um desconhecido gostoso em vez da velha e chata Merilee tentando descobrir o que estava fazendo com sua vida.

Bem, é claro, ontem à noite Matt e eu fingimos ser dois desconhecidos saindo pela primeira vez. Uma vontade de continuar aquela sacanagem toda tomou conta de mim.

— Eu não terminei com ele. Ele foi mergulhar hoje.

— Ele é um mergulhador? Muito legal — disse Des.

Em vez de lhes dizer que ele estava apenas tendo sua primeira aula, respondi:

— Pois é, muito! Aposto que ele é fantástico na água. — Eu sabia que Matt nadava bem. — Ele é tão ágil e está em tão boa forma...

— Aaah, ser ágil é ótimo! — disse Des. — E quanto esse cara é ágil, Merilee? Você checou os movimentos horizontais dele?

As lembranças me inundaram: a urgência aquecida do beijo quando ele me prendeu contra a porta, a maneira como ele me jogou na cama e mergulhou em mim, duro e rápido... Um sorriso maroto assumiu meus lábios e as palavras saíram.

— Só depois de checar os verticais. Contra a porta e depois no chuveiro... — Então bati a mão sobre minha boca, horrorizada, sentindo-me corar no rosto e no peito. Morta de vergonha, olhei para os cabelos grisalhos da avó de Des. — Argh! Micky, me desculpe, isso foi...

— Velho não significa morto — ela me cortou bruscamente. — Eu ainda tenho energia sobrando, mocinha. Não me insulte ao me tratar como se eu já tivesse cruzado o Cabo da Boa Esperança.

— Hã, tudo bem, então... — Minha avó, antes do Alzheimer, também era ativa e inteligente e disposta a discutir quase tudo, mas nós certamente nunca conversamos sobre sua vida sexual. — Enfim, Matt é o nome dele e ele é o pirata do baile a fantasia.

Des estalou os dedos.

— É claro que é ele. Eu deveria saber, pelo jeito que vocês dois estavam dançando juntos. Merilee, você me surpreendeu totalmente. Quando eu a vi pela primeira vez, você parecia tipo, uma garota, sei lá... comportada? Nunca pensei que teria uma aventura a bordo com um estranho.

Ela estava completamente certa.

— Estou explorando o meu lado selvagem.

Micky me estudou por cima da borda do copo de margarita, seus olhos azuis desbotados sérios, desta vez.

— Você está sendo cuidadosa, certo?

Bem, certo, não tínhamos usado camisinha e doenças sexualmente transmissíveis não eram um problema, e as minhas chances de engravidar eram muito baixas. Evitando uma resposta direta, respondi:

— Posso ter só vinte e um anos, mas não me insulte ao me tratar como se eu fosse um bebê.

Ela fez uma pistola de sua mão e atirou em mim.

— Essa foi boa. Tudo bem, então, nós somos duas gostosas que sabem como tomar conta de si mesmas.

— Você vai se encontrar com ele mais tarde? — perguntou Des.

— Para o jantar.

— Você arrumou mesmo um romance a bordo — disse Micky com entusiasmo.

— Eu acho que sim — na verdade, não tinha contado nenhuma mentira, mas eu estava começando a me sentir mal por enganá-las. A minha menina má era patética.

— E depois? — perguntou Micky quando nossos almoços chegaram.

Cortei um camarão gordo ao meio, coloquei na boca e tomei um gole apressado da margarita.

— Hmm, delicioso camarão, mas eles são picantes. Hã, depois do cruzeiro? Eu não sei. Nós não chegamos a esse ponto. — Mais verdade.

— Você me parece uma menina com um grande coração— disse ela. — Mas tome cuidado para não se entregar a um homem que não estará por perto a longo prazo — ela riu. — E lá vou eu de novo, dar conselhos. Eu vou calar a boca e comer agora — passando das palavras à ação, atacou seu peixe com gosto.

Enquanto comia meu camarão, pensei sobre suas palavras. Já tinha dado meu coração para Matt havia muito tempo e eu sabia que ele era um homem que, se fizesse uma promessa semelhante a "até que a morte nos separe", iria honrá-la. Ele tinha sido preparado para fazer essa promessa. Eu, na verdade, tinha sido quem o puxara para trás. E agora, nenhum de nós sabia onde estávamos. Mas uma coisa eu sabia:

não importa quanto fingisse para Des e Micky que estava tendo apenas um leve caso passageiro, meu coração estava muito envolvido.

Após o almoço, o nosso grupo foi ver os mergulhadores que saltavam daquelas alturas incríveis, subindo em penhascos, naquelas plataformas montadas a mais de quinze metros de altura. De lá eles davam mergulhos com poder, graça e precisão entre ondas quebrando em um pequeno espaço no mar. Vi dois homens e não consegui ficar olhando aquilo por mais tempo.

— Isso é assustador. Meus nervos não aguentam.

— As pessoas fazem isso há décadas — disse um dos guias. — Eles são todos muito cuidadosos.

— Como o seu mergulhador — disse Des. — Se uma pessoa sabe o que está fazendo, não é assim tão perigoso.

Era verdade. Eu sabia que Matt não faria nada arriscado demais. Ele podia adorar a emoção de mergulhar ou fazer tirolesa, mas não era uma pessoa imprudente. Ainda de costas para a borda do penhasco, perguntei:

— Os mergulhadores pararam de saltar?

— Infelizmente — disse Micky. — Eu poderia ficar assistindo a eles o dia todo.

— Hora de ir às compras — disse Des. — Zona Dourada, aqui vamos nós.

Na popular zona turística, enquanto vagava sozinha de loja em loja, pensei quão diferente Mazatlan era de Puerto Vallarta. Muito maior, com tantas coisas diferentes: a pitoresca e bastante distinta Cidade Velha, o enorme mercado colorido, as lojas de departamento tão aborrecidamente "normais" e lojas de eletrodomésticos, e a área turbulenta dos turistas, com toneladas de joalherias, lojas de suvenires e restaurantes.

Meus pés estavam se arrastando de novo, e cada loja me parecia a última. Era hora de visitar a praia antes que eu tivesse que me dirigir ao ônibus e voltar para o navio. Hoje à noite, o jantar seria a bordo, e estaria acompanhada do Matt. Esse pensamento me animou e me deixou ansiosa. Toda vez em que estivemos juntos, as coisas entre nós eram diferentes. Hoje, nós teríamos muito para falar e isso era bom. Mas será que teríamos romance, paixão? Será que brincaríamos com novos jogos? Será que faríamos amor?

Eu andei por um dos grandes hotéis, admirando os azulejos e mosaicos mexicanos e depois passei por uma brilhante piscina turquesa e desci alguns degraus para a areia. Havia numerosos quiosques se aglomerando por ali, vendendo joias, frutas frescas, chapéus de palha, óculos de sol, cangas coloridas e camisetas. Seus artigos me encantaram.

Um mexicano mais velho com um sorriso banguela abriu uma maleta enorme de bijuterias na minha frente e eu espiei o que tinha. Anéis de prata com papagaios coloridos chamaram minha atenção. Normalmente, eu usava quase nada de joias e bijuterias e nada tão chamativo como essas, mas eram divertidas e combinavam com um vestido que eu tinha comprado, então resolvi ficar com elas. Muito covarde para pechinchar, paguei os vinte dólares que o homem pediu. Uma mulher independente, comprando meus próprios suvenires.

Estar sozinha era legal e eu estava feliz por ter provado a mim mesma que poderia fazê-lo. Ainda assim, senti falta de Matt. Eu estava em um país estrangeiro, tirando minhas sandálias para caminhar um longo trecho de praia, ao lado de um oceano de um azul vívido, e queria dividir isso com ele. Percebi que não era uma coisa tão ruim querer compartilhar coisas especiais com alguém de quem você gostava. Isso era uma coisa bem diferente de ser dependente de outra pessoa.

Eu andei bem na borda da água, batendo meus dedos nas ondas suaves que lambiam a areia. A praia estava lotada com crianças pequenas, pais, namorados e um monte de idosos, pessoas com a pele muito bronzeada, quase todo mundo, menos eu, usando maiô ou calções.

Amanhã, eu queria nadar no mar. Não poderia partir do México sem fazer isso. Mas, por enquanto, a exaustão tinha me alcançado novamente e meus pés se arrastavam quando voltei para procurar o ônibus. Des e Micky já estavam a bordo, com a maioria dos outros. Eu ocupei um assento vazio, inclinei a cabeça para trás e fechei meus olhos.

O ônibus partiu. Não via a hora de voltar para a cabine, ir para debaixo das cobertas e tirar uma soneca. Seria bom se Matt ainda não estivesse de volta. Eu não queria ser uma chata, mas não estava no clima para um jogo de sexo. Na verdade, estava me sentindo um pouco enjoada com o balançar do ônibus sobre as ruas irregulares, e o cheiro dos gases de escapamento que vinham pelas janelas. Essa sensação ficou ainda pior e engoli em seco, dizendo a mim mesma que estávamos quase lá.

Quando chegamos ao terminal de cruzeiros, corri para fora do ônibus. A terra firme debaixo dos meus pés e o ar fresco batendo contra meu rosto me fizeram sentir um pouco melhor. Sem demorar mais, fui direto para a minha cabine, apenas querendo ficar sozinha.

E estava. Nada de Matt. As duas camas ainda estavam juntas, como eu havia deixado. Comecei a colocar as sacolas de compras sobre as cadeiras e meu estômago embrulhou.

Graças a Deus, o banheiro estava apenas a alguns passos de distância. Segundos mais tarde, eu estava no chão em frente ao vaso sanitário, esvaziando o meu almoço.

Intoxicação alimentar. Aqueles camarões – oh, não, não podia nem mesmo pensar em camarões. Soltei tudo novamente, então apertei a descarga e fiquei sentada sobre os calcanhares.

Um ou dois minutos depois, eu me senti firme o suficiente para ficar de pé e escovar os dentes. Meu rosto estava pálido e suado e eu ainda me sentia mal, mas meu estômago estava um pouco mais estável.

Cama, ou ficar no banheiro?

Eu estava pairando ali, segurando a pia do banheiro, quando a porta da cabine se abriu e Matt entrou.

— Ei, Merilee, que bom que você está aqui. Tenho que contar sobre o mergulho. Foi fantástico.

Cheio de energia, ele veio em minha direção, então parou.

— Ei, você está bem?

— Não... Eu comi alguma coisa — a bile subiu novamente e eu engoli com dificuldade — que não me caiu bem.

— Ah, querida, eu sinto muito. Vou levar você para a cama. Ou será que você precisa... — Ele fez um gesto em direção ao vaso.

Percebi que o banheiro devia estar fedendo. Ótimo. Realmente sexy e atraente. Não que eu me importasse muito no momento.

— Acho que a cama vai ser bom...

Com gentileza, ele me pegou, me levou para a cama, e me posicionou na beira. Puxou as cobertas de lado e depois se curvou para tirar minhas sandálias. Pegou sua mochila e puxou uma camiseta.

— Limpa — Matt me disse enquanto desabotoava minha blusa e a tirava, e então o meu sutiã. Ele deslizou a camiseta sobre a minha cabeça e eu me aconcheguei em seu peito bem vestido. — Agora, deite-se.

Obedeci, e ele soltou minha saia jeans e puxou-a sobre meus quadris. Então colocou as cobertas ao meu redor.

— Quer um analgésico?

Eu estava me sentindo um pouco melhor, e sua atenção me fez tentar dar um sorriso.

— Você cuida tão bem de mim. — Ele sempre tinha cuidado. Ele ainda mantinha uma bolsa térmica em sua casa para as vezes que ficava lá, sofrendo de cólicas. — Só um pouco de água. Talvez. Eu não tenho certeza se quero colocar algo no meu estômago ainda.

— Eu posso pegar uma tônica ou uma soda.

— Obrigada, mas acho que vou cochilar um pouco e ver se melhoro quando acordar.

Ele foi ao banheiro e voltou com água e uma toalha quente, que ele alisou suavemente sobre meu rosto. Era como estar no céu. Então ele beijou minha testa.

— Eu vou ficar aqui se você precisar de alguma coisa.

— Você sempre esteve... — murmurei, fechando os olhos e recusando-me a pensar como seria a vida se ele não existisse.

Matt olhou para Merilee quando ela mudou de posição para se enrolar de lado, suspirou e, em seguida, caiu no sono.

Quando ele voltara para a cabine, estava pilhado de excitação com o mergulho, ansioso para vê-la e saber como o dia de Merilee tinha sido, e esperançoso de que em breve pudessem fazer uso do pacote de preservativos que havia comprado. Mas com a visão dela tão pálida e trêmula, todos os pensamentos fugiram de sua mente.

A cor estava voltando ao seu rosto, graças a Deus. Sua respiração era lenta e constante.

Não querendo deixá-la sozinha, ele chamou o serviço de quarto e, em voz baixa pediu uma tônica e uma Coca-Cola para si mesmo.

Será que ele devia pedir ao médico do navio para vir? Se Merilee teve intoxicação alimentar, isso poderia ser grave. Ou talvez fosse a vingança de Montezuma[1] que as pessoas haviam alertado. Ou de repente ela só teria exagerado hoje, ou teve um pouco de insolação.

Matt suspirou. Estaria exagerando? Ele tendia a fazer isso. Mas

---

[1] Os turistas que viajam ao México temem a ameaça da chamada "vingança de Montezuma": dizem que é só beber a água local para sofrer de diarreia. O problema é provocado pela bactéria *Escherichia coli* que, justiça se faça aos mexicanos, pode ser encontrada em qualquer lugar do mundo, sempre que a água não é tratada. Mas isso pode acontecer também quando se come alimentos muito condimentados e não se está acostumado. A propósito, Montezuma foi o último imperador asteca e governava quando os espanhóis chegaram. (N.T.)

a questão é que ele só tinha duas pessoas em sua vida que amava: Merilee e sua mãe. E não estava a fim de deixar que nada acontecesse a nenhuma delas.

Em vez de arriscar que a batida na porta do garçom do serviço de quarto acordasse Merilee, ele abriu a porta e esperou perto dela, e pegou as latas de refrigerantes com um "Obrigado" murmurado.

Ele entrou no banheiro, fechou a porta e tomou um banho rápido. Então vestiu seus shorts, abriu a lata de Coca-Cola e acomodou-se no outro lado da cama, com os travesseiros atrás das costas, para ler o livro de Damien.

Merilee dormiu sem se mover por cerca de uma hora, em seguida se mexeu e seus olhos se abriram. Seu olhar pousou sobre ele.

— Matt?

Ele alisou o cabelo curto e desgrenhado dela:

— Como você se sente?

Ela se esticou cautelosamente.

— Acho que bem melhor. Gosto horrível na boca, com muita sede e bastante fome — um sorriso feliz brilhou. — Ufa. Fosse o que fosse, parece que já passou.

— Espero que sim. — Aliviado, Matt replicou. — Eu pedi uma tônica. Quer alguma coisa?

— Obrigada. Vou escovar os dentes depois penso nisso.

Devagar, Merilee deslizou por entre os lençóis, ficou de pé e foi para o banheiro.

A água correu na pia, então ela saiu novamente.

— Eu já estou bem. Vou tomar essa tônica, e preciso de um banho. Então vamos jantar. Eu estou louca para ouvir sobre o mergulho. Está na cara que você voltou em segurança.

Ele entregou-lhe a lata.

— Você se preocupou comigo?

Ela balançou a cabeça.

— Não, na verdade não.

Não que ele quisesse que ela ficasse preocupada, mas meio que doeu um pouco o fato de ela não se importar com ele.

— Eu sabia que você ia ter cuidado — continuou ela, tomando a tônica. — Você pode gostar de fazer algumas coisas excitantes, mas nunca faria uma coisa estúpida.

— Ah.

Bem, isso soou melhor. E ela estava certa, não era da sua natureza ser imprudente.

— E Mandy estava lá? — perguntou Merilee casualmente.

Ele reprimiu um sorriso.

— Sim, ela foi mergulhar, mas estava com outro grupo. O dos mergulhadores experientes.

— Isso quer dizer que ela é *experiente.* — O brilho nos olhos disse que ela estava brincando. Então, olhando para seu peito nu, disse: — Você pegou Sol.

— Depois do mergulho, um grupo foi tomar cerveja e comer hambúrguer. Então, fui para a praia, nadar, apenas dar uma relaxada.

— Isso é a sua cara. — Ela passou seu olhar sobre ele, terminando com o foco em seu rosto. — Você está se transformando em um homem interessante, Matt Townsend. — Ela entregou-lhe a lata vazia e voltou para o banheiro.

Na porta, ela fez uma pausa e lançou um olhar de paquera por cima do ombro.

— E em um cara sexy também — um sorriso travesso iluminou

seu rosto. — Hmm. O que você imagina que se faz com aquelas bolas Ben Wa? — dizendo isso, desapareceu no banheiro e fechou a porta firmemente atrás dela.

Ela estava pensando em brincar com aquelas bolas vaginais? Seu pau estremeceu. Matt só tinha uma vaga ideia de como usar as tais bolas, mas apenas o nome já era excitante. E mais excitante ainda foi a ideia de que Merilee, que ficara constrangida com esse presente em sua despedida de solteira, agora querer experimentar. Falar sobre isso a estava transformando em uma pessoa interessante!

Meia hora mais tarde, ele e Merilee dirigiam-se para o jantar, com o braço dela enlaçado ao dele enquanto caminhavam pelo corredor, saindo do seu quarto.

Matt vestia calças cáqui que a vendedora tinha recomendado e uma camisa branca mexicana que ele e Merilee tinham comprado em Puerto Vallarta. Merilee, que o expulsara da cabine enquanto se vestia, estava vibrante e bonita em um novo vestido de verão estampado em tons de azul, enormes brincos de argola com papagaios e sandálias de salto alto que destacavam suas pernas bem torneadas.

O vestido apresentava o resto dela. A saia era rodada e na parte de cima havia pequenas tiras. Por baixo dessas tiras do vestido havia outras, mais finas e pretas, então ele sabia que Merilee estava usando sutiã. Um sutiã que erguia seus seios de forma que as curvas superiores e o espaço entre eles se mostravam de uma maneira que o atormentava.

— Você está muito sexy — disse ele.

— Eu já contei da camisola que Kat me deu?

— Acho que sim, mas não tenho muita certeza se entendi... — Merilee havia mencionado antes e falara de seda preta e rendas, e então Matt tocou um dedo nas tiras do ombro: — Você está com ela?

— Estou. É uma lingerie que tem embutido um sutiã de renda e seda e embaixo a renda preta com faixas de seda bordada. A parte inferior é... — ela interrompeu a descrição para sorrir enquanto um homem passou por eles, no corredor.

Matt tentou imaginar a peça. Parecia mesmo muito sexy. Mas o que tinha na parte de baixo?

Merilee ficou calada até o homem passar, e então se inclinou para perto de Matt e sussurrou:

—... a tanga fio dental.

Seu pulso acelerou.

— Você está usando uma calcinha fio dental debaixo desse vestido? — Ele engoliu em seco. — Você quer dizer que seu bumbum está totalmente nu?

— Por que você não tenta descobrir?

— Ah, caramba.

Será que ela queria que ele levantasse a saia e... Não. Claro que não. Eles estavam saindo para o saguão iluminado, onde dezenas de outros passageiros estavam indo em várias direções. Ele colocou seu braço ao redor dela, espalhando os dedos para que eles tocassem desde o final da cintura até a curva superior de seu bumbum. Sob a saia fina, sentiu a carne firme e quente.

Ela colocou o braço em volta dele também, chegando tão perto que seus quadris se esfregavam um no outro.

— Esta saia é tão leve e tão fina, dá tesão quando toca na minha pele. E eu me sinto ousada, como se estivesse quase nua.

A garota que ele havia conhecido nunca tinha falado assim, tão sexualmente aberta e provocante, em especial em público. Ah, sim, ela estava crescendo, e crescendo muito gostosa. Seu pau, subindo atrás da braguilha, estava entendendo muito bem isso.

— Você tem certeza de que está com fome?

Ele preferia ficar sozinho com ela e levantar a saia.

Inclinando um olhar brilhante para ele, ela disse:

— Morrendo de fome — ela passou a ponta da língua ao redor dos lábios cobertos de gloss rosa. — Pelo jantar primeiro, mas depois...

Ele deslizou a mão acariciando em círculos ao redor de seu quadril e no alto de sua bunda, desejando que não houvesse tantas pessoas ao redor.

— Por favor, me diga que você não quer ir assistir ao show.

— Que show? Ah, sim o show de Las Vegas, não é? Tenho certeza de que seria divertido, mas... — ela atirou-lhe um sorriso matreiro. — Estou esperando que nós vamos arrumaremos nossa própria diversão.

— Conte com isso.

Camisola preta, uma tanga fio dental, bolas vaginais... Ele não tinha apetite para nada, a não ser por Merilee.

Mas lá estavam eles, entrando na sala de jantar formal, e deliciosos aromas o fizeram repensar isso. Certo, ele poderia comer. Mas com rapidez.

A cena que eles viam poderia ter sido tirada diretamente de um guia de cruzeiros marítimos. Luz cintilante brilhava sobre copos de cristal e talheres polidos, e vasos de flores decoravam cada mesa. Um maître em smoking aproximou-se deles.

— Gostaríamos de jantar sozinhos — disse-lhe Matt com firmeza.

Quando ele estava sozinho, não se importaria de sentar em uma grande mesa junto de outros passageiros, mas não esta noite.

— Claro, senhor. — O homem levou-os passando por mesas ruidosas de oito ou mais pessoas para uma área mais calma com mesas para quatro e para dois. Com um aceno, ele indicou uma mesa vazia — um local romântico. Um garçom estará com vocês em um momento para anotar seu pedido de bebidas.

Eles agradeceram a ele quando se sentaram, então Merilee disse:

— E o vinho, branco ou tinto?

Embora ela estivesse visivelmente bem agora, ele se lembrou de quão doente ela ficara:

— O vinho é uma boa ideia? Talvez você deva ir com calma.

Merilee franziu a testa e apertou a mão em seu estômago.

— Eu me sinto ótima, mas você está certo. Vou ficar com a tônica.

Ele tinha acabado de fazer o pedido para duas tônicas quando uma morena bonita alguns anos mais velha do que eles e uma atraente senhora de cabelos brancos se aproximaram da mesa.

— Oi, vocês duas — disse Merilee sorrindo. — Matt, estas são minhas amigas Micky — ela indicou a mulher mais velha — e Des.

Ocorreu-lhe que essas tinham sido a Eva sexy e, oh, meu Deus, a dominatrix de couro preto que tinha visto com Merilee no baile a fantasia. Tentando afastar essa imagem de seu cérebro, ele se levantou e apertou suas mãos.

— Estou contente em conhecê-las. Merilee me falou sobre vocês.

— E de você também, pirata. — Havia um brilho malicioso no olho da mulher mais velha que o fez se perguntar o que Merilee tinha dito.

— Nós vimos vocês entrando — Micky continuou — e quisemos vir cumprimentar.

— E não, obrigada — Des entrou na conversa —, mas não vamos ficar, não que vocês estejam nos convidando.

— Hmm... — Ele deveria?

Ela riu.

— Estou brincando. Claro, vocês dois querem ficar sozinhos.

Merilee olhou para a mulher mais jovem.

— Como está se sentindo, Des?

— Tudo bem. Por quê?

Merilee tocou seu estômago novamente.

— Eu estou bem agora, mas acho que comi alguma coisa que não caiu bem. E pensei que poderia ter sido o camarão.

— Ah, coitada. Que pena. Mas não, estou totalmente bem.

— Eu também estou bem — disse Micky. — Mas você não disse que comprou algo de comer no mercado?

— Talvez seja isso.

— Pobre Merilee — disse a mulher mais velha. — Vá com calma hoje à noite, hein? Nada com muito molho ou picante.

A dominatrix estava sendo maternal. Ele tinha a sensação de que esta era uma mulher interessante.

— Sim, mamãe — disse Merilee, provocando. — Matt já está me ensinando.

— Muito bom — Micky assentiu com a cabeça em aprovação, enquanto o garçom trazia a tônica. — Vejo que você está em boas mãos — ela tocou o ombro de Merilee. — Tenha uma noite encantadora.

— Nós teremos. Vocês duas também.

— Nós deveríamos ter tanta sorte assim... — Micky murmurou.

Matt riu suavemente.

— Prazer em conhecê-las. — Depois que as duas se foram, ele estendeu a mão para pegar na de Merilee. — Agora vejo por que você gosta delas.

— Queria que elas morassem em Vancouver. Essa é a parte mais difícil em férias como esta, você conhecer pessoas incríveis e depois cada um seguir seus caminhos diferentes. Falando nisso — ela apertou a mão dele —, as duas pensam que você é apenas uma aventura que estou tendo a bordo.

Como estava bebendo tônica, Matt quase engasgou:

— O quê?

— Eu não quis contar para elas todas as nossas coisas particulares, e... — fez uma cara como se pedisse desculpas. — Tudo bem, certo, fui meio uma menina má. Elas chegaram a essa conclusão sozinhas e realmente eu não falei nenhuma mentira. Só me diverti um pouco sem desmentir essa história. Foi como estar de novo no papel da melindrosa, entende? Ou quando a gente brincou de primeiro encontro...

Ele olhou para ela com admiração.

— Você realmente sabe ser maldosa, hein? Legal saber disso.

— E estou gostando... Eu nunca cheguei a ser assim em casa, ou me permiti ser assim. Estava ocupada demais tentando ser a boa menina.

— Tentando? Eu pensei que isso vinha de modo natural.

— Depois de um tempo, sim. Mas, para falar a verdade, nenhuma criança é tão boazinha assim. Eu só queria que as pessoas me amassem.

Espantado, ele olhou para ela.

— Merilee, você é a pessoa mais amável que conheço.

— É muito bom ouvir isso — ela sorriu para ele. — Mas, honestamente, será que alguém de fato já viu meu verdadeiro eu? — Ela balançou a cabeça, fazendo as grandes argolas com papagaios saltar. — Quer dizer, nem eu sei quem a verdadeira Merilee é...

— Eu sei — Matt passou o polegar sobre o dorso de sua mão. — Ah, claro, você pode usar esmalte vermelho nas unhas, mudar o corte de cabelo, fazer tirolesa e agir como uma garota maldosa. Isso tudo é divertido... — e excitante. — Mas a essência de Merilee vai ser sempre a mesma.

— E quem é ela? — perguntou a garota, com uma curiosidade aparentemente genuína.

— Uma menina-mulher, que é doce e amorosa, que é louca por crianças, que espanta as aranhas de casa em vez de matá-las. — Uma mulher que era totalmente adorável.

Ela deu um pequeno sorriso e disse baixinho:

— Simpático de sua parte, mas minhas irmãs é que sempre foram impressionantes. Mamãe e papai, também, é claro. Eu sempre senti que não poderia me comparar a eles.

— Como, se comparar a eles? Você é totalmente diferente. E é a mais bonita. Você ilumina cada lugar em que estiver.

O sorriso se espalhou para os olhos e ela sorriu para ele.

— Obrigada, Matt. Eu acho que é a coisa mais bonita que alguém já me disse.

Ele sorriu de volta para ela, então, o estômago dela roncou alto, fazendo-os rir.

— Hora de jantar — disse ele, gesticulando em direção ao bufê.

Merilee levantou-se ansiosamente e ele caminhou atrás dela, pensando em como ela estava bonita com esse vestido, e imaginando o corpo na camisola embaixo dele. Incapaz de resistir em tocá-la, Matt tocou sua mão levemente na parte inferior das costas.

— Tudo parece gostoso e cheira tão bem — disse ela.

Merilee certamente parecia muito gostosa, mas suas palavras chamaram sua atenção para a variedade atraente de alimentos.

— É mesmo. — Com aquilo que ele tinha em mente para o resto da noite, era bom que ambos se alimentassem direito.

Ela estendeu a mão para servir-se de *paella*.

— Talvez seja melhor você não comer isso — disse ele. — Parece muito picante.

Ela fez uma pausa e, em seguida, olhou para cima.

— Matt, por favor, não me trate como um bebê. Estou crescida e posso muito bem cuidar de mim mesma.

Magoado, ele disse:

— Tudo bem.

Ela não se opôs quando ele cuidou dela quando estava doente, e sempre Merilee pareceu apreciar a sua consideração. Se ela achou que ele a tratava como um bebê, por que não tinha dito isso?

Talvez pela mesma razão que, naquelas vezes em que ela queria ver um filme e ele tinha planejado dar uma corrida, ele não tinha dito a Merilee. Era como uma mentirinha boba, mas dita pelas razões certas. Quantas coisas ambos tinham mantido ocultas pelo bem de ficarem juntos? Talvez isso não tivesse sido a coisa mais inteligente a fazer. O que significava que ele deveria estar feliz por Merilee ter falado agora, e não ficar ofendido assim.

— Desculpe — disse ele. — Eu sei que você é uma adulta. Ele esgueirou a mão para dar um aperto em seu bumbum. — Acredite em mim, eu sei.

Seu sorriso brilhou, e quando ela pegou um pouco da lagosta, que parecia muito pesada para um estômago sensível, ele manteve a boca fechada.

Eles encheram seus pratos com um pouco disso, um pouco daquilo, em seguida voltaram para a mesa e se fartaram.

— Conte sobre o mergulho de hoje — disse ela.

— Eu queria que você estivesse lá. Havia muitos peixes, cores incríveis e algumas formas muito estranhas.

Enquanto ela ouvia e fazia perguntas, Matt contou sobre a aula em uma piscina fora da loja de equipamentos de mergulho, depois sobre a viagem de barco para uma ilha no meio do mar, e o mergulho.

— Você não ficou nervoso?

— Animado, mas você precisa controlar a respiração para não utilizar o oxigênio da garrafa muito rápido. Eu nado há muito tempo, por isso tudo foi mais fácil.

— Eu sei disso. Você é um grande nadador.

— Obrigado. Então, como foi seu dia?

— Ótimo. Vou contar tudo sobre ele, mas depois de pegar a sobremesa.

Ele gemeu.

— Eu pensei que *nós* éramos a sobremesa.

Ele passou a noite toda excitado por imaginá-la na lingerie que ela descreveu. Matt não podia esperar para ficar sozinho com Merilee, levantar a saia, talvez experimentar as tais bolas Ben Wa.

— Somos *après* a sobremesa. Matt, tem chocolate naquela mesa do bufê. Um monte de guloseimas.

Ele não tinha esperança nenhuma de vencer o chocolate.

— Tudo bem, vamos para a sobremesa.

Eles foram ao bufê de sobremesas, onde ela gemeu ainda mais ruidosamente do que tinha feito na cama, e abasteceu seu prato. Matt de novo a ponto de avisá-la do que estava comendo, mas se absteve.

Assim que voltaram à mesa, encontraram o garçom perguntando se eles queriam uma bebida. Ambos escolheram café, que foi servido prontamente, quente e com delicioso aroma.

Enquanto eles provavam um pedaço de cada sobremesa – o bolo

Floresta Negra com cereja e chantili ganhando os votos de ambos como a melhor de todas –, Merilee descreveu a visita à Cidade Velha e à zona turística e depois o passeio pela praia.

Matt ouviu, e tudo nela, sua animação, a maneira sensual como saboreou as sobremesas, o brilho dourado de seu cabelo sob os lustres, as curvas no decote de seus seios enquanto ela se inclinava em direção a ele, o excitava. Assim como a ideia da camisola que ela usava, e o que pretendia fazer com ela quando estivessem sozinhos.

Por fim, ela empurrou de lado seu prato de sobremesa com apenas alguns bocados restantes. Merilee se acomodou em sua cadeira e estendeu a mão na direção dele.

— Foi bom fazer as coisas sozinha, mas senti sua falta.

Ele apertou-lhe a mão calorosamente.

— Eu também.

— Eu gostaria de ter a oportunidade de fazer um mergulho. Amanhã, com certeza. Eu quero muito nadar no mar daqui.

Amanhã, eles estariam em Cabo San Lucas. A partir daí, o navio voltaria para o terminal nos arredores de Los Angeles, e eles voariam para casa. Sim, por mais que tivesse gostado do mergulho, Matt tinha sentido falta de passar mais tempo com Merilee.

— Quer passar o dia juntos amanhã? É a nossa última chance de ver o México juntos, e claro que vamos nadar, sem dúvida.

Ela deu um sorriso feliz.

— Eu adoraria. — Então, deu um tapinha em sua barriga. — Se bem que eu não deveria ter comido tanto se queria ficar bem no meu novo biquíni.

— Eu vi você naquele biquíni. É o máximo.

Lembrava-se dele muito bem: pequenas tiras de tecido verde azulado vívido e com laços nos quadris, nas costas e no pescoço. Pequenos e simples laços que poderiam ser facilmente desfeitos. O pensamento fez seu pau se agitar mais uma vez. Suas calças estavam ficando apertadas e ele estava muito impaciente para ficar a sós com ela.

— É o máximo de ousadia para mim — disse ela. — Nada de biquínis fio dental.

Ele se inclinou sobre a mesa e disse baixinho:

— Mas calcinhas sim... — que ele não podia esperar para ver.

— E eu pensei que você tinha esquecido.

— Nem por um segundo.

Finalmente, a sobremesa acabou. Eles voltariam para o quarto e ele tiraria esse vestido, ou talvez apenas levantaria a parte de trás e...

***

Capítulo 14

A voz de Merilee invadiu suas fantasias.

— Eu mencionei que um dos presentes na despedida de solteira foi uma cueca tipo tanga com estampa de oncinha para você, não foi?

Isso abalou a fantasia dele.

— Pelo amor de Deus, de maneira nenhuma eu vou usar uma tanga dessas!

— Covarde — ela se endireitou na cadeira. — Se eu posso, por que você não pode?

— É que... Sei lá... Isso parece ridículo nos caras...

— Ah, então você já viu um monte de caras vestindo isso?

— Uns poucos. Nos vestiários... — ele fez uma careta, e baixou a voz ainda mais. — O pau do cara balançando e preso por uma tira de tecido e a bunda dele pulando para fora.

Os lábios de Merilee se torceram para cima como se estivesse lutando contra um sorriso.

— A minha bunda está pulando para fora e você não acha que isso é estúpido. E o que há de errado em ter o seu, hã, pau preso? — A cor subiu por suas bochechas. — Você até que tem um pau bonito...

— Puxa, obrigado. — Saber que ela pensava assim o fez inchar novamente, e ele desejou poder se recompor. — Mas, tipo, e se um cara fica duro? Não há lugar para ele... Er... Crescer!

— Essa tanga de oncinha não é assim tão minúscula. Por que não experimenta? Eu uso a versão feminina se você usar a masculina... Que tal amanhã, quando formos para o Cabo?

Ela em uma tanga de oncinha, ele definitivamente poderia aprovar. Mas ela não podia estar falando sério sobre Matt usar a versão masculina.

— Pronto, pode confessar que você está brincando.

Ela balançou a cabeça, apertou os lábios, os olhos brilhando.

— Não mesmo. Afinal, não queremos ser uns chatos, não é?

Ele gemeu. Talvez houvesse algo a ser recuperado na antiga Merilee. Aquela garota doce, um pouco tímida. No entanto, sua ereção votava pela atual.

— Vai ser excitante, acredite — disse ela despreocupadamente. — Você vai gostar da bunda nua quando se acostumar com isso. É só pensar que, se eu enfiar minha mão no bolso de trás de sua bermuda, a única coisa entre meus dedos e sua pele será uma pequena camada de algodão.

Certo, ela estava ganhando a discussão.

— Mas o lance da ereção será um problema — disse Matt. — Na verdade, apenas conversar sobre isso...

Ele mudou de posição na cadeira, tentando aliviar a crescente pressão no zíper de sua calça.

— Ahá! Então você está começando a ver as coisas do meu jeito.

— Ainda não. Você poderia ser bem mais persuasiva se estivéssemos sozinhos. Você precisa demonstrar o benefício dessa coisa de bumbum nu.

— Demonstrar? — Uma expressão travessa iluminou o rosto de Merilee. — O que você tem em mente?

A sala de jantar estava lotada, barulhenta, e ninguém estava sentado muito perto. Ao mesmo tempo, ele baixou a voz ainda mais e debruçou-se sobre a mesa. Ela estava querendo ser ousada? Tudo bem, ele era o pirata, oras. Ele poderia acabar com a ousadia dela.

— Quando estivermos naquele corredor comprido e estreito para o nosso quarto, quero deslizar minha mão sob sua saia e acariciar sua bunda.

A mão dela empurrou-se dentro do seu fecho, mas ela não se afastou.

— E então, eu quero passar meus dedos abaixo da linha da tanga. — Enquanto falava, ele ergueu a mão livre e arrastou seus dedos suavemente para baixo do lado do rosto, quase tocando-a na pele. — Entre suas nádegas e, em seguida, entre suas coxas. — Ele roçou a ponta do polegar contra os lábios entreabertos de Merilee. — E eu quero sentir você se molhar para mim.

— Matt!

Foi um protesto sem entusiasmo, o brilho em seus olhos denunciando-a.

O pau de Matt estava muito duro agora, sua respiração rápida e curta, não apenas de imaginar fazendo aquelas coisas com ela, mas de falar dessa maneira para Merilee em um lugar público.

A mão livre dela descansou em cima da mesa e ele a pegou para ficar com as duas mãos dela presas nas suas. Com firmeza, de modo que ela não poderia se afastar.

— Assim que estivermos lá dentro, eu quero que você se apoie na cadeira e se curve, daí vou levantar sua saia, empurrar de lado sua calcinha fio dental, e... — ele ecoou suas palavras do dia anterior, as que estavam presas em sua mente e o fizeram ficar excitado desde então —... comer você por trás.

Ela olhou, sem falar nada. Será que ele tinha ido longe demais? Então, ela engoliu em seco e respirou.

— Certo.

Ele pressionou um beijo rápido e firme em seus lábios, em seguida levantou-se. Ele não tinha enfiado sua camisa de verão para dentro da calça, e esperava que ela escondesse a protuberância substancial.

— Vamos.

Ela levantou-se de maneira mais lenta e colocou a mão na dele.

— Nunca tinha visto esse seu lado antes. Gosto dele, Matt.

— Bom...

Não é que ele nunca tivesse fantasiado sobre coisas como essas. É que ele sempre achou que um cavalheiro não levaria adiante tais fantasias. Mas se Merilee gostava, bem, ele tinha muito mais de onde veio isso.

Eles se apressaram pela sala de jantar, atravessaram o navio, onde pessoas vestindo bermudas ou vestidos de noite vagavam sem pressa. Finalmente, chegaram ao corredor que levava à sua cabine, e ele estava vazio.

Matt parou e, quando ela olhou para ele interrogativamente, puxou-a para mais perto e a beijou. A linda, sexy, doce, ousada Merilee. Com seus lábios, sua língua, seu corpo, ele disse que ela era todas essas coisas. Balançando os quadris contra o dela, Matt apertou sua ereção no corpo da garota, imaginando a camisola de renda preta sob o vestido fino e quente, as curvas suaves abaixo dela.

Ela se contorceu e sua respiração veio rápida e ofegante contra seu rosto enquanto sua língua se enroscou com a dele.

Ele colocou as duas mãos debaixo de sua saia esvoaçante e segurou as duas nádegas firmes.

Merilee deu um pequeno suspiro quando ele enfiou os dedos nelas, puxando-a ainda mais para que ele pudesse se esfregar contra seu corpo. Droga, ela estava quente. Ele queria comer Merilee, aqui e agora.

Quer dizer que ela gostava de um cara que fosse mais decidido? Beleza. Chega de beijar. Ele empurrou-a para longe e a virou para o corredor novamente. Ainda vazio, graças a Deus.

— Ande.

Quando ela começou a fazer isso, ele se posicionou ao lado, colocando a mão debaixo da saia e fechando-a em torno da bunda, sentindo a carne sedosa e o movimento firme e alternado de seus músculos.

— Se alguém aparecer... — advertiu ela com voz baixa, as maçãs do rosto rosadas.

— Não se preocupe, ande...

Ele deslizou dois dedos ao longo da faixa fina de sua calcinha, que dividia sua bunda traçando uma linha para cima e para baixo.

Ela diminuiu o ritmo das passadas.

— Isso é... Excitante.

— E desse jeito?

Ele pressionou entre suas pernas, puxando a tanga de seda contra sua carne. No momento em que o tecido ficou umedecido, Matt teve sua resposta.

Ela se esquivou ligeiramente de lado e disse sem fôlego:

— Não consigo andar quando você faz isso.

— Consegue, sim. — Cada vez que ele esfregava a seda, ela ficava mais úmida. — Quero você prontinha para mim. Quando entrarmos naquela cabine, não vai ter preliminares.

— Diga outra vez o que você vai fazer — ela sussurrou.

Que tal assim? Essa conversa a excitava tanto quanto a ele.

— Você vai se curvar, vou levantar a saia, empurrar de lado a sua tanga e vou comer você depressa e bem forte.

— Ah, sim. É isso que eu quero.

Chegaram à porta do quarto. Sem deixar de segurar Merilee entre as pernas, Matt usou a mão livre para tirar a chave de seu bolso, abrir a porta e acender a luz. Bateu a porta atrás deles. Guiando-a com a mão entre suas pernas, ele a empurrou para perto da cadeira que ficava sob a janela. Por fim, ele a soltou.

— Dobre o corpo. Segure o encosto da cadeira.

Quando ela o fez, ele levantou sua saia, revelando duas curvas perfeitas e suaves, enquadradas pela tanga preta. Ele estava tão excitado que mal conseguia abrir a calça, liberando seu pau latejante e o deixando embainhado. Então ele fez uma pausa. Ele poderia pressioná-la um pouco mais?

— O que você quer, Merilee?

— Você — ofegante. — Agora.

Ela quase desfaleceu ao se inclinar, de pernas abertas, oferecendo-se.

Ele lutou para se controlar.

— O que você quer que eu faça? Isto?

Ele empurrou de lado a fina faixa de tecido preto. Sua pele cor-de-rosa estava exuberante, inchada e brilhante com a umidade.

— Sim.

— O que mais? — Delicadamente, ele afastou suas nádegas e alojou a ponta de sua ereção na entrada da passagem dela. Com a calça e a cueca abaixadas até os tornozelos – e quem se importava? –, ele agarrou os quadris dela com as duas mãos e, utilizando cada grama de seu autocontrole, ficou sem se mexer. — Diz o que você quer.

O corpo de Merilee ficou tenso, e depois de um longo momento ela falou. A voz apenas um sussurro:

— Eu quero que você me coma, me coma por trás. Bem duro e bem rápido, agora.

Agora sim ela estava falando. Ele respirou fundo, se preparando, e penetrou Merilee.

Ela só disse:

— Oh! — Em um suspiro.

— Tudo bem?

— Oh, sim.

Como ela estava segurando na cadeira enquanto ele a penetrava repetidas vezes, não havia muito que pudesse fazer, apenas receber as estocadas de Matt. Ele sentia-se forte e poderoso, pairando sobre ela enquanto a mulher se inclinava, arqueando as costas e empinando a bunda. Na noite anterior, ele a colocara em cima, no controle, e agora era a vez dele.

Mas ela estava gostando disso? Merilee tinha ficado quieta novamente. Mas então, ele também havia ficado quieto, com exceção de sua respiração irregular e de seus gemidos de prazer. Talvez ela não fosse a única que poderia falar mais na cama. Então Matt disse a ela exatamente o que estava pensando.

— Merilee, você é muito gostosa.

Matt puxou para fora alguns poucos centímetros, e depois empurrou de volta, olhando fascinado para onde seus corpos se uniam. As curvas gêmeas de sua bunda estavam tão empinadas e firmes, tão suaves e de pele tão delicada, de modo totalmente feminino, e seu membro parecia tão primitivo e masculino.

— Ver o meu pau entrar e sair de você dá muito tesão.

Esse ângulo estava gostoso para ela? Ele se inclinou sobre a mulher, segurando-a com um braço em volta da cintura, e a beijou na nuca.

— E aí, está gostando?

— M-muito — disse ela, sem fôlego.

Ele estendeu a mão ao redor dela e acariciou sua barriga lisa, deixando seus dedos passearem para baixo em seus pelos macios, mas não mais longe que isso.

— Posso deixar melhor? É só me dizer.

Seu corpo tremia.

— Toque em mim, Matt.

A necessidade de chegar ao clímax estava se construindo enquanto ele bombeava dentro dela. Ele controlou essa necessidade, adorando assistir enquanto as inibições dela se rompiam.

— Onde?

Mais uma vez ele acariciou através de seus pelos pubianos.

— Meu... Meu c-clitóris — sussurrou Merilee.

— Oh, sim, querida. — Ele acariciou o broto inchado.

Ela se retorceu contra sua mão, choramingando de tesão.

Ele apertou com gentileza.

— Você é tão gostosa que me deixa louco, M!

A menina tímida que tinha perdido a virgindade com ele havia crescido, com certeza.

Ela gritou, o corpo pulsando contra ele no clímax.

Sem a necessidade de segurar por mais tempo, ele deixou o próprio orgasmo passar através dele para dentro dela.

Quando sua força diminuiu, Matt se debruçou sobre Merilee, enfraquecido, enquanto ela se inclinava na cadeira resistente. Finalmente ele a soltou, tirou o preservativo e ajudou-a a se endireitar. Sua saia voltou para baixo e ela ficou de pé, de costas para ele, olhando pela janela.

— Você está bem? — perguntou Matt.

Lentamente, ela se virou e ele viu as faces coradas e os olhos grandes.

— Estou ótima. Foi incrível. Mas não acredito que fizemos isso com as luzes acesas, sem puxar as cortinas.

— Não há nada lá fora, a não ser o oceano! — O navio já tinha tomado seu curso de volta havia algum tempo.

— Eu sei, mas... Ainda assim é meio pervertido. — Um sorriso começou a crescer no rosto dela. — Não que haja algo de errado com algumas coisas pervertidas...

Ele riu e lhe deu um beijo no nariz.

— Estou contente por você se sentir assim. — Ele deu um passo para tirar a calça e a cueca, em seguida começou a desabotoar sua camisa. — Falando nisso, quer descobrir o que as tais bolas Ben Wa fazem?

— S-sim — respondeu ela timidamente.

Um pensamento lhe ocorreu.

— Por que você trouxe as coisas da despedida de solteira? Você estava pensando que... nós... Hã...

O quê? Voltaríamos? Faríamos amor?

Ela balançou a cabeça.

— Eu esqueci que tinha trazido. Quando fiz a mala para, você sabe, a lua de mel, eu enfiei os presentes nesse compartimento separado no fundo. Então desfiz as coisas e estava muito estressada. Sábado à noite, joguei tudo na mala novamente com pressa quando decidi vir ao cruzeiro. Enfim, foi tanta coisa acontecendo que esqueci que tudo isso estava lá.

Provavelmente ela tinha esquecido porque essas coisas a haviam deixado envergonhada. Matt estava muito feliz por ela ter superado isso, e por ele poder ajudar no processo.

— Deixe-me ver as bolas.

Ainda vestida, ela vasculhou em uma gaveta da cômoda, em seguida, entregou-lhe um pacote ainda fechado.

Através da embalagem de plástico, ele viu duas bolas douradas, cada uma com mais ou menos quatro centímetros de diâmetro, unidas por uma corda. Essas bolas entrariam nela, exatamente naquele lugar onde ele tinha acabado de penetrar?

Observei Matt enquanto ele estudava o pacote que tinha me causado tanto embaraço na semana anterior, e agora isso meio que me intrigou.

— Vá em frente. Abra. Acho que não vai morder.

A coisa maravilhosa sobre explorar meu lado travesso com Matt era que eu confiava nele totalmente. Quer fosse o pirata, um "cara no primeiro encontro", ou a versão mais ousada, mais sexy do cara que sempre conheci, eu sabia que ele nunca ia me machucar nem me forçar a fazer algo que eu não quisesse.

Ele abriu a embalagem de plástico e retirou as duas bolas, que ficaram oscilando pela corda. Elas balançaram hipnoticamente. Se fossem feitas de metal, teriam emitido um som alto quando se chocaram, mas eram de algum material sintético. Dentro de cada bola havia uma menor que ficava sacudindo. Bolas duotone, dizia no pacote.

— Eu li o rótulo — disse a ele. — Aparentemente, são ótimas para fortalecer os músculos internos.

— Sei... Então é isso que você quer fazer agora? Exercícios?

— Não, eu só estou dizendo que têm um, hã, uso legítimo.

Uma sobrancelha levantou-se, provocando-me.

— Sexo não é legítimo?

— A menina que me deu isso de presente falou que vem a calhar quando está com as amigas também. Que elas...

— Vamos, não me deixe esperando.

Sabendo que minhas bochechas estavam rosa brilhante, eu disse:

— Ela coloca isso dentro, senta-se em uma dessas grandes bolas de exercício e fica balançando. Para frente e para trás e para os lados. Elas mudam de posição, esbarram uma contra a outra, e ela tem um orgasmo.

— Sério? Uma das nossas amigas? — a sobrancelha se ergueu de novo, mas ele rapidamente levantou a mão. — Não me diga. Eu não quero saber.

— Não se preocupe, não vou contar.

— Certo, é isso o que ela faz, mas caso não tenha notado, você tem um cara no quarto — de maneira provocante, ainda acrescentou: — Não é bom para o meu ego saber que algumas bolas douradas podem me substituir.

Ele baixou a mão para que as bolas Ben Wa pendessem ao lado de sua ereção crescente. Elas realmente pareciam minúsculas ao lado dele. E foi o inchaço de seu pau, não as bolas, que fez o meu interior tremer.

Ainda assim, eu não ia desistir de bancar a ousada.

— Quero tudo. Você e elas.

Eu estendi a mão em concha e ele deixou cair as bolas nelas. Então joguei as sandálias de salto alto para longe e fui para o banheiro.

— Ei!

— Só um minuto.

Fechei a porta, querendo privacidade para inseri-las pela primeira vez. Seria muito constrangedor se eu as colocasse e elas caíssem imediatamente depois.

Lavei-as com água quente e sabão e em seguida enxaguei. Curvando meu corpo um pouco, afastei a calcinha encharcada e cuidadosamente cutuquei uma bola dourada no interior de meu canal, depois a outra, prestando atenção para não perder o cordão puxador. Elas não machucaram, só fiquei me sentindo um pouco... cheia. Contraindo os músculos para mantê-las no lugar, endireitei o corpo e me olhei no espelho.

Humm. Eu parecia exatamente a mesma de antes. Uma loira corada de cabelo bagunçado e usando um vestido bem leve, com brincos de argola com papagaios pendurados nas orelhas. Eu poderia sair em público assim e, supondo que não fizesse movimentos bruscos e perdesse as bolas, ninguém jamais saberia. Eu poderia sair para jantar com Matt, e no meio da refeição contar-lhe sobre as bolas. Dei um sorriso maroto para meu reflexo. Ah, não, não era mais aquela chata e entediante da antiga Merilee.

Recatadamente, andando com cuidado, saí do banheiro. Dentro de mim, as bolas mudavam de posição a cada movimento, e eu me contraí contra elas. Imaginei meus músculos internos ficando mais fortes, e flexionando-se contra o pau de Matt enquanto ele empurrava para dentro e para fora. Não sabia se eram as bolas ou meus pensamentos eróticos, o fato é que estava ficando excitada.

— Bem... — quis saber Matt. Suas bochechas estavam coradas, também, e ele estava totalmente ereto agora.

Poderosamente ereto. Muito sexy, mas será que ele caberia dentro de mim com as bolas?

— Merilee? Você colocou as bolas?

— Sim, estão lá e parecem... Meio estranhas, mas está uma delícia.

— Será que tem espaço lá para mim também?

— Eu estava pensando sobre isso agora mesmo.

— Ei. — Ele tocou minha bochecha. — Se não der certo, tudo bem. Você sabe que nunca machucaria você.

Eu respirei fundo e coloquei minha mão sobre a dele.

— Eu sei. Só estou um pouco nervosa.

— Vamos ver o que podemos fazer. — Ele me beijou suavemente, com apenas uma tentadora lambida de sua língua em minha boca, e depois disse: — Vire.

Ele ia levantar minha saia de novo? Mas não, quando virei de costas, Matt deslizou o zíper do meu vestido para baixo, seguindo-o com beijos e lambidas. Quando chegou à base da minha coluna, mudei os pés de posição, inquieta, querendo mais. Então, percebendo que ele tinha me distraído de contrair as bolas, rapidamente apertei meus músculos outra vez.

— Pare. Eu vou perder essas bolas.

Ele se afastou e meu vestido caiu no chão. Cautelosamente, me despi dele, pisando para fora.

— Bem, adoro ver você por trás — disse ele. — Agora, vire e me deixe ver você de frente.

Vestindo a camisola negra, eu me virei para encará-lo.

— Ah, sim, isso é bom. Muito bom. Ainda melhor do que tinha imaginado. Caramba, você é deliciosa — Suas bochechas estavam vermelhas, e um brilho malicioso cintilou em seus olhos. — Sente na beirada da cama e balance como se estivesse em uma bola de exercício.

— E-eu...

— Faça isso. E me diga como se sente.

Um arrepio de excitação percorreu meu corpo. Dei alguns passos para sentar na beira da cama. Apertando minhas coxas, balancei um pouco. Oh, meu Deus, era muito excitante.

— Conte para mim — exigiu Matt.

— É como se tudo estivesse em movimento dentro de mim. As pequenas bolas no interior das maiores, as maiores quicando uma contra a outra e se esfregando contra mim. Vibrações em todas as direções.

De pé a alguns passos de mim, com o olhar intenso, ele perguntou:

— Isso dá tesão?

— Dá...

Eu até podia me imaginar chegando ao clímax dessa forma, especialmente se abaixasse minha mão e estimulasse meu clitóris.

Ele pegou sua ereção em uma mão e acariciou a si mesmo.

Meus olhos se arregalaram e minha respiração acelerou. Ele nunca tinha feito isso na minha frente antes.

— Isso também dá tesão — admiti.

— Eu quero entrar em você. Quero sentir todas essas vibrações.

Deitei-me na cama.

— Eu quero sentir você. Mas vamos fazer isso lentamente e com calma, tudo bem?

— Se doer, me avise.

Ele colocou o preservativo, depois veio por cima de mim, se acomodando entre minhas pernas enquanto eu as abria um pouco. Seus dedos afastaram a calcinha para o lado e seu pau empurrou gentilmente, me abrindo e deslizando para dentro.

As bolas mudaram de lugar, abrindo espaço, e eu engasguei.

Ele parou.

— Tudo bem?

— Tudo, é que é... estranho. Não é ruim, mas estranho.

— Sim... eu também. Eu nunca senti nada parecido com isso.

Ele foi devagar para mais fundo, e eu nunca me senti tão... completa. Em seguida, em pequenos movimentos, ele começou a deslizar para dentro e para fora, e cada movimento fazia as bolas se mexerem.

— Oh!

Coloquei meus braços em torno dele e me segurei, meu foco lá dentro, tomada pelas sensações. Era diferente de quando ele brincou com meu clitóris e tudo meio que se reuniu e se concentrou; agora, as sensações eram mais difusas. Mas tão excitantes quanto as outras. Eu me senti como se nós dois estivéssemos nos mexendo juntos para gozar.

— É muito bom — ele ofegou. — E para você?

— Oh, sim.

Eu arqueei minhas costas, sentindo meus mamilos tensos se esfregando contra o peito dele, a renda macia de minha camisola estimulando a abrasão entre nossos corpos.

Seus lábios encontraram os meus, e ele impulsionou a língua dentro da minha boca no mesmo ritmo lento, implacável, sedutor. E agora meu foco não era apenas minhas sensações internas, mas ele também. Matt, o meu melhor amigo durante catorze anos, era agora o meu incrivelmente sexy companheiro de diversão.

Chupei sua língua, brinquei com ela, senti o arranhar suave da sua barba por fazer contra meu queixo. Olhamos um para o outro dentro dos olhos e senti a mesma conexão emocional que sempre existira entre nós.

Dentro de mim, a pressão crescia. *Me balance, M. Me balance, me leve, leve nós dois aonde queremos ir.*

Como se tivesse ouvido o meu pensamento, ele fez exatamente

aquilo, até que nossos corpos se apertaram e estremecemos em uma doce explosão.

Os tremores cruzaram meu corpo durante muito tempo enquanto Matt estava deitado, respirando com dificuldade, em cima de mim.

Finalmente, ele saiu de cima. Ele descansou a mão com suavidade no meu monte.

— Quer deixar as bolas dentro?

Eu gemia.

— De jeito nenhum. Eu não tenho mais músculos sobrando...

Ele puxou a corda e outra série de pequenos choques ondulou pelo meu corpo quando as bolas deslizaram, uma por uma, descendo para fora do meu canal.

Enquanto ele as guardava e jogava fora o preservativo, tirei a camisola.

Matt deitou-se de novo e me puxou para perto. Eu me enrolei de lado e me aconcheguei contra ele, minha cabeça na curva de seu ombro, braço e coxa jogados através do corpo dele. Ele era tão firme, tão masculino... Como era possível eu não ter notado quando seu corpo se transformou no de um homem?

Meu corpo parecia macio e eu me sentia muito satisfeita, e ainda assim... Naquela noite, deixara de lado todas as inibições e me abrira para Matt de um jeito que nunca tinha feito antes, e senti não apenas a excitação, mas a emoção entre nós. E ainda não éramos de fato um casal. Estávamos usando preservativos, um tanto inseguros quanto ao que o futuro nos reservava.

Aquela noite, eu percebi, tinha sido uma daquelas portas abertas de que Jenna falou. Matt e eu a cruzamos e estávamos em uma nova jornada. O tempo iria dizer para onde isso nos levaria. Por enquanto, tentaria apenas viver o momento.

Passei a mão em sua barriga magra e para baixo para fechar meus dedos em seu pau.

— Você sabe que vou ter que contar sobre isso para minhas irmãs.

Ele me empurrou.

— O quê?

— Elas estavam compartilhando todas aquelas histórias sobre suas aventuras sexuais, no avião, na praia, fazendo Kama Sutra, e fiquei totalmente de fora.

— Eu sei que você e suas irmãs são competitivas, mas calma lá, sobre sua vida sexual também?

— A questão não é sermos competitivas, mas ficamos muito excitadas por estar com caras gostosos como vocês...

Ele bufou.

— Você é competitiva.

— Tudo bem, mas e daí que sou? Você se compara muito bem com os namorados delas, senhor Townsend. — Eu dei um ligeiro apertão no pau dele. — Por que eu não deveria me vangloriar?

— Você e suas amigas ficam furiosas quando os caras falam sobre as meninas com quem transaram — ressaltou Matt.

Eu pensei sobre isso por um momento, depois dei de ombros.

— Dois pesos e duas medidas. Só isso tenho a dizer.

Ficamos deitados em silêncio por alguns minutos, e pensei sobre algo que Theresa tinha dito.

— O que você sabe sobre a teoria do caos?

— Er, Merilee, é quase meia-noite, acabo de realizar minhas fantasias — ele deu um beijo no topo da minha cabeça — e estou acabado. Você quer conversar sobre a teoria do caos?

Minhas fantasias eram sobre fazer amor. Não que eu fosse muito a fim de sexo bizarro, mas eu queria fazer isso com alguém que amasse, e que me amasse também.

Eu me afastei um pouco para que pudesse ver seu rosto. Aquela barba por fazer de fato o deixava mais velho, mais ousado, e eu gostei disso.

— Conversei com Theresa mais cedo — continuei. — Ela me disse que o cientista, o namorado da Jenna, tinha essa teoria do caos sobre mim e minhas irmãs. Quando telefonei a elas para contar que eu ia me casar e que elas precisavam voltar para casa, isso fez todas tomarem caminhos que nunca tomariam se não fosse por causa disso. E então elas cruzaram com aqueles três caras. Foi por minha causa que minhas irmãs encontraram o amor. — E Matt e eu terminamos e começamos a trilhar novos caminhos. Hoje à noite, eu senti uma esperança de que nossa jornada nos levaria a nos unir novamente, mas desta vez mais fortes e melhores do que antes.

— Isso é legal. Mas... — ele ficou quieto por um momento. — Quer dizer, por causa de tudo isso você cancelou o casamento. Isso é muito irônico, se parar para pensar.

Irônico. E um monte de outras coisas, algumas ótimas e outras não tão boas.

— Tem sido bom para nós, apesar de tudo. Doloroso, mas bom. De outro modo, não acho que teríamos praticado tirolesa, ou você faria aula de mergulho, ou passaríamos por tantas transformações, ou...

— Usaríamos as bolas Ben Wa... — interrompeu ele. Matt deu uma risada rápida, depois espreguiçou, flexionando e tensionando aqueles músculos gloriosos. — Ei, você se lembra de quando eu tinha dez ou onze anos e sofria com dores nas pernas? Minha mãe disse que eram dores de crescimento, que crescer às vezes podia ser doloroso. Isso é mais ou menos o que estamos passando.

— É melhor do que não crescer.

— Concordo. Mesmo que seja um pouco inquietante.

Eu me enrolei de novo, com a cabeça aninhada no seu ombro. Aqui estávamos nós, aconchegados de um modo que era tão... Oh, tão familiar, depois de relações sexuais que foram mais sensacionais do que qualquer coisa que eu pudesse imaginar. Sim, isso era inquietante.

Quando tínhamos sete anos, havíamos nos reconhecido como almas gêmeas. Isso por acaso ainda poderia ser verdade? Quando e como poderíamos descobrir essa resposta?

Matt bocejou e acariciou meu ombro.

— Você acabou comigo, gatinha. Vamos ter uma boa noite de sono. Amanhã vamos nos divertir no Cabo.

Dormir juntos, acordar juntos, passar o dia juntos. Tudo isso parecia uma maneira muito boa de dar alguns passos em nossa jornada. Mas, só para ter certeza de que não iríamos cair em nossa velha rotina entediante, eu disse:

— Sim, vamos nos divertir muito. Em nossas tangas com estampa de oncinha.

Eu sorri contra seu peito enquanto ele resmungava.

Acordei com o calor de um corpo masculino firme me fazendo conchinha e com a luz do sol aquecendo meu rosto. Mais uma vez, tínhamos nos esquecido de puxar as cortinas. Um olhar para o relógio me disse que deveríamos levantar se quiséssemos tomar café da manhã antes de sair do navio.

O pensamento de tomar o café da manhã enviou um tremor inesperado de náuseas para meu estômago. Seguido por outro mais forte e, logo em seguida, eu estava fora da cama correndo para o banheiro.

Apoiando sobre o vaso sanitário, fazendo esforço para vomitar, eu me xinguei por ter comido muito na noite anterior.

Matt bateu na porta trancada.

— Merilee?

— Vá embora — embaraçada, afundei no chão frio. — Deixe-me sozinha.

— M, quero entrar. Deixe-me ajudar.

— Não, eu... — parei, a necessidade de vomitar voltara. Quando finalmente o estômago estava vazio, pressionei a descarga e me arrastei até sentar no assento do vaso sanitário fechado. Meu estômago estava se normalizando, graças... — Um minuto — disse eu, com a voz rouca. — Estou me sentindo melhor.

Trêmula, levantei-me para lavar o rosto e escovar os dentes, em seguida abri a porta para encontrar Matt, nu, encostado na parede ao lado.

— Acho que estou bem agora — expliquei.

Antes que eu pudesse caminhar em direção à cama, ele me ergueu e me levou alguns passos. Era como uma reprise do dia anterior, ele me colocou na cama e me trouxe uma lata de tônica.

— Vou chamar o médico do navio.

— Não, espere.

Sentando-me na cama, tomei um gole da bebida com cautela, aliviada pela náusea estar desaparecendo.

— Uma intoxicação alimentar pode ser sério.

— Não pode ser uma intoxicação alimentar, e não duas vezes seguidas. Eu só comi muito ontem à noite quando minha barriga ainda estava sensível. Bem, pode dizer "eu avisei".

— Você não quis me ouvir ontem à noite, é melhor me ouvir agora. Eu quero que você consulte um médico.

Agora isso parecia uma bobagem.

— Por comer comida apimentada e gordurosa depois de uma intoxicação alimentar? Matt, eu já estou me sentindo muito melhor. E você está me desgastando, discutindo desse jeito.

Ele franziu a testa quando eu disse:

— Deixe-me deitar um pouco. Você toma banho, vai tomar café da manhã, depois volta e vamos ver como me sinto.

— Eu não vou deixar você sozinha doente.

Suspirei. Ele era um cara muito legal, mas eu só queria cochilar até me sentir melhor.

— Então, tome banho e peça o serviço de quarto, mas, por favor, não peça nada que tenha muito cheiro de comida. — Afundei-me na cama e puxei as cobertas para cima dos ombros. — Nada de médico. Por favor?

— Como quiser — respondeu Matt a contragosto.

Ele deu um beijo na minha testa antes de me virar, colocando minhas costas contra a luz que vinha da janela.

Ouvi quando Matt foi ao banheiro, ouvi a água do chuveiro escorrer e então apaguei para o mundo.

Acordei novamente com a luz do sol e não me mexi, avaliando como minha barriga se sentia. Não tremia, nem roncava. Lentamente, me virei. Matt estava sentado na cadeira – hummm, legal, usando shorts e sem camisa – absorto no livro de Damien. Na mesinha ao lado dele, estava uma bandeja. Sentei-me, vendo os restos do café da manhã: um recipiente vazio de iogurte, uma caixa de cereais, frutas, uma fatia de pão e um copo de suco vazio.

Meu estômago borbulhava, de fome agora. Mas, desta vez, não apressei as coisas. Pequenas porções, alimentos leves.

Saltei da cama e Matt ergueu a cabeça.

— Estou começando a manhã de novo — disse a ele. — Esqueça tudo o que aconteceu mais cedo, promete?

Que horrível ele despertar ao som de Merilee vomitando... Argh!

— Como você se sente?

— Muito, muito melhor, e preciso de um banho.

Fui ao banheiro, a energia retornando a cada passo. Uma chuveirada revigorante terminou meu processo de recuperação. Passei um pente no meu cabelo úmido, coloquei um pouco de maquiagem e enrolei uma toalha em meu corpo.

Ele ainda estava na cadeira, sem camisa e muito atraente, quando saí do chuveiro. Ao me aproximar, Matt colocou o livro de lado.

Subi em seu colo e coloquei meus braços ao redor de seu pescoço.

— Bom dia, bonitão.

Ele me abraçou e me deu um beijo rápido.

— Vista-se que vamos para a clínica médica. Eu descobri onde fica.

Cuidar de mim era ótimo. Ser superprotetor, nem tanto.

— Não seja tão preocupado e pessimista. Eu estou bem — abri a toalha e mostrei. — Está vendo?

Seu olhar caiu para os meus seios, depois voltou lentamente para meu rosto.

— Não brinque com isso. Você estava realmente doente. Deve consultar um médico ou, pelo menos, uma enfermeira, e ficar na cama.

Certo, eu tinha sido boba ontem à noite e exagerado com aquele bufê. Mas era adulta e podia tomar minhas próprias decisões. Enrolei a toalha apertada novamente, e apontei a janela.

— Estamos em Cabo San Lucas. Eu quero ir para a praia. Pare de me dizer o que fazer.

— Eu só estou tentando cuidar de você, já que não parece querer cuidar de si mesma.

— Pare de ser paternalista. Quem deve que cuidar de mim sou eu e pronto.

— Que belo trabalho... — e Matt fez uma careta para mim.

Fiz uma careta de volta. Então disse:

— O que estamos fazendo? Nós nunca discutimos assim.

— Tem razão — suas sobrancelhas se juntaram. — Porque sempre concordo em deixar você ficar feliz.

— Então faça isso agora.

Ele balançou a cabeça, negando.

— Você disse que eu era chorão. Queria alguém decidido, que assumisse o comando.

— Nem sempre. Não quando estou certa.

Nossos olhares irritados se fecharam um no outro. Um toque de humor brilhou nos olhos de Matt e percebi o que eu tinha acabado de dizer. Um momento depois, estávamos rindo.

— Acho que ainda temos algumas coisas para trabalhar — disse ele.

Isso era a pura verdade. Com um sentido de descoberta, eu disse:

— E talvez tenhamos que concordar que às vezes é bom discordar. Quer dizer, discutir não é o fim do mundo.

— Não é, mas eu não gosto disso. — Ele fez uma pausa e continuou: — Tudo bem, tenho que admitir que falar as coisas é melhor do que ficar quieto quando se está chateado.

— Tem razão — mais uma vez caí sobre o colo dele e entrelacei os braços ao redor do pescoço. — E, falando sério, estou ótima. Morrendo de fome, mas ótima — estendi a mão para um dos pedaços de torrada, mordisquei um pouco e então esperei para ver como minha barriga reagia. — Está vendo? Eu só exagerei na noite passada. Hoje, vou ter mais cuidado. Eu prometo — dei mais algumas mordidas. — Você quer ir para Cabo, não é?

— Claro que quero. Porém...

Matt brincou com a borda superior da toalha que eu tinha torcido para segurar.

Tentador, muito tentador. Mas hoje era a nossa última chance de explorar o México juntos. Eu peguei a mão dele e joguei longe a toalha.

— Bem, eu quero ir para a cidade. E vou até prometer que você pode me dizer o que estou autorizada a comer. Fechado? — encostei a minha testa na dele e olhei bem fundo em seus olhos.

— Bem, combinado.

— E em troca... — levantei do colo dele, fui até a cômoda e abri uma gaveta. — Vou dizer — virei com as duas tangas de oncinha na mão, a masculina e a feminina — o que você vai vestir.

***

Capítulo 15

Matt ergueu as mãos, as palmas voltadas para mim em sinal de protesto.

— Você não está falando sério.

— Não, estou brincando. Brincando e sendo maldosa. E você gosta disso — joguei a tanga masculina para ele. — Tire a roupa e vista. Quero ver como fica.

Os lábios dele começaram a se curvar.

— Você primeiro.

— Sem problema — deixei a toalha cair e virei de costas. Abaixei-me, mais do que realmente precisava, e vesti a calcinha, levando mais tempo do que o necessário. Ainda abaixada, dei uma olhada por cima do meu ombro. — Tudo bem até agora?

— Caramba, Merilee.

— Vou encarar isso como um sim.

Sorrindo para mim mesma, ajeitei o fio dental, deslizei um dedo pela alça de trás, puxando-a para longe do corpo e deixando-a cair de volta no lugar. Então me virei para encará-lo.

— E agora, vamos testar se esse negócio consegue mesmo segurar uma ereção — disse ele.

Logo que baixou o calção, uma bela ereção se viu distendida na frente de sua boxer. Ele tirou a cueca e sua ereção apareceu livre. Depois de passar a mão nela, perguntou:

— Tem certeza de que não quer ficar aqui e brincar um pouco?

— Você faria qualquer coisa para não precisar sair vestindo uma tanga — brinquei. Ele de fato me deixou com a boca, e outras partes íntimas, cheia d'água, mas Cabo estava lá, esperando. — Vista isso.

Com uma careta, ele entrou na tanga e puxou-a para cima, forçando seu membro inchado a se acomodar no tecido acanhado. Em muitos dos homens, aquela roupa teria parecido ridícula, mas ele tinha o corpo para vesti-la.

Eu disse toda alegre:

— Ah, mas é claro que vou ficar pensando nisso durante todo o dia, ansiosa até a hora de tirar essa coisa quando voltarmos para cá à tarde.

Ele não ficou estudando seu reflexo, apenas puxou o calção para cima e vestiu uma camisa de verão que escolhemos juntos em Puerto Vallarta.

Enquanto isso, olhei minhas roupas, dividida entre a minissaia jeans ou shorts.

— O que você acha que vamos fazer?

— Que tal um passeio de observação de baleias? E nadar. — Ele jogou seu traje de banho em cima da cama com uma toalha. — E me deixe adivinhar, você quer fazer compras.

— O que você esperava? Eu sou mulher.

— Estou percebendo — e Matt piscou. — Podemos arrumar tempo de fazer tudo. Desde que você se apresse e se vista.

Ele deu um tapa no meu traseiro nu com a palma da mão, não com força para machucar, mas o suficiente para arrancar um estalo.

Um arrepio começou a se espalhar através de mim. Talvez um dia pudéssemos tentar aquele lance de apanhar novamente...

Com um pãozinho no meu estômago como café da manhã, caminhei pelo porto de shorts azul-marinho e uma blusa azul-turquesa, observando restaurantes e lojas para conferir mais tarde. A mão de Matt segurava a minha frouxamente, uma sacola com as nossas coisas para o dia sobre o outro ombro. Ele parecia mais interessado nas dezenas de embarcações de passeio ancoradas na baía. Estávamos indo em direção à área onde as excursões de observação de baleias partiam.

— Estou contente que vamos passar o dia juntos — comentei, balançando nossas mãos unidas, saboreando a companhia dele neste dia perfeito.

Ele apertou minha mão.

— Eu também. Na verdade...

— Você acha que...

No mesmo momento, comecei a imaginar se ele achava que veríamos mesmo algumas baleias. Nós dois começamos a rir.

— Você primeiro — disse ele, atencioso como sempre.

Olhando para ele, com o sol mexicano sobre os nossos ombros, uma revelação me atingiu: Matt era minha alma gêmea, isso era claro. Eu sempre o amei, e agora, em meu coração, tinha certeza de que era um amor para sempre. Ele podia não ser daqueles que faziam grandes gestos românticos, mas havia me mostrado fogo e paixão, e a capacidade de brincar e jogar. Ele usaria uma tanga de oncinha se o desafiasse a fazê-lo, e hoje mais tarde eu iria garantir que Matt não se arrependesse de ter feito isso. Acrescente-se a tudo isso sua consideração e confiabilidade, e ali estaria o homem perfeito.

A razão pela qual minhas irmãs estavam emocionadas com seus

novos amores era porque seus relacionamentos eram novinhos em folha. Mas o meu com Matt, a emocionante combinação do antigo e do novo que estávamos construindo, era ainda melhor.

Era de fato estranho que eu tivesse que cancelar nosso casamento para que ambos levássemos nossos sentimentos para um nível mais profundo e mais emocionante... Ou talvez eu estivesse tirando conclusões precipitadas. Matt era a pessoa que tinha dito que deveríamos terminar. Agora, ele estava claramente curtindo nossa vida sexual e eu sabia que ele ainda gostava de mim, mas o que ele estaria pensando sobre nosso futuro?

Esqueça minha pergunta trivial sobre as baleias, eu tinha uma questão mais importante.

— Como você acha que as coisas serão quando chegarmos em casa?

Estaria Matt pronto para voltar a ficar comigo como um casal de verdade em vez de apenas sairmos como amigos e amantes?

— Eu...? — Ele me estudou por um momento, depois desviou o olhar, como se estivesse pensando nisso. — Eu... Eu acho que precisamos manter isso que estamos fazendo nesta semana, certo? Quero dizer, não podemos voltar a ser como gêmeos siameses. Temos que continuar descobrindo quem somos como indivíduos. Eu acho que isso vai realmente ajudar a fortalecer nosso relacionamento.

Humm. Não foi a declaração de amor que eu esperava, mas o que ele disse era verdade.

— Sim, acho que está ajudando, sim. Na verdade, isso me lembra uma coisa que Jenna me disse. As pessoas têm que ser independentes, portanto, quando derem seu amor, saberão que isso foi feito pela *vontade*, e não pela *necessidade*. — Não mencionei essa frase de minha irmã como uma dica, mas quis que fosse definitivamente uma abertura para ele dizer que me amava.

Em vez disso, ele olhou para os barcos de novo, depois de volta para mim.

— Acho que é verdade. Então, precisamos fazer isso, para encontrar nossa independência. Mas ainda vamos fazer coisas juntos também, certo?

Fazer coisas juntos? Tentando esconder a minha dor, eu disse bruscamente:

— Ah, com certeza.

— Legal, bom... — disse ele, soando um tanto incerto. — Então, melhor fazer as coisas com calma ao invés de nos apressar.

— De repente, foi isso que aconteceu este ano — admiti. — Quando recebi meu diagnóstico e descobrimos que eu teria problemas para engravidar, corremos para fazer algo que não estávamos preparados.

Se eu não estivesse pronta para me casar na semana passada, como meu coração poderia sentir tanta certeza agora? Matt claramente não se sentia assim.

— As pessoas diziam que nós éramos muito jovens para dar um passo tão grande assim. E acho que nós demos razão para elas — suspirou ele.

— Que pena, né?

Eu ainda tinha vinte e um anos, mas me sentia dezenas de anos mais velha do que a garota de uma semana antes.

— Nós sempre dissemos que iríamos nos casar, então meio que flutuamos para ele, definindo a data sem pensarmos direito...

— Eu sei.

— Casamento é coisa grande, Merilee. É um compromisso de longo prazo. A pessoa precisa ter certeza absoluta.

— Eu sei.

As duas pessoas precisavam ter certeza absoluta. E tinham de acreditar que a outra a amava totalmente e para sempre. Coisa que Matt não demonstrava. As lágrimas umedeceram meus olhos e pisquei furiosamente atrás de meus óculos de sol para tentar segurá-las.

Eu não iria perder a esperança. Estávamos indo bem. Nós passamos por uma porta aberta, e estávamos agora em uma viagem. Que era, como Theresa havia dito, uma viagem muitas vezes turbulenta. Matt estava percorrendo essa estrada numa velocidade mais lenta do que a minha, mas talvez nós dois pudéssemos chegar ao mesmo destino. Juntos.

— Casamento é bastante sério — disse ele. — Vamos ver as baleias.

Eu percebi que tinha chegado à bilheteria para o passeio de observação de baleias.

À medida que a gente se juntava a uma dúzia de outros turistas e vestíamos nossos coletes salva-vidas laranja vibrante, a excitação no ar se provou contagiosa. Logo o nosso robusto barco aberto foi cruzando as ondas através do oceano escuro, a brisa fresca batendo em meu rosto e nos braços nus. Matt colocou o braço em volta dos meus ombros e eu me apoiei em seu corpo quente e forte.

O guia de vista aguçada gritou:

— Ali!

Diante dos meus olhos arregalados, uma baleia gigante apareceu. Seu corpo enorme subiu em um arco gracioso, então mergulhou novamente, a água espirrando em todas as direções. Emocionada, peguei a mão de Matt, e ele apertou a minha.

A baleia pulou novamente. Outra baleia se juntou a ela quando nosso barco se aproximou. Todos agarramos as câmeras e começamos a fotografar. Gotas de água nos atingiram, fazendo-nos gritar. Novamente, lágrimas subiram aos meus olhos, mas desta vez de alegria, induzidas pela grandeza e alegria desses monstros gentis e por compartilhar essa experiência com o homem que eu amava.

Com o passar do tempo, as baleias seguiram seu caminho e o barco virou para voltar ao Cabo. Eu inclinei minha cabeça no ombro de Matt e disse com satisfação:

— Foi perfeito.

Ele colocou o braço em volta de mim.

— Foi mesmo. E ainda é.

***

Agora isso, pensou Matt, era o oposto do perfeito. Do lado de fora de uma porta fechada com a palavra *Damas*, ouvindo o som de Merilee vomitando.

Ele e Merilee haviam retornado do passeio de observação de baleias e almoçaram em um restaurante no porto, onde ela, resmungando, comeu apenas um sanduíche de queijo grelhado. Depois, eles caminharam em direção ao grupo de grandes hotéis ao longo da praia, procurando um banheiro onde poderiam vestir seus trajes de banho e sair para nadar no mar.

Passeando ao longo da praia, Matt tinha espirrado seus pés na água à beira do mar, ansiando por um belo mergulho. Ao imaginar Merilee naquele biquíni amarrado apenas por dois lacinhos, ele brincou com ela, dizendo que iria desamarrá-los.

Foi então que ele ouviu a voz tensa.

— Eu não estou me sentindo bem.

Um olhar para seu rosto pálido e suado confirmou isso.

— Vamos entrar em algum hotel, longe do Sol.

Eles aceleraram o ritmo, subindo pela praia em direção ao hotel mais próximo. Alguns poucos passos os levaram para a área da piscina e Matt viu portas lado a lado, onde se lia *Damas* e *Caballeros*.

Com a mão sobre a boca, ela correu para o banheiro das mulheres.

Ele estava prestes a seguir atrás dela quando uma mulher saiu e lhe lançou um olhar desagradável. Então ele ficou lá, ouvindo os sons abafados de Merilee vomitando. Será que ela havia sido contaminada por aquilo que os turistas chamavam de a vingança de Montezuma?

Talvez o mal-estar passasse sozinho, mas desta vez ele não estava a fim de lhe dar uma opção. Ele chamaria o médico logo que voltassem para o navio.

Ele ouviu o som da descarga, e nenhum som mais de ânsia.

Uma mulher de meia-idade, com cabelos loiros clareados e pele besuntada de protetor solar, começou a abrir a porta do banheiro e ele disse:

— Minha namorada está lá dentro. Ela não estava se sentindo bem. Você se importaria de ver se há alguma coisa que eu posso fazer?

— Pode deixar, querido — disse ela.

Um momento depois, por trás da porta fechada, Matt ouviu vozes femininas e a loira colocou a cabeça para fora, pela porta entreaberta.

— Ela está se sentindo melhor. Só quer sentar um pouco e ter certeza que passou.

— Obrigado pela gentileza.

— Sol e margaritas — disse ela. — Acontece com qualquer um.

— Ela não estava bebendo — Matt não tinha deixado que Merilee o fizesse. — Talvez seja a vingança de Montezuma.

Ela torceu o nariz.

— Sim, isso acontece com qualquer um também. Você não ama o México? — dizendo isso, ela desapareceu de volta no banheiro.

Mantendo um olho na porta, ele correu para o bar à beira da piscina e comprou um copo de tônica, depois voltou para esperar por Merilee.

Mais ou menos cinco minutos depois, ela saiu, parecendo frágil, o cabelo em volta do rosto úmido.

— Eu adoraria ter uma pasta de dentes agora.

Ele colocou um braço em volta dela, guiou-a para uma cadeira na sombra e entregou-lhe o copo.

Merilee deu um sorriso agradecido e frágil, e tomou um gole.

— Assim que você estiver se sentindo melhor — disse ele —, nós voltaremos para o navio e você vai ver o médico.

Ela suspirou.

— Talvez você esteja certo. Devo estar com alguma bactéria, sei lá. Talvez eu precise tomar antibiótico. Droga. Eu queria tanto nadar.

Matt também. Com ela.

Ela se deitou na espreguiçadeira com os olhos fechados, e ele se sentou ao lado, observando os turistas aproveitarem a piscina. Matt esperava de verdade que não tivesse nada de muito errado com Merilee. A garota estava de fato bastante esgotada, nunca se deu a chance de se recuperar direito da cirurgia.

Após dez minutos, mais ou menos, ela disse:

— Ei, Matt.

Ele se virou e viu que a cor voltara ao seu rosto.

— E aí, como está se sentindo?

— Melhor. Ainda podemos ir nadar.

Ele balançou a cabeça.

— Nada disso, vamos voltar para o navio.

Ele se levantou e estendeu a mão para ajudá-la a se erguer da cadeira. Quando chegassem lá, ela iria se consultar com o médico de bordo. Desta vez, ele não estava lhe dando uma escolha.

Ela suspirou quando se deixou levantar.

— Tem razão, vamos.

Mantendo um braço ao redor dela, ele a guiou para o hotel e, em seguida, para o outro lado onde os táxis estavam esperando.

— Para o terminal dos navios de cruzeiro — disse ao motorista.

Ao lado dele, Merilee suspirou.

— Não era desse jeito que eu queria acabar nosso último dia no México.

— Bem, nada nesta viagem tem sido exatamente o que esperávamos, não é mesmo? — respondeu Matt com tristeza.

Confinada na pequena sala de exames, sentindo-me absolutamente bem agora, eu elencava os meus sintomas para a médica do navio, uma morena baixinha com sotaque francês.

— Você deve atender muitas pessoas com problemas de estômago — disse eu. — Provavelmente só preciso tomar um laxante, certo?

A doutora Lasseur sorriu.

— Calma, sou eu a médica, me deixe fazer meu trabalho. E sim, existem muitos problemas de estômago. Desde comer demais até uma intoxicação alimentar, a tal vingança de Montezuma que, aliás, eu duvido que você tenha, porque não teve diarreia. Há também condições mais graves. Às vezes a náusea está associada a apendicite ou um ataque cardíaco.

— Você não acha que...

— Não, não — respondeu ela, em tom tranquilizador. — Eu só estou explicando que quero verificar todas as hipóteses e não fazer suposições. Então, farei um exame completo e avaliarei você. Por favor, vista a camisola e estarei de volta em um minuto.

Eu coloquei uma das ridículas camisolas de papel e ela me fez uma série de perguntas.

— Meu único problema de saúde — expliquei — é a endometriose.

E contei-lhe sobre minha cirurgia.

— Como você se sentiu depois disso?

— Cansada e meio esgotada, mas isso é em parte porque eu precisava compensar meu curso na universidade.

Ela mediu a minha pressão arterial.

— Você está tomando suplementos de ferro?

— Não.

— Sua pressão arterial está um pouco baixa. Quando foi sua última menstruação?

— Não me lembro exatamente. Estive tão ocupada que não prestei atenção.

— Você está tomando pílula anticoncepcional?

— Não, parei de tomar há algumas semanas, então acho que é por isso que minha menstruação está irregular. Estamos, quer dizer, *estávamos* esperando que eu engravidasse.

E agora Matt estava usando preservativo.

Eu respondi mais perguntas e suportei alguns cutucões e apertos, incluindo um exame interno, que eu achava um exagero para um problema estomacal. Ainda assim, eu a respeitava em toda sua meticulosidade. Em seguida, a doutora me pediu para entrar em um banheiro minúsculo e fornecer uma amostra de urina.

Quando eu dei a ela o pequeno copo, ela disse:

— Você pode se vestir agora. Espere por mim na sala de exames.

Poucos minutos depois, a doutora Lasseur apareceu novamente.

— A boa notícia é que, embora esteja um pouco abatida, você está saudável.

— Quer dizer, um laxante resolve?

Eu poderia ter me poupado de um exame de quinze minutos.

— Não, tome estes. — Ela pegou um pequeno frasco do bolso de seu casaco branco e entregou-o para mim. — Espero que não seja uma má notícia.

Intrigada, peguei o frasco e li o rótulo. Vitaminas pré-natais?

Vitaminas pré-natais! Eu quase deixei cair o frasco no meu estado de choque.

— Eu estou grávida?

Ela encostou-se ao balcão e fez que sim com a cabeça.

— Eu fiz dois testes de urina, altamente confiáveis, e eles deram positivo. Ainda está nos primeiros dias, por isso, assim que chegar em casa, você precisa consultar seu médico. Eles vão fazer um exame de sangue e...

— Eu estou grávida?

Enquanto a notícia era absorvida, uma onda de alegria correu pelo meu corpo, me catapultando para fora da cadeira. Com as lágrimas escorrendo, dei-lhe um abraço gigante.

Ela me apertou de volta, sorrindo.

— É uma boa notícia, então?

— A melhor! — eu sorri através da torrente de lágrimas. — Eu sempre quis ter um filho, e estava tão preocupada que nunca conseguisse engravidar!

Oh, meu Deus, estava grávida! Não podia me segurar para contar ao Matt!

Mas... A energia de repente se viu drenada do meu corpo e eu caí de volta na cadeira.

A médica me estudou com preocupação.

— Você disse que estavam tentando. Algo aconteceu entre você e o pai?

Tentando evitar mais lágrimas, peguei o lenço de papel que ela me deu.

— Nós íamos nos casar, mas decidimos que não estávamos prontos ainda. Ele disse que deveríamos usar preservativos porque era melhor não forçar um futuro juntos.

— Você é jovem — disse ela. — E ele?

Eu olhei através dela.

— Também. Minha idade.

— O casamento e uma família, essas são grandes decisões em qualquer idade — com os olhos sérios, a médica continuou. — Você sabe que tem opções, Merilee.

Opções? Se eu dissesse a Matt que estava grávida, ele se casaria comigo. Nenhuma dúvida quanto a isso. Mas ele faria isso por seu senso de responsabilidade e lealdade, talvez por amor ao bebê, não porque soubesse que queria passar o resto da vida comigo. As lágrimas continuaram a escorrer pelo meu rosto.

— Você está com menos de um mês, entendeu? — disse a médica, passando mais lenços de papel.

— Sim. — Então me dei conta do que ela quis dizer sobre as opções. — Aborto? Não! De jeito nenhum. Este é o meu bebê, o bebê que sempre quis. Aconteça o que acontecer com Matt, eu terei meu bebê. Ou a minha bebê.

Ela assentiu com a cabeça.

— Você tem alguém em casa com quem possa falar sobre isso? Você vai precisar de apoio.

— Minha família — dei um sorriso vacilante, feliz por ser capaz de dizer algo que eu não tinha certeza até recentemente. — Todos vão me apoiar. Tudo o que eu decidir.

Eles iriam dar opiniões e conselhos infinitamente, porque esse era o jeito dos Fallon de lidar com as coisas, e iriam ficar a meu lado porque me amavam. Agora eu entendia que nem sempre precisava ser a boa menina, que não teria que baixar a crista e fazer o que eles queriam. Eles me amavam simplesmente porque eu era assim: Merilee Fallon.

— Isso é maravilhoso. E as coisas podem dar certo com o pai. Mesmo se você não se casar, é bom quando uma criança tem dois pais amorosos que estão envolvidos em sua vida.

Enxuguei uma nova onda de lágrimas.

— Sim, e Matt vai querer isso. Mas... — olhei para ela, me sentindo inexplicavelmente próxima daquela francesa morena e magra. Neste pequeno e estéril cubículo, ela deveria ouvir confissões de tantas pessoas, seus sonhos e medos. — Eu o amo. E, claro, quero que ele ame o nosso filho e esteja envolvido na vida dele, ou dela... Mas não quero que ele se case comigo só porque estou grávida.

— Não é o melhor começo, não é? — disse ela suavemente.

Eu balancei minha cabeça.

— Quando você se casa, deve ser porque quer, não por necessidade ou obrigação. Se eu me casar com ele, quero estar absolutamente certa de que ele me ama também e quer ficar comigo pelo resto de sua vida.

Um leve sorriso iluminou o rosto da médica.

— Você é jovem, mas madura.

Madura? Ninguém nunca tinha me visto assim antes. Mas era bom ouvir isso...

— Você vai encontrar seu caminho, Merilee. O caminho certo para você e seu bebê. — Ela estendeu a mão. — Parabéns, mamãe.

Em um *flash*, a alegria voltou. Oh, sim, isso era o mais importante, o que mais contava. Eu ia ter um filho. Estendi a mão para apertar a mão dela.

— Obrigada. Obrigada por me dar a melhor notícia da minha vida. — Um pensamento me atingiu e eu perguntei: — Qual é o seu primeiro nome, doutora Lasseur?

— Danielle. Por quê?

Danielle, ou Daniel para um menino. Eu gostei de ambos.

— Pensei sobre nomes de bebês a minha vida toda. Agora, o seu está no topo da lista.

Ela levou a mão ao coração em um gesto gracioso, muito francês.

— Estou honrada. Agora, devemos ser práticos. Você tem as vitaminas e deve começar a tomar imediatamente. Você deve recuperar e reforçar sua saúde para poder cuidar melhor de seu bebê.

— Oh, acabo de me lembrar... — Horrorizada, eu disse — eu tenho bebido. Não muito, mas um pouco de álcool. E café. Será que...

— É muito improvável que vá causar algum problema. Mas é melhor parar agora, sim?

— Claro.

— Quanto à náusea, as vitaminas que lhe dei contêm substâncias como gengibre que vão ajudar.

— Seria muito bom.

— As coisas tradicionais, como ingerir pouco sal e beber bastante líquido ajudam também. Não se esqueça de se manter hidratada.

Eu fiz que sim com a cabeça, entendendo tudo. *Estou grávida!* Minha mão repousava na minha barriga. *Olá, bebê, eu sou sua mãe.*

— Você está produzindo mais hormônios, por isso não se surpreenda se suas emoções estiverem à flor da pele.

— Nem me fale — respondi ironicamente.

— Se você tiver quaisquer problemas antes do final do cruzeiro, venha me ver.

Lentamente, eu me levantei. Matt estava lá fora. O que eu diria a ele?

Ela tocou no meu ombro suavemente.

— Boa sorte. Você vai ser uma linda mãe.

— Obrigada, doutora Lasseur.

— Se quiser, pode lavar o rosto antes de sair.

— Sim. Sim, por favor.

Fui novamente para o pequeno banheiro, onde joguei água fria no meu rosto, tentando banir os sinais de minhas lágrimas. Em seguida, os pés arrastando com a incerteza, caminhei em direção à porta fechada que dava para a sala de espera. Para Matt. O pai do meu bebê.

Meu bebê. Eu ainda mal podia acreditar. Tive aquela sensação nova e resplandecente mais uma vez, corajosa e vulnerável, tudo ao mesmo tempo. Meu futuro tinha começado. Eu sabia que ele traria um bebê. Mas o que mais?

Olhei para a porta fechada. Jenna disse que portas abertas significavam oportunidades. Quantas vezes eu tinha me imaginado contando a Matt que estava grávida? Imaginado nós dois de mãos dadas, enquanto observávamos o primeiro ultrassom?

Enfiei o frasco de vitaminas bem fundo dentro da minha bolsa.

Não, eu não ia dizer a ele. Eu queria que ele decidisse o que sentia por mim, sem ser influenciado pelo bebê. Então abri a porta e saí.

Matt, sentado na sala de espera junto a um homem corado e acima do peso, se levantou rapidamente e veio pegar minhas mãos.

— Como você está? Você ficou lá tanto tempo — ele me guiou para a porta.

Com os pensamentos em tumulto, forcei um sorriso quando saímos para o corredor.

— A doutora Lasseur fez um exame completo. Ela queria ter certeza de que eu não tinha apendicite ou um problema cardíaco. — Quando Matt arregalou os olhos, eu levantei a mão. — Mas não tenho. Estou perfeitamente saudável. Só um pouco abatida.

— E por que esteve vomitando?

Eu nunca mentira para Matt antes. Pelo menos não que conseguisse me lembrar, e isso fez meu coração doer.

— Provavelmente eu tive uma intoxicação alimentar no primeiro dia, e agora o meu sistema está muito sensível. Talvez ainda me sinta um pouco fraca, mas deve melhorar.

Realmente esperava que o gengibre dessas vitaminas funcionasse.

Era sexta-feira. No dia seguinte estaríamos no mar, então desembarcaríamos no domingo e voaríamos de volta para Vancouver. Uma vez que estivesse em casa, seria mais fácil manter meu segredo.

Quanto tempo levaria até que Matt soubesse de fato como se sentia sobre mim? E se, no final, ele não quisesse ficar comigo a não ser como amigos? Eu tinha que acreditar que, independentemente do que acontecesse, nós, pelo menos, seríamos sempre amigos.

— O que você quer fazer agora? — perguntou ele, apertando minha mão suavemente. — Tirar uma soneca? Jantar?

Confusa e emocionada, eu queria ficar sozinha com meu bebê. Eu queria ligar para minha família. No entanto, não seria justo contar para eles antes de contar a Matt. E sufoquei um gemido.

— Merilee, você está bem?

— Apenas cansada. Preciso mesmo de um cochilo. Provavelmente vou pedir alguma coisa leve ao serviço de quarto.

— Legal, vamos ficar na cabine hoje à noite, então.

— Não. — Eu não conseguiria ficar sozinha com ele, não agora. — Não tem nenhuma razão para você ficar. Eu só vou cochilar. Você podia ler seu livro, o que Damien escreveu. Parece bom mesmo. Aproveite o delicioso bufê do jantar.

Caramba, eu estava gaguejando.

Quando ele começou a protestar, eu disse, esforçando-me para manter um tom leve:

— Lembra? Não ficar grudados como gêmeos siameses? Independentes? E você não deve se preocupar comigo, porque a médica me disse que estou bem.

Matt forçou um sorriso.

— Entendi.

Quer dizer que sendo independente ele não poderia estar preocupado com ela nem querer ficar junto quando ela não estivesse se sentindo bem? Ou ela estava realmente dizendo que preferia ficar sozinha? As pessoas precisavam de tempo para ficar na sua, tudo bem. Não que Merilee tenha precisado disso alguma vez antes, mas de repente isso era importante para ela encontrar sua independência.

— Obrigada — disse ela distraidamente, sua mente em algum lugar longe. Talvez ansiosa por esse tempo sozinha.

Quando eles entraram na cabine, ela tirou as sandálias, em seguida, a bermuda, ficando só de camisa, e se deitou na cama. Lá, ela se acomodou de lado, de costas para ele.

Ele tirou seu calção e aquela ridícula tanga de oncinha, que ele a obrigaria a pagar da melhor maneira que pudesse pensar por forçá-lo a usar. Não estava com vontade de se produzir hoje à noite, ele escolheu calça jeans e uma camiseta mexicana que Merilee tinha dito que combinava com seus olhos. Silenciosamente, ele saiu da cabine para o corredor.

Enquanto passeava pelo enorme saguão do navio, todo dourado e reluzente, Matt passou por outros passageiros, corados pelo Sol, a maioria deles produzida para a noite. Se ele fosse para o bufê todo enfeitado, seria colocado sentado em uma mesa cheia de turistas animados, e ele não estava no clima para isso. Em vez disso, ele se dirigiu para um bar temático de esportes, onde poderia encontrar um jogo para assistir e alguns rapazes com quem beber uma cerveja.

Ele passou na frente de um bistrô francês chamado La Vie en Rose, romanticamente iluminado à luz de velas, com música. Definitivamente não era um lugar para um cara.

Mas ele deveria experimentar coisas novas, ser independente. Ficar num bar vendo jogo era o tipo de coisa que ele fazia com seus amigos.

Ele não iria morrer por comer uma comida francesa e ouvir música em um lugar de meninas. Se fosse bom, e se Merilee estivesse se sentindo melhor no dia seguinte, talvez fosse uma boa ideia trazê-la aqui para o último jantar a bordo.

Ele era fluente em francês e seu cérebro automaticamente traduziu a letra da música ambiente. Uau, a canção tinha o nome do restaurante. Dizia que vemos o mundo todo em tons rosados quando estamos apaixonados.

Era verdade. Ele pensou que sua vida era ótima até a última

quinta-feira, quando Merilee apagou a ideia de casamento. Isso o tinha abalado profundamente e virado seu mundo de cabeça para baixo. A partir de então... Bem, a vida com certeza não tinha sido chata... Principalmente, ele estava feliz pelo modo como os dois estavam se entendendo, mas era um cara muito cauteloso para dizer que se sentia muito bem. Cauteloso para deixar de ser muito vulnerável.

Voltou a prestar atenção na letra da música. Cara, era uma canção de amor extremamente sentimental, mas pelo menos combinava com as toalhas cor-de-rosa bebê, os cristais cintilantes, as velas. Tentando ignorar o fato de que a maioria das pessoas no restaurante era casal, ele sorriu para a bela garçonete, de cabelos castanhos, que veio ao encontro dele. Com a mente ainda trabalhando em francês, ele a saudou com:

— *Bonsoir, mademoiselle.*

— *Bonsoir, monsieur. Comment allez-vous ce soir?*

Ela seguiu nessa língua, perguntando-lhe se ele queria mesa para um.

Ele endireitou os ombros e disse que sim, decidindo continuar falando em francês. Então, porque conhecia pouco sobre comida e vinho francês, pediu-lhe recomendações. Essa estratégia deu muito certo no restaurante de Puerto Vallarta. Quando ela descreveu o *boeuf bourguignon*, ele escolheu isso, e também uma taça de vinho tinto, que a garçonete informou que combinava com o prato.

Então ele sentou-se, tomando vinho, sentindo-se estranho. Quando ele estava sozinho em seu apartamento-garagem, ou estudava, ou assistia a um jogo ou programa de TV, às vezes lia um livro. Ele nunca se sentou fazendo nada. *Experimente coisas novas,* lembrou a si mesmo.

Sua reação imediata ao praticar a tirolesa e o mergulho tinha sido: *Uau, que máximo!* Jantar sozinho num restaurante francês? Nem tanto. Definitivamente, aquilo estava bem fora de sua zona de conforto. Mas ele aguentou firme. Esperava que, pelo menos, a comida estivesse boa.

Curiosamente, enquanto tomava um gole de vinho e ouvia a música, Matt se viu relaxando. Na verdade, trazia uma espécie de paz não fazer nada. Ele poderia pensar, ou não pensar. E quando seu jantar chegou, ele adorou o prato.

A garçonete veio perguntar se ele estava gostando da comida e, quando lhe ofereceu mais uma taça de vinho, Matt aceitou. De tempos em tempos, ela vinha conversar por alguns minutos, sem paquerar nem nada, apenas sendo gentil. O nome dela era Jamie e não era francesa, mas havia se formado em Letras na faculdade. Ela veio do Centro-oeste e estava trabalhando para juntar dinheiro e fazer uma longa viagem pela França.

Matt lhe contou que não estava sozinho no navio, mas que sua amiga não estava se sentindo bem naquela noite.

— Que bom que você veio aqui — disse ela. — É bom ter alguém para conversar. Todos os outros — e fez um gesto com a cabeça — estão muito concentrados em si mesmos.

Era verdade, por todo o restaurante havia um monte de mãos dadas, olhos nos olhos e conversas intensas rolando nas outras mesas.

Talvez no dia seguinte, ele e Merilee estivessem fazendo isso também.

— Estou feliz por ter vindo também — disse ele honestamente.

— Você é um homem raro. Muito mais interessante do que aqueles caras bebendo cervejas e doses de tequila no bar de esportes.

Ele não lhe disse que quase foi um deles.

— Obrigado.

Quando Matt conseguiu voltar para a cabine depois de um jantar muito agradável, incluindo um crepe ao Grand Marnier de sobremesa que a garçonete o convenceu a experimentar, encontrou as luzes apagadas e Merilee dormindo profundamente. Matt tirou as sandálias e caminhou em silêncio através da cabine em direção ao banheiro.

Enquanto escovava os dentes, Matt pensou no dia seguinte. Com certeza esperava que Merilee se sentisse melhor, porque ele realmente queria levá-la ao restaurante. Seria mais adulto do que naquele bufê todo enfeitado. Talvez eles até bebessem champanhe francês. Matt queria de verdade que o cruzeiro terminasse em grande estilo, porque gostaria de acreditar que, em algum momento de suas vidas, ambos percebessem como resolver as coisas e que os dois caminhassem juntos até o altar.

Hum... Talvez não devesse ter tomado aquela terceira taça de vinho. Ele, como o tal cantor francês, estava ficando todo piegas e sentimental e enxergando o mundo em tons rosados.

Distraidamente, colocando a escova de dentes no copo, bateu a mão contra a bolsa de Merilee, que estava apoiada na bancada. A bolsa caiu no chão com um estrondo, e seu conteúdo se espalhou no chão. "Droga", murmurou, esperando que não a tivesse acordado.

Com muito cuidado – qual era o cara que gostava de mexer nas coisas de uma garota? –, começou a recolher os itens espalhados e colocá-los de volta: lixa de unha, gloss, bala de menta, frasco de comprimidos... Hã? Ele segurou o frasco para olhar mais de perto.

Vitaminas pré-natais? Oh, ela devia ter começado a tomar isso quando deixou de tomar a pílula anticoncepcional, na esperança de engravidar. Embora fosse estranho que não tivesse lhe contado.

Ele estava prestes a colocar o frasco de volta na bolsa quando a porta do banheiro se abriu e Merilee, protegendo os olhos contra a luz brilhante, parou ali de pé, vestida em uma camiseta enorme.

— Matt, você está bem? Eu escutei...

Ela parou, com os olhos arregalados, uma expressão de choque total no rosto enquanto olhava para o frasco na mão dele.

Ela o arrancou com violência, gritando:

— O que você está fazendo, fuçando na minha bolsa?

***

Capítulo 16

O quê? Merilee nunca havia gritado antes. Por que estava tão irritada por ele ter descoberto suas vitaminas?

— Eu não estava fuçando em nada. Só bati nela por acidente e a bolsa caiu...

Ele parou de falar. Ela estava vomitando e tinha resistido em ver o médico. Mulheres costumam tomar vitaminas quando estão grávidas, assim como quando estão tentando engravidar.

— Você está grávida?

Mesmo enquanto pronunciava as palavras, ele sabia que estava maluco. Ela teria contado a ele no momento em que descobrisse...

A expressão culpada de Merilee lhe disse que era verdade.

A raiva cresceu por ele, e ele a agarrou pelos ombros.

— Você está grávida e não me contou? É por isso que você cancelou o casamento? Você descobriu que estava grávida e... O quê? Não tinha certeza se queria ter um bebê comigo? Caramba, Merilee!

Ela o havia magoado muito quando cancelara o casamento, mas essa traição foi dez vezes pior.

— Não! — Ela libertou-se das suas mãos. — Pare com isso, Matt, não fique tão nervoso. A médica do navio acabou de me contar. Foi ela que me deu as vitaminas.

E isso deixava tudo melhor?

— Por que você não me contou? O que aconteceu, inferno? Eu sou o pai.

Por um momento, ele se perguntou se isso era verdade. Ela estava agindo de maneira tão estranha, quem poderia saber o que estava acontecendo com ela? Mas não, Matt tinha certeza disso: Merilee nunca trairia um cara.

— Eu ia contar, é que... Foi um choque tão grande e...

— Que merda, isso é... — Eles conversaram durante anos sobre ter um bebê, sobre como ficariam felizes ao receberem a notícia. Daí, com aquele problema de saúde dela, os dois ficaram se perguntando se algum dia isso poderia acontecer... — Sim, um choque, mas, caramba, era isso o que a gente queria. Como pôde não me contar?

Os olhos azuis dela estavam escuros de preocupação e outro horrível pensamento lhe ocorreu.

— Você ainda quer o bebê, não é? — perguntou.

— Sim! É claro que eu quero.

O alívio fez tremer seus joelhos. É claro que ela queria o bebê deles. Matt respirou profundamente até que pudesse falar de modo mais calmo.

— Por que você não me contou? Você acha que eu não ia querer mais agora que nós, tipo, terminamos e estamos tentando descobrir como as coisas vão ficar?

Claro. Só podia ser isso.

Rapidamente, ele tinha certeza.

— Mas é claro que eu quero, definitivamente. — O bebê deles. Como ele poderia não desejar isso? — Vamos marcar outra data de casamento assim que você quiser.

Ainda de pé na porta, ela balançou a cabeça vigorosamente.

— Não, não vamos. Droga, Matt, era isso que eu não queria que acontecesse!

Ele ficou boquiaberto com ela. Houve um tempo em que ele tinha muita certeza de que conhecia Merilee como se ela fosse sua outra metade.

— Você não quer se casar?

— Não, eu...

Mágoa e raiva percorreram seu corpo novamente e ele a cortou:

— Você não quer se casar, você não me disse que estava grávida. Você algum dia pretendia me contar tudo isso?

Desafiadoramente, ela olhou para ele.

— Claro. Mas não por um tempo.

— Por um tempo? *Por um tempo?* — Matt mastigou essas palavras.

— Nós dois precisamos de tempo para pensar, ver onde as coisas...

— Pensar? Pensar no quê, criatura? Nós vamos ter um bebê. — Houve um tempo em que ele pensava que essas seriam palavras de alegria. Que eles teriam uma criança gerada a partir de seu amor, gerada pelos dois. Matt fechou as mãos em seus quadris. — Você não vai manter esse filho longe de mim.

O pai dele tinha sido o pior tipo que existe, e Matt estava determinado a ser o melhor que pudesse.

— Jesus, Matt — os olhos de Merilee cuspiam fogo. — Eu nunca disse isso. Só falei que eu preciso de algum tempo...

— *Você* precisa? Certo, e eu, o que eu preciso, isso não importa? *Eu* preciso de uma mulher que seja honesta comigo, que não me afaste como se eu não contasse — a raiva vibrou através dele, apertando cada músculo.

Ela colocou as mãos nos quadris e olhou.

— Quando foi que eu fiz isso?

— Ah! Você decide cancelar o casamento. Você nem sequer me contou que eu vou ser pai. Merda.

Ele queria bater em alguma coisa. Não nela, ele nunca bateu nela, mas queria socar alguma coisa.

Da maneira como seu pai costumava fazer.

Sem conseguir dizer nada, ele saiu do banheiro e da cabine, puto da vida.

Depois que Matt foi embora, me encolhi na cama, tremendo apesar do edredom que me cobria.

Enfiei a mão para fora do meu ninho de cobertores e peguei meu celular. Eu precisava falar com alguém. Como a doutora Lasseur tinha dito, com vinte e um anos eu não era assim tão velha. Não tão velha a ponto de não poder ligar para a única pessoa no mundo que eu queria agora.

Quando ela atendeu o telefone, a voz ríspida, eu chorei:

— Mãe! — e comecei a chorar.

— Merilee, querida, o que aconteceu?

— Eu, eu... — solucei, e então deixei escapar. — Estou grávida!

— Oh, meu Deus. Sério?... Eu... Não sei o que dizer — mas mamãe, sendo quem era, não deixou que isso durasse mais do que um segundo. — Você está chorando. Você não está feliz? Ou Matt ficou chateado por causa disso?

— Estou feliz, estou muito feliz — enxuguei as lágrimas do meu rosto e empurrei outro travesseiro sob minha cabeça. — Eu só descobri isso hoje à tarde, e não contei ao Matt, mas ele descobriu e está furioso.

— Você não contou a ele?

— Eu sabia como ele reagiria. Ele quer se casar.

— Ah. E você não quer. Então, desta vez no cruzeiro, a viagem não deixou vocês dois mais próximos?

— Sim, deixou. Tem sido maravilhoso.

Uma pausa.

— Então não estou vendo o problema, filha.

— Ah, mãe, eu o amo tanto. Nós dois percorremos um longo caminho em tão poucos dias, aprendemos a ser independentes, mas também a nos reconectar de... Hã... Novas maneiras... — maneiras que às vezes poderiam envolver as bolas Ben Wa, mas isso era algo que não pretendia explicar à minha mãe. — Eu me casaria com ele amanhã se ele sentisse o mesmo que eu.

— Matt sempre amou você.

— Eu sei. Mas pode não ser o tipo certo de amor, e ele não tem certeza sobre o futuro.

— Não estou entendendo você, Merilee. Você acaba de me dizer que ele queria se casar...

Bem, queria, antes de sair sem dizer nada nem para onde iria ou quando voltaria... Se voltar... Matt sempre foi um cara equilibrado. Nunca ficava louco da vida e muito furioso como ficou hoje. Será que essa seria a gota d'água em nosso relacionamento?

— Merilee?

Enxuguei o nariz.

— Ele disse que quer se casar, mas pelos motivos errados. É por causa do bebê, não porque ele quer passar a vida comigo. Isso não deveria ser assim. Não seria bom para nenhum de nós. Ah, mamãe, eu não suportaria viver assim.

— Isso não combina com o Matt.

— Ele não é o mesmo Matt. Eu não sou a mesma. E isso é bom, na maior parte do tempo. Mas antes de descobrir, Matt tinha dito que deveríamos usar anticoncepcionais e assim não seríamos forçados a nada... E que o casamento é uma coisa importante e que não devíamos nos apressar. Eu sei que ele na verdade não quer se casar comigo. E então, quando descobriu que eu estava grávida e que não tinha contado nada a ele, ficou furioso e tivemos uma briga horrível. E nós nunca brigamos.

— Tenho certeza de que ele ficou chocado, magoado, chateado. E você está emotiva e seus hormônios estão enlouquecidos. Brigas acontecem, querida. Ele vai se acalmar e vocês dois vão conversar. Ele não vai ficar com raiva de você para sempre.

Sim, isso era verdade com o velho Matt, mas o novo Matt era mais ousado, mais confiante, mais decidido.

— Espero que sim — respondi. — Mas, mãe, eu não quero me casar por causa do bebê. Eu quero ter certeza de que Matt realmente me ama e quer se comprometer comigo pela vida toda.

Suspirei e puxei as cobertas mais firmemente em torno de meus ombros.

— Isso foi o que decidi na sala da médica. Talvez eu tenha agido mal ao não contar nada a ele, mas acho que minha decisão é a mais acertada.

Eu esperei por seu julgamento. Talvez ela dissesse que eu estava sendo egoísta, e deveríamos nos casar para o bem do bebê.

Como ela não disse nada, falei:

— Mãe, você ainda está aí?

— Sim.

— O que você acha? Eu sou louca?

— Eu acho que você pensou bastante sobre a situação e que tomou uma decisão de pés no chão.

— Sério? Você está bem? Não parece você falando!

Ela deu uma risada suave.

— Eu estou bem. E não acho que tenha agido mal ao não contar ao Matt. Essa foi uma situação de impasse e não tem uma boa resposta, do tipo certo ou errado. Claro que ele merece saber, mas compreendo que gostaria que ele tomasse uma decisão sobre vocês dois independentemente do bebê.

— Obrigada, mãe.

— Você está sendo muito madura. E estou orgulhosa de você.

Uau. Eu sorri um pouco.

— Madura, eu? Estou chorando o tempo todo numa ligação internacional...

— Adultos também choram. E só para que saiba, Merilee, se eu tivesse engravidado antes de seu pai e eu nos casarmos, eu sentiria o mesmo que você...

Minha mãe era a mulher mais inteligente que eu conhecia, por isso significou muito para mim ouvi-la dizer isso.

— Obrigada.

— Você vai contar a suas irmãs que está grávida?

Eu me inclinei para trás nos travesseiros, uma onda de cansaço batendo em mim.

— Agora que Matt sabe, não há nenhuma razão para manter isso em segredo. Mas acho que vou esperar até estar em casa, em vez de telefonar daqui do navio.

Isso me daria mais tempo para refletir e quem sabe Matt voltasse e pudéssemos conversar sem brigas.

— Meus lábios são um túmulo.

— E o papai? Ele está aí? Eu acordei vocês dois?

— Não, estou no meu escritório e ele está trabalhando no dele. Quero contar para ele sobre o bebê, tudo bem para você?

— Claro.

— Merilee?

— Oi.

— Você vai ter um bebê lindo, e vai ser uma mãe maravilhosa.

— Obrigada.

Percebi que ela nem mencionara a possibilidade do aborto. Isso provou quão bem ela me conhecia.

— E prometo que serei uma avó muito melhor do que fui como mãe — disse ela com firmeza.

Sim, ela não tinha sido perfeita e eu sabia que eu faria as coisas de modo diferente. Mas mamãe sempre esteve lá, tinha feito o seu melhor, e eu sabia no fundo do coração que ela me amava.

— Mãe, a única pessoa com quem eu queria falar hoje à noite era você.

Houve um pequeno som. Um suspiro? Mamãe estava fungando?

— Isso que você acaba de dizer significa o mundo para mim. Eu te amo, querida.

— Eu também te amo — um sorriso contraiu meus lábios — vovó.

Desliguei, pensando em como essa conversa tinha sido estranha, e de um jeito novo e totalmente ótimo... Eu esperava que ela me dissesse o que fazer. Se ela dissesse que eu deveria pedir desculpas a Matt e me casar com ele, eu teria feito isso?

Não. Eu tomara a minha decisão e esse era o caminho certo. Mas detestava ver Matt assim, magoado e furioso. Odiava que ele tivesse saído assim pela noite. Quando voltasse, eu teria que explicar melhor tudo aquilo que estivera pensando.

Se ele voltasse.

Sufoquei um bocejo. Ele voltaria, e eu esperaria por ele, para conversarmos.

Matt acordou e encontrou Merilee enrolada de frente para ele, sua respiração quente contra seu pescoço. Dormindo. Um de seus braços descansava em seu quadril, mantendo-a lá. Durante o sono, eles tinham se aproximado como tantas vezes já tinham feito.

Na noite anterior, ele ficou algumas horas lá fora, no convés frio, tentando pensar em como resolver as coisas. Ele havia se permitido ser vulnerável mais uma vez, e novamente Merilee o chacoalhou. Foi aquela emoção crua que o fez querer socar alguma coisa.

No entanto, quando ela cancelou o casamento, tinha razões. Razões que, no final das contas, faziam sentido. Talvez ela tivesse motivos desta vez também, se ele lhe desse tempo para compartilhá-los.

Ele voltou para a cabine e lá estava Merilee, profundamente adormecida, apoiada nos travesseiros e com a luz acesa, como se tivesse tentado esperar por ele acordada.

Ela estava tão bonita, tão doce. Matt olhou para ela, maravilhado. Aquela mulher estava carregando seu filho. Seu relacionamento estava confuso, mas uma verdade permanecia, e era uma coisa estrondosa.

Ele ia ser pai. Essa não foi uma decisão como querer ser professor ou piloto de avião, ou mesmo se casar ou não: isso era um fato. Um fato que moldaria todo o restante de sua vida. Era uma coisa enorme, mas não o assustava. Bem, assustava um pouquinho, sim, porque assustaria qualquer cara sensato, mas era um fato que principalmente o emocionava e o impressionava. Não se preocupava por ter tido um modelo paterno péssimo no qual se basear; seu pai havia lhe mostrado exatamente como não se comportar.

Não, ele não deixaria Merilee expulsá-lo da vida de seu filho ou de sua filha. Certamente, ela não faria isso. Ontem, ela estava emotiva. Irracional.

Como se sentisse a sua atenção, ela se mexeu e os cílios vibraram. Então seus olhos se abriram. Quando ela o viu pela primeira vez, sua expressão era doce e amorosa. Em seguida, seus olhos se estreitaram e seus músculos faciais ficaram tensos. Ela estava se lembrando.

— Matt — disse ela timidamente. — Você voltou.

— Você pensou que eu não ia voltar?

Que tipo de homem ela achava que ele fosse?

— Não, eu, eu esperava que sim, mas...

Não, ela pensara sim. Merilee realmente pensou que ele poderia abandoná-la. Depois de catorze anos, como ela podia pensar isso? Uma nova onda de raiva começou a se agitar dentro dele. Matt se forçou a ficar sentado na cama, pronto para brigar, quando viu o seu rosto ficando pálido.

Com uma expressão concentrada no rosto, Merilee rolou lentamente de costas, apertando a mão ao estômago.

O mal-estar da manhã. Bruscamente, ele perguntou:

— Você está bem?

Ela fechou os olhos e Matt viu as linhas de tensão nos cantos.

— Tem tônica na mesa de cabeceira — murmurou ela, como se falar em voz alta piorasse a náusea. — Pode abrir uma lata para mim?

Ele pulou da cama ainda nu, deu a volta para o lado dela e pegou uma das latas da mesinha. Merilee tinha pedido varias latas e um pacote de bolacha água e sal, que ele também pegou.

Depois de servir em um copo, sentou-se ao lado dela na cama. Automaticamente, ele deslizou um braço sob os ombros de Merilee e a levantou um pouco para que pudesse beber.

Ela tomou um gole, fez uma pausa, depois outro.

— Tônica... Dizem que isso é bom para náuseas — disse ela na mesma voz suave. — Assim como as vitaminas. Tomara que sim.

— Peguei os biscoitos também, você quer...

— Não! — ela miou. — Leve isso para longe de mim!

Depois de um momento, ela tomou um gole de novo.

— Obrigada, Matt. Estou me sentindo um pouco melhor. Talvez eu tente comer um biscoito daqui uns dias. — Em seguida, ela acenou com a mão. — Brincadeira.

Eles podiam estar no meio de uma briga, mas ela era a mulher que sempre amou e que estava carregando seu filho.

— Sinto muito que você esteja se sentindo tão mal. Mas é por um bom motivo. Certo? Você vai ter um bebê.

Quando o médico disse que ela talvez nunca pudesse conceber, Merilee ficara arrasada.

— Fácil para você dizer — ela resmungou, em seguida, seus lábios se curvaram nos cantos. — Sim, eu poderia ficar doente durante os nove meses direto, e ainda assim valeria a pena.

Parte dele ainda estava bravo e preocupado, mas não pretendia pressioná-la com aquele assunto enquanto ela estivesse se sentindo péssima daquele jeito. Em vez disso, ele manteve seu braço ao redor dela enquanto Merilee tomava goles lentos. Em seguida, finalmente, ela falou:

— Vou tentar comer um biscoito...

Quanto Matt lhe entregou um, o olhar dela passeou pelo seu corpo.

— Você está pelado!

— Estou...

Por acaso isso a incomodava? Ele se levantou e vestiu a cueca enquanto Merilee mordiscava o biscoito, depois estendeu a mão para pegar mais um. A cor voltou lentamente para o rosto dela.

Quando Matt veio sentar-se ao lado dela novamente, ela disse:

— Eu fui um bebê não planejado. E nunca acreditei que meus pais ou minhas irmãs me queriam. Mas este bebê — e descansou a mão na barriga — sempre vai saber que foi muito desejado.

— Por mim, também, Merilee. — Incapaz de resistir, ele descansou sua mão sobre a dela. Um dia, ele tocaria seu corpo e sentiria o bebê chutar. Se ela o deixasse fazer isso. Ah, droga, ele não podia ficar quieto. — Nós poderíamos ser uma família. É o que eu sempre quis e nós quisemos. Na noite passada, aquilo foi o quê, nervosismo, hormônios? Eu realmente acho que nós deveríamos nos casar.

Ela fez uma careta. Lutando contra outra onda de náusea?

— Desculpe — disse Matt, sentindo-se culpado. — Eu não deveria estar falando com você sobre isso enquanto não está se sentindo bem.

— Não, não é isso, eu realmente estou meio sem forças agora. Mas só me dê um tempo, porque precisamos mesmo conversar.

Ele fez que sim com a cabeça, levantou-se e caminhou até a janela para empurrar as cortinas de lado e olhar para fora.

— Estamos no meio do oceano e é mais um dia ensolarado.

— Que tal se eu encontrar você no deque que tem aquele café com mesas ao ar livre? Daqui uma hora?

Ela queria se encontrar com ele em público. Assim, ele não poderia ficar irritado e discutir com ela? O que Merilee pretendia dizer que o deixaria assim tão nervoso?

— Tudo bem — disse ele secamente, batendo o pesado tecido para o outro lado da janela para tapar o Sol.

Rapidamente, ele vestiu a roupa de ginástica e pegou uma muda de roupa.

— Vou até a academia. Tomo banho e troco de roupa por lá.

E tentaria eliminar um pouco daquela mistura reprimida de mágoa, raiva e incerteza.

Quando ele caminhou em direção à cafeteria e viu Merilee sentada em uma mesa comendo um sanduíche, ela era uma pessoa diferente da menina abatida que tinha deixado na cama. Sua pele brilhava com um bronzeado dourado, sua bermuda branca e o top amarelo eram o máximo e aquele corte de cabelo atrevido definitivamente combinava com ela.

Uma tentativa de sorriso tremeu em seus lábios quando Matt se aproximou.

— Por que você não pega algo para comer? — sugeriu.

Apesar da ansiedade, ele estava morrendo de fome depois de um treino puxado.

— Tudo bem, quer mais alguma coisa? — Uma tigela quase vazia de salada de frutas estava depositada na mesa.

Ela ergueu uma caneca vazia.

— Eu quero café, mas não posso tomar. Que tal mais um chá de gengibre? Obrigada.

Ele pediu dois sanduíches, um café e um suco de laranja, e os trouxe com o chá para a mesa. Sentando-se de frente para ela, falou:

— Bem. Nossas vidas vão mudar. Precisamos conversar sobre isso.

Ela fez que sim.

— Sinto muito por não ter contado para você.

Matt mastigou e engoliu.

— Eu não entendo. Por que fez isso? Você não vai tentar afastar meu filho de mim!

— Claro que não.

Uma onda de alívio o inundou.

— Ótimo.

Seus cílios desceram, e depois subiram de novo.

— Isso magoa, saber que você pode ter pensado isso. Mas eu sei que a maneira como agi magoou você também. Mas eu queria contar para você, Matt. Eu fiquei tão feliz em saber que estava grávida, mas as coisas estão confusas também. Entre nós dois.

Ele deu outra mordida.

— Mas não precisam ser. Podemos fazer o que sempre planejamos. Casar e ter um filho. — Por que ela estava deixando as coisas tão complicadas?

Ela balançou a cabeça.

— Mas esse plano antigo era o que não estava dando certo. A rotina.

— Sim, mas nós dois mudamos. Não vamos cair na rotina de novo.

— Talvez não — admitiu Merilee.

Ele terminou o primeiro sanduíche e tomou um longo gole de suco.

— Então qual é o problema?

— Ontem você disse que não devemos apressar as coisas.

— Bem, sim, mas agora você está grávida — E ele a amava, e

amava o bebê. Ela não sentia o mesmo por ele? — Eu quero isso, Merilee. Você e nosso filho ou nossa filha.

Os olhos dela se iluminaram momentaneamente quando ele disse isso, e logo depois, o olhar preocupado reapareceu.

— Eu sabia que, assim que você soubesse disso, ia querer se casar.

— Mas o que há de tão errado com isso? — a exasperação coloriu sua voz. Então, respirou fundo algumas vezes e tentou ficar calmo. Brigar não ajudaria em nada. Merilee era sempre muito prática, então ia lhe dar um argumento racional. — Seja prática. Um bebê deve ter dois pais. Nós dois vamos amá-lo, cuidar dele, educá-lo... É uma loucura fazer isso separadamente. O que vamos fazer, ficar levando o pobre bebê para lá e para cá? Isso não é justo com nenhum de nós.

— Justo? — a boca de Merilee se apertou. — Não é justo ser forçado a alguma coisa sobre a qual não se tem certeza. Eu acabei de ficar grávida. Temos meses e meses para pensar sobre isso.

Ela o estava afastando mais uma vez. Tudo bem, claro, ele podia às vezes ser meio superprotetor, mas, caramba, se Merilee estava grávida, ele queria passar por isso com ela. Cuidar dela quando estivesse passando mal, comprar o berço, discutir os nomes do bebê... Ver o bebê deles se mexendo na tela do ultrassom...

Ele estava chateado. Doído. Mas faria o melhor possível para tentar enxergar o lado dela. Se Merilee precisava de um tempo, tudo bem, ele poderia dar isso a ela. Dias, semanas, talvez até um mês ou dois. Certamente até lá ela já teria se esclarecido. Os dois já teriam decidido, com certeza e para sempre, que se casariam.

Ou então, que o instinto que a levou a cancelar o casamento estava certo. Que ela não queria passar o resto da vida com ele.

Matt empurrou de lado o segundo sanduíche, já sem fome.

— Tudo bem, ouvi o que disse. Vamos dar um tempo.

Ela fez que sim com a cabeça, sem sequer parecer feliz por ter ganhado a discussão.

— Mas me diga o que estaremos esperando.

Merilee segurou a xícara de chá de porcelana entre as mãos como se estivesse fria.

— Ontem de manhã — respondeu —, você disse que o casamento é uma coisa séria, e que as duas pessoas precisam ter certeza absoluta do que querem.

Ele assentiu com a cabeça. Ele tinha certeza. Ela não. Era aí que estava o problema.

— Precisamos ter certeza — continuou a falar — de que nós dois estamos nos casando porque realmente nos amamos e queremos passar o resto da vida juntos. Não apenas por causa do bebê. Caso contrário, não será justo para nenhum de nós.

Matt observou o rosto sério de Merilee enquanto absorvia aquelas palavras. Merilee tinha razão. Por mais que ele quisesse se casar e criar seu filho com ela, não queria fazer isso a menos que essa mulher realmente o amasse. E ele mesmo precisava ter absoluta certeza também. Ele pensou que tivesse, mas...

— E como se sabe isso? — perguntou em voz baixa.

— Eu... não sei — a dúvida beliscou o rosto dela.

Matt ia ser pai, e até agora não estava sendo nada parecido com o que ele havia imaginado. De repente, não podia mais ficar ali sentado com ela. Ele não podia mais falar sobre isso. Estava muito magoado e frustrado, muito confuso e chateado.

Ele se levantou de repente, raspando os pés de sua cadeira no convés.

— Vou fazer uma aula de artes marciais.

Quando viu isso no calendário de eventos, pareceu-lhe atraente. Agora, agradecia pela oportunidade de fazer algo puramente físico e tentar liberar um pouco de toda sua tensão.

— Artes marciais? — perguntou ela, incrédula. Seu queixo subiu. — Bem, eu vou assistir a outra aula de culinária.

Olhei para Matt, o coração afundando, e as lágrimas subindo aos meus olhos.

O que eu esperava dele? Será que eu continuava a ser a mesma menina ingênua da semana anterior, na esperança de que ele brigasse por mim, de que fizesse aquele grande gesto romântico? De que quando dissesse que precisávamos dar um tempo para termos certeza, ele não iria concordar, mas de alguma maneira tentaria me persuadir de que me amava? Verdadeiramente, loucamente, profundamente, apaixonadamente, e para sempre?

Por que eu deveria me sentir tão abalada com o fato de que Matt nem mesmo queria passar o último dia do cruzeiro comigo? Nós concordamos que cada um de nós precisava de um pouco mais de independência.

Nós tínhamos concordado em tudo, caramba, e era estúpido demais que eu tivesse que piscar para conter as lágrimas. E me perguntei se eu estava me sentindo mais emotiva nesses últimos dias por causa do que estava acontecendo com a gente, ou por causa dos hormônios da gravidez. Ambos, provavelmente.

Matt tinha razão ao dizer que precisávamos ser práticos, e eu estava certa com meu argumento de que ele não deveria se casar comigo por obrigação. Isso não seria bom para nenhum de nós três. Claro, precisávamos ter tempo para ter certeza da decisão que fosse tomada, qualquer que fosse. Se a gente cometesse um erro, isso poderia prejudicar nosso filho.

Mas e se ele decidisse que não me amava da maneira correta,

aquele amor para sempre? Lógico que ele estaria sempre presente para nosso bebê, mas como eu poderia suportar vê-lo quem sabe se apaixonando por outra pessoa? Comprometer-se com outra pessoa, casar-se com ela, ter filhos com ela também? A criança em minha barriga poderia ter meios-irmãos ou meias-irmãs, e...

— Argh! — murmurei em voz alta. O que aconteceu comigo? Eu sempre fui otimista, não pessimista.

Toda essa preocupação não poderia ser uma coisa boa para o bebê. Eu precisava ser mais zen, do mesmo modo que Jenna. Inspirei profundamente e lentamente expirei. Ela diria que o universo ia prover aquilo que o bebê e eu precisássemos. Eu faria o meu melhor para acreditar nisso. Talvez me casasse com Matt, talvez não... De qualquer maneira, eu amaria meu bebê e tudo estaria bem.

Sentindo-me mais em paz, descansei minha mão na minha barriga.

— Ei, você aí, somos apenas você e eu hoje. E aí, quer aprender a cozinhar?

Até que tinha sido um bom dia, disse a mim mesma firmemente quando voltei para a cabine no fim do dia.

Aprendi a fazer o frango *mole*, fiz uma massagem e me encontrei com Des e Micky para provar alguns tapas e tomar alguns drinques – eu bebi refrigerante de gengibre, meu novo favorito – num bar ao lado da piscina. Comentamos que poderíamos nos acostumar a esse estilo de vida, mas no fundo eu sabia que todo esse luxo e todo esse desperdício de tempo realmente não tinha nada a ver comigo. Pelo menos não por mais de um dia ou dois de tempos em tempos. Todos os dias, eu aprendia coisas novas sobre mim.

As duas brincaram comigo sobre o meu pirata aventureiro, mas quando eu disse que as coisas estavam complicadas, recuaram. Eu não tinha contado a elas que estava grávida. Nossa amizade era muito nova.

Mas fora legal. Conversamos por horas à beira da piscina, e trocamos e-mail para manter contato.

Elas me convidaram para o jantar, no bufê superchique da última noite. Quando eu agradeci e disse que ainda não tinha certeza, as duas trocaram olhares entre si.

— Se estiver sozinha, venha ficar com a gente — disse Des.

Provavelmente, eu ficaria sozinha. Matt não tinha comentado nada sobre o jantar. Dada a estranheza entre nós nesse momento, eu podia entender o motivo. No dia seguinte, voltaríamos a Vancouver juntos. Quando chegamos, na semana anterior, passamos a viagem inteira em um silêncio constrangedor. Que chatice pensar que o dia seguinte provavelmente seria uma repetição.

O que aconteceria quando já estivéssemos em casa? Nosso relacionamento teria alguma chance ou estava condenado?

Isso era demais para o bom humor que estava tentando cultivar. Quando abri a porta da cabine, eu me senti deprimida. E pronta para tirar uma soneca. Pelo menos eu não tinha vomitado o dia todo. Senti uma náusea aqui e outra ali, mas nada sério. Aquelas vitaminas pré-natais eram mágicas.

A cabine estava vazia, mas um envelope estava do meu lado na cama. Naquela caligrafia forte e rabiscada de Matt, estava endereçado à senhorita Merilee Fallon.

Meu coração apertou. O que Matt precisava dizer que não poderia me falar na cara? Que tinha decidido que queria que o rompimento fosse permanente?

Minha mão tremia quando cheguei perto para pegar o envelope e rasgar o selo. Tirei de dentro dele um cartão-postal, com uma foto. A imagem era de um pátio com uma mesa e duas cadeiras, e uma cesta pendurada com uma cascata de flores. Em cima da mesa estavam duas taças de vinho. Uma luz quente deu à cena um brilho dourado e romântico. Certamente um cartão como este não poderia conter uma má notícia.

Tomei outro fôlego, em seguida, abri. Ergui as sobrancelhas com um prazer espantado. Era um convite. Não em caligrafia fantasia, mas na escrita bagunçada dele, o que o tornou ainda mais especial. Sorri ao lê-lo.

Matt Townsend solicita o prazer da companhia de Merilee Fallon

para jantar no La Vie en Rose hoje às 19h00.

Encantada e incapaz de acreditar naquilo, li tudo mais uma vez. Ele cansou de ficar nervoso, e queria que jantássemos juntos.

La Vie en Rose foi o bistrô francês onde eu fiz minha primeira refeição sozinha. Foi delicioso, mas não o tipo de lugar no qual eu visualizasse Matt. Ele era mais o cara do tipo "cerveja no bar" com os amigos. Ou pelo menos é isso que o velho Matt tinha sido. O novo escolheu aquela maravilhosa vista para o mar no restaurante em Puerto Vallarta.

E decidiu por um restaurante francês para nossa última noite a bordo do Diamond Star. Não a mesa do bufê atulhada de uma multidão barulhenta de turistas, mas um lugar tranquilo, charmoso, e romântico. *Uau*. De deprimida, disparei para o êxtase.

Parecia que ele estava nos dando uma segunda chance, outra chance de recomeçar. Quase como se ele estivesse me cortejando, mas Matt nunca teve que fazer isso, porque desde o dia em que nos conhecemos, eu sempre fui uma certeza.

Mas ele não era uma certeza, não mais. E eu queria impressioná-lo.

Meu cansaço fugiu. Eu estava indo a um encontro com o homem

que amava, e eu ficaria incrivelmente bonita. Se alguma vez na minha vida os gastos extravagantes foram importantes, era esta.

Na parte inferior do cartão, escrevi:

Merilee Fallon aceita com prazer!

Então peguei minha bolsa e saí para comprar tudo o que eu pudesse.

***

Capítulo 17

Às sete horas, eu me aproximei do La Vie en Rose. Meu coração palpitava com emoção e nervosismo, era uma loucura isso, considerando que tinha conhecido Matt há catorze anos, mas de fato não sabia o que poderia acontecer. Na noite passada, Matt estava furioso, e nesta manhã meio que fizemos as pazes. Agora, ele enviara um convite formal para... Isso era um *encontro?* A escolha de um íntimo restaurante francês com decoração *rosa*... Quantas vezes nesta semana Matt me surpreendera?

Eu esperava que eu fosse surpreendê-lo também no vestido meio transparente azul e dourado que flutuava sobre uma sandália alta dourada. Esse conjunto tinha me atraído e a vendedora dissera que era chique e elegante. Quando eu lhe disse que era uma ocasião especial, ela garantiu:

— Então ele vai se apaixonar perdidamente por você com esse vestido.

Também escolhemos brincos de brilhantes azuis que pareciam safiras, e sandálias douradas apenas de saltos altos e tiras. Ela se recusou a me deixar carregar minha velha bolsa de sempre e me deu um desconto incrível numa minúscula bolsinha dourada.

Olhei a parte da frente do restaurante. Algumas mesas estavam ocupadas, mas nada de Matt. O lugar parecia maravilhoso de noite: velas brilhando na brisa suave, luzes cintilando nos cristais e flores rosa que estavam exageradamente abertas, lembrando uma mulher que tinha feito sexo até se fartar. Não havia dúvidas que o efeito era intencional, e que combinava perfeitamente com a comovente balada francesa que estava tocando.

A garçonete que tinha me atendido da última vez veio para a frente com um sorriso, e automaticamente eu a cumprimentei em francês.

— Olá de novo.

— Olá. É bom vê-la. Fico feliz que tenha escolhido passar sua última noite aqui. Mesa para um?

— Não, desta vez tenho companhia.

Seu rosto se iluminou.

— Você é Merilee, a namorada do Matt. Eu deveria ter imaginado.

— Como é que você adivinhou?

— Vocês combinam muito.

— Você conhece o Matt?

— Ele veio jantar aqui ontem à noite e ficamos conversando.

Meu Matt? Eu não pude deixar de perguntar:

— Ah é? Com quem ele estava?

Ela riu.

— Não se preocupe, ele estava sozinho.

Matt tinha ido jantar em um bistrô francês sozinho?

— Você é uma garota de sorte, namorando um cara tão bonito e interessante quanto ele.

— Eu concordo plenamente.

Ela me levou pelo restaurante, passando pelas mesas com clientes se divertindo, e então fez um gesto:

— Nossa mesa mais romântica.

— Que linda!

Era uma mesa aconchegante e intimista ladeada por um sofá, com uma vela dançando e um pequeno vaso de rosas sobre ela.

E Matt.

O Matt que se levantou para me cumprimentar roubou o meu fôlego. Ele usava roupas novas outra vez e parecia mais sofisticado do que jamais o vira. Calças pretas perfeitamente cortadas exibiam suas longas pernas e seus quadris estreitos. Sua elegante camisa azul-claro tinha um fino caimento, enfatizando suas formas masculinas clássicas de ombros largos, peito firme e cintura estreita. As mangas foram enroladas casualmente para cima de seus fortes antebraços bronzeados, mas ele usava uma gravata. Uma gravata com listras pretas, creme e do mesmo azul da camisa... E dos olhos.

— Você está ótimo! — exclamei ao mesmo tempo em que ele dizia "Você está incrível".

Nós dois rimos, então ele pegou minha mão e me ajudou a deslizar para o sofá. Foi a primeira vez que tínhamos nos tocado naquele dia, com exceção de quando ele me apoiou quando eu bebia a tônica. Eu apertei os dedos rapidamente, em seguida soltei a mão, sem muita certeza do que estávamos fazendo. Pela maneira como ele estava vestido – Matt *nunca* usava calças pretas –, isso tinha que ser um encontro, não é?

Sentamos com talvez uns trinta centímetros de espaço entre nós, não bem lado a lado, mas não um de frente para o outro.

A garçonete disse, em francês:

— Estarei de volta em um momento.

— Pode trazer nossas bebidas, Jamie? — perguntou Matt, também em francês.

Ela confirmou que o faria e saiu apressada.

Ele se virou para mim e, ainda em francês, disse:

— Espero que você goste do restaurante.

Ele sabia o nome da garçonete e falava em francês comigo. Ainda fora de equilíbrio, respondi na mesma língua.

— Adoro. Na verdade, almocei aqui em... Acho que na segunda-feira.

Parecendo um pouco decepcionado, Matt replicou:

— Não sabia disso. Eu só descobri este lugar ontem à noite.

— Foi o que a... Hã... Jamie me disse. Estou surpresa.

— Estava tentando fazer algo fora da minha zona de conforto. Eu gostei daqui, e este lugar me fez pensar em você.

Lisonjeada, eu disse:

— É perfeito. E é uma ótima maneira de passar nossa última noite a bordo — olhei para aqueles lindos olhos azuis emoldurados por grossos cílios. O restaurante se chamava La Vie en Rose, e hoje eu queria manter o meu mundo róseo e esperançoso. — Vamos fazer um pacto de que não iremos discutir, o que acha? Eu sei que tem um monte de coisas para pensar, para falar, mas esta noite vamos ser mais... calmos e tranquilos?

Seus lábios se curvaram em uma expressão triste.

— Eu não tenho certeza se posso prometer ser calmo e tranquilo, mas espero que não tenhamos que discutir.

Estava prestes a perguntar o que ele quis dizer quando Jamie voltou com duas *flûtes* e um balde de prata. Do balde, ela tirou uma garrafa que tinha a forma característica de champanhe. Matt tinha pedido champanhe? Que doce que ele era, e como odiei ter que dizer:

— Desculpe, não estou bebendo hoje à noite.

Ela girou a garrafa para me mostrar o rótulo.

— Sem álcool?

Sorri com prazer.

— Nesse caso, com certeza — toquei o antebraço nu de Matt, tão firme e quente. — Muito obrigada.

Depois que Jamie serviu o vinho espumante em nossas taças, ela nos deixou sozinhos novamente.

Matt disse:

— Achei que precisávamos de champanhe — ele ergueu a taça. — Para você e nosso bebê.

Eu levantei a minha.

— Não, para nós e nosso bebê.

Brindamos nossas taças e, mantendo firmes nossos olhares, demos um gole na bebida. E sabia que esse brinde era uma promessa, também, que fosse lá o que acontecesse entre nós, ambos estaríamos sempre ao lado de nosso filho.

— Você é um bom homem, Matt Townsend — disse suavemente.

Ele parecia satisfeito e surpreso.

— *Merci.*

— A propósito, por que estamos falando em francês? — Costumávamos praticar o francês quando fazíamos a lição de casa, mas nunca o usamos em nossas conversas.

Ele deu de ombros.

— Sei lá, pareceu que combinava. E é divertido. Você não quer continuar?

— Não, é divertido — diversão. Ah, sim, essa noite tinha começado muito bem. — Vamos continuar. Você tem algumas boas ideias, sabe?

— Espero que sim — ele murmurou baixinho. Em seguida, indicou os menus fechados sobre a mesa. — Quer dar uma olhada no cardápio ou pedir a Jamie que nos recomende alguma coisa?

— Vamos perguntar a ela.

Ele a chamou, e a garçonete disse que seus favoritos eram a *bouillabaisse*, a vitela em molho de cogumelo, coelho assado, costela de carneiro e *boeuf bourguignon*.

— Esse o Matt provou ontem à noite — terminou.

— Estava muito bom — disse ele. — O que agrada a você, Merilee?

— Não gosto muito de vitela e jamais comeria um coelho, mas amo frutos do mar e cordeiro, então estou dividida entre a costela de carneiro e a *bouillabaisse*, se o *chef* puder fazer sem camarão — nesta altura, sabia que não tinha sido intoxicada pelo camarão, mas mesmo assim minha barriga não estava a fim disso. Então, sorri para Jamie: — E, claro, musse de chocolate para a sobremesa.

— Acho que vou sugerir que mude de ideia — disse ela. — Hoje à noite também temos suflê de chocolate.

— Sim — disse eu prontamente. — Um desse!

Ela e Matt riram, então ela disse:

— E sim, nós podemos fazer *bouillabaisse* sem camarão.

Matt me disse:

— Se você quiser dividir, poderíamos pedir o cordeiro e a *bouillabaisse*. Os dois me parecem muito bons.

Dividir uma refeição. Costumávamos fazer isso automaticamente. Gostei de saber que ele queria fazer isso, e gostei também de ele ter perguntado. Esses eram excelentes sinais.

— Seria maravilhoso. Começar com frutos do mar e depois o cordeiro?

Ele concordou, e Jamie levou nossos cardápios fechados e deixou-nos à vontade.

Matt me estudou, parecendo um pouco nervoso.

Sua expressão me mostrava um pouco de ansiedade, e tentei afastar isso.

— Tudo está lindo — disse rapidamente. — Tudo. O convite por escrito, este restaurante, o champanhe. Adorei isso.

— Que bom.

Tentando relaxar, me acomodei melhor no confortável sofá e tomei mais um gole de vinho. Podia não ser champanhe de verdade e eu gostaria de beber um pouco de álcool agora, mas o gosto era tão bom quanto. Tentando manter as coisas casuais e calmas, pedi:

— Conte-me sobre seu dia.

Algo cintilou em seu rosto, uma expressão de "eu tenho um segredo", que despertou a minha ansiedade novamente.

— Fui fazer compras — respondeu.

— Amei suas roupas. Seu novo visual é fantástico.

— Graças a uma grande vendedora. Quando voltarmos para casa, espero que você possa me ajudar com isso.

Outro bom sinal.

— Ficarei feliz em fazer isso.

Eu o estudei, comparando o Matt desta noite com o da última semana. Claro, ele tinha o mesmo rosto e o mesmo corpo, os mesmos traços fortes, olhos maravilhosos, cílios espessos e sobrancelhas grossas. Será que um novo corte de cabelo e roupas mais elegantes faziam assim tanta diferença? Ou será que tudo isso tinha sido apenas o gatilho para me fazer enxergá-lo com outros olhos, não com os mesmos que viam

Matt quase todos os dias desde que eu tinha sete anos? Talvez tenha sido um pouco de ambos.

— Você realmente não se parece com Bradley Cooper — decidi.

— Hã? Quem?

— O ator de *Se Beber, não case*.

— Ah. Qual deles?

— O mais bonito.

— E eu não pareço com ele? — ele parecia confuso e um pouco ofendido. — Alguém disse que eu parecia?

— As minhas amigas. Mas você não se parece...

— Você já disse isso.

Agora havia definitivamente um tom de melindre em sua voz.

Eu sorri.

— Não mesmo... Você é mais bonito.

— Ah — Matt levantou a cabeça e me estudou. — Sério?

— Com certeza.

Seus lábios se curvaram.

— Tudo bem, então.

Curiosa, perguntei:

— Alguma vez você já pensou se eu parecia com alguma atriz?

— Não. — Talvez percebendo que não era o suficiente como uma resposta, ele continuou. — Eu nunca comparei você a ninguém. Você foi sempre apenas Merilee, a garota mais bonita que já vi.

— Ah, que amor...

Ele pegou minha mão na sua, e eu pensei que realmente não havia nada melhor do que nós dois estarmos ligados dessa forma. Um sorriso apreciativo iluminou seu rosto.

— E agora você é a mulher mais bonita que eu já vi.

— Ah, Matt...

Esses hormônios loucos, trazendo rapidamente lágrimas aos meus olhos.

A chegada de Jamie me deu a oportunidade de disfarçadamente piscá-las de volta de onde vieram. Ela deslizou um pequeno prato entre nós, com algumas guloseimas deliciosas dispostas artisticamente.

— Alguns *amuse-bouches* — disse ela — para distraí-los até o jantar chegar.

— *Amuse-bouches?* — perguntei, não familiarizada com o termo. Traduzido literalmente, significaria algo como "distração para a boca"?

— Aperitivos — respondeu ela em inglês, enchendo nossas *flûtes* de novo. —Aqui há minitortas de cebola, tapenade de azeitona, musse de salmão e — voltando ao francês —, claro, fatias de baguete torradas. Bom apetite.

Agradecemos a Jamie e, quando ela se foi, Matt soltou minha mão e estendeu a sua para acariciar meus lábios com o polegar, uma fricção suave que enviou deliciosos arrepios através de meu corpo.

— Consigo pensar em algumas ideias para divertir sua boca — disse ele em francês.

Um encontro. Com certeza, isso era um encontro. Ele não iria dizer uma coisa dessas se ainda estivesse com raiva de mim. Aliviada, abri meus lábios e chupei a ponta de seu polegar.

A súbita ingestão de ar me disse que eu definitivamente tinha a sua atenção. Eu raspei o polegar suavemente com os dentes e rodei a língua ao redor do topo firme do dedo. Como eu imaginava fazer o mesmo com o pau dele, a excitação pulsava em meu sexo.

— Você sabe que está me deixando de pau duro.

— Esse era o meu objetivo — admiti.

— Provocando?

Eu liberei o polegar.

— Não é uma provocação se a menina não tem a intenção de ir até o fim.

— E agora me deixou ainda mais duro. — Seus olhos brilhavam com humor e excitação. — Cuidado, ou vamos acabar não jantando.

— De jeito nenhum. Estou morrendo de fome — e toquei meu estômago. — Vou comer por dois...

No momento em que disse isso, acabei me perguntando se o comentário iria estragar o clima. Antes, cada vez que falávamos sobre o bebê, nós dois acabávamos chateados.

Mas Matt riu facilmente.

— Esse bebê pesa menos de vinte gramas.

— Mais uma razão para alimentá-la.

— Você quer uma menina? — ele perguntou, espalhando musse de salmão em uma fatia de baguete torrada. Em vez de me entregar, ele segurou-a em direção a minha boca.

Deixando meus lábios esfregar em seus dedos, mordisquei.

— Hummm, bom.

Quando ele deu uma mordida, continuei:

— Eu não me importo se for um menino ou uma menina. Nascer saudável é tudo que importa — feliz por estarmos conversando com tanta facilidade, me atrevi a perguntar: — E você?

— O mesmo. Mas temos que chamar de alguma coisa, não é? *Psiu* não soa bem. Mas se você continuar chamando de *ela*, e for um menino, você pode deixar o pobre garoto complexado.

Estávamos conversando como pais felizes. Adorei.

— Então, vamos alternar. Metade do tempo é *ele* e metade do tempo é *ela*.

Ele levou uma torta de cebola em miniatura aos meus lábios.

Em vez de tentar mordiscar, eu puxei tudo para dentro de minha boca e mordi a deliciosa massa folhada até o centro cremoso de cebola. Ele riu e pegou uma para si.

— Então, o que mais você fez hoje? — perguntei. — Afinal, fez sua aula de... — não tinha ideia de como dizer *artes marciais* em francês, por isso falei em inglês.

— Sim, e foi muito divertido. Eu me daria bem nisso.

— Pessoas espancando umas às outras? — Nós tínhamos visto alguns filmes e eu achava tudo muito violento. — Isso não combina muito com você... — Depois de sua experiência com o pai, ele era antiviolência.

— Não, não é disso que se trata. Autodefesa, sim, e força, poder, técnica. Mas é uma disciplina. É mais sobre concentração e autocontrole.

Sim, isso sim seria uma boa opção para ele.

— Agora sim, parece legal. Acho que há algumas academias por lá, não?

— Várias. Vou procurar alguma quando voltar.

Já tínhamos terminado os aperitivos e ele pegou a minha mão novamente. Seu aperto de mão era quente e firme, e isso fez meu pulso saltar.

— Como foi seu dia? — perguntou ele. — E como tem se sentido?

— Um pouco de náuseas de vez em quando, mas nada grave. Amo essas vitaminas. E o meu dia foi ótimo.

Comecei a contar sobre a aula de culinária quando Jamie nos apresentou uma fumegante tigela perfumada de *bouillabaisse* e uma cesta com mais rodelas de pão.

Começamos a comer, saboreando mariscos, mexilhões e pedaços firmes de peixe, e molhando o pão no rico caldo de açafrão. Quando saciamos nosso apetite, continuei falando sobre minha aula de culinária e meu recém-descoberto desejo de reproduzir refeições deliciosas como a que estávamos comendo.

Quando terminamos a última gota de caldo, Jamie tirou os pratos e serviu uma muito bem apresentada costeleta de cordeiro guarnecida com alecrim e servida com batatas assadas e uma seleção de pequenos e perfeitos legumes.

— Não é apenas a receita — expliquei. — A apresentação faz o prato ser especial também — olhei para Matt quando algo ficou claro para mim. — Isso é algo que estava nos faltando. Nós fizemos um monte de coisas legais, mas deixamos que isso se tornasse um hábito. Tipo, sempre encomendar a mesma pizza do mesmo lugar. Nós poderíamos fazer pizza em casa, experimentar diferentes sabores a cada vez, nos divertir cozinhando juntos — e então, de repente percebendo que estava me deixando levar imaginando nós dois juntos, e que Matt talvez não estivesse pronto para isso, apressei-me a acrescentar: — Quero dizer, se você estivesse interessado.

— Eu gostaria disso. E entendi o que você quer dizer sobre tornar as coisas especiais — Matt tocou minha bochecha. — Você é especial, M. Você merece coisas especiais.

Meu coração ficou mole.

— Faz tempo que você não me chama de M.

Eu também tinha evitado usar o apelido, porque poderia parecer uma espécie de carinho muito íntimo.

Um ombro se levantou e caiu.

— Há alguns dias você disse essas coisas sobre não termos identidade, além de ser a metade de M&M. E que precisávamos encontrar Merilee e Matt. Bem, nós estamos fazendo isso, e isso é bom. Mas eu gostava de M&M também. As pessoas não podem ser indivíduos e almas gêmeas também?

— Sim. Ah, sim.

Será que ele ainda me via como sua alma gêmea?

Um toque de humor iluminou seus olhos.

— Sei lá, acho melhor não dar um nome que comece com M para o bebê. O coitadinho pode ter problemas de identidade também...

Ele estava mudando de assunto?

— O que você acha de Danielle ou Daniel?

Ele considerou.

— São bons. De onde você tirou essa ideia?

— É o nome da médica.

Ele sorriu.

— Entendi.

Nós comemos o cordeiro e tomamos o champanhe, conversando sobre isso e aquilo, nossas mãos se tocando de vez em quando. Foi como nos velhos tempos, mas ao mesmo tempo não foi. Eu ainda me sentia totalmente confortável com Matt, mas com uma nova consciência de nós dois. Em grande parte, essa consciência foi positiva e emocionante: nós éramos homem e mulher, amantes, prestes a sermos pais. Havia tantos níveis mais intrigantes e novas texturas em nosso relacionamento do que antes. No entanto, eu não conseguia relaxar e desfrutar de tudo isso completamente porque ficava imaginando o que ele estava pensando e para onde nosso relacionamento estava indo.

Eu amava Matt. Sempre o amei e sempre o amaria. Eu sabia, com mais certeza agora, que desejava esse homem para o resto da vida. Será que ele, por sua vez, sentia o mesmo por mim? Se ele dissesse que sim, eu acreditaria nele?

Se dissesse que não, eu poderia suportar isso? Poderia suportar a ideia de dividir a paternidade de nosso bebê com o homem que eu amava com todo meu coração, sabendo que não era recíproco? Ver Matt encontrar outra namorada, apaixonar-se, casar-se com ela e começar uma família com ela?

— Merilee, você está bem?

Eu percebi que tinha parado de comer, o garfo suspenso no vazio do ar.

— Sim, estou bem. Estou ótima.

Este não era o momento de me preocupar com o futuro. Eu gostaria que esta noite fosse rosada, uma noite longe de preocupações e tensões. Não tinha decidido ser mais zen?

Concentrei-me em todos os deliciosos sabores da refeição, então, finalmente, empurrei meu prato e relaxei, acomodando-me melhor no sofá.

— Estava muito bom. Será que o *chef* daria a receita?

— Podemos perguntar.

Ele terminou sua refeição e descansou para trás também, um braço ao longo do encosto do sofá, com os dedos descansando levemente no meu ombro.

— A propósito — disse ele, com uma tentativa de descontração que não parecia de fato muito verdadeira. — Tem uma coisa que não contei. Talvez agora seja um bom momento.

Desconfiada de novo, eu disse:

— Hum?

— Ontem, não tivemos a chance de experimentar aquelas tangas de oncinha...

Seja o que for que eu esperasse, não era aquilo.

— Sim — suspirei —, porque fiquei doente. Uma decepção.

— Então, achei que você merecia uma segunda chance.

— Uma segunda... Espera, você está me dizendo que está usando a tanga?

Olhei para sua virilha, coberta com um pálido guardanapo rosa.

— As coisas que eu faço por você — brincou.

— Você está... Jura, M?

Endireitei-me na hora, lembrando-me de como ele ficava sexy naquela tanguinha minúscula.

Seu braço me seguiu, enrolando-se em volta dos meus ombros, dedos acariciando a minha pele levemente.

— Se você for uma boa menina e comer toda a sobremesa, talvez eu lhe mostre.

Meu corpo tremia de excitação e meu coração cantava. Naquela noite, nós faríamos amor, e seria o final perfeito para esta noite maravilhosa.

— Eu deveria ter pedido a musse de chocolate em vez do suflê. Poderíamos levar para a cabine, passar nos nossos corpos e depois tirar tudo com lambidas.

— Ah, eu gosto dessa ideia. Será que é tarde demais para mudar o nosso pedido?

Eu ri.

— Sim, mas eu prometo que vou aprender a fazer musse. Certo?

— Se essa for sua primeira receita, eu ficarei feliz.

Jamie veio para levar os pratos vazios.

— Espero que esteja pronta para a sobremesa — disse ela —, porque vai sair do forno a qualquer momento.

— Ótimo — respondi rapidamente, menos porque estivesse com fome e mais porque queria ficar a sós com Matt e tirar aquela tanguinha dele.

Enquanto esperávamos pela sobremesa, eu deslizei para mais perto dele e assim nossas coxas ficaram pressionadas juntas e seu braço me envolveu mais apertado. Como eu esperava que as coisas fossem assim tão boas quando voltássemos para casa.

Eu gostava de nossos amigos e ainda queria sair com eles, e adorava ver um filme comendo pizza em casa com Matt, mas como seria bom ter de vez em quando uma noite romântica como esta. E experimentarmos cada brinquedo erótico que ganhei na despedida de solteira, e depois comprarmos mais, e juntos.

E sairmos para comprar coisas de bebê também, e arrumar um quarto, montar um berço. Eu queria tudo isso. E também queria ter aulas de culinária, e que Matt entrasse na academia de artes marciais e talvez fizesse aulas de mergulho. Queria que cada um de nós saísse por conta própria e fizesse coisas divertidas, e depois voltasse para casa para compartilhar o nosso entusiasmo com essas coisas.

Esse era o meu sonho, o meu desejo. Eu era capaz de ver tudo isso claramente. Precisando fazer alguma coisa física, enrolei os dedos de uma das mãos, simbolicamente agarrando esse desejo, essa visão do futuro. Então liberei meus dedos para enviá-lo voando para o universo. Jenna tinha dito que o universo enviava o que fosse necessário, e eu esperava que ela estivesse certa.

O universo respondeu com suflê de chocolate, apresentado a nós por um floreio dramático de Jamie. Não foi um mau começo.

Matt e eu começamos a comer, nos revezando em dar bocados um ao outro, provocando-nos com olhares sexys, lambidas e chupando a colher, com gemidos orgásticos de aprovação. O suflê era pecaminosamente delicioso, talvez a melhor sobremesa que já provei. Enquanto comia, eu imaginei Matt nu, exceto por uma tanga. A cueca fio dental que mal continha uma ereção que era minha, toda minha. Um decadente chocolate e imagens sensuais. Oh! Uma combinação irresistível.

Percebi que Matt não estava mais me acompanhando bocado por bocado.

— Você é tão doce — ronronei —, deixando a maior parte para mim...

— Hã? Ah, o suflê.

Ele parecia distraído. Será que sua mente estava pensando em sexo também? Mas não poderia culpá-lo por isso.

— Eu não quero comer mais nada — disse a ele. — Podemos voltar à cabine e...

— Não. Ainda não.

Surpresa, estudei seu rosto. De repente, ele estava tenso e ansioso. Qual era o problema?

Abruptamente, Matt deslizou para fora de seu lado do sofá. Oh, não, era a vez de ele ficar doente?

Mas em vez de correr para o banheiro dos homens, ele veio para o meu lado e capturou minha mão. Ah, agora eu entendi. Estava com pressa para correr de volta para a nossa cabine.

Quando comecei a deslizar para fora do sofá, ele me parou.

— Não, sente na ponta do assento.

Intrigada, obedeci, dando a volta e ficando sentada de frente para ele, enquanto Matt estava de pé na minha frente. Ao fundo, percebi que a música agora era outra, e a canção era aquela que tinha o mesmo nome do restaurante: "La Vie en Rose".

Matt enfiou a mão no bolso da calça e, em seguida, desceu para se apoiar em um joelho.

Fiquei boquiaberta quando ele estendeu uma pequena caixa de joias de veludo preto, e meu coração batia tão descompassadamente que apertei a mão em meu peito. Isso era... ? Não, não podia ser.

— Merilee, eu te amo — sua voz estava tensa. — Eu sempre te amei, e a cada ano que passa eu te amo mais — a tensão foi desaparecendo, e um brilho iluminou seu rosto. — Eu sei que vai ser assim pelo resto de minha vida. Eu quero você. Não é porque você está grávida, mas por quem você é, e por quem somos juntos. Por causa da alegria e da paixão que você traz para minha vida. Eu realmente espero que você sinta o mesmo e que me dê a honra de ser minha esposa.

Matt abriu a caixinha.

Olhei com espanto para um anel com uma opala de fogo mexicana, faiscando brilhos de turquesa, verde e azul à luz das velas. Eu tinha admirado essas pedras quando Matt e eu fizemos compras juntos. Ele prestara atenção.

Um anel. Ele realmente estava me pedindo em casamento. De joelhos em um restaurante. Lentamente, isso foi sendo absorvido por minha mente e meu corpo. Matt, meu Matt, fazendo aquele grande gesto romântico que eu sempre esperava, dizendo as palavras que fizeram meu coração cantar.

Eu queria sair e pegar tudo o que ele estava oferecendo, mas como poderia ter certeza de que ele realmente quis dizer isso?

— Nós dissemos que... Não deveríamos nos apressar e... — minha voz saiu rápida e ofegante.

Seu olhar azul era agudo.

— Eu pensei muito sobre isso. E sabe do que mais? Para mim, isso não parece apressado. Parece ótimo. Você quer um cara que seja decidido, que sabe o que quer. Bem, eu quero você, eu quero você demais, e irei atrás de você. Não disse que a gente tinha que ter certeza? Pois eu tenho. Quer um homem que vai lutar por você? Bem, eu vou, Merilee, o que quer que tenha que ser feito, pelo tempo que levar, porque vou conquistar você.

Meu coração batia num ritmo louco dentro do meu peito.

— Matt, eu...

Eu queria acreditar nele. Queria tanto.

Ele pegou minha mão e apertou-a com firmeza.

— Olhe em meus olhos, M. Olhe em meu coração e me diga o que você vê. Depois me diga, por favor, me diga que você sente o mesmo por mim.

Eu olhei nos olhos que eram ferozes em sua sinceridade, e soube. Uma alegria incontrolável me preencheu. Meus olhos se encheram e transbordaram.

— Eu amo você, Matt, com todo meu coração. O garoto que você foi, o homem que você se tornou, o pai incrível que você vai ser. Agora e para sempre. Sim, eu vou me casar com você.

Seus olhos também estavam úmidos quando tirou o anel da caixa de veludo e deslizou para meu dedo. Ele se levantou e me puxou para ficar de pé, e em seus braços nos beijamos profundamente, segurando um ao outro como se não fôssemos deixar partir.

Vagamente, escutei aplausos, e percebemos que tínhamos acabado de dar um espetáculo público de nosso amor. Eu adorei isso.

Por fim, nos afastamos, sorrindo um para o outro.

— Vamos voltar para a cabine e ficar sozinhos — disse Matt.

— Ah, sim.

Braços ao redor da cintura do outro, nos viramos para sair do restaurante. A música ainda estava tocando, e sonhadora pensei que agora, finalmente, Matt e eu tínhamos a *nossa música*.

Jamie correu com uma garrafa do champanhe que estávamos bebendo e uma linda rosa.

— Parabéns, com os cumprimentos de La Vie en Rose. Vocês formam um casal perfeito.

— Obrigada — respondi, pegando a flor. Então, com um sorriso para Matt, que colocou a garrafa de vinho debaixo do braço, completei — acho que sim.

— Vocês podiam passar a lua de mel no Diamond Star — disse ela.

Os olhos de Matt brilharam, meu sorriso se alargou, então nós dois explodimos em gargalhadas.

— É uma longa história — disse ele a uma Jamie com olhar perplexo. — Obrigado por tornar esta noite tão maravilhosa.

— O prazer foi todo meu.

Quanto de nossa história ele teria contado a ela? E aquela coisa da música "La Vie em Rose" começar a tocar bem no momento em que Matt me pediu em casamento... Teria sido apenas coincidência? Algum dia eu perguntaria a ele.

Enquanto caminhávamos pelo restaurante, eu sabia o que as pessoas queriam dizer quando comentavam que estavam andando nas nuvens. Se o braço forte de Matt não estivesse preso ao redor de minha cintura, acho que a felicidade que eu sentia teria me feito sair voando dali.

Quando entramos no saguão, eu segurava minha mão esquerda para cima e admirava os brilhos refletidos na opala de fogo.

— Quando você comprou isso?

— Hoje. Tinha acabado de fazer a aula de artes marciais e ela me ajudou um pouco a fugir do estresse e da confusão, e também a concentrar minha atenção naquilo que era realmente importante. Enquanto tomava banho, percebi que estava cansado de toda essa história de "devemos esperar, não ter pressa". Eu sabia o que desejava e sabia que tinha certeza disso. Então, fui até a loja de presentes e escolhi um anel.

— Você poderia ter me pedido em casamento sem um anel... Da última vez que falamos sobre isso, concordamos em não ter anel de noivado.

— Bem, isso foi da última vez. Agora é diferente.

— Mas precisamos de dinheiro — retruquei sem entusiasmo, porque eu realmente queria ficar com o anel. — Especialmente agora, que tem um bebê chegando.

Ele parou e se virou para mim, com as mãos descansando sobre meus ombros.

— Você sabe do que o nosso bebê precisa? É saber quanto papai ama a mamãe.

Meu coração derreteu de novo quando ele me beijou.

Poucos minutos depois, caminhamos novamente.

— Eu sei que um diamante é a coisa mais tradicional que existe — disse ele —, mas eu gostei muito dessa pedra. Você gostou dessas opalas de fogo no México e eu acho que a pedra combina mais com você do que um diamante. Quer dizer, é mais parecida com você.

Intrigada, olhei para ele.

— Como assim, combina mais comigo?

— É isso mesmo, ela é mais viva. Tem muitas cores e brilho, e tem mais profundidade.

Eu tinha invejado tanto o anel de diamante de Kat – mas o que o fazia ser tão especial era ter sido o anel de Nav, dado quando ele a pediu em casamento. Era um anel especial para eles, assim como este era para nós.

— Eu amei... É exatamente o que eu teria escolhido. E vai ser sempre uma lembrança desta viagem, e do quanto nós dois aprendemos.

— E de descobrir que vamos ser pais.

Enquanto caminhávamos pelo corredor para a nossa cabine, Matt perguntou:

— Como você está se sentindo?

— No topo do mundo.

— Ótimo, e sabe por quê? — Ele parou na nossa porta.

— Eu não tenho ideia...

— Porque estou usando essa droga dessa tanga há três horas e já está na hora de receber a minha recompensa.

Uma noite romântica pintada de rosa, um amor ardente como a opala, fazer amor e uma tanga de oncinha. Esse cara era mesmo incrível. Coloquei meus braços em torno dele, deslizei minhas mãos até os bolsos de trás e apertei.

— Você sabe o que minha avó me disse?

— Não me diga que foi ela que mandou você apertar a minha bunda?

Eu ri.

— Não, isso é mais o estilo da Micky. Vovó disse que toda mulher merece viver uma paixão, e ela me perguntou se eu tinha encontrado a minha. E hoje, eu sei que encontrei.

***

Epílogo

Dois dias depois, eu me sentei à mesa da cozinha já de volta em casa. O telefone que usávamos para nossas chamadas em conjunto estava pousado no centro da mesa, ao lado de um vaso de dálias colhidas no jardim.

Ao meu lado, segurando minhas mãos, estava Matt.

Mamãe, que tinha corrido do trabalho para casa mais cedo, sentou-se em frente a nós e arrancou seus sapatos. Ela esfregou suas mãos.

— Isso vai ser divertido. James — disse ela, impaciente com o papai, que estava remexendo na geladeira. — O que você está fazendo?

— Er, esqueci o que vim procurar aqui.

Ela revirou os olhos.

— Se não está com um microscópio, o homem não consegue ver.

— Eu posso *ver* perfeitamente bem. Apenas me esqueci o que estou procurando.

— Leite — disse ela. — Para o seu neto. Acostume-se com isso, você vai fazer muito isso nos próximos anos.

Alguns minutos depois, ele colocou um copo de leite na minha frente, tocou o topo da minha cabeça em uma breve carícia, depois sentou-se ao lado de mamãe. Ele examinou-a com cuidado.

— Você não está sob um microscópio, mas parece muito bem para uma avó.

— Ora, seu... — sorrindo, ela lhe deu uma leva cotovelada. — Todo mundo aqui, e espero que as três estejam prontas também, esperando nosso telefonema. Pronta, Merilee?

Apertei a mão de Matt mais forte, ele apertou de volta, e eu disse:

— Pronta.

Um por um, mamãe teclou os números dos celulares de minhas irmãs e ouvi as vozes delas saudando em variações de "Oi, tudo bem?" enquanto dizíamos "Oi!" de volta.

Quando todo mundo estava na linha, eu disse:

— Matt e eu temos um anúncio a fazer.

— Estou tendo um *Déjà-vu* — murmurou Kat, o humor tomando conta de sua voz. — Deixe-me adivinhar.

— Deixa ela contar! — repreendeu Theresa.

— Nós vamos nos cas... — comecei, então um conjunto de três gritinhos femininos acabou cortando o resto.

Quando o barulho cessou, Theresa perguntou:

— Vocês dois têm mesmo certeza disso?

— Temos — Matt e eu respondemos ao mesmo tempo.

— E foi preciso uma lua de mel para que os dois percebessem que queriam se casar? — brincou Jenna.

— Mais ou menos isso — concordei. — E alguns conselhos sábios de todas as minhas irmãs.

— E de Nav também — disse Matt.

— Nav? — olhei interrogativamente para ele. — Você não me contou isso.

— Depois eu explico. Vamos apenas dizer por enquanto que estou muito feliz que ele será meu cunhado.

— Também estou — disse Kat. — Matt, você sabe que nós sempre amamos você. Estou muito feliz por você e Merilee terem resolvido as coisas.

— Deu um pouco de trabalho — respondi. — E um pouco de diversão... — acrescentei, encostando meu ombro no de meu noivo. — Foi como começar tudo de novo, e sabemos o que devemos fazer.

— E quando será o casamento? — perguntou Theresa. — E o que vocês precisam que a gente faça?

— Vai ser no Natal. E vocês já fizeram um plano fantástico de casamento antes. Mamãe e Adele irão ajudar. O que eu preciso, e o que eu mais desejo, mais do que qualquer outra coisa, é que vocês e seus namorados ou maridos estejam aqui. Eu sei que serão duas viagens para Vancouver em um ano, e que são muito ocupados e...

— Merilee — interrompeu Theresa —, é claro que estaremos aí. Nós não vamos deixar de ver nossa irmãzinha se casar.

— Pode apostar que eu também — disse Jenna.

— Ah, que incrível, uma viagem de trem no inverno! — comentou Kat. — Vai ser tão romântico. Eu mal posso esperar para contar para o Nav. Humm... Chocolate quente e sexo mais quente ainda!

— Eu ainda estou aqui, meninas — disse papai, e todos nós rimos.

— Eu tenho o anel mais lindo — exclamei, erguendo a minha mão pela milionésima vez para admirá-lo. — De opala mexicana.

Elas deixaram escapar "Oohhhs" e "Aahhhs" e eu prometi mandar fotos por e-mail.

— Estou pensando que essas serão as cores do casamento. Azul vibrante, turquesa e verde. Vocês todas ficam bem nessas cores.

— E você poderá finalmente usar aquele vestido maravilhoso — disse Kat.

Eu descansei minha mão com o anel na barriga.

— Não, não vou usá-lo.

— Mas o que foi? Carma ruim? — perguntou Jenna.

— Não, não é isso. É que escolhi aquele vestido quando era uma menina. Ele é todo cheio de laços e babados, como os vestidos de noiva com os quais sonhei quando era mais nova. Mas agora, bem, agora que já sou adulta, pretendo escolher alguma coisa que seja mais madura — sorri para minha mãe do outro lado da mesa. — E mamãe prometeu que vai me ajudar, e vamos escolher para ela também um vestido fabuloso de mãe da noiva.

Estava amando aquela nova proximidade entre nós, amando ter uma mãe que reorganizava sua agenda lotada para estar a meu lado enquanto eu dava a notícia para minhas irmãs, e que queria ir junto comprar o meu vestido de noiva.

— Vamos enviar as fotos dos vestidos das madrinhas também — continuei — para que possam escolher o de vocês.

Kat pigarreou.

— Ah, eu vou adorar ser madrinha desse casamento.

Jenna deu um assovio.

— Madrinha? Eca, isso parece tão velho, tão... Sei lá, maternal...

— Queria que você estivesse aqui, aí eu daria um soco em sua cara — retrucou Kat alegremente, e mais uma vez todos riram. Até meu pai.

Do outro lado da mesa, meu olhar encontrou o dele. Ele ainda continuava a ser aquele cientista maluco, o professor aloprado, mas sempre esteve ao nosso lado e eu sabia quanto nos amava. Ainda segurando a mão de Matt, estiquei a minha outra em direção a papai. Ele pegou-a e segurou.

— Isso é muito bom, pai — disse baixinho.

— É sim, querida. Agora, conte o resto.

Mamãe colocou sua mão ao redor das nossas.

— Vamos, Merilee, conte.

— Tenho mais notícias — tomei um fôlego, olhei para Matt e seus quentes olhos azuis, e disse: — Aquele antigo vestido de casamento? Bem, ele não ia caber de qualquer jeito. Matt e eu teremos um bebê.

Desta vez, os gritos quase me ensurdeceram.

Então, as perguntas ansiosas começaram, as vozes das minhas irmãs competindo para chamar a minha atenção. Enquanto respondia, notava que nunca tinha sido tão aberta com minhas irmãs ou com meus pais, e nunca tinha sentido uma sensação tão calorosa de apoio incondicional.

Percebi lágrimas de felicidade deslizando pelo meu rosto.

Finalmente, as perguntas acabaram. Então, Jenna disse:

— Eu fico pensando se aquilo está rolando de novo.

— Perdão? — perguntei.

— A teoria do caos, lembra? Você era a borboleta. M. Você era a pessoa que sempre disse ter sorte no amor, e quando você e Matt definiram a data de casamento, nós três viajamos para casa e todas encontramos o amor ao longo do caminho.

— No avião — disse Theresa.

— Nos trilhos do trem — lembrou Kat. — Ela tem razão. Você nos espalhou a sua sorte no amor, e agora? Será que, quando formos para casa no Natal, estaremos no caminho de engravidar ou, no caso de Jenna, de adotar um bebê?

Mamãe e papai trocaram um olhar horrorizado.

— Quatro netos de uma vez? — disse mamãe. — Ah, não, vocês não vão fazer isso conosco!

— Se isso acontecer — disse eu —, basta ter uma coisa em mente, minhas queridas irmãs.

— O quê? — retrucou Theresa.

— Meu bebê será o mais velho.

Conversamos um pouco mais. Kat falou entusiasmada sobre o sucesso da exposição de fotografias de Nav, Theresa contou sobre os planos dela e de Damien para um livro que estavam escrevendo juntos, e Jenna nos explicou como estava montando um lugar para ela trabalhar no projeto de Mark de preservação de recifes de coral.

Quando desligamos, a cozinha parecia muito silenciosa.

Mamãe pegou a mão do meu pai.

— Vovô, nossas crianças estão aí fora no mundo construindo uma vida maravilhosa para elas.

— É um dia muito bom — disse ele.

Levantando-se, papai manteve a mão presa na de mamãe. Um olhar, uma mensagem secreta, voou entre eles, e ela se levantou também, juntos saíram da cozinha.

— Eles devem ter percebido que gostaríamos de ficar sozinhos — expliquei a Matt.

— E estavam certos — ele me puxou para que sentasse em seu colo, e passou os braços em volta de mim. — Estou contente que sua família tenha lidado de modo tão legal com isso. Você notou que ninguém mais está nos tratando como crianças?

— Pelo jeito, não fomos só nós que percebemos que crescemos, M.

Ele tocou sua testa na minha e olhou profundamente em meus olhos.

— E aí, a fim de fazer algo de gente grande?

— Tipo o quê? Comprar tinta para o apartamento?

Mudaríamos para a nossa casa em breve. Adoramos as enormes janelas e o espaço, mas as paredes eram sombrias. Planejamos pintar tudo antes de montar os móveis que nossas famílias estavam nos dando de presente.

— Eu estava pensando mais em tomar um banho... — respondeu Matt.

— Juntinhos? — contorci-me em seu colo e senti que ele crescia contra meu traseiro. O tesão se acendeu, e me esfreguei contra sua dureza. — Sabia que é uma ideia muito excitante, mas onde?

— No andar de cima.

Nunca tínhamos feito isso. Nunca desejei que mamãe e papai pudessem pensar que... O quê? Que meu amor e eu tivéssemos uma vida sexual excitante? O que, de fato, não tínhamos até então. Mas agora...

— No andar de cima — concordei, a emoção pulsando através do meu sangue.

Mamãe e papai deviam estar provavelmente conversando no escritório, e o mais provável era que eles nem sequer pudessem nos ouvir, mas mesmo assim me senti agradavelmente travessa fazendo isso.

Subimos correndo as escadas e avançamos pelo corredor e, quando estávamos prestes a entrar no banheiro, ouvimos um som vindo do andar de cima. Uma espécie de rugido de água correndo...

Matt parou.

— O que é isso?

De olhos arregalados, eu olhava para ele.

— É o chuveiro do banheiro de papai e mamãe. Você não acha que...

Os ombros de Matt tremeram em uma risada silenciosa.

— Pelo bem deles, espero que sim. Você ainda quer...

— Não! Não aqui, não agora. — Claro que meus pais faziam sexo, afinal tiveram quatro filhas. Mas de jeito nenhum eu queria pensar sobre isso. Ou, Deus me livre, ouvir. — Vamos embora. Agora.

— Tudo bem, sem chuveiro — concordou ele enquanto corremos de volta para a sala. — Então, o que fazemos? Poderíamos estacionar no Spanish Banks.

— Humm, bela ideia — respondi, enquanto descemos as escadas. — Também temos aquele óleo de massagem comestível que ganhei na despedida de solteira. Ainda não experimentamos.

Ele abriu a porta da frente e me conduziu para fora.

— Ou poderíamos batizar o balcão da cozinha do apartamento novo.

Enquanto corria em direção ao carro dele, Matt pegou minha mão e me parou. Olhando profundamente em meus olhos, ele disse:

— Não vejo a hora de passar o resto da minha vida com você, Merilee.

Percebi que estávamos parados no mesmo lugar de Jenna e Mark, quando eles tinham se declarado. Aquele tinha sido o momento em que tudo se acumulou em mim, e quando soube que teria que adiar o casamento.

— Quando minhas irmãs voltaram para casa com seus novos e maravilhosos amantes — contei a Matt —, senti uma pontada de inveja. Eu queria a mesma coisa que elas — sorri para meu incrível noivo. — E agora descobri uma coisa ainda melhor. M&M, a nova e melhorada versão.

Matt sorriu e fez que sim com a cabeça.

— O único com garantia por toda a vida.

— Ah, sim. Pode apostar.

Nós nos inclinamos um para o outro e nossos lábios se tocaram, selando nosso acordo.

***

Nota da autora

É difícil de acreditar que consegui chegar ao fim da série Uma Viagem Excitante para o Amor. Com este livro, a irmã caçula Merilee Fallon, aquela que catalisou o romance e o amor para as três irmãs mais velhas, finalmente conseguiu seu final feliz.

Adorei passar meu tempo com as irmãs Fallon e espero que meus leitores também tenham gostado. Se você ainda não leu os livros anteriores na minha excitante série de aventuras em "aviões, trens, automóveis e navio de cruzeiro", espero que procure por eles:

- A história de Theresa (aviões): *De repente, o destino*
- A história de Kat (trens): *De repente, o amor*
- A história de Jenna (automóveis): *De repente, é ele*

Escrever livros pode ser, por si só, uma viagem excitante, e eu gostaria de agradecer à minha agente, Emily Sylvan Kim, à minha editora, Audrey LaFehr, e seu assistente, Martin Biro, pelo apoio nesta jornada.

Como sempre, não poderia ter feito isso sem meus amigos e críticos Nazima Ali, Elizabeth Allan e Michelle Hancock. Obrigada por compartilhar tão generosamente o seu tempo durante uma época em que todo mundo estava especialmente agitado e estressado. Eu lhes devo grandes momentos!

Eu amo compartilhar minhas histórias com os meus leitores e

adoro saber seus comentários. Você pode me enviar um e-mail para susan@susanlyons.ca, ou entrar em contato comigo através do meu site www.susanfox.ca, no qual também encontrará trechos, notas dos bastidores, receitas, um concurso mensal, minha newsletter e outras curiosidades que vão adorar.

***